英雄不问出处，成功需要谋略

THE ROMANCE OF THREE KINGDOMS
RICHES

三国的财富

霸气力量
从英雄才子们身上发掘活的财富

王伟　汪德明 / 著

文汇出版社

图书在版编目（CIP）数据

三国的财富/王伟，汪德明著.-上海：文汇出版社，
2015.1
ISBN 978-7-5496-1345-8

Ⅰ.①三… Ⅱ.①王… ②汪… Ⅲ.①《三国演义》
人物形象－小说研究 Ⅳ.① I207.413

中国版本图书馆CIP数据核字（2014）第269235号

三国的财富

著　　者 / 王　伟　汪德明
责任编辑 / 甘　棠
特约编辑 / 東　枋　瑞　霞
装帧设计 / 弜弜Design

出 版 人 / 桂国强
选题策划 / 光　南
出版发行 / Ｍ文匯出版社
　　　　　　上海市威海路755号
　　　　　　（邮政编码200041）
经　　销 / 全国新华书店
印刷装订 / 北京高岭印刷有限公司
版　　次 / 2015年1月第1版
印　　次 / 2015年1月第1次印刷
开　　本 / 710×1000　1/16　字数 / 279千　印张 / 18.75
书　　号 / ISBN 978-7-5496-1345-8
定　　价 / 36.00元

序言

　　回归传统是各民族发展过程中常见的文化现象，这种回归不是同一层面的重复，而是古老文明与新时代精神的冲突与磨合，融会与升华。"青山遮不住，毕竟东流去。"如果把沁透了世俗人情的中国古典四大名著都捧出来，用现代人的眼光来检点往昔岁月的成败得失，似乎是一件挺有意思的事情。于是，我们便萌生了向《三国演义》《水浒传》《西游记》《红楼梦》求学问道的念头，并陆续着手做这样一件"世事洞明皆学问，人情练达即文章"的人间美事。当然，这样做就一定要竭力跳出前人著书立说的窠臼，将历久弥新的人生体验饱含深情地融入笔端，向读者阐述内心对这些名著和人生世相的理解，善于说出前人没能说出的话来，还要率真地表达自己的个性。

　　按常理，社会进步和发展了，人类应该变得越来越聪明，但是事实并不尽然。现代人发明的汽车比牛车和马车更快更便捷，却免不了在古人曾经脱轨的道路上重蹈覆辙。人生之路亦然，一样有不少人令人叹息、自觉不自觉地用自己的年华、鲜血乃至生命，一次次重复前人犯过的错误。前人的教训与经验同样重要，有时教训甚至比经验更有价值。遇事不妨经常试试以古为鉴、知古通今，从而更好地"正衣冠""知兴替""明得失"。前人的教训，就像公路边"事故多发地段"的警示牌，可以提醒我们安全地通过事业和人生中许多充满叵测和危险的"路段"。一个情商高的人不仅能够准确地觉察、识别、表达这样的经验与教训，还善于寻找一个可以使自己最大潜力得以发挥、最大价值得以体现的切入点，来实现自身的飞翔。要做到这一点，首先需要做的就是知人知己，明心见性。知止而后有定，定而后能静，静而后能安，安而后能虑，虑而后能得。物有本末，事有终始，知所先后，则近道矣。

命运一直藏匿在我们的思想里，人生道路虽然漫长，紧要关头却只有几步，一切缘于选择，归于选择。生存是一场选择博弈，至于是赚了还是赔了，既要看选择的方法，更要看选择时的智慧。造物主把我们带到这个世界，却未给我们安排好某一种命运，因此人生要面临多项选择。大致说来，选择可以分为必须选择、可以选择和无须选择三种。智慧的选择有三个关键点：一是一定要明确自己的优势，把这些零散的岁月选择集中到一个焦点，点燃生命那张纸。二是学会权衡，两利之间取其大，两害之间取其小。三是学会平衡，得之坦然，失之淡然，学会止与定。上升到哲学高度就是：第一，不要走捷径，便捷而陌生的道路可能藏匿着未知的危险——戒贪；第二，不要对可能是坏事的事情好奇，否则可能惹祸——戒痴；第三，不要在仇恨和痛苦的时候做决定，否则你以后很容易后悔——戒嗔。

人生只有去程票，没有返程票。对于自己的每一步选择，谁也不能肯定是对还是错，也不能亲自去验证一下那个没有选的答案。在永远都不确定的未来里，有的人最终站到了领奖台上，有的人却只能拥挤于向上仰望的人群中。生命一经出现征兆，成长的秒针就开始了奔跑。对生命而言，时间是一种成长，深度更是一种成长，一切变化都要源于我们的内心。成长既是审视自己、寻找自己的自我发现过程，也是一个挖掘自己、突破自己的自我实现过程，这才是人生成长的真正含义。

苦难是一个人晋升的阶梯。路坚硬了脚板，脚板踩出了路。这种成长是在一次次昂贵的学费和一个个痛苦的磨难中开花结果的：跌绊强化了双腿，欺骗增进了智慧，蔑视觉醒了自尊……人生在世，如果没有遇到任何挫折，就会像没有经历风雨的麦穗，结不出饱满的果实。虽然这一过程会很痛苦，但是对于生命的重生，它又实在是一种必须。我们只有尽可能地谨慎、认真、无悔，向着"仁者不忧，智者不惑，勇者无惧"的境界靠拢，以"温良恭俭让"的五德和"礼义仁智信"的五常维系人与人之间最大的和谐。

时代在变，生活环境在变，作为社会存在主体的人身上的人性是永远不会变的。在中国人不可不读"四大名著"的文化传承中，煌煌名著里的故事与人物几乎每个中国人都能说上一些，很多人和事曾经深刻地影响着中国人的思想观念和价值取向，特别是对于那一个个典型而清晰的人物，我们总能在周围生活的人群中看到似曾相识的身影。在此，我们仅想通过破解其中经典人物的个性密码，透过其成长环境、人生经历、性格命运、目标选择、练达人情以及价值创造，从中发掘人作为社会中的个体本身的优劣、得失、教养和品性等，继而给读者以人生的感悟、心灵的净化、品性的修炼以及成长的推动。

高尔基说过："文学即人学"。文学中蕴含着世事洞明与人情练达，饱含着人性、人欲、人理、人伦、人格、人志、人道等一系列现代人需要镜鉴的因子。然而，一千个观众就有一千个哈姆雷特，每个人只能发现自己想要发现的东西。我们从成功学和人性角度将四大名著中的个性人物与现实充分结合，不追求理论的高深，也不追求文学的审美，只讲求人物的言行是非与成败的辩证思考。全书以随笔形式来写，没有特别严密的结构体系，每篇文章选取一个立意点，说的都是生活中最贴近最实用的"普通话"。为了使引用浅显易懂、语言轻松、观点新颖，写每个人物或事件前我们都会好几日不敢下笔，力求最大限度地表达出一个个鲜活人物背后所折射出的深刻道理，真正饱尝了备受煎熬的滋味。

鉴于学识水平有限，疏漏或不当之处在所难免，读者不一定非要笑纳我们在书中的某些观点，我们也并非要得出一个怎样的结论，重要的是和大家分享与探讨一些观察和思考问题的新角度。如果各位读者翻开此书，能够感受到古典名著还能有这样的读法，并且从中悟出一些什么，我们也就心满意足了。

王伟

第一章　独占鳌头，宏图大业我做主

第二章　胸怀韬略，奇谋妙计如泉涌

第三章　金戈铁马，提携玉龙只为君

第四章 悲欣交集，是非成败转头空

第一章

独占鳌头，宏图大业我做主

　　汉末三国是一个风云变幻、沧海横流、波澜壮阔的时代，在群雄激斗层出不穷的大背景下，连绵不绝的战乱灾难始终处于跌宕起伏的状态。立志逐鹿中原、称霸成王者可以马上得天下，却不能马上安天下，亟需文治武功双管齐下，威猛怀柔并行不悖；意欲上振朝纲、下赈黎民者，心系社稷而忧劳天下，不仅能造福当世，更能名垂千古。

　　夫英雄者，不但要胸怀天下、腹有良谋，还要有包藏宇宙之机、吞吐天地之志。在争夺权力和名位的博弈中，有的人在龙争虎斗中脱颖而出，有的人却不动声色、暗藏锋芒，但所有人都有一个共同心声：将相本无种，男儿当自强。谁能独占鳌头，成就宏图大业？《三国演义》给有心人提供了更加广阔的思考空间。

01

任由欲望泛滥等于自掘坟墓·董卓

虽然大多数历史学家倾向于将三国时期的起始时间从东汉灵帝中平元年（公元 184 年）黄巾起义算起，但事实上那场以农民为主体的革命运动反倒使得东汉统治阶层达成了最后一次空前联合，从而导致此后长达九十多年混乱局面的直接动因其实是东汉末年一次皇位继嗣，以及由此带来的外戚、宦官、士大夫和武人的争斗。

东汉中平六年四月丙辰（公元 189 年 5 月 13 日），三十四岁的汉灵帝刘宏龙驭宾天，留下了两个儿子：何皇后所生的刘辩，当年十四岁；王美人（因何皇后嫉妒而被鸩杀）所生、由董太后抚养的刘协，当年九岁。按照长幼序列，刘辩作为汉灵帝刘宏与何皇后的嫡生长子，由他继承皇位是顺理成章的事情，况且他的娘舅——屠夫出身、时任大将军何进还掌握着军权。然而，刘辩在父皇汉灵帝那儿一直得不到宠爱，刘宏病重之时曾与董太后商议，欲立王美人所生皇子刘协为太子，中常侍蹇硕当即奏请杀死何进以绝后患。大将军何进得知这一消息后，立即在司隶校尉袁绍的协助下进宫诛灭蹇硕，并且在汉灵帝驾崩后第三天扶立刘辩即位称帝，派兵包围董太后侄子、骠骑将军董重的府第，逼迫董重自杀后，又派人于河间驿庭毒死董太后。

在这场外戚与宦官相互角力的皇位之争中，依托外戚势力初尝战胜宦官集团之喜悦的士大夫们热切希望"将革命进行到底"，彻底铲除专权祸国的十常侍。此时，子荣母贵的何太后摇身一变，成了每天服侍她生活起居的宦官们的保护伞。何进夹在士大夫与何太后之间左右为难，但整部东汉史使他看到宦官终究是外戚最大的敌人。一番犹疑之后，何进最终采纳了司隶校尉袁绍的建议：密诏各镇刺史带兵进京，借助外援一举诛灭十常侍。所要征召的四方猛将中，除了西凉太守董卓之外，其他人大多与袁绍交情不错，然而就是这个在汉末军阀中地位有点类似于后来袁世凯之于北洋军阀的董卓，破坏了袁绍将宦官与外戚一并解决的如意算盘。

在《三国演义》里，陇西临洮（今甘肃岷县）人董卓是第一大反角，他与曹操是同一类型人物，而且是曹操的政治楷模。从某种程度上来说，董卓是东汉末年仅有的几个善于把握时机的人，曾几何时他不过是区区颍川郡轮氏县尉的次子（轮氏县治在今河南登封西南），最终竟然成了一个开创三国时代的叱咤风云的人物，这在讲究门第出身的社会背景下尤其难得。要不是后来身败名裂，董卓应该是东汉一代由草莽武夫成长为政治领袖的样板。

董卓字仲颖

董卓，字仲颖，从小好武任侠，喜涉江湖。少年时曾经游荡到羌人聚居的地方，与诸羌首领交上了朋友。后来，董卓回乡归于农耕，有些羌人首领经常去他家拜访，每次他都热情招待，家里实在拿不出东西的时候，甚至不惜杀了耕牛招待客人。耕牛是汉人家中一笔不小的固定资产，董卓的行为让羌人首领们非常感动，他们回去之后便凑了千余头各种家畜送给董卓，从此他便成了富甲一方的大财主。

汉桓帝末年，朝廷征召六郡良家子弟为羽林郎，董卓不甘心一直在家当财主，毅然报名参军，虽然他臂力过人、武艺高强，骑在马上可以一边挂一张强弓左右驰射，却只在羽林军中当了一名下级军官。后来，董卓跟随中郎将张奂出征并州立下军功，不仅职位获得提升，还得到了九千匹缣帛的奖赏，可是他却将九千匹缣帛全部分给了部下军吏，自己尺寸不取。

黄巾起义爆发后，董卓奉命率兵征讨，结果吃了败仗，幸亏遇到刘备、关羽、张飞三兄弟出手相救，才逃过了张角的追杀。董卓听说刘备等人没有官职，不但不谢救命之恩，反而傲慢无礼，险些被张飞所杀。因为围剿黄巾军不力，朝廷打算治董卓渎职之罪，他主动贿赂十常侍，攀附当朝权贵，不但安然逃过一劫，还被朝廷拜为前将军，受封鳌乡侯，升任西凉刺史，成为统率二十万大军的一方诸侯。到了汉灵帝末年，董卓在西凉的实力已位居诸雄之冠，而东汉王朝最后一次宦官与外戚之争，又为这个"才武"之人提供了实现政治野心的机遇。

从一个地方军阀入主中央朝政，应该说是无能的大将军何进给董卓带来了天赐良机。董卓可不是盏省油的灯，而且绝对是"给了阳光就灿烂，给了洪水就泛滥"的主儿，在接到何进的密诏后，与其他各镇刺史的迟疑和拖延不同，他马不停蹄地带兵向着京都洛阳进发。然而，董卓在到达洛阳城附近的夕阳亭之后，却一直按兵不动，来一招隔岸观火，坐看外戚和宦官们"鹬蚌相争"。这么一来，一个本来是给别人做打手的人，一下子竟变成了坐收渔利的"渔夫"。

十常侍将何进骗入宫中杀死后，曹操与袁绍一起带兵杀进宫中，诛除十常侍中的四个宦官，洛阳皇宫内顿时乱得一塌糊涂。持观望态度的董卓看到时机成熟，当即决定挥军疾进洛阳城，恰巧在北邙山遇到了躲避内乱的少帝刘辩和陈留王刘协。大概因为受惊过度，少帝刘辩见到董卓，竟然吓得连话都说不清楚。年仅九岁的陈留王刘协却毫不畏惧，他独自勒马向前，责问董卓："既来保驾，天子在此，何不下马？"董卓大惊，慌忙下马，拜于道左。当董卓问起祸乱起因时，刘协口齿伶俐，对答如流，自始至终，无一失言。董卓暗自称奇，已怀废少帝而立陈留王之意。紧接着，董卓率军拥奉着少帝兄弟俩及其随从，浩浩荡荡开进了洛阳城。这样一来，董卓不但博了个勤王护驾的好名声，还落了个挟持天子的大实惠。

董卓长期在西北边地与游牧民族作战，性格剽悍又不失狡猾。事实上，董卓此次率军进京之前根本没有料到洛阳会发生如此大的变故，他的兵力总共不过三千人，大部分人马都留在了河东。为了迷惑洛阳城的大小官员，董卓要了一个小小的花招来虚张声势，每隔四五天就悄悄派出一支军队，然后趁着夜色潜伏在洛阳城附近，第二天又旗鼓喧天地开进城来，宣称是西凉兵马的后续部队。洛阳城里的人根本摸不清董卓的虚实，都以为他的兵马不可胜数。大将军何进和车骑将军何苗所属的禁军将领此时群龙无首，看到董卓的势力日益强大，都带着手下归顺了他。当时洛阳城附近还驻扎着丁原的军队，董卓以金珠、玉带、赤兔马收买了丁原帐下骁将吕布，诱使他砍下了丁原的首级，并趁势吞并了这支队伍。于是，京都洛阳周围已经没有能够和董卓抗衡的力量了，他得以一手遮天、为所欲为。

尽管我们认为董卓的心智存在问题，但是这种心智上的毛病尚未全面爆发时，他倒还是能够保持头脑清醒的，也做了一些收买人心的举动。董卓当权伊始，迅速扭转了宦官专权的黑暗局面，推翻了东汉末年阉党制造的"党锢"冤狱，为陈蕃、窦武平反昭雪，任用了蔡邕、郑泰等一大批清流名士，还不拘一格地罗致了一批文臣武将为他效力，文有女婿李儒作智囊，武有义子吕布为干将。但是，董卓擢拔人才的举动并未使得天下归心，他本是行伍出身，不属于士林一类，无法得到根正苗红的名士拥护。同时，董卓的军纪也是个大问题，当时的洛阳城相当繁华，他不思好好治理，反而放纵部下每日带领铁甲兵横行街市，"顺我者生，逆我者死"，尽情地表现野蛮人的凶悍，大肆彰显"我的地盘我做主"的霸气。在董卓看来，百姓只是他手中的物品，甚至是羔羊。借用他的话说："吾为天下计，岂惜小民哉！"试想一下，一个不得民心的人，如何能稳固江山社稷？

董卓在京都洛阳站稳脚跟后，手握宝剑召集群臣议事，命令李儒当众宣读策文，将少帝刘辩废为弘农王，另立陈留王刘协为帝，是为汉献帝。擅行废立并不是董卓篡位的前兆，他大概是想仿效权臣霍光废昌邑王刘贺的故事，用废旧立新的政治手腕来专断朝政。刘辩为人"轻佻无威仪"，这样暗弱的皇帝是每一个飞扬跋扈的权臣都喜欢的傀儡，可是董卓偏偏要改立才能比少帝要强的刘协。董卓心里肯定清楚这两个人之中谁比较难对付，如果他在这时就想谋朝篡位，还不至于蠢到自找麻烦，自己给自己制造障碍吧。

随着时间的推移，在物欲和权欲的怂恿下，董卓滥施淫威的毛病越来越严重，甚至有些丧心病狂。他先是以刘辩的诗作充满怨言为由，命令李儒进入后宫摔死何太后、鸩杀刘辩、绞死唐妃，接着自封为相国，享受种种特权待遇："赞拜不名，剑履上殿"——上朝拜见皇帝时不必口称"臣董卓拜见吾皇万岁万万岁"，还可以携带佩剑上殿，也不必脱下鞋子。公卿大臣遇到他要先下车来拜谒，而他老人家也不必还礼，朝中大臣大多是敢怒不敢言。自此，董卓更加肆无忌惮，夜宿龙床，奸淫宫女，朝纲被他硬生生地给搅乱了。如果说董卓晋身相国是一时偶然的话，那么他身败名裂就是必然结局。

董卓生性残暴，面善心狠，横征暴敛令人生畏。对于反叛他的人，经常是当众割断舌头，或斩断手脚，或刺瞎眼睛，或竖起一口大锅将其烹煮。别人看到这番情景，早已吓得面如土色，可他还是泰然自若。后来这种暴行甚至扩大到公卿大臣身上，凡持异议的人一律被百般折磨至死。在董卓暴政下的"朝"是一片白色恐怖，"野"更是民不聊生。据史书记载，那时"法令苛酷，爱憎淫刑，更相被诬，冤死者数千。百姓嗷嗷，道路以目"。试想，一个如此专横残暴的人，怎么可能树立高大威望？一个不顾百姓死活的人，又如何能够获得民心爱戴？

初平元年（公元 190 年），袁绍、曹操等人发动十八路诸侯联盟讨伐董卓，董卓竟然派兵将袁绍叔叔、太傅袁隗在洛阳城内的家团团包围，不分男女老幼全部屠戮殆尽。用董卓的话说："天下事在我！我今为之，谁敢不从！汝视我之剑不利否？"当董卓习惯于把暴力作为第一选择时，他已由幸运的渔夫变成不折不扣的屠夫，昂然走向独裁。他把江山当作玩物，把黎民视为草芥，在大棒政策的指引下，亲率十五万大军来到虎牢关迎战。

从外部因素来讲，董卓过分迷信武力，以为任何事情都可以通过简单粗暴的军阀作风摆平；从内部因素讲，是由于他膨胀的欲望得寸进尺，甚至不惜与天下为敌。如果说暴力杀戮直接导致他失去民心的话，那么内心深处无限膨胀的骄奢淫逸则是驱使他暴力杀戮的马达。吕布在虎牢关前被刘备、关羽、张飞打败，为了避开关东联军的锋芒，董卓返回洛阳后听信李儒的意见，决定将都城西迁至长安，遭到司徒杨彪、荀爽和太尉黄琬的反对。董卓勃然大怒，当日罢黜三人为庶人，又将前来谏阻的尚书周毖、城门校尉伍琼斩首，凡袁绍部下、宗党皆杀而抄家，洛阳城大批富户家产也籍没入官。紧接着，董卓命令吕布率领部众挖掘先皇和后妃的陵寝，盗取金银珠宝。他纵容军士淫人妻女，放火焚烧民宅，蔚然王气的洛阳宫城瞬间化为灰烬，哭声震天动地，真可谓罪恶滔天，罄竹难书。一个人的欲望引燃一段悲怆的记忆，实在令人扼腕哀叹！

董卓满载金珠缎匹数千车，劫了汉献帝和后宫嫔妃直奔长安后，更加骄横放纵。他自号"尚父"（周武王尊称姜尚为"尚父"，这里既有自称皇父，又有自比姜太公之意），出入朝廷僭用天子仪仗，封弟弟董旻为左将军鄠侯，封侄儿董璜为总领禁军的侍中，凡董氏宗族皆封列侯，全家老小都做了大官。又在长安以西二百五十里的地方，征发二十五万民夫筑起一座城郭高大坚固的郿坞，其内修建的宫室仓库里面储藏了可用二十年的存粮，金玉、彩帛、珍珠更是不计其数，还特地从民间挑选八百名少年美女供他享用。每次往来于长安与郿坞，公卿都要把他送至城门。

董卓迷信武力，迷信自己的权势，对于人心向背已经完全麻木了，他万万没想到自认为最可靠的司徒王允此时正将手放在背后，悄悄磨着刀子。董卓迁居郿坞以后，王允开始联络其他同僚，一起策划铲除董卓的方案。王允等人都是文官，要杀董卓并不容易，他迫切需要一个剑客类的人物来助一臂之力，这个人选就是吕布。大闹凤仪亭之后，董卓与吕布的矛盾已经尖锐化，王允的连环计又得到了貂蝉的鼎力相助，铲除董卓的时机已经成熟。

汉献帝初平三年（公元192年）四月的一天，部将李肃带人到郿坞向董卓宣读诏书，请董卓进京商议禅位于他的事情。董卓欲望膨胀，昏头晕脑被骗入京，一进宫门就被王允持剑喝令拿下，吕布一戟刺中董卓的咽喉，李肃亲手割下董卓的头颅，将这个罪大恶极之人暴尸大街，点了"天灯"。杀了董卓之后，吕布等人又奉王允之命查抄了郿坞，一切金珠财帛尽数籍没，董卓一家老少全部做了刀下之鬼。权倾一时、天下震怖的董卓及其家族，顷刻之间落得个灰飞烟灭的下场。

（董卓和李儒受戮的场面）

在欲望的洪流里，董卓不断走向骄横残暴，也最终走向了毁灭。董卓以"长于权谋"成为一名蹩脚的政治家，以"不明大道"成为传统文化和潜规则的挑战者、破坏主义野兽派经典代表，在"挟天子却不能令诸侯，据帝京而不能守"的愚笨中，给我们上演了一场欲望的惩罚戏：他收买吕布杀死丁原，最后自己也被吕布所杀；他曾将俘虏浇油焚烧，自己死后也被点了"天灯"。即使他的尸体后来被下属移走，但三次改葬都因为天降大雨而不能入土为安。

在董卓身上，命运真是环环相扣，丝毫不爽。这一切发于"废立"，形于"暴虐"，根源在于他那无法遏制的自我欲望，进而导致军事失"重"，政治失"利"，人心失"势"。董卓严重缺乏卓越政治家的头脑和胸怀，全然不明白人心向背的重要性，从根本上忽略了长期执政所需要的社会基础，最终被世人认定是《三国演义》中最大的反派人物，这完全是咎由自取。细读《三国演义》，董卓的价值在于为他的后继者提供了一个政治楷模，他的经验和教训更多地被曹操们所吸取，而后来者显然在政治上比这位西凉军阀要成熟得多。

董卓带来的沉痛教训让我们看到了在这个世界上没有欲望的人是根本不存在的，适当的欲望是个人和社会不断前进的动力，但每个人的欲望都应该是有限度的，控制不好就会害人害己。"欲望如海水，越喝越口渴"，一个无法抑制自己欲望的人，必然会因为缺乏自制力而难以在事业上取得成功。我们每个人都要学会控制自己的欲望，绝不能让欲望来控制自己，如果你不能遏制自己疯长的欲望，那么最好不要被欲望牵着鼻子走。否则，欲望会将你的心性彻底埋没掉，最后的结果只能是利令智昏，从此坠入深渊。

人性的弱点就在于得到金子以后，还念念不忘神仙那根点石成金的手指！诚如《增广贤文》所说："广厦千间，夜眠七尺；珍馐百味，不过一饱。"由此可见，只有懂得知足常乐，以道德为标杆多做一些有意义的事情，才是一个人真正能够光耀千秋的节点。

02

人生是一个不断选择的过程·袁绍

袁绍字本初

从某种意义上讲，在官渡大战之前，袁绍一直是东汉末年士大夫阶层的一面旗帜。袁绍，字本初，汝南汝阳（今河南商水西南）人，司徒袁逢之子，太傅袁隗之侄，出生于四世三公的豪门望族，是个标准的士族。靠着优越的出身，袁绍在汉灵帝时就担任了司隶校尉的重要官职，并且倚仗袁家门生故吏遍布天下的优势，势力盘根错节，在官场上有极大的发言权。

《三国演义》里，袁绍一出场就是一位激情四射的青年斗士。何进意欲诛灭专权祸国的十常侍，袁绍挺身而出，率领精兵强将斩关入宫，协助何进扶立刘辩即皇帝位。何进被杀之后，袁绍与曹操一起入宫杀死十常侍中的四个宦官。董卓专权以后，欲废少帝而立陈留王为帝，袁绍再次扬眉剑出鞘，针锋相对地与权倾朝野的"屠夫"拔剑相向，还大胆放言："汝剑利，吾剑未尝不利！"两人剑拔弩张，袁绍辞别百官，直奔冀州而去，开始了一个满怀壮志的清流士大夫到野心勃勃的地方军阀的嬗变。

袁绍离开后，董卓怕激起大乱，差人拜袁绍为渤海太守。可是袁绍丝毫不领情，他亲自致信王允说："绍今集兵练卒，欲扫清王室，未敢轻动"，仍然不忘与强权作斗争。不管此时的袁绍是出于真心报国还是借名图利，至少作为豪门世家的高干子弟，这种敢于挺身而出的勇气着实令人钦佩。不久，袁绍接到了由曹操发出的矫诏，当即引兵三万离开渤海与曹操会盟，召集十八路诸侯一起讨伐董卓，袁绍被公推为十八路盟军的总司令。汜水关前关羽斩了华雄，虎牢关下刘、关、张三英战败吕布，盟军初获胜利。

正当袁绍志得意满，为天下瞩目之时，董卓的大臣伍琼却不以为然地预言："袁绍好谋无断，不足为虑。"好谋无断是袁绍一生中的致命弱点，这注定他一生只会做单项选择，一遇到多项选择哪怕是双项选择，他就必然会选错。董卓迁都长安，曹操追击失利，声势浩大的讨伐董卓运动因为袁绍无盟主之能，盟军上下又不齐心协力，结盟一年之后即告解散。讨董联盟分崩瓦解，袁绍与曹操等人开始分头抢占地盘，各自发展自己的势力。

袁绍最初想与冀州牧韩馥一起拥戴汉室宗亲、幽州牧刘虞为帝，与董卓把持的朝廷分庭抗礼，应该说不失为一种好的选择，然而刘虞却不敢接受，看来并不是谁都能当皇帝的。这时候，袁绍做了一件让朋友们很寒心的事情：趁韩馥遭受北方军阀公孙瓒进攻之际，以帮助韩馥为名抢占了他的地盘，宣布自己当上了冀州牧。当时正值汉献帝初平年间，袁绍字本初，所以他自认为年与字合，事业发展顺顺利利。

自此，袁绍以冀州为根据地，消灭了公孙瓒、张燕等地方割据势力，逐步扩大到冀、青、幽、并四州，雄踞黄河之北，拥有百万强兵，成为北方最大的军阀集团。当时袁绍帐下文有沮授、田丰、郭图、逢纪、审配为之筹谋，武有文丑、颜良、张郃、高览替他拓疆，成为响当当的一方霸主。这一路走来，袁绍是靠他的能力和勇敢搏杀出来的，岂是一般的蓝血贵族所能作为？

在如此大好形势之下，袁绍却错过了一次千载难逢的良机：谋士沮授与郭图劝他迎立天子，将因为董卓及其残部之乱而蒙尘流亡的汉献帝请到邺城来，挟天子以令诸侯。但是，袁绍终究是一个好谋无断的人，政治眼光远远不及他的英雄表象。或许是因为拥立刘虞不果的阴影未除，或许是满足于做河北一方的霸主，不愿身边多个皇帝来碍手碍脚，所以他断然拒绝了这个请求。后来，曹操迎立汉献帝定都许昌，并且改年号为"建安"。袁本初自以为"年与字合""事事顺利"的"初平"年间顿时一去不复返了。

人生是由一连串选择组成的，有时候哪怕只是走错一步，就可能导致满盘皆输。正所谓"一失足成千古恨，再回首已是百年身"，袁绍一不小心就陷入了命运的覆辙。尽管也一心想得天下，但他始终患得患失，缺少一种舍弃一切勇往直前的精神。曹操定都许昌后，不久又派兵征讨占据徐州的刘备，袁绍见到刘玄德请求援助的信，召集部下谋士商议与曹操交兵之事。面对审配、郭图、许攸等的赞同，以及田丰、沮授的反对，袁绍一时犹豫不决，最终还是选择了错误答案，决定起兵抗曹。袁绍本应该接受田丰的建议，趁许昌空虚之机发动突袭，与刘备前后夹击曹操，可他却因为小儿子袁尚生病而方寸全乱，拒绝出兵，坐失良机。直教田丰以杖击地，痛心不已。

刘备这枚鸡蛋很快就被曹操的石头砸得七零八落，曹操顺利拿下了徐州城，刘备投奔了袁绍，关羽则约法三章暂时留在曹操身边。失意的刘备不断鼓动袁绍出兵讨伐曹操，袁绍听信了刘备的一套说辞，毅然放弃了田丰建议打持久战的主张。速胜论的思想战胜了持久战的思想，袁绍再次作出了错误的选择，甚至不惜将田丰打入大牢，自此他连建议权都没有了。

这一战略决策的失误，最终导致袁绍后来的一败涂地。

大战在即，第一仗如何用兵至关重要。建安六年（公元201年）春，袁绍以大将颜良为先锋，率军进攻白马。这时沮授站出来说："颜良性狭，虽骁勇，不可独任。"袁绍的又一道选择题出来了，可他再次在主观认识中作出了错误的判断与选择，结果颜良被关羽一刀毙命。袁绍随即做了报仇的反应，派遣大将文丑再战曹操，刘备率三万人马随后。沮授建议不可轻渡黄河，袁绍执意不听，至延津交战，文丑也踏上了黄泉路。沮授再次成为无用的选项，在万般无奈中选择了托疾退出。

当袁绍分别致信刘表、张绣、孙权，要求三家联合对付曹操时，结果实在丢尽了他"四世三公"这一豪华出身的面子。特别是和袁绍颇有渊源的老孙家，不但驳了他的面子，还主动向曹操示好，被曹操结为外应。袁绍愤怒之余，召集冀、青、幽、并等处七十万人马欲攻许昌，北方两大豪强开始了历史性的较量。

在如此紧急关头，睿智的田丰在狱中上书谏阻，请求袁绍静待天时；忠诚的沮授也在军中进言："我军虽众，而勇猛不及彼军；彼军虽精，而粮草不如我军。彼军无粮，利在急战；我军有粮，宜且缓守。若能旷以日月，则彼军不战自败矣。"这实际上是要袁绍稳扎稳打，和曹操打持久战。可袁绍充耳不闻，一意孤行，竟将这两个最厉害的谋士全部监押，待到破曹之后一起治罪。

这场战役的关键是粮食，后勤保障是最终获胜的重要保证，袁绍偏偏在看管粮食这一问题上犯了个致命的错误：韩猛押送的千车粮草被曹军将领徐晃、史涣焚烧后，审配还特意提醒袁绍要加强乌巢的防守，可袁绍放着张郃这样武艺高强、能独当一面的猛将不用，却把嗜酒如命的蠢货淳于琼及其部将睦元进、韩莒子、吕威璜、赵睿等人派到了乌巢守粮仓，怎能不误事？

当谋士许攸从抓获的曹操催粮信使那里得到曹军已近粮荒的消息后，立刻向袁绍献上一条锦囊妙计：双方相持日久，许昌必然空虚，可派出一路兵马，星夜偷袭许昌，则许昌可破；曹军粮草已尽，如果正面进攻与星夜奇袭齐头并进，一定会大败曹操。可惜的是这一良策却被愚蛮的袁绍说成是："汝与曹操有旧，想今亦受他财贿，为他作奸细，啜赚吾军耳？"不仅不予采纳，甚至因为审配密报许攸子侄秽行，还差一点杀了许攸，一个非常高妙的策略与袁绍擦肩而过，并且把许攸推到了曹操身边。

许攸连夜投奔曹营，曹操尽知袁军虚实，当即带领诸将偷袭乌巢。戴罪的沮授夜观天象，见有恶兆，急忙求见袁绍，建议强守乌巢，却被袁绍斥退。乌巢粮草被烧，袁军军心大乱，袁绍似乎被抽了筋一般一下子瘫软了，他听信小人郭图的建议，派出张郃、高览率精兵去劫曹操的营地，却派蒋奇带领一小部分人马去救乌巢，结果蒋奇在奔赴乌巢的路上被张辽斩首，张郃、高览两位大将兵败降曹。许攸劝曹操乘胜进攻袁绍，袁绍单衣幅巾上马，幼子袁尚随后，丢弃图书、车仗、金帛，派使者送剑逼田丰自杀，只引八百人逃回邺城。

官渡之战大败而归，袁绍回到冀州后一直心烦意乱，继妻刘氏又催促

（田丰闻知袁绍兵败后拔剑自刎）

袁绍册立其所生第三子袁尚为嗣，他始终踌躇未决。忽报曹兵追来，袁绍长子袁谭、次子袁熙、外甥高干各引本部兵马前来参战。袁绍聚四州之兵共二三十万前至仓亭下寨，交战中袁尚射死曹将史涣，程昱献"十面埋伏"之计大败袁军。袁绍气得口吐鲜血不止，率残部回冀州养病，英雄末路果然十分悲惨。

建安七年（公元202年）春，曹操率领大军至官渡，再度讨伐袁绍。袁绍病体稍愈，遂调青、幽、并州三路军马共同迎敌。幼子袁尚轻出，代父领兵出黎阳与曹军相遇，兵败逃回冀州。袁绍受此一惊，吐血数斗，昏倒于地，口不能言。刘氏急忙请来审配、逢纪，让二人至袁绍榻前安排后事。审配代写遗嘱，遵照袁绍的意愿，立袁尚为嗣。此时此刻，曾被天下豪杰视为领袖的袁绍像一个怨天尤人、自暴自弃的庸夫一样吐出了最后一口腥热的鲜血，这位曾经横扫河北、鹰扬河朔的大军阀就此走完一生。袁绍死后，其子相互残杀，皆为曹操所败。

易中天先生曾在《品三国》中清晰地指出了袁绍失败的"六失"，即政治上失利，道义上失理，战略上失策，指挥上失误，用人上失当，组织上失和。本来他是有机会赢得官渡之战的胜利的，甚至可以夺取中原，进而"挟天子以令诸侯"。但是，天生好谋无断注定了他的失败，注定他一生都是在错误的判断与选择中度过。当年的雄才大略与最后的穷途末路相比，其间的荣枯转化皆在于他指挥百万雄师过程中那一个个错误的选择。

人活着就得面临选择，人生不光在于机会，还在于选择，甚至选择比努力更重要，会选择是一种大智慧。每一个决定都是一个选择的过程，要想作出一个更好的决定，首先要停止继续执行一个错误的决定。当你发现自己所走的道路方向不对时，最需要做的就是停下来，这样可以避免与既定目标偏离得更远。因此，选择一定要放在努力的前面，这样你就可以知道这个世界不是所有的事都要去做，我们要做的是现在最应该做的事情。事实上，选择是否果断完全取决于对真正需要的清晰认识，也就是说你的目标是否具有视觉的形象体现。

我们应该欣赏这样一句话：在充分的信息基础之上进行理性选择，选定最优方案才能将已有的资源发挥到最优，才能为未来的人生发展出色地完成先修课程。遗憾的是，我们中间的很多人并没有意识到自己手中这种有着巨大影响力的权利，他们轻易地作出一个又一个决定，或者是盲目从众，然后在年华逝去后再感慨自己的碌碌无为。人生的智慧在于选择，改变命运就取决于你一刹那所做的决定。

03 驾驭不了的野心是致命毒药·袁术

拿破仑有一句名言："不想当将军的士兵不是好士兵。"如果把这句话套用在袁术身上，改成"不想当皇帝的男人不是好男人"，可就再贴切不过了。成大事者必须要有野心，有野心并不是什么坏事，因为一旦成就千秋大业，野心就会被定位为雄心，正所谓"胜者为王败者寇"。但是，野心如果成为脱缰的野马而不能被驾驭，往往会让人利令智昏，最终反受其害，在群雄争霸的激烈竞争中潦草退场，对自己来说是千古憾事，对他人来说则是千古笑谈。从"蓝血贵族"到"饥饿难民"的袁术，就是因为难以驾驭急剧膨胀的野心，最终成为众矢之的，落得个吐血而亡的悲惨下场。

袁术，字公路，汝南汝阳（今河南商水西南）人，是司空袁逢的嫡子，与袁绍是同父异母的兄弟，可他们俩的关系并不好。袁术的年龄虽然比袁绍小，且袁绍是婢女所生，也就是庶出而非嫡生，袁术常常看不起这位兄长。又因为袁绍曾被过继给伯父袁成做养子，所以史书上又称袁术是袁绍的堂弟。袁绍的行为举止要比袁术检点一些，颇有孟尝君的好客之风，官僚豪族大多愿意归附袁绍，袁术门前则颇为冷落。袁术很生气："群竖不吾从而从吾家奴乎？"意思是说，你们这帮小子不跟我打交道，却与我家的家奴打什么交道！他还曾在给公孙瓒的书信中骂"绍非袁氏子"，公然否认了袁绍作为袁家子弟的合法性。

《后汉书·崔骃传》有一段话："传曰：'生而富者骄，生而贵者傲。'生富贵而能不骄傲者，未之有也。"确实，袁术骄奢任性的个性几乎是与生俱来，少年时代就是个喜欢飞鹰走狗的浪荡公子，以放纵任侠闻名，却并非侠之大者。后来，袁术"颇折节"，想要洗心革面，重新做人。袁术之所以会这样做，固然是因为岁数增长而日渐成熟，另一方面也是迫于社会压力，如果他继续和别人"飞鹰走狗"下去，是无法通过乡党品评去当公务员的。不久，凭借着家门显赫，袁术被推举为孝廉，开始了仕途生涯。

袁术字公路

袁术在政治舞台上的第一次亮相是与大将军何进谋诛宦官集团"十常侍"，这时候他们两兄弟都在何进手下的禁军中当军官，袁绍是司隶校尉，袁术是折冲校尉，各领一支兵马。两兄弟都是诛除宦官专权的积极支持者，总算合作了一把。何进因谋事不密，反被十常侍抢先下手杀害，二袁都表现出了胆大妄为的作风，二话不说就带兵杀进宫去，见到没有胡子的就取其性命。这场野蛮的屠杀埋葬了东汉王朝历时百余年的宦官专权，但是对杀戮的嗜好并不能掩饰二袁成事不足、败事有余的政治实质——他们把野心勃勃、暴戾成性的西凉军阀董卓召进了京都洛阳。

董卓甫一进京，为了取得袁家的支持，任命袁术为后将军。后来，董卓霸占朝纲，飞扬跋扈，擅行废立，连换皇帝都由他说了算，终于使二袁看清了他的面目，不愿与之合作，他们先后从京城出走。袁术连夜逃往南阳郡鲁阳县，恰逢长沙太守孙坚刚将南阳太守张咨杀死，因为袁术一家名声很大，颇有号召力，所以引兵归附袁术。南阳是东汉光武帝刘秀发家的地方，老天给了饥饿的袁术一个巨大的馅饼，他不费吹灰之力就获得了拥有百万人口的大郡。袁术的富贵加上孙坚的雄兵，成为当时一支劲旅。

十八镇诸侯联合起兵讨伐董卓，袁绍是稳坐第一把交椅的盟军司令，袁术也以南阳太守的身份参加讨董联军，这可以算作是两兄弟的第二次合作。在陈留会议中，袁术的任务是负责督运粮草，但是他的表现却令人大跌眼镜。当长沙太守孙坚引兵出征，在汜水关冲锋陷阵、浴血拼杀时，袁术却在安逸的后方私下里打着小算盘：万一被孙坚抢了头功该怎么办？此时有一名姓胡名言的校尉对袁术说道："孙坚是头猛虎，他把董卓打败，咱们不是除狼得虎么？"袁术早就感觉到孙坚的那份豪情壮志，于是决定扣粮不发，竟使孙坚所部因缺粮而大败。

袁术嫉贤妒能的小人形象已经开始凸显，他在对阵董卓时呵斥关羽的话，更加显得没有一点水平。当时，关羽毛遂自荐要斗战华雄，袁术得知他不过是一个区区的马弓手，顿时大喝道："汝欺吾众诸侯无大将耶？量一弓手，安敢乱言！与我打出！"看人只看职位、学历，这是识人的标准吗？难怪袁术手下尽是些纪灵、陈兰之流。当关羽温酒斩华雄，张飞大叫活捉董卓时，袁术竟然要把关羽和张飞赶出帐去。在乱世用人之际，在无将可用的紧急关头，仍然以庸俗的门第观念来看人，一只极品"菜鸟"已经暴露无遗。

讨董联军各怀私心、逡巡不进，一场声势浩大的讨贼战争不了了之，却揭开了东汉末年军阀割据的序幕。昔日同盟很快出现分裂：袁绍欲立幽州牧刘虞为帝，以便操纵权柄，与董卓分庭抗礼，而袁术既怀更大野心，当然竭力反对，于是两兄弟互相猜忌，彻底反目成仇。袁术结好袁绍的仇敌公孙瓒，袁绍联合袁术的劲敌刘表，"其兄弟携贰，舍近交远如此"。初平三年（公元192年），袁术秘密派人给他曾经陷害过的孙坚送信，要求孙坚出兵攻打刘表，结果孙坚命丧岘山。初平四年（公元193年）初，袁术被刘表所逼，退出南阳，东入陈留，又遭到曹操和袁绍的合击，打了个大败仗，只好率余部奔九江（郡治寿春，在今安徽寿县），杀死扬州刺史陈温，自领扬州刺史，并称徐州伯，割据淮南。

占领扬州的袁术总算安稳了一些，偶尔翻书时，突然有一行字跳入他的眼帘——"代汉者当涂高也"，顿时令他心跳加速！"涂"在古代是通假字，通"途"，也就是路。袁术的"术"字在古汉语中就有路的意思，他的字又叫"公路"，这句谶语难道不是在暗示他将代汉称帝吗？袁姓出陈氏，陈是舜的后代，五行排列行"土"运，而刘汉承"火"德，以土代火，以黄代赤，也符合五行相生相克的"德运"顺序。这样想着，袁术的心跳越发快了，头脑也越发热了。从这一天开始，袁公路彻底走向一条利令智昏的道路。

《辞海》上对谶纬的解释是这样的："汉代流行的宗教迷信。谶是巫师或方士制作的一种隐语或预言，作为吉凶的符验和征兆。纬对经而言，是方士化的儒生编集起来附会儒家经典的各种著作，其起源是古代河图洛书的神话传说。"对于人类的未知世界，仅仅用"迷信"二字解释恐怕也太过简单。世界发展与社会走向，究竟有没有某种规律，是否存在着一种宿命的轨迹，未来的盛衰兴亡能否被准确地预见，这一疑问大抵是各国先哲们困惑已久的命题。以今人的智慧，想妄断一个是非，恐怕也太过自以为是。对于这样一种重要的文化现象，从传播学的角度进行一番考究，似乎更有意义。

在传统的宗法制社会，社会信息的传递主要是纵向进行的，例如皇帝的诏令层层下达，地方的奏报逐一上呈。社会控制中的"无组织信息"，例如政治危机、个人阴谋、群众呼声、道德评判等，难以正常进入有组织纵向传递的传播网络，正常的舆论得不到合法的传播途径，就只有通过谣言、谶谣等"舆诵"的形式进行散播了。与其将它说成是一种迷信，毋宁说它是一种舆论的变态。

《三国演义》第六回"匿玉玺孙坚背约"写道：诸侯联军逼近洛阳，董卓挟汉献帝迁都长安，临行时焚烧宫室民宅，发掘陵墓坟冢。联军先锋孙坚率先冲入洛阳，扑灭宫中大火，设军帐于建章殿上。其军士在殿南一井中捞起一具女尸，项挂一锦囊，内有朱红小匣，用金锁锁着，启匣一看，里面是一颗玉玺（皇帝的印章），四寸见方，上镌五龙交纽，有篆文八字，刻了一句吉谶："受命于天，既寿永昌"。四大名著之一《红楼梦》里也有几句著名的吉谶，那就是贾宝玉通灵宝玉上所刻的"莫失莫忘，仙寿恒昌"和薛宝钗那块璎珞佩上的"不离不弃，芳龄永继"几个字，只不过那终究是小说家言，世上本无的物事。这传国玉玺可是真实存在过的东西，"受命于天"几个字也非比寻常，据说得到传国玉玺的人必有"登九五之分"——做皇帝的好运。

不过，孙坚本人并没有做皇帝的命。盟军总司令袁绍很快得知消息，他也很想得到这颗传国玉玺，便摆出一副公事公办的样子向孙坚索要。孙坚当然不肯承认，于是袁绍就唆使荆州军阀刘表来做"夺宝奇兵"。宝虽然没被刘表夺去，梁子却从此结下了，后来孙坚也为此付出了生命的代价。孙坚的儿子孙策为了借兵替父复仇，将传国玉玺抵押给了袁术。当袁术用三千名士兵、五百匹战马就轻易地置换来传国玉玺时，他竟然天真地以为自己离当皇帝的日子不远了。

兴平二年（公元 195 年）初，李傕、郭汜、樊稠、张济等人攻陷长安，共执朝政后，互相猜忌，起了内讧，在京城大打出手，汉献帝被迫出逃，成了流亡天子。袁术看到刘汉王室积衰不起，改朝换代势在必行，便对部下们说："今刘氏微弱，海内鼎沸。吾家四世公辅，百姓所归，欲应天顺民，于诸君意如何？"部下们都被他吓了一跳，"众莫敢对"。只有主簿阎象反对，说汉室虽然微弱，却不像殷纣王那样暴戾无道；你的家世固然显赫，但还不具备当年周室的条件。此时的袁术已经失去最后一点自知之明，哪里还能听得进反对意见，最后还是一意孤行要登基做皇帝，甚至威胁说谁再反对就斩了谁。

建安二年（公元197年），袁术在寿春自称皇帝，国号仲氏，立后建储，置公卿百官，乘龙凤辇，祀南北郊，风光一时。在袁术看来，皇帝的称号就像现在我们市场经济条件下的商标一样，他以为抢先注册了皇帝的商标，别人就不能拿他怎么的了，没想到他僭称帝号的做法已经触犯了汉末群雄的大忌。在那个军阀割据的时代，每一派都是狼，唯独汉室是一块肉，虽说谁都觊觎皇帝的宝座，可谁都不敢跨越雷池半步。势力强大者如曹操，挟天子以令诸侯，汉献帝已成他手中傀儡，尚不敢代汉自立。蠢货袁术不知天高地厚，狂妄到甘冒天下之大不韪的地步，竟然染指九五之尊。袁术称帝的做法犹如火中取栗，被传统势力指责为大逆不道，由此也等于把自己的地位摆在了天下群雄之上，使群雄都遭到羞辱。最终他"如愿地"被人群殴，"荣幸地"成为又一个政治牺牲品。

袁术将窃号通报给吕布，并准备了丰厚的彩礼，想要聘吕布的女儿做儿媳妇，孰料吕布一点都不稀罕做什么皇亲国戚，反而将袁术的求亲使者韩胤监禁起来。袁术闻讯大怒，派大将军张勋率领二十万大军，分七路进攻徐州。吕布采纳了陈登的反间计，使杨奉、韩暹反戈，在营内放火，袁军顿时大乱。袁术身披金甲，腕悬两刀，在黄罗销金伞盖下亲自督战，仍然抵挡不住吕布的冲击，结果一交战便全线溃败，又被关羽截杀，大败逃回淮南。袁术刻了官符印绶，派人去江东封赏孙策，指望着向他借兵去报仇雪恨，但名义上曾是袁术老部下的孙策也拒绝承认他的政权，断然与之绝交——像吕布和孙策这样的武夫都比他懂政治。孙策大骂袁术大逆不道，联合曹操、刘备、吕布，打到了袁术的眼皮子底下，一举攻下了他赖以生存的根据地寿春。

面对众叛亲离的局面，袁术仍然骄奢淫逸、醉生梦死，对百姓只是一味榨取、毫不体恤，手下将士纷纷背反，雷薄、陈兰皆投靠嵩山去了。被迫离开淮南的袁术，日子越来越难过，在走投无路的情况下，他决定与袁绍言归于好，厚着老脸派人去送信，表示愿意将皇帝宝座转让给袁绍，自己屈尊去做哥哥的附庸，与袁绍搞"第三次合作"。袁绍还算有点良心，让长子、青州刺史袁谭派人去迎接袁术北上。袁术要从淮南前往青州，必须经过曹操的领地徐州，结果被刘备率五万兵马分三路拦截，杀得尸横遍野，血流成渠。这还不算完，袁术打算北上嵩山投奔老部下雷薄、陈兰，没想到却被这两个叛将劫去钱粮草料，欲回寿春又被群盗袭扰，最后只剩下一千多老弱残兵，只得暂住在距离寿春八十里地的江亭。

只有跳蚤水平而谋求龙种梦，袁术的结局只能是残阳与孤鹜齐飞，最终以跳蚤般的闹剧收场。建安四年（公元 199 年）六月，在江亭这个地方，袁术一干人断了粮食，有不少人被活活饿死。当时正值盛暑，袁术嫌吃的饭太粗糙，难以下咽，想喝点蜂蜜水，但哪里还有蜜浆？厨房大师傅顶嘴说："止有血水，安有蜜水！"——天怨人怒，尽在这八个字里。袁术听完此话，从床上一头栽落下来，哇的一声吐血斗余而死。等侄儿袁胤将袁术的灵柩及妻子送往庐江的时候，又被徐璆带兵全部杀死，并且夺了传国玉玺献给曹操。虽说因为一句谶纬引发的迷梦到此为止了，但袁术绝对不是第一个也不是最后一个迷信者。

自古就有"枪打出头鸟"之说，任何时候的成功都是在所有变数尽可能降到最低的情况下才开始行动，过早地暴露自己，很容易被扼杀在襁褓之中。在格局不明朗的情况下，心急是吃不了热豆腐的，你只有耐心等待瓜熟蒂落的时机，否则就是玩火自焚。野心是心里的一面号召之旗，而不是招摇在嘴上的树敌之靶，驾驭不了的野心更是致命的毒药。因此，学会隐藏自己的野心吧，这是生存之道，也是发展之道！

04

一夫之勇最终导致功败垂成·孙坚

孙坚，字文台，吴郡富春（今浙江富阳）人，东吴政权开创者孙权的父亲。孙坚是乱世中杀出来的英雄，早年参加过镇压黄巾起义的征战，还是抗击董卓叛乱的中坚力量，凭实力跻身于汉末关东群雄，与袁绍、曹操同列。也有一种说法认为孙坚是春秋末年吴国名将孙武的后人，但这个说法缺少证据，多数是孙坚之子孙权在显赫之后的夸饰。孙坚出身寒微，父亲孙钟只是东汉吴郡的一名小吏，远不能和袁绍、曹操相比。

孙坚年轻时就具有过人的胆识，练就了一身好武艺。十七岁那年，孙坚和父亲一起坐船去钱塘（今浙江杭州），途中碰巧遇到胡玉等一伙海盗抢夺商人的财物，在岸上公然分赃。善良又懦弱的人们见到如此嚣张的海盗全都噤若寒蝉，那些过往的行人吓得止步不前，过往的船只也躲得远远的，只等着海盗们分赃完毕呼啸而去才敢动身。初生牛犊不怕虎的孙坚毅然提刀上岸，独自用手指点东西，装出指挥很多人包围海盗的样子。海盗们见此情形果然上当，以为有很多官兵来搜捕他们，马上尽弃财物作鸟兽散。孙坚奋勇直追，杀死一个海盗，才回到船上。经过这件事情，孙坚从此声名远扬，被官府任命为校尉，并凭借优异的军功迅速脱颖而出。

东汉末年是一个多事之秋，动荡不安的局面给孙坚这样的勇武之人提供了发挥才干的机会。会稽郡人许昌自封"阳明皇帝"，聚集了好几万人造反，孙坚招募了上千人马配合地方官镇压了此次叛乱。作为剿杀许昌、许韶父子的嘉奖，刺史臧旻推荐孙坚历任盐渎、盱眙、下邳三县的县丞，由于政绩突出而得到吏民的拥护，乡里少年几百人和他来往，追随在他的周围。

中平元年（公元184年），黄巾军首领张角在魏郡造反，东汉朝廷派车骑将军皇甫嵩、右中郎将朱儁带兵前往征讨。朱儁上表奏请孙坚为佐军司马，乡里少年都愿意跟随他一起去平叛。孙坚招募了一千五百多人，与朱儁一起合力抗击黄巾军，一路所向无敌。汝、颍两地的黄巾军退守宛城，孙坚身先士卒攻破南门，摘得了破城首功，被朝廷拜为别部司马。后来，长沙爆发了区星起义，声势波及到零陵、桂阳，十常侍以皇帝的名义委任孙坚为长沙太守，让他星夜前往长沙讨伐反叛势力。区星当然不是能征善战的孙坚的对手，他不到五十天就平定了江夏，因功受封乌程侯。

关东州郡联合起兵讨伐董卓之时，孙坚由长沙率兵赶到南阳，主动请缨出为前部，充当讨董联军的急先锋。袁绍称赞"文台勇烈，可当此任"，孙坚带领本部人马杀奔汜水关。李儒接到告急文书，连忙报知董卓，吕布挺身而出，请求领兵迎敌。关西人华雄自告奋勇，要替吕布杀尽诸侯，董卓就任命华雄为骁骑校尉，与李肃、胡轸、赵岑率领五万马步兵，星夜赶赴汜水关迎战。济北相鲍信怕孙坚夺了头功，暗中派弟弟鲍忠带领三千人马，抄小路到汜水关下挑战。华雄只带五百人马出战，手起刀落把鲍忠斩于马下。

孙坚带领程普、黄盖、韩当、祖茂四将来到汜水关前骂阵，华雄副将胡轸率五千人马出关迎战，程普挺矛刺中胡轸咽喉，胡轸当场毙命。孙坚挥军攻城，城上箭如雨下，只好退到梁东驻扎修整，同时派人向盟主袁绍报捷，并且向粮草总督袁术催粮。可袁术是一个志大才疏、妒贤嫉能之人，因为轻信部下的谗言，他克扣了给孙坚的军粮，导致孙坚军中自乱，遭受华雄和李肃的突然袭击。孙坚听到喊杀声，慌忙披挂迎敌，连射两箭都被华雄躲过，再放第三箭时，却因用力太猛，拽折了鹊画弓，只得扔下弓箭逃命。祖茂看到孙坚的红头巾十分醒目，容易被敌人识别，主动要求拿自己的头盔交换。孙坚用红头巾换下祖茂的头盔，从小路侥幸逃脱，祖茂却被华雄给杀了，因此伤感不已。事后，孙坚质问袁术为什么不发粮草，害得他损兵折将，大败而归。袁术羞愧难言，杀了进谗言的人，请求孙坚原谅。

（华雄挑着孙坚的头盔骂阵）

董卓火烧洛阳城，挟持汉献帝迁都长安，赵岑见大势已去，便将汜水关献给孙坚。孙坚率人马赶到洛阳，见到处是浓烟烈火，赶紧让部下先扑灭宫中余火，把大帐设在建章殿基上。傍晚时分，有军士报告说建章殿南井中放出五色毫光，孙坚命人下井查看时发现了一具女尸，她脖子上挂着一个锦袋，里面装着朱红匣子，用金锁牢牢锁着。"启视之，乃一玉玺：方圆四寸，上镌五龙交纽；傍缺一角，以黄金镶之；上有篆文八字云：'受命于天，既寿永昌'"。当年袁绍为了给何进报仇，带兵进宫诛杀宦官，大概这个宫女在混乱中带着玉玺投了井，或者是被人推了下去。

程普断定这就是传国玉玺，它本是楚国的和氏璧，后来流落赵国，秦始皇吞并六国后得到此璧，让能工巧匠琢为玺，李斯在上面篆刻了"受命于天，既寿永昌"八个字。秦亡以后，子婴把这枚玉玺献给汉高祖刘邦。王莽篡汉，孝元皇太后用玉玺打王寻、苏献，碰掉个角，用黄金镶补。光武帝刘秀于宜阳再得此玺，十常侍之乱时丢失此玺。程普认为孙坚有做皇帝的福分，建议他尽快带着玉玺撤兵回江东，早日图谋大事。孙坚表示赞同，密令在场军士不得泄漏此事。

不料，在场的人中有一个是袁绍的乡亲，想要借此机会谋求一些赏赐，就偷偷把这件事情的来龙去脉都告诉了袁绍。第二天，孙坚找到袁绍，说他身体有病，要回长沙去，特地来辞行。结果被袁绍当面揭穿："吾知公疾乃害传国玺耳！"孙坚赌咒发誓不承认，袁绍把通风报信的人叫出来当面对质，气得孙坚拔剑要杀那人，袁绍同时也拔出剑来相峙。站在袁绍背后的颜良、文丑皆拔剑出鞘，站在孙坚背后的程普、黄盖、韩当亦掣刀在手，眼看就要发生流血事件，幸亏被在场的其他几路诸侯劝住。孙坚率领部下人马离开洛阳，袁绍立刻给荆州刺史刘表写了一封密信，差遣心腹之人连夜往荆州，让刘表半路截下玉玺。

荆州刺史刘表接到袁绍的书信，就命令蒯越、蔡瑁率领一万人马拦截孙坚。黄盖大战蔡瑁，把荆州军杀败，正要冲过去，刘表却亲自率军赶来，把孙坚的人马团团包围。刘表指责孙坚私藏玉玺，想谋反作乱。孙坚矢口否认，双方又是一场大战，程普等将领拼死保护孙坚，杀出重围时人马已经折损大半，孙刘两家从此结下仇恨。

初平三年（公元 192 年），袁术派人向刘表借粮二十万，因为刘表推脱不给，袁术就写下一封书信，派人送给孙坚，让他出兵讨伐刘表。孙坚为了报当年刘表对他的堵截之仇，不顾老将程普和弟弟孙静的反对，亲自率战船直奔樊城，杀了陈生、张武两员守将，主将黄祖则混在步军中逃至襄阳。孙坚追渡汉水，将黄祖围困在襄阳城，城内形势十分危急。刘表采用蒯良计策设下埋伏，派吕公带一批弓箭手出战，把孙坚引诱到岘山之中，然后分兵两支，一支在山上贮备石头，另一支藏在林中准备射箭。孙坚也不召集手下诸将，只领了三十余骑追击吕公，犯了作为将帅不可身冒险境的兵家大忌。等孙坚的追兵一到曲折难走的山路上，忽然一声锣响，山上石子乱滚，林中乱箭飞射，孙坚着石中箭，一代英雄脑浆迸裂，和战马一起死去，年仅三十六岁。

孙坚为自己出头，替他人出头，凡事好出头，实在是犯了成事大忌，真是一夫之勇不可取呀。如果一个人以为自己凭借勇武就可以独步天下，那么这种想法本身就是悲哀的。虽然"明知山有虎，偏向虎山行"是一种大无畏的英雄气概，但在明知对方是诱敌深入的情况下，仍然持勇独追，以致丢了身家性命，孰大孰小一目了然。英勇无畏固然是令人羡慕与尊敬的品质，如果不是建立在大智慧之上，那么价值也是不大的，充其量不过是一夫之勇，迟早会让自己付出惨痛的代价。

孙坚一生猛若虎、霸如狼，骁勇善战，勇猛刚烈，算是首屈一指的人物。如果不是死于黑暗角落里的无名小卒之手，而是依靠卓越的才能平定江南，凭借坚定的意志除暴安民，或许他能成为像曹操一样重建秩序，开创新的局面。很可惜的是，他的勇猛"过了头"，脾性过于刚烈，有不谨慎的毛病。英雄死于战场，本来死得其所，但是壮志未酬，未免让人觉得可惜，也许他身上承载的使命注定要由儿子来完成吧。

05

至刚至强会直接伤害到自己·孙策

　　孙策，字伯符，是孙坚的长子，吴太夫人梦月入怀而生。这父子二人的人品与经历颇为相似，孙策继承了父亲骁勇果敢的个性，韬略见识似乎更胜一筹，数年时间就扫平江东，为东吴割据江东奠定了坚实的基础。孙策短短二十六年的人生却留下了许多令人难忘的精彩，难怪袁术经常叹息说："使术有子如孙郎，死复何恨！"曹操也感慨道："狮儿难与争锋也！"

　　孙坚讨伐董卓时，一度举家迁居庐江舒城（今安徽庐江西南），孙策和周瑜得以相识，两人都是有志少年，英才出众，推诚相待，结为挚友。十七岁时，孙策跟随父亲出征刘表，一箭射死了敌将陈生。孙坚在岘山被害，孙策用俘虏黄祖换回了父亲的尸身，将灵柩运回江东葬于曲阿县（今江苏丹阳），发誓要报仇雪恨。安葬了父亲以后，孙策带领孙坚旧部驻扎江南，他广交朋友、招贤纳士、树立名声，很多因为躲避北方战乱而寓居江南的有志之士，纷纷聚集到孙策周围。后来因为陶谦与母舅丹阳太守吴景不和，孙策只得把母亲安置在曲阳，自己投奔了父亲的老盟友袁术。

　　孙策在孙坚死后依附于袁术，袁术也想借助江东孙家牵制荆州的刘表和扬州的刘繇，但袁术只是一味利用孙策，并没有诚意扶持孙策，常常出尔反尔，有功不给实赏，还十分傲慢。袁术见孙策精明能干，便封孙策为怀义校尉，先是派他攻打泾县大帅祖郎，后来又派他去进攻庐江太守陆康，虽然两次都取得了胜利，但是袁术很快就把孙策召回，另派别人去接管地盘。过着寄人篱下的生活，胸怀大志难以施展，这让孙策感到非常郁闷，联想到父亲生前是盖世英雄，自己却沦落到如此田地，不由得怆然涕下。孙策认真分析当前形势，认为汉室已经衰微，袁绍据河北，曹操占河南，各自独霸一方，依附袁术必然毫无作为，于是下定决心脱离袁术，进击割据势力较为薄弱的江东地区，打出一片属于自己的江山。

使孙策彻底摆脱袁术控制的关键事件是"玉玺换兵马"。时逢袁术的对头扬州刺史刘繇用武力威逼丹阳太守吴景，此人正是孙策的母舅。在朱治和吕范的谋划下，孙策马上去见袁术，流着眼泪表示要找刘繇拼命。为了借到兵马，孙策把父亲在洛阳得到的传国玉玺拿了出来，作为抵押交给袁术。袁术一心想做皇帝，看到传国玉玺时眼睛都直了，立刻答应将三千精兵、五百匹马借给孙策统领，表奏孙策为折冲校尉、殄寇将军，择日起兵。孙策这一去，真如鸟脱樊笼，再也没什么可以阻挡他走向宏图大业。

孙策一行走到历阳，恰巧遇见前往丹阳探亲的周瑜。孙策比周瑜大两个月，周瑜一直把他当哥哥一样看待，二人久别重逢，彼此互诉衷情。孙策高兴地说："吾得公瑾，大事谐矣！"周瑜表示愿效犬马之劳，和孙策共创大业，并且向他推荐了张昭和张纮，二人都有奇才，正隐居乡间。孙策亲自登门拜访，拜张昭为长史兼抚军中郎将，张纮为参谋正议校尉，加以重用。

孙策进攻曲阳，扬州刺史刘繇准备抵抗，嫌太史慈年轻不加重用，只派张英屯兵牛渚。刚与孙策交战，张英营寨起火，大败而逃。那火是九江寿春人蒋钦和九江下蔡人周泰放的，二人带领手下三百多人投靠了孙策。孙策打败了刘繇部将张英，获得了牛渚邸阁的粮食、军器和降兵四千多人，乘胜进兵神亭岭。孙策带领程普、黄盖、韩当、蒋钦、周泰等十三骑上神亭岭参拜汉光武庙，趁机窥探驻扎在神亭岭南的刘繇兵营。刘繇认为这是孙策的诱敌之计，不敢贸然出兵追击，太史慈擅自披挂上马，提枪出营截击孙策一行。

英雄遇强将，太史慈与孙策打得是昏天暗地、难分难解，直到黄昏时分才被突然而至的一场暴风雨分开。这一场 PK 大赛，孙策拔下了太史慈背后的手戟，太史慈也顺手拽下了孙策的头盔，两人不分伯仲。第二天，孙策让士兵挑着太史慈的戟挑战，说："太史慈若不是走的快，已被刺死了！"太史慈让士兵挑着孙策的头盔大骂："孙策头已在此！"两军呐喊，这边夸胜，那边道强。程普出马，刚和太史慈战了三十回合，刘繇得到报告，说是周瑜在庐江松滋人陈武的配合下攻下曲阿。刘繇自知失去了立身的基业，慌忙收兵撤退。在长史张昭的建议下，孙策当夜兵分五路劫营，刘繇的军队被打得四分五落。太史慈独力难当，带领十数骑残兵连夜投奔泾县去了。

帮助周瑜袭取曲阿的名叫陈武，其人身长七尺，面黄睛赤，形容古怪。孙策不以貌取人，拜陈武为校尉，使作先锋，让他进攻秣陵。陈武率十多名骑兵冲入敌阵，杀死五十多人，吓得守将薛礼闭门不出。孙策正要发起总攻，探子报告说刘繇会合笮融袭击牛渚。孙策大怒，亲自带兵赶到牛渚，刘繇部将于糜出战，不到三个回合，就被孙策从马上生擒。樊能来救于糜，追到孙策背后，一枪刺向孙策后心，孙策回头大喝一声，声如巨雷，吓得樊能栽下马来，摔碎了脑袋。孙策把于糜扔下，于糜已被挟死。一霎时，喝死樊能，挟死于糜，从此人们都叫孙策"小霸王"。这一战，刘繇被杀得大败，大部分人马投降了孙策，刘繇和笮融只好去投奔刘表。

孙策还兵复攻秣陵，亲自到城壕边招降薛礼，被冷箭射中了左腿。孙策让部下扬言他伤重身亡，薛礼听闻孙策已死，连夜召集城内的兵马，与骁将张英、陈横杀出城来，结果中了埋伏。孙策一马当先，高声大叫："孙郎在此！"张英急忙调转马头，想逃回城里，被陈武一枪刺死。陈横被蒋钦一箭射死，薛礼死于乱军中，部下全部投降。随后，孙策进兵泾县，设计生擒了太史慈。孙策亲自为太史慈松绑，将自己的锦袍给他穿上，请入帐中设宴款待。太史慈见孙策待他甚厚，于是主动提出召集刘繇余部来参加孙策的队伍，约定次日中午归来。太史慈离开以后，很多人都说这无异于放虎归山，唯独孙策对太史慈深信不疑。第二天，孙策在营帐门前立竿见影，日影将近中午的时候，太史慈果然带回来一千多人。孙策十分高兴，聚集数万兵马下江东安民恤众，大军所到之处鸡犬不惊，江东百姓都亲切地叫他"孙郎"，投奔他的不计其数。

吴孙策字伯符

孙策威震江东，他把母亲、叔父、弟弟都接到曲阿，让周泰协助孙权守卫宣城，自己率大军南取吴郡。严白虎据守吴郡，自称东吴德王，与孙策数次交锋都被挫败。严白虎自知不敌，弃城逃往余杭，他的部下一路劫掠百姓，被当地人凌操、凌统父子带领百姓杀败，又匆匆逃往会稽。孙策任命凌操父子为从征校尉，一起渡过钱塘江，进攻会稽。会稽太守王朗不听谋士虞翻的劝告，固执己见收留了严白虎，在山阴之野迎战孙策，结果被杀得大败，逃进城内闭门不出。孙策采用叔叔孙静的计策，率军前往查渎抢夺王朗的粮草，王朗让严白虎、周昕率五千兵马追赶，中了孙策的埋伏。周昕被孙策一枪刺死，严白虎杀出一条血路逃往余杭，王朗见大势已去，便逃往海边去了。孙策乘胜攻占了会稽，余姚人董袭第二天献上了严白虎的人头，孙策任命他为别部司马。孙策剿灭山贼以后，把江东地盘彻底坐稳了，就一面写表奏明朝廷，一面结交曹操，一面派人向袁术索要玉玺。袁术早想当皇帝，不肯归还玉玺，聚集手下文武商议，要过江讨伐孙策。长史杨大将说："孙策据长江之险，兵精粮广，未可图也。今当先伐刘备，以报前日无故相攻之恨，然后图取孙策未迟。"当即献上离间吕布、刘备的计策。

建安二年（公元197年），袁术在寿春僭称帝号，孙策与袁术绝交，采用张昭的计策，一面准备防御计划，一面写书信与曹操联系，请曹操和他互相呼应。曹操派使臣面见孙策，拜孙策为会稽太守，让他起兵征讨袁术。袁术兵多粮足，绝对不可轻敌，孙策写信劝曹操南征，明确表示愿作后应。曹操接到孙策的书信，又听说袁术到陈留一带抢粮，就留曹仁守许昌，率领十七万大军征讨袁术。曹操、吕布、刘备、孙策四路人马四面攻打袁术，孙策乘船从江边进攻袁术西面，逼迫袁术过了淮河。孙策借给曹操十万斛粮米应急，按照曹操的要求跨江布阵牵制刘表，曹操回京后奏封孙策为讨逆将军，赐爵吴侯。

建安四年（公元199年），孙策袭庐江、败刘勋、攻豫章、收华歆，自此声势大振。曹操见孙策的势力越来越大，感叹地说："狮儿难与争锋也！"为了拉拢孙策，曹操把弟弟曹仁的女儿许配给孙策的幼弟孙匡，两家结为姻亲。孙策要当大司马，曹操不同意，因此产生了袭取许都的想法。吴郡太守许贡知道这个消息后，暗地里给曹操写信，报告孙策的袭许阴谋。这封信被东吴防江将士截获以后，孙策假称找许贡议事，对他的所作所为进行了严厉谴责，然后下令让武士绞死了许贡。

建安五年（公元200年）四月，孙策外出打猎，驰马急追一头鹿，随从都落在后面，忽然前面转出三个人来，弯弓向他发箭。孙策突遭袭击，面颊中了一箭，落下马来。孙策射死一个刺客，其余两个刺客被及时赶到的程普等人砍为肉泥。这三个人原来是许贡的家客，他们是为主人报仇的。因为箭头有毒，需要静养一百天，方可无虞，"若怒气冲激，其疮难治。"孙策是个急性人，勉强休养了二十来天，一听到许都来使说曹操的谋士郭嘉不服他，说他轻浮而缺乏警惕，急躁而缺少谋略，只有匹夫之勇，他日必死于小人之手。这使得孙策十分愤怒，立誓要攻占许都。恰巧袁绍派陈震来邀请孙策夹击曹操，他高兴得立即召集诸位将领在城门楼上设宴款待陈震。正当大家推杯换盏、兴高采烈的时候，"于神仙"于吉从城门楼下经过，周围环绕着很多信奉者，众将领先是互相耳语，紧接着纷纷下楼向于吉致敬，一场盛大的宴会就这样被搅局了。

孙策年轻有为，自恃武力称雄一方，在他眼里任何事情都是人谋的结果，和天命、神仙没有任何关系，对其他人祈福于神灵的行为也非常看不惯。这件事让孙策怒火中烧，他想不到一个道士竟然有如此大的能量和号召力，于是大发雷霆，不顾百官联名进谏和吴太夫人的竭力劝阻，下令逮捕了于吉，要以扰乱人心的罪名除掉于吉。吕范以天旱为由，提议让于吉祈雨赎罪，孙策也想看看于吉究竟有什么本事，就答应了吕犯的请求。顷刻之间雨祈来了，在场的官员和百姓不顾身上的衣服，都纷纷跪在泥水中向于吉叩拜，使孙策气上加气，坚持要杀于吉。当于吉人头落地时，人们看到一道青气冲向东北而去。那一夜风雨大作，于吉的尸首在天明时已经无影无踪了。

孙策坚持要杀于吉，并非单纯地由于他蛊惑人心，更重要的还是为了加强自家权力的需要，为孙氏政权扫除一个潜在的异己对象。当孙策南征北战，忙于开拓地盘时，是非常担心内部出现什么问题的。于吉教团的存在，吸引了一定人口，有一套组织形式，并且借助神仙思想的鼓动，一时显得很有力量，俨然是张角太平道的翻版，这不得不引起孙策的疑忌，因此才全然不顾众人的意见，必欲除之而后快。我们从中也可以看到，孙策毕竟年少气盛，做事难免鲁莽一些。

由于孙策接连生气被激，致使精神恍惚不安，不断看到于吉亡魂出现在他的眼前。三番五次以后，孙策已经脱像失形，引镜自照忽见于吉立于镜中，他摔破镜子，大叫一声，导致创伤迸裂，昏了过去。苏醒之后，孙策叹了口气说："吾不能复生矣！"于是召集张昭等众位官员和孙权等诸位弟弟，把印绶交给孙权，要他"念父兄创业之艰难"，好好干下去，并叮嘱说："天下方乱，以吴越之众，三江之固，大可有为"，要大家好好辅佐孙权。然后然后又对母亲、妻子和其他各位弟弟专门做了嘱托，留下了

"倘内事不决，可问张昭；外事不决，可问周瑜"的遗言，黯然而逝，年仅二十六岁，比他父亲死的时候还要年轻。

孙策英勇过人，有志于天下，仅用几年时间，便打下了会稽、吴郡、丹阳、豫章、庐江、庐陵六郡，招揽了大批人才，为日后东吴开国奠定了根基，确实是难得的英雄人物。也许是江东的开拓过于顺利，这位少帅逐渐养成了轻躁武断、唯我独尊的坏脾气，最终死在无名鼠辈之手，令人扼腕叹息。古人云："业非积德之基，邦无磐石之固。"孙策刚猛勇武有余，权谋与柔和不足，在对待事情和处理问题上喜欢意气用事，动辄就打打杀杀，不明白"上善伐谋"的道理，这也是他最终功败垂成的原因。

老子曰："天下莫柔弱于水，而攻坚强者莫之能胜，以其无以易之。"意思是说柔能胜过刚，弱能胜过强。换言之，大柔非柔，至刚无刚。为人处世如果过于刚直强悍，就容易到处树敌，容易激化矛盾，造成不可收拾的局面，也特别容易伤害自己。如果每次遇到问题时能多一些宽容和理性，而不是过分崇尚武力与武断，或许可以有更大的生存空间和操作空间。摈弃要么肯定、要么否定的单向思维，改变兵来将挡、水来土掩的简单方式，遇事不妨先留出一段缓冲时间冷静一下，多观察、多思考、多搜集信息、多想想有效办法。柔和有时比强硬更有驱动力，仁德有时比杀戮更有震撼力，甚至还能泽被后代，保持基业长青。

上善若水，厚德载物。正所谓"福在积善，祸在积恶""积善之家，必有余庆；积不善之家，必有余殃。"太多的武力等于是在构恶，太多的刚猛势必换来易折的悲剧。如果仁德不够，即使我们有创造富贵和创建基业的运气，也没有福气去享受。无论是江东猛虎，还是小霸王，都没有深谙权谋的孙权活得长，活得精彩。究其原因，我们不难看出这样一个道理：性至刚易折，气至强难久，这也恰恰积下了未来的祸端。在处理事情上，如果能柔和一些、温暖一些、宽容一些，得饶人处且饶人，在给别人放生的同时也给自己留条后路，以退一步海阔天空的胸怀去解读爱恨情仇，也许我们会有更大的舞动人生的平台。

06

对下属授职授权要用人不疑·孙权

　　孙权，字仲谋，吴郡富春（今浙江富阳）人，吴太夫人生他时，梦见太阳落入自己怀中。父亲孙坚曾为东汉朝廷镇压过黄巾起义，被提升为乌程侯、长沙太守，十八路诸侯讨董卓时任联军先锋，联军解体后在荆襄一带与刘表、黄祖作战时阵亡，长子孙策继承父业，率众夺取江东，不幸英年早逝，临终前将印绶传于弟弟孙权。孙权十九岁时接过父兄所创的江东基业，以七十一岁高龄驾鹤西归，是三国君主中当权时间最长的一位。

　　孙权生得方颐大口，碧眼紫髯，早年汉使刘琬来江东，见到他们兄弟五人，对人说："吾遍观孙氏兄弟，虽各才气秀达，然皆禄祚不终。惟仲谋形貌奇伟，骨格非常，乃大贵之表，又享高寿，众皆不及也。"孙策临死前给孙权交印绶时对他讲："若举江东之众，决机于两阵之间，与天下争衡，卿不如我；举贤任能，使各尽力以保江东，我不如卿。"客观分析了两人各自的长短板之后，孙策为孙权指定了两位师长式的辅佐——"倘内事不决，可问张昭；外事不决，可问周瑜"，这算是无可奈何花落去的"小霸王"给接班的兄弟留下的最后政治遗嘱。事实上，当孙权还沉浸在丧兄的哀痛之中时，正是张昭让人替孙权换下丧衣，亲自扶着他接受文臣武将的朝拜，以江东第一元老的威望替年轻的新主子镇住了阵脚。

孙权并未经历过创业历练，只是接手了孙策留给他的飘摇江山，这就增加了他守业的难度。曹操"挟天子以令诸侯"，刘备乃中山靖王之后，孙权既没有曹操文韬武略的实力，也没有刘备正统皇室的法理，只是凭借江东天险得地利而已，要想与这两位老到成熟的大腕争夺天下，显然需要面对更大的压力和更多的挑战。东吴能在危机四伏的三国时代坚持到最后，与孙权知人、用人、容人的领导艺术和非凡的外交眼光是分不开的，尤其是他头脑冷静、深谋远虑、雄心勃勃的性格特点，连曹操都发出了"生子当如孙仲谋"的感慨。

面对虎视眈眈的各路诸侯，在政权并不稳固的情况下，孙权表现出了一个政治家善谋静思的可贵气度，很快稳定了江东局势。至于孙权主政的漫长岁月里，虽经历危难却总能安然度过，把东吴治理得有声有色，这就不得不归功于孙权在管理与用人上有着高明的技巧和手段。俗话说"善用物者无废物，善用人者无废人"，能够管理好自己的精兵强将，让他们心甘情愿地为东吴效忠效力，可以说是孙权成就一番霸业的最主要原因。从孙权一生的行为来看，他战略目标明确，用人举贤任能，又善于进行自我批评，不失为一名优秀的领导者。

孙权在用人上能广纳贤才、举贤任能，最突出地表现在尊重和爱戴人才，广泛听取众人的意见。他一掌江东之事，就向周瑜询问说："今承父兄之业，将何策以守之？"周瑜向孙权讲了一番"得人者昌，失人者亡"的道理，并着重向他推荐了鲁肃。孙权见到鲁肃后，有一晚同榻而卧，就东吴的发展战略向鲁肃请教，鲁肃回答说："肃窃料汉室不可复兴，曹操不可卒除。为将军计，惟有鼎足江东以观天下之衅。今乘北方多务，剿除黄祖，进伐刘表，竟长江所极而据守之；然后建号帝王，以图天下：此高祖之业也。"此后东吴的发展，基本上是按鲁肃的这一战略意图进行的。

建安十三年（公元 208 年），孙权为报杀父之仇，独占长江沿岸的地理优势，率兵至江夏攻伐黄祖，部将凌操被黄祖手下的甘宁射死，第一次伐黄不胜而还。后来，孙权听说甘宁因与黄祖发生矛盾，欲投江东又担心东吴记挂旧日之恨，正感到犹豫不决，孙权即让吕蒙引甘宁入见，当面对他说："兴霸来此，大获我心，岂有记恨之理？请无怀疑。愿教我以破黄祖之策。"由此可见，孙权为了自己政治和军事上的战略目标，能完全放弃个人的宿怨，不记旧恨。

甘宁在破黄祖之战中立了大功，得到孙权的赏识，被加封为都尉。黄祖手下大将苏飞在这次战斗中被俘，孙权准备将苏飞枭首，因为苏飞曾经是甘宁的恩人，所以甘宁对孙权哭着说："今飞罪当诛，某念其昔日之恩情，愿纳还官爵，以赎飞罪。"孙权当即表示说："彼既有恩于君，吾为君赦之。"下令免去苏飞死罪。部下各有自己的愿望和要求，孙权在不损害大目标，甚或有益于大目标的前提下，对部下的合理要求给予不同程度的满足，体现了对部下感情和人格的尊重，极大地加强了相互间的感情深度。

凌操的儿子凌统想要向甘宁报杀父之仇，在孙权举办的庆功宴会上拔剑直砍甘宁，孙权急忙劝住，耐心地对凌统讲："今既为一家人，岂可复理旧仇？万事皆看吾面。"这场风波过后，孙权做了两项人事调整：一是安排甘宁领兵去夏口镇守，以避凌统；二是加封凌统为都尉，以慰其心。后来，孙权合兵围攻曹操占据的皖城时，甘宁与凌统又在阵前发生冲突，孙权闻讯急忙骑马前去劝解。凌统出战因马受伤被掀翻在地，在曹将乐进持枪来刺的关键时刻，吴军阵中发出一箭射中乐进面门，救了凌统性命。凌统回阵拜谢孙权，孙权告诉他："放箭救你者，甘宁也。"凌统闻知此讯，遂与甘宁结为生死之交。孙权为了东吴大业，不但自己放弃宿怨，还善于影响和教育自己的部下，他并不注重部下对自己怀有一己私情，更多的是希望他们能相互团结，共同为本集团的事业而奋斗。

孙权很少亲赴前线指挥作战，总是把临阵指挥的全权授予有能力的军事主管，从不横加干涉。东吴所打的"三大战役"都是由资历浅薄的年轻将领指挥的，赤壁之战由周瑜任总指挥，荆州之役由吕蒙任总指挥，彝陵之战由陆逊任总指挥，孙权对他们授职授权，给予大力支持，最终使东吴的三分天下岿然不动。这三次决定性战役能够取得最终胜利，自然与孙权能够知人善任、用人不疑分不开的，孙权之所以敢把决定东吴生死存亡的三大大战全权交由下属指挥，就是因为他在之前已经做足了文章，足以让下属愿意为他肝脑涂地，虽赴汤蹈火也在所不辞。孙权知道虽然时局动荡，但众多义士崇尚滴水之恩涌泉相报的思想还是有的，那么他对下属的充分信任定然会令其忠心耿耿地为自己效劳，恩情既可以感化下属，又能够诛灭异心。

赤壁大战前，孙权在与曹操是战是和的问题上犹豫不决，和刘备派来的说客诸葛亮谈话时被其激怒，不禁勃然变色，拂衣退堂。后来一听说诸葛亮有破曹良策，孙权立即转怒为喜："原来孔明有良谋，故以言词激我。我一时浅见，几误大事。"复请诸葛亮叙话，向他当面表示说："适来冒渎威严，幸勿见罪。"孙权在许多问题上都善于听取众人的意见，也包括外集团有识之士的意见，经过周瑜、诸葛亮、鲁肃等一批青年精英的再三劝说和启发，加之许多武将抗敌勇气的感染，使终于下定决心与刘备结盟，联合抗击曹操的南下大军，促成了赤壁大战的胜利。

遇事犹豫不决是孙权的性格弱点，比如他下不了抗曹的决心，实际上是畏惧曹操的军事力量而不敢挺直腰杆。从另一方面看来，孙权的犹豫和徘徊也给部下提供了遇事充分发表意见的机会，增大了集团内部的民主因素，使他有可能选择到较好的决策方案。况且，孙权遇事经过一段时间犹豫后，一般能下定最后的决心而不动摇，决断会弥补犹豫之不足。比如孙权在决意抗曹后，即拔剑砍掉面前奏案一角，对在场的文臣武将说："诸官将有再言降操者，与此案同！"当即封周瑜为大都督，并且将自己的佩剑赐予周瑜，嘱咐他说："如文武官员有不听号令者，即以此剑诛之。"

与同时代其他多数领导者不同，孙权的基业不是自创的，乃是父兄传给的。这样，他与故旧文武官员的关系就成了难处的问题，弄不好就会发生控制不了和不愿受控的问题。孙权领导方式上的两大特色保证了这一问题的顺利解决：一是他遇事善于征求各种人的意见；二是他能放下架子，善于进行很诚恳、很彻底的自我批评。赤壁之战后，三足鼎立的局面形成，孙权亲自领兵在合肥、濡须一带向曹操军队发动进攻，却在这条战线上屡次不能得手。合肥之战时，虽然来了援兵，孙权却故意不用，结果战斗失利，大将宋谦阵亡。事后，长史张纮当面对孙权讲："主公恃盛壮之气，轻视大敌，三军之众，莫不寒心。即使斩将搴旗，威振疆场，亦偏将之任，非主公所宜也。愿抑贲、育之勇，怀王霸之计。且今日宋谦死于锋镝之下，皆主公轻敌之故。今后切宜保重。"孙权当即表示说："是孤之过也。从今当改之。"孙权公开的自我批评，表现出了一位高层领导人少有的勇气，试想这样的领导何处可寻，能不让下属深受感动吗？

虽然孙权对下属授职授权任人不疑，难免有一切为了孙氏江山的功利私心，不免有做给下属看的作秀成分，但是从孙权处理本集团内部和外部各种矛盾的行为来看，他确实是一个胸怀大局、目标明确、富有远见的领导者。不管是虚情假意的功利性目的也好，还是尊重人才的真情流露也罢，总之孙权对下属的恩情的确达到了他想要达到的目的：臣子们都愿意舍命出力帮助他，将士们也都愿意为他出生入死。例如周泰拼死把孙权从乱军中救出，阚泽冒危险替孙权做说客，劝吕蒙读书更是美谈。当然，作为一位杰出政治家，倘若只有这几把刷子，显然无法屹立于乱世三国，而以善于用人著称的孙权也不会只有这么两下子，他在以施恩笼络人心的同时，更懂得利用信任来充分激发下属的责任感。

在处理与曹操、刘备的三角关系上，孙权在总体上能认清趋势、把握大局，较恰当地处理这两对矛盾，他的行为具有明确的战略意图。当时曹操集团的势力最大，吞并东吴的可能和野心也最大，孙权只有和刘备联合抗曹，才能保证东吴的存在和发展，这是主要方面；另一方面，孙、刘集团也存在许多潜在的矛盾，争夺荆州的问题把这种矛盾表面化、公开化了，但这是次要方面。赤壁之战后，孙权与曹操接连有合肥之战、濡须之战、皖城之战、逍遥津之战等大小战役几十次，对曹军的防御和进攻主要采取军事斗争的手段来解决，而为了以和平的外交手段促使刘备交出荆州，他曾数次派鲁肃前去索取，甚至不顾妹妹的名声以招亲为名将刘备赚至东吴，打算以"美人计"扣留刘备以换取，还试图扣留关羽以逼取，更甚至假意监禁心腹忠臣诸葛瑾全家老小，逼诸葛瑾通过弟弟诸葛亮的私人关系以索取，都是因为担心把刘备逼向曹操一方而不敢公开争夺荆州。

（顾雍密劝孙权取荆襄）

建安二十四年（公元219年），孙刘两家因为刘备借荆州不还的问题矛盾激化，孙刘联盟宣告瓦解。曹操约请孙权夹攻关羽以夺荆州，孙权采纳了诸葛瑾的建议，派人去荆州说媒，欲聘关羽的女儿为儿媳，他们的考虑是："若云长肯许，即与云长计议共破曹操；若云长不肯，然后助曹取荆州。"只是荆州守将关羽未能重视双方关系的维护，当众侮辱吴使、谩骂孙权，才激化了荆州方面与东吴的矛盾，促使孙权下定了夺取荆州的决心。于是，孙权联络曹操，乘关羽北伐之机，派大将吕蒙偷袭荆州，并擒斩关羽。夺取荆州后，孙权生怕刘备复仇，遂将关羽首级移交曹操以转移矛盾，刘备伐吴前他料知蜀兵势大，遂上表向魏帝曹丕称臣，并接受其吴王之封，实质是想求得魏国的庇护或增援。从孙权方面看，他对待魏、蜀不同态度完全服从于自己的战略目标，这使东吴在保护自身方面更具有敏感性，对敌策略更具灵活性。

蜀汉章武元年（公元 221 年）秋八月，刘备一意孤行，兴兵为关羽报仇，吴兵节节败退，孙权同意让诸葛瑾前去成都面见刘备，以求和解。张昭对孙权讲："诸葛子瑜知蜀兵势大，故假以请和为辞，欲背吴入蜀。此去必不回矣。"孙权向张昭讲了一段往事，表达了他对诸葛瑾的无限信任，他说："孤与子瑜，有生死不易之盟；孤不负子瑜，子瑜亦不负孤。昔子瑜在柴桑时，孔明来吴，欲使子瑜留之。子瑜曰：'弟已事玄德，义无二心；弟之不留，犹瑾之不往。'其言足贯神明。今日岂肯降蜀乎？孤与子瑜可谓神交，非外言所得间也。"如果孙权不信任诸葛瑾，听信告发而怀疑诸葛瑾的话，他可能就会步赤壁之战中曹操因为不信任蔡瑁、张允而中了周瑜离间之计，最终导致满盘皆输的后尘，夷陵一战的结局可能就要重写了。信任对于下属来说，既是最大的奖赏，也是最大的动力。因为孙权给予了下属充分的信任，江东子弟才会紧密地团结在孙权身边，谋臣奇计百出，武将屡建奇功，为东吴大业鞠躬尽瘁，死而后已。

在刘备大举进攻江南、东吴危在旦夕的关键时刻，孙权接受阚泽的建议，提拔年轻将领陆逊为大都督。陆逊担心说："江东文武，皆大王故旧之臣；臣年幼无才，安能制之？"孙权即取所佩之剑给他，说："如有不听号令者，先斩后奏。"孙权还命人连夜筑拜将坛，第二天请陆逊登坛拜将，并当着文武百官的面对陆逊说："阃以内，孤主之；阃以外，将军制之。"孙权于危急中力排众议，大胆启用尚无名无功的陆逊，敢于把处理与蜀汉之事的权力全权交给他，最终取得了彝陵之战的胜利，孙权的眼光和胆识不得不让人佩服。

纵观三国巨头的用人之术，无疑只有孙权一人把恩惠、信任、威严运用得恰到好处，把如何用人做成了一门艺术。他重点抓大事，能够放大权，勇于和下属分享权力，进退与共；知道何时用恩惠来调动下属的成就动机和报恩意图，让他们忠心耿耿地为东吴效劳；更知道用充分信任来召唤下属的责任感，让他们全心全意地为上司分忧解难。也正因为这些原因，孙权才能在曹操和刘备两大强敌的虎视眈眈之下长期踞守一方，有力地保证了东吴的稳定江山。

从管理学来讲，领导的职责一是维护管理秩序，二是激发下属的潜能，主要包括决策的艺术、用人的艺术、应变的艺术、指挥的艺术、抓总的艺术、统筹的艺术、协调的艺术、授权的艺术、激励的艺术，在履行领导职能、恰当分工、协调管理、提高工作有效性等弹性较大的方面有明显的体现。领导者的用人艺术无疑是其中最为重要的，具体来说可以分为择人艺术和人才管理两个方面，也就是知人善任。要想用好人才，就必须"择人任势"。一个人不可能具备种种才能、胜任一切岗位，某一特定人才总有最适合他的位子，这就需要领导者在"知人"的基础上，对人才的使用给予恰当安排，形成人员配置的最佳组合。

领导艺术是一门减压艺术，孙权所具有的政治家头脑，是很值得我们学习的。在现代社会，每个人都有自己的人脉圈子，都需要管理和利用好自己的人脉关系，会用人和会管理是每一个人的必修功课。孙权正是因为善于用人、精于管理，所以他才能让弱者变强、强者更强，如果我们能像孙权一样胸怀大局、目标明确、富有远见，不仅有助于工作顺利开展，还有助于解除后顾之忧，并最大限度地发挥人才优势，拥有一番令人羡慕的成就。

07

以法治众务必做到赏罚分明·曹操

曹操，字孟德，乳名阿瞒、吉利，沛国谯郡（今安徽亳州）人。父亲曹嵩本姓夏侯，后来做了中常侍曹腾的养子，就改姓曹了。曹腾是一位很有权势的大宦官，曾经被封为费亭侯。由于曹腾的庇荫，曹嵩曾历任司隶校尉、大司农、大鸿胪等高官。汉灵帝中平四年（公元187年），朝廷公然卖官鬻爵，曹嵩以亿元巨款买得三公之首的太尉之职。有了这样的显赫家世，对曹操的仕途发展来说，显然是十分有利的。

曹操初为洛阳北部尉、顿丘令，黄巾起义时拜为骑都尉，立有战功。何进执掌朝政时为典军校尉，董卓乱政时以骁骑校尉身份接近董卓，谋刺董卓未遂后，逃回家乡招兵买马，联络袁绍等十七路诸侯发起讨董联盟，在诸侯中崭露头角。讨董联盟解体，曹操乘乱在山东一带扩充势力，曾因父仇进攻徐州陶谦未能得手，回兵救兖州被吕布击败于濮阳，又设计于定陶击败吕布，平定了山东。董卓之乱被平定后，董卓余党李傕、郭汜仍对朝廷构成威胁，曹操入朝保驾，接受董昭建议移都许都，自封为大将军、武平侯、丞相，先后打败袁术、吕布、袁绍等劲敌，并数次击溃刘备。在攻取江南的赤壁大战中，曹操被孙权、刘备的联军击败，后来击败马超，并夺取张鲁的汉中，又复失汉中于刘备。曹操以武力统一了北方，因功勋卓著被封为魏公，随后又被封为魏王。死后将王位传给儿子曹丕，曹丕称帝后谥其为太祖武皇帝。

"操幼时，好游猎，喜歌舞，有权谋，多机变。"汝南许劭因为能准确评价人物而知名，曹操曾亲自登门拜访许劭，问自己将是怎样的一个人，许劭回答说："子治世之能臣，乱世之奸雄也。"曹操乐于接受"奸雄"的称号，更以"治世之能臣"自居，他曾总结了自己一生的战绩，对身边的大臣说过："如国家无孤一人，正不知几人称帝，几人称王。"的确，曹操一生征战南北，讨董卓，伐袁术，破吕布，降张绣，除袁绍，灭刘表，平张鲁，战功卓著，威震天下，他对当时国家的统一事业作出了杰出贡献，是三国时代卓越的军事家和优秀的领导人。曹操晚年诗云："老骥伏枥，志在千里；烈士暮年，壮心不已。"这既表达了他永不衰竭的进取精神，又是对他一生事业的宣言，我们由此看到的是一位胸怀远大理想、充满坚强信心的古代领导人的丰满形象。

曹操少年时曾是洛阳北部尉，一到任就在县城四门设置五色棒，无论什么人，只要犯禁就打。一次，中常侍蹇硕的叔父犯禁，被曹操巡夜时捉住，不避权贵以棒责打，于是没有人再敢犯禁，从此威名大震。从这个故事中，我们可以看到曹操坚持以法治众，不计较出身门第，按法赏罚不分贵贱。现代西方心理分析学家阿德勒创立了个体心理学，认为一个人在生命开初的若干年，会在心灵和肉体之间建立起最根本的关系，从而会发展出一套独特的固定的行为模式或生活样式，并产生相对应的情绪和行为习惯，这样的生活样式及情绪、习惯几乎会贯穿于一生的所有表现中，人一生的行为必定会和他的生活样式协调一致。按这种观点，曹操主张论功行赏不计贵贱，这是他以法治众思想的必然表现，也是构成他领导行为的主要特色，更是他的领导活动卓有成效的重要因素之一。

事实上，曹操的治军思想更多地属于法家思想体系，他在作战中常常制定军法，监督众将实施，并且自己率先执行。在出兵征讨张绣时，时逢麦熟季节，沿路百姓见兵而逃，不敢刈麦。曹操告谕百姓，严申军法："大小将校，凡过麦田，但有践踏者，并皆斩首。"百姓闻谕，无不欢喜称颂，望尘遮道而拜。不想曹操乘马正行，田野中飞出一鸠，将所骑之马惊入麦田，踏坏了一大片麦子，他当即叫来行军主簿，让其处分自己踏麦之罪。主簿问："丞相岂可议罪？"曹操答道："吾自制法，吾自犯之，何以服众？"于是拔剑就要自刎，众人急忙拦下。有人搬出"法不加于尊"的《春秋》古训说服曹操，曹操考虑良久，终于"割发权代首"，并让人以发传示三军，宣称"丞相践麦，本当斩首号令，今割发以代。"于是全军无不凛遵军令。

在这里，曹操拔剑欲自刎无疑是做样子给众人看的，但他作为示范教育，确实值得称赞。第一，使全军上下知道了法纪的严肃性，培养了部下的法纪观念。第二，一反"法不加于尊"的儒家传统观念，表明在法纪面前人人平等，不允许有特殊人物。有人认为"割发代首"是曹操的一次诈术，其实我们的着眼点应该主要放在这一行为的后果上，曹操作为三军统帅，依靠法纪来实施自己的领导活动，自己违法依然请求处分，这与他以法治众的思想是相一致的，即使不能严厉处分，也希望有处分的表示，这是一个领导者的高明之处。曹操敢以自己违纪受处分的事例作为全军法纪教育的活教材，单单从这一点来看，也不是所有的领导人都能办到、都愿办到的。

曹操以法治众的领导方法还突出地表现在他的赏罚观和用人观上，坚持有功就赏、有罪就罚、一视同仁、不厚亲薄疏的原则。曹操征讨张绣时败于淯水，心腹将领夏侯惇所领的青州兵劫掠乡民，曹操手下将军于禁立即带领本部人马沿路剿杀青州兵，安抚乡民。青州兵回奔曹操，报告于禁造反，于禁见到曹操并未替自己辩解曲直，而是先立营寨做好抵御张绣追兵的准备，等击败追兵后才向曹操汇报剿杀青州兵及立寨前未及时辩解的原因，曹操当面表扬于禁说："将军在匆忙之中，能整兵坚垒，任谤任劳，使反败为胜，虽古之名将，何以加兹！"曹操责备了夏侯惇治军不严之过，奖励于禁一副金器，封他为益寿亭侯。夏侯惇原本是曹操的族弟，在和于禁发生冲突以后，曹操公正地评判了双方的是非曲直，并无任何偏袒之心。

淯水一战，曹操折了长子曹昂、侄子曹安民及帐前都尉典韦。战役结束后，曹操亲自哭祭典韦，对诸将说："吾折长子、爱侄，俱无深痛；独号泣典韦也！"事实上，典韦勇力过人，武艺殊绝，是曹操手下的得力干将，是难得的人才。曹操回许都后，又对典韦立祀祭之，殊遇其子。次年曹操再征张绣，至淯水触景生悲，忽于马上放声大哭，众将惊问其故，他回答说："吾思去年于此地折了吾大将典韦，不由不哭耳！"随即下令停军，大设祭筵祭奠典韦之魂。曹操亲自烧香哭拜，祭完典韦后，才祭侄儿及儿子，全军为之感动。由此可见，曹操对部下的态度如何，完全取决于部下的功劳，并不取决于部下与自己的亲疏关系。

（曹洪奋力救曹操）

　　曹操在运用赏罚的手段时，常常是奖赏频繁、赏多于罚，还能针对不同的人、不同的情况进行多种多样的奖励。他常常把部下比作历史上有所作为的某一名人，这既是一种奖励，又是一种期望。按照心理学的观点，领导人对部下的这一比拟，会使部下在潜意识中把自己认同于这位名人，从而模仿名人的风格。这种人物比拟式奖励，对部下性格影响的内在性和持久性是其他手段所难及的。例如荀彧从袁绍处投奔曹操，曹操见其才能出众，当即称赞说："此吾之子房也！"荀彧来自敌对的袁绍集团，曹操以汉初三杰的张良作比喻，这种高度评价对荀彧来说是一种无比荣耀的精神奖励，一下子就解除了对方的戒备心理，消除了双方的思想隔阂。曹操曾以这种方式奖励多人，比如在移驾许都的途中被李傕领兵阻挡，虎将许褚连斩二将后挫敌败兵，曹操轻抚许褚之背说："子真吾之樊哙也！"又比如关羽围困曹仁于樊城时，徐晃奉命解救曹仁，他孤军深入敌围，大获全胜。曹操见到徐晃军队整齐，即称赞说："徐将军真有周亚夫之风矣！"

曹操身边有一大群谋士，包括荀彧、荀攸、程昱、郭嘉、贾诩、刘晔、司马懿等，他们组成了强大的"智囊团"。每当需要决定大计方针时，曹操总是先让谋士们充分地发表意见，或者主动征求谋士们的意见，然后选择正确的意见或吸收某些意见中的合理成分，自己作出决断。曹操是比较能正确处理集权与分权关系的领导者：一方面，他让大家参与决策，发挥众人的聪明才智，不像诸葛亮那样遇事不与人商量，凡事自己一人作主；另一方面，他又不像袁绍那样遇事没有主张，一任谋士们争论，自己无所决断。对于那些能提出和自己不同意见的人，曹操也会给予丰厚的奖赏，即使这些意见最终并没有被采纳。曹操平定河北后，袁绍的儿子袁熙、袁尚远投沙漠，西奔乌桓而去。曹操准备率军追击，曹洪等人认为大军虚国远征，后方敌人可能会乘机袭击许都，恐怕大军救应不及，建议回师勿追，曹操却坚持西进追击。击败二袁后回到出发地，曹操重赏提出不同意见的众将，并对他们说："孤前者乘危远征，侥幸成功。虽得胜，天所佑也，不可以为法。诸君之谏，乃万安之计，是以相赏。"并且让他们不要因为这次意见没有被采纳，以后提意见就感到为难。在这里，曹操并没有自我吹嘘，而是充分肯定了相反意见的合理性，给予众人以奖赏，鼓励他们以后再提意见。

曹操频繁使用奖励手段，对部下的惩罚却十分谨慎。官渡之战曹操打败袁绍，从缴获的战利品中发现了很多后方人士暗通袁绍的书信。按照一般人的反应，这是通敌、背叛的证据，应该按信逐一核对，将那些有二心的无耻叛徒、动摇分子一个个揪出来杀掉，但是曹操并没有这样做。曹操对于这些书信看都不看一眼，立即下令全部烧毁，从此不再追问。曹操做得很漂亮，当时很多人并不理解，还问他为什么要把这么重要的证据都销毁呢。曹操回答说："当绍之强，孤亦不能自保，况他人乎？"可以想象，暗地里勾结袁绍的绝对不是三五个人，可能是几十个、上百个人，如果一一清算，就会搞得内部人心惶惶，不利于以后的建设与恢复，从长远的观点看，不罚比罚要好得多。因此，曹操才会当着大家的面把所有书信全部烧毁，以表示让大家放心，只要忠心跟着曹某，以前的过错我肯定不追究。就这样，曹操以装糊涂宽容了下属，同时也获得了下属的忠心，从此甘愿效命于他。奖励会使部下增强自信心，惩罚会使部下对领导人产生畏惧心理，惩罚过多会使领导者与部下的关系紧张，因此应当小心慎用。

曹操赏罚的独特之处，还在于他把奖罚作为教育部下的一种手段，而不仅仅是作为对实施对象以前行为的评价。通过奖，他启发部下应该怎样做人；通过罚，他警戒部下不应该怎样做人，从而使他为部下设定的理想人格在部下身上逐步内在化。曹操特别敬佩关羽"事主不忘其本"的忠义，在关羽归降期间厚加奖赏，超标准地优待关羽不正是希望自己的部下也具有忠义精神吗？关羽得知刘备下落，立即封存曹操平日所赐之物，毅然留下一封书信离去。曹操闻讯后对手下人讲："财贿不以动其心，爵禄不以移其志，此等人吾深敬之。"关羽不肯接受曹操的任何礼物，曹操对关羽勉强放行，以此作为关羽可以接受的最后礼物。曹操就关羽离去一事教育部下说："不忘故主，来去明白，真丈夫也。汝等皆当效之。"希望他的部下能够忠心耿耿，虽百折不易其志。

官渡之战后，袁绍的谋士沮授被曹军俘获，明确表示誓死不降，曹操将沮授留在军中以礼厚待，沮授却在营中盗马准备回到袁绍一边。曹操怨而杀沮授，沮授至死神色不变，曹操后悔地说："吾误杀忠义之士也！"下令厚礼殡殓，建坟安葬，并在墓上题："忠烈沮君之墓"。袁绍谋士审配被曹军俘获后大骂曹操，曹操对他讲："卿忠于袁氏，不容如此。今肯降吾否？"审配坚决不降，只求能够速死，临刑前面向城北的袁绍之墓而跪，表示对袁绍的忠贞。曹操将审配葬于城北，以慰其忠义之魂。对于官渡之战中为曹操立下大功的许攸，他的态度就有所不同了。许攸和曹操是少年时的朋友，官渡之战中作为谋士向袁绍献奇计未被采纳，又受到审配的迫害，才连夜投奔曹操，建议曹操火烧乌巢粮草，致使袁绍一败涂地。后来许攸因为戏谑许褚被杀，曹操并没有过多地追究责任，只是将其厚葬了事。曹操对许攸死后的处理远赶不上沮授，其中重要的原因是许攸背叛故主无忠义之名，他极不愿意在军中表彰这样的人物。曹操并不过分注意对各人以前功过的肯定，而是要通过奖罚的手段告谕部下：对主上忠贞不渝的人，即使死了也能得到好的结果，而卖主求荣的人是决然不会有好下场的。这对部下是无声的却十分高超的教育方法。

曹操以法治众、赏罚分明，儒家思想的渗入又使他增加了争取人心的思想基础。曹操在打败袁绍，追剿袁谭至南皮（今河北东南部）时，天气寒冷，河道结冻，粮船无法行动，于是下令让当地百姓破冰拉船。许多百姓闻令逃跑，曹操准备捕获斩杀以儆效尤，百姓听到这个消息后又赶往曹营，他对这些百姓讲："若不杀汝等，则吾号令不行；若杀汝等，吾又不忍。汝等快往山中藏避，休被我军士擒获。"要按法令办事，就要斩杀这些百姓；要以仁义行事，就要保全这些百姓；法治和仁治发生冲突时，曹操以妥协的方式解决，有意让百姓逃往军法不可及的山中躲避，保全了百姓性命而深得民心。儒家思想之所以能在古代社会流传深广，原因之一是这种思想表面上富有人情味，容易被人们在感情上接受。曹操也是一位富有人情味的人，儒家的某些思想常能引起他的内心激荡。

曹操能三分天下得其一，除了赏罚分明深得部下的忠心，深得领地百姓的拥护同样不可忽视，还有一个极为重要的因素就是他在对待帝位问题上一直很谨慎。虽然曹操明知道汉献帝很无能，自己也有称帝之心，但是不管怎样，他至死也未称帝。这在当时就很难得，董卓擅行废立，刘焉自造龙袍，袁绍欲私立新帝，淮南袁术率先称帝，这些人都是一有较强势力就急于脱离朝廷而称王称帝。在汉献帝四处逃亡之时，有漠然无视的，有趁火打劫的，有落井下石的，只有曹操主动迎接他。即便是在孙权归顺后，力劝曹操称帝，曹操也是不以为然。曹操的表现不能不说遵从了汉代大肆宣扬的儒家礼教，这样无形中就为他树立了一个忠臣形象，为他赢得了更多的人心。

（曹操带剑入宫见汉献帝）

"人心向背，天道使然"，曹操以其所作所为表明那不过是妄谈，只有得人心者才能得天下，一切只在于人为。天时不如地利，地利不如人和，这就要求我们做人要心胸宽广，能容别人所不能容之过，能赏别人所不能赏之功，才能得到他人的忠心。作为一名优秀的领导者，对下属的功劳要及时褒奖不拖拉，对下属的过错要明察秋毫不包庇，但也不能一棒打死或者秋后算账，以法治众务必要做到赏罚分明，这样才能得到下属的衷心拥戴和竭力效命，才能真正组建一支人才济济的高效团队，才能帮助你成就一番辉煌的功业，让你拥有一片属于自己的广阔天地。

08

治世驭人靠的是智谋和方略·曹丕

　　建安二十五年（公元196年）正月，曹操情知自己病危难愈，便把近臣召至病榻前嘱咐说："孤纵横天下三十余年，群雄皆灭，止有江东孙权，西蜀刘备，未曾剿除。孤今病危，不能再与卿等相叙，特以家事相托。孤长子曹昂，刘氏所生，不幸早年殁于宛城；今卞氏生四子：丕、彰、植、熊。孤平生所爱第三子植，为人虚华少诚实，嗜酒放纵，因此不立。次子曹彰，勇而无谋；四子曹熊，多病难保。惟长子曹丕，笃厚恭谨，可继我业。卿等宜辅佐之。"言语中没有半点拖泥带水，说得十分明白，比袁绍、刘表、刘备在立子嗣之事上利落得多。

　　称雄一世的曹操，在潇洒走到人生尽头之际，不仅对身前之事看得明白，对身后之事也料得十分透彻，是一个比较成功地解决了接班人问题的领导者。他在临终选定接班人时对卞太后所生的四个儿子进行了全面考察，曹植有才无德，曹彰无才，曹熊多病，只有曹丕符合标准，可以接班。由此可见，曹操能排除个人感情因素，用德、才、体三项必要的指标去衡量和选择自己的接班人。曹操病故后，曹丕继任为魏王、丞相、冀州牧，不久便废掉如同废物的汉献帝刘协，玩弄了一场掩耳盗铃的"禅让"把戏，自己做了皇帝，国号"魏"，改元黄初，定都洛阳，在位六年，是为魏文帝。

然而，大多数人似乎并没有看到曹丕治国理政的功绩，甚至也淡忘了他在文学理论方面的卓越成就，更多记忆是停留在他代汉建魏以后，逼迫弟弟曹植七步之内吟出一首诗来的那份忌妒。

曹魏的江山是靠曹操出生入死打下来的，但他执意想做周文王，无意过皇帝瘾，坐享其成做曹魏第一代皇帝的是他的儿子曹丕。曹丕，字子桓，八岁就能写文章，才华横溢，博古通今，善于骑射，爱好击剑。十八岁那年随父亲北征，攻克冀州城以后，他首先冲入袁绍家里，对袁熙二十三岁的妻子甄氏一见钟情，就对袁绍后妻刘氏说："吾乃曹丞相之子也。愿保汝家。汝勿忧虑。"说完后不容商议，按着剑坐在坐在她们屋里，甄氏就是后来的甄夫人。年轻时期的曹丕是一个文武双全的翩翩公子，但并非只是一个满腹诗书的文学青年，他有远大的政治抱负，这主要表现在争当世子的事情上。

曹操长子曹昂战死以后，曹丕实际上继承了长子的地位，在封建时代有"立嫡以长"的规矩，但是曹操迟迟不能确立，原来他内心有"立嫡以贤"的想法。曹丕有个弟弟叫曹植，天性敏捷又很有才气，成了他争当世子的劲敌。曹操每次出征，儿子们都要来送行，曹植借机发挥自己的特长，滔滔不绝地称颂父亲的功德，每次发言都是一篇很好的文章，曹操内心里很喜欢，准备立他为嗣。面对诸多兄弟的争宠，特别是父亲对曹植的偏爱，曹丕始终有一种苍凉的失落感郁结于心。曹丕虽然暂时被冷落，但他一直在暗中搞小动作，揣摩父亲的心理，用尽心机以各种方法博得父亲的欢心，还趁机

争取一些大臣舆论上的支持。到曹操对曹植丧失希望的时候，曹丕的暗中努力已经水到渠成，曹操终于垂青于曹丕。

究其生存的家庭环境来说，曹丕的所作所为无可厚非。虽然曹丕的才华和剑术在父亲的眼中逊色于曹植，难道他就不想活得有些地位，活得有些脸面？在曹丕看来，文学是为政治服务的，政治才是根本，所谓"盖文章，经国之大业，不朽之盛事"。所以，具有文学和诗歌才华的曹丕，骨子里却深藏着比做一个单纯的文人有更大出路的权力欲望，学而优则仕的传统观念让他觉得除权力以外的一切都变得毫无价值。这样一来，希望有更大作为的曹丕就不得不把心思放在争权夺利上，用他与众不同的方式努力争夺世子之位了。如果说曹植是放荡任性、恃才不羁的话，那么曹丕表现得更多的是老成持重、小心谨慎，特别是在为人处世方面清楚地知道他该与哪些人拉近关系，与哪些人交往最实用。

当曹植亲近杨修、丁仪一班文人的时候，曹丕靠到了老谋深算的中大夫贾诩身上，目的性和针对性非常明确。在帮助曹丕争当世子的事情上，贾诩给予了有力谋划，制定了扬长避短、以拙制巧之计，要曹丕不争一时之高下，不欺不瞒尽力做好儿子的本分。曹丕活学妙用，除了平时努力讨取曹操的欢心，每次曹操出征时他都跪在地上给父亲叩头，哭得一把鼻涕一把泪，使其他送行的人都感到非常心酸。于是，曹操认为曹植只是乖巧，不如曹丕心诚。其实，曹丕为了争当世子，不惜拿出了厚黑学里的招法，将智谋与世故发挥到了大乘境界，简直是无所不用其极，比如让人用钱财收买曹操的近侍，让他们都说曹丕的品德好。即便如此，曹操在立嗣问题上仍踌躇不定，曹丕又请高参朝歌长吴质到内府为他出谋划策，为了防止让外人知道，每次都把吴质藏在装绢的竹箱里拉进拉出。

当曹丕把有用的人都拉拢到自己身边的时候，当他得到了父亲久违的信任的时候，他已经成熟了，褪去了文人的清高与单纯，成长了世故与谋略。曹操喜欢向儿子们提问题，曹植每次都能对答如流，曹丕暗中侦察到这些答案都是杨修事先给他写好的，就设法将答案偷出来交给父亲，使父亲对杨修和曹植都产生了极大的反感。就这样，曹丕靠自己的努力一步一步击败了曹植，终于在曹操去世之前得偿所愿被立为世子，长期以来不被父亲看好的他终于绽露出压抑已久的笑容。权力的背后是心机与手段，甚至是无情与残酷。自古以来，王权就是打来的、争来的、传来的、让来的，没有什么该谁不该谁的。面对争到手的王权，曹丕巧妙地用先逼后松、先紧后放、先抑后扬来尽现权威，然后借机想方设法将昔日的竞争对手和同姓诸侯王贬爵徙封，最终不予任用，进一步巩固了自己的地位。

曹丕掌权之后，首先剥夺了二弟曹彰的兵权，让他回到自己的封地鄢陵。接着，让于禁去管理曹操的陵事，使于禁从陵屋中的白粉壁上看到自己向关羽请降时的丑态，又羞又恼的于禁最终气愤成病而死，借此警告那些对他不忠的人。然后，又以父死不奔丧为由，向另外两个弟弟问罪，导致曹熊畏罪自杀，曹植和他的好朋友丁仪、丁廙被许褚率领三千虎卫军逮捕入京。曹丕先剪除了曹植的羽翼二丁，独留曹植另行处理。幸亏有他们的母亲卞夫人出面求情，曹丕才答应不加害曹植的性命，但要求他必须以

（兄逼弟七步赋诗）

两牛墙下相斗，一牛坠井而死为内容，在七步之内吟一首诗，诗中又不许犯着"二牛斗墙下，一牛坠井死"之类的字样。曹植走完七步，吟成了一首八句五言诗："两肉齐道行，头上带凹骨。相遇块山下，郯起相搪突。二敌不俱刚，一肉卧土窟。非是力不如，盛气不泄毕。"曹丕及群臣皆惊，又逼曹植以"你我兄弟"为题，立即吟诗一首，诗中不许有"兄弟"字样。曹植不加思索，当即脱口而出："煮豆燃豆萁，豆在釜中泣，本是同根生，相煎何太急！"曹丕闻之，潸然泪下。卞夫人从殿后走出来，指摘曹丕曰"逼弟之甚"，曹丕慌忙离坐说："国法不可废耳。"于是贬曹植为安乡侯，曹植拜辞后上马到他的新封地去了。

为了进一步扩大自己的影响，曹丕仿效汉高祖刘邦带三十万大军探亲祭祖，南巡故乡沛国谯县（今安徽亳州）。大将军夏侯惇病逝，曹丕亲自披麻挂孝，用厚礼殡葬，表现他对老臣的恩宠。于是，一班老臣、重臣、信臣积极活动起来，软硬兼施逼汉献帝禅位。汉献帝在无奈中下了禅国诏书之后，曹丕又故作谦让，一再拒不接受。为了避免后世有篡窃的说法，由华歆出面让汉献帝下令修筑"受禅坛"，集合大小官僚、广大百姓和三十余万御林虎贲禁军参加禅位大典，曹丕才惺惺作态接受了禅位，改延康元年为黄初元年，国号大魏，谥父曹操为太祖武皇帝，封被逼退位的汉献帝为山阳公。曹丕得意地对大臣们说："舜、禹之事，朕知之矣！"受禅大典刚刚结束，就刮起一阵狂风把曹丕惊倒，一连几天不能上朝。曹丕怀疑许昌宫中有妖怪，于是把国都迁到了洛阳。

面对名利和权势的诱惑，每个人的选择都是趋利避害，这中间难免会产生分歧与争斗。就曹丕在进军接班人的过程中所表现出来的智谋和方略来说，就他从一个充满文人气息的翩翩公子一步步登上至高权力宝座来说，我们不难看出仅仅满腹诗书只能是纸上谈兵，聪明的人不一定就是智者，脑瓜好使的人未必将来就是成功人士。曹丕用事实向我们证明了：成长的道路是自我营造和开辟的，面对逆境和落寞，要有改变的决心；才华不及他人，只要能够将智商和情商充分结合，一样能够创造不朽功业。

才华与处世是两码事，在现实生活当中，智谋比才华更重要。对人性有着深刻理解的卡耐基先生，曾经为根除人性弱点开出了有效的药方，他说："一个人的成功，只有 15% 归结于他的专业知识，而 85% 归于他表达思想、领导他人及唤起他人热情的能力。"这种能力就是我们常说的情商。美国一家很有名的研究机构曾经调查了 188 个公司，测试了每个公司的高级主管的智商和情商与工作表现之间的联系，结果发现情商的影响力是智商的 9 倍。智商略逊的人，如果拥有很高的情商指数，也一样能取得成功。因为情商意味着：有足够的勇气面对可以克服的挑战，有足够的肚量接受不可克服的挑战，有足够的智慧来分辨两者的不同。

其实，人与人的智商大致是相同的，差别最为明显的是人的情商，即与人沟通相处的能力、领导组织的能力等，而这些又是处理社会关系时需要用到的最实用的能力，这就是一味优秀的人往往走向社会以后逐渐黯然的原因。如果你的情商不高，请不要涉足权谋；如果你的情商很高，你应该在社会活动的实践中奋力开拓。

09

将自我期望落实到实际行动·刘备

　　对于刘备的评价历来有两种截然不同的观点，支持方把他视为千古难得的仁人君子、道德和正义的化身；反对方则认为他其实没什么本事，有的是一副伪君子的相貌，靠的是到处投机取巧，所谓"刘备的天下——哭出来的"。尽管刘备说过"妻子如衣服"这样得罪当今女权主义者的话，但是他的行事风格最符合中国古代的政治思想理念，所以他获得了极高的人气。

　　刘备，字玄德，出生于涿郡涿县（今河北涿州）一户穷苦人家，却高调宣称自己是中山靖王刘胜的后代、汉景帝阁下玄孙。那位以出土"金缕玉衣"而广为后人所知的西汉中山靖王一生中居然有 105 个儿子，谁又能说得清几百年后这 105 个儿子会以怎样的乘积方式衍生出他们的后代？少年时以贩履织席为业的刘备，要论起王室贵胄的谱系来，实在有些微若游丝。祖宗留下来的唯一一样东西就是一个不能当饭吃的空头衔，这种身份要是换了别人，也许就自暴自弃了，充其量也就像阿 Q 一样，炫耀似的说"当年我也阔过""我祖宗那会儿……"自我陶醉一番。但刘备毕竟是刘备，他能从一文不名的穷光蛋，一跃成为三分天下的乱世英主，自有他过人的长处。

刘备一亮相就显得与众不同："生得身长七尺五寸，两耳垂肩，双手过膝，目能自顾其耳，面如冠玉，唇若涂脂"，按照相书的说法，这是正宗的帝王之相。这位大耳朵的少年在涿县楼桑村时，常常一边编着席子一边是走神，向往着声色犬马、绫罗美服的生活。有一天，他甚至在自家门前一棵高五丈余的大桑树下，指着"童童如车盖"的大桑树发癔狂，对一起玩耍的小朋友说："我为天子，当

乘此车盖。"羽葆盖车是皇帝的专属座驾，这句话把叔父刘元起吓了个半死："此儿非常人也！"见刘备家里贫穷，常常资助他一些钱粮。

刘备十五岁的时候，母亲缴了学费让他跟从郑玄、卢植学习，无奈他"不甚好读书"，估计也没学到多少东西。好在他这个人"性宽和，寡言语，喜怒不形于色；素有大志，专好结交天下豪杰"，并且与未来的北平太守公孙瓒是同学，也算在人脉关系方面有所收获。没有任何迹象表明，席卷天下的黄巾起义对刘备织席贩履的生意有什么影响，及至冀州太守刘焉发榜招军时，刘备已经二十八岁了，他"有志欲破贼安民，恨力不能"，慨然长叹。正好碰上张飞不愿意再做屠猪卖酒的买卖，逃难江湖的关羽也有应募从军的意愿，乱世给他们带来了千载难逢的机遇。刘、关、张桃园结义之后，响应政府号召招兵买马，聚集乡勇拉起一支队伍，开始了建功立

（刘、关、张桃园三结义）

业的千里之行。

　　与当时其他割据势力比起来，刘备的聪明之处在于善打"人和"牌。"皇叔"的头衔虽然有点虚幻，但是事在人为，聪明的刘备看准了这一头衔的潜在市场价值，大力挖掘并且最大限度地挥洒自己的"和蔼仁风"，终于使"汉室宗亲"和"仁德之君"两个概念相得益彰，铸造了一块金光闪闪的招牌，成为他三分天下的有力武器。古人特别讲究名分，所谓"名不正，言不顺"。刘备是汉室宗亲，名分上占了优势，用今天的话说是根正苗红。争夺地盘，单从理论上讲就要比曹操、孙权来得硬气，因为汉王朝毕竟是刘家的天下，即便易主也要先在刘姓中寻找有德者。这样一来，刘备的努力便成了匡扶汉室，曹操同样的作为换来的却是"名为汉相，实为汉贼"的骂名。

　　应该说，刘备建功立业的千里之行始于徐州，他真正广为世人所知也是在"三让徐州"之后。徐州牧陶谦是个老狐狸，他与曹操结下了杀父的"梁子"，被曹操逼得无计可施、无路可走，就把徐州这枚烫手的山芋薯扔给了刘备，刘备总算有了一块像样的地盘。徐州是兵家必争之地，大大小小的军阀瞪着血红的双眼紧盯着这块地盘，刚刚加入"军阀协会"的刘备势力单薄，哪里守得住徐州，没多久就被凶悍的独狼吕布夺去了，连同夺去的还有他的家眷。后来，吕布听从陈宫的建议，主动送还了甘夫人、糜夫人，派使者迎刘备还屯小沛。刘备在小沛招兵买马，张飞夺了吕布从山东买回的马匹，刘备打不过吕布，只得听从孙乾的建议，乘夜冲出包围圈，投靠了曹操。

曹操攻克徐州以后，并没有将地盘还给刘备，而是把刘备带回了许都，安排在相府附近的宅院歇息。汉献帝检验宗族世谱之后，将刘备请入偏殿叙叔侄之礼，拜他为左将军、宜城亭侯，人皆称其为刘皇叔。当刘备在朝廷里依附曹操，暗地里和董承、王子服、马腾等人结成了反曹联盟，伺机发动政变时，他却在后园种菜，亲自浇灌，作韬晦之计。当曹操饮酒间告诉刘备："今天下英雄，惟使君（尊称刘备之称）与操耳"时，他以为韬晦之计已被识破，惊得手中匙箸落于地上，恰逢窗外雷声大作，他从容拾箸掩饰说："一震之威，乃至于此。"

寄人篱下仰人鼻息，又被人家忌惮提防着，刘备虽然胸有大志，但在行动上却尽力表现出胸无大志。从满宠口中得知袁绍灭了公孙瓒，袁术又欲投靠袁绍，刘备趁机提出亲率一支军队，前往徐州截击袁术，借此寻个脱身之计。曹操应允，拨五万人马，又差朱灵、路昭二将相随。刘备率军灭了袁术，写表申奏朝廷，令朱灵、路昭送回许都，留下军队保守徐州。关羽用计斩杀了曹操委派的徐州刺史车胄，刘备夺回徐州并且宣布脱离曹操，转而投靠袁绍。袁绍集团在官渡之战被曹操率军击败，刘备又不得不另找出路，到荆州牧刘表那里继续"再就业工程"。

刘备投靠刘表后，刘表待之甚厚，生活过得比较安逸。有一次，刘备上厕所看到自己因为久不骑马奔驰疆场，胯下长了肥肉，即所谓"髀肉复生"，不觉潸然流涕。刘表问其何故悲伤，刘备长叹一声说："备往常身不离鞍，髀肉皆散；今久不骑，髀里肉生。日月蹉跎，老将至矣，而功业不建：

是以悲耳！"安逸的生活并不能使刘备舒心，因为这种生活不是他的理想目标，反而是对目标追求的延误，不由悲从心来。针对此事，曾有诗曰："忽感胯下髀肉肥，落下几滴英雄泪；久违沙场无功业，舞乐声声葬刘备。"

刘备不乏远大的理想和对理想不懈追求的精神，但他时常把这种理想与精神小心翼翼地隐藏起来，这是因为家庭出身和生活环境决定了其性格的两面性：一方面他富有安邦定国的宏图大志，另一方面他出身贫贱，没有上层的社会基础，起兵后又一直势单力薄，在各路军阀混战的夹缝中求生存，时时得依附别人，于是在言论上不敢直接表达自己的志向，在行动上也不敢公开打起自己的政治旗帜，生怕目标过大，招来祸害。他将大志埋藏于心，埋之愈深，追求愈强烈。

作为刘表的座上客，刘备在荆州一住就是十年，这多少让雄心勃勃的他有些伤心失落。不过，他在荆州的日子并非没有收获，最大的收获就是请到了被后世奉为神明的军师诸葛亮。刘备初访诸葛亮而未遇，遂向诸葛亮的朋友崔州平说："方今天下大乱，四方云扰，欲见孔明，求安邦定国之策耳。"后来在隆中面遇诸葛亮，诸葛亮提出"愿闻将军之志"的要求，刘备慨然对答说："汉室倾颓，奸臣窃命，备不量力，欲伸大义于天下"。诸葛亮足不出户就替刘备拟定了一份争雄天下的战略计划，并且开始督促着刘备实现心中的理想。

说实话，一直颠沛流离饱受挫折的刘备此时对自己究竟能否坐上羽葆盖车也有些茫然了，命运甚至残酷地显示出他还是一个祸水型的人物——他投奔谁，谁就要倒霉。所以，刘备有时不免雄心沉沦，甚至一个人无所事事的时候，偷偷拾起编席织鞋的老手艺作为业余爱好。诸葛亮看到后，严肃地对刘备提出了批评，并且重新鼓起了他对未来的信心。刘备替新生的儿子取名为刘禅，在此之前他已经有一个义子叫刘封，"封禅"是什么意思，现在你总该知道他的志向了吧。

平心而论，刘备善于用人，很会收拢人心，这是他最大的成功法宝。诸葛亮、关羽、张飞、赵云等皆一世人杰，对刘备忠心不二，即使在最危难的时刻也都和他站在一起，看来他确实是注定要坐羽葆盖车的。天时、地利都被人家占去，刘备的主要资本也只能是"人和"了，当然还有细若游丝的汉室宗亲身份。不过，曹操既然已经把汉献帝抓在手中，抢到了汉字注册的正宗商标，刘备这个虽不能说他假冒，但也正宗不到哪里去。一直到曹丕废了汉字商标，刘备这块商标才算响亮起来，不过史家仍不忘在他的汉字商标前加上了一个"蜀"字，以示区别。

刘备之所以受到推崇和爱戴，关键在一个"仁"字，靠的是仁义卓著的名声，以至群贤毕至，应者云集。所以，曹操大军进犯新野时，刘备逃跑还不忘带上十余万愿意跟从他的百姓一起走，组成一支浩浩荡荡的难民队伍，成为古代军事史上一次空前绝后的行军。新野、樊城两地的百姓以及刘备手下的将士都被感动得泪零如雨，这个时候他们迫切渴望有一个能够带来稳定的幸福生活的仁君，而浑身上下散发着"仁"光的刘备无疑成了最好的人选。在百姓眼中，宽弘仁义的刘玄德和阴险刻薄的曹阿瞒是有天壤之别的。可是，刘备的仁慈更多属于一种手段，进军益州时他曾对庞统说过："今与吾水火相敌者，曹操也。操以急，吾以宽；操以暴，吾以仁；操以谲，吾以忠；每与操相反，事乃可成。"刘备的仁治最终是服务于其政治目标的，在特别关键的时候，他根本不讲仁慈。

刘备一生的转机是著名的赤壁之战。刘表死后，曹操率大军南下，刘备不得不四处逃亡，在山重水复疑无路的关头，总算捞到了东吴孙权这根救命稻草，两家结成了共同抵御曹操的联盟。赤壁之战中，东吴是作战的主力，但是战争打赢后，刘备却先下手为强，抢占了荆州的不少郡县。孙权当然很不高兴，于是刘备找了个借口，说荆州算是向你借的好了，等我夺了西川就还给你。当时，孙权已经将妹子嫁刘备，对这个新妹夫总不好抹下脸来一点情面都不讲，于是荆州的隐患就这样埋下了，直到后来要用关羽的人头乃至刘备的性命来偿还。刘备与东吴联盟不联心，他的那位新夫人、孙权的妹子更像是东吴派在他身边的奸细。所以，刘备一脱离孙权的势力范围，他们两个人的婚姻便玩完了。

（玄德智激孙夫人）

　　诸葛亮在出山之前，就已经为刘备定下了夺取荆州，进一步占据益州的战略计划，当时他"顿首拜谢"，却迟迟没有采取行动，一拖再拖。刘表生前多次提出自己死后让刘备作荆州之主，但刘备认为："景升待我，恩礼交至，安忍乘其危而夺之？"曹操大举进攻新野小县，诸葛亮建议夺取荆州安身，以拒曹操，刘备不忍图之，声言："吾宁死，不忍作负义之事。"表面上看，因为荆州是同宗刘表的地盘，所以仁德的刘备不忍心下手，实际上问题的关键在于时机还不够成熟，力量还不够壮大。等到时机成熟了，刘备就不再顾忌什么同宗之谊了，照样通吃不误。不管刘备的"仁德"是为了顺应形势装出来的也好，还是他真正天性如此，至少他治下的百姓在这块"仁"字招牌下得到了一定的好处，这就足够了。

　　为了目标不择手段，就要残酷无情，不仁不义，这是刘备所不愿意的；完全选择仁义的手段，又实现不了目标，这也是刘备所不愿意的。每次碰到这种情况，刘备大多是采取折中的方式，以迂回的手段实施目标。当刘备攻取西川的时机已成熟时，他仍一再推托说："刘季玉与备同宗，若攻之，恐天下人唾骂。"庞统建议刘备在与刘璋会面时，就筵上杀之，一拥入成都，唾手可得西川，刘备却认为："季玉是吾同宗……若行此事，上天不容，下民亦怨。"并指责庞统："公此谋，虽霸者亦不为也。"等到刘备站稳了脚跟，立马反客为主夺了刘璋的西川，既然还拉着刘璋的手，声泪俱下地说："非吾不行仁义，奈势不得已也！"此时此刻，说刘备流的是鳄鱼的眼泪，一点都不过分。

孙权闻知刘备得了西川，便打发诸葛瑾上门讨还荆州，刘备生气地说："孙权既以妹嫁我，却乘我不在荆州，竟将妹子潜地取去，情理难容！我正要大起川兵，杀下江南，报我之恨；却还想来索荆州乎！"经诸葛亮哭拜求情，刘备才肯答应先给长沙、零陵、桂阳三郡，可是关羽拒不执行结拜大哥的命令，刘备又找托词说："吾弟性急，极难与言。子瑜可暂回，容吾取了东川、汉中诸郡，调云长往守之，那时方得交付荆州。"孙权可不是傻瓜，两郎舅险些兵戎相见，正赶上曹操夺了张鲁占据的汉中，刘备怕西川有闪失，连忙跟孙权谈和，两家平分了荆州，然后挥师与曹操争夺汉中。黄忠在定军山斩了曹操大将夏侯渊，张飞和魏延攻占了南郑，刘备又在阳平关下大败曹操，一鼓作气拿下了汉中。

这时的刘备风头正健，连曹操都斗不过他，众将官都有推尊他称帝的心思，诸葛亮和法正作为代表劝进皇帝位。刘备不敢僭居尊位，认为这太不符合为臣之道，再三推辞不过，只接受了诸葛亮关于暂时为汉中王的折中方案。建安二十四年（公元219年）七月，筑坛于沔阳（今陕西勉县），群臣依次序排列，许靖、法正请刘备登坛，进冠冕玺绶，面南而坐，受文武官员拜贺为汉中王。关羽遇害以后，刘备"一日哭绝三五次，三日水浆不进，只是痛哭；泪湿衣襟，斑斑成血。"接下来，张飞因为悲伤过度，蛮性发作，又被部将所害。二位义弟的死，彻底击垮了刘备，复仇成了他生存的唯一目的。在刘备看来，如果不能为两位兄弟报仇雪恨，即便贵为天子，也是毫无意义。

建安二十六年（公元221年）四月，汉中王刘备即位称帝，改元章武元年。当上皇帝的刘备一定要倾全国之力兴师伐吴，诸葛亮、赵云为首的群臣一再痛陈厉害，秦宓因为强谏险些丢了老命，诸葛亮的表章也被丢在地上，这在之前是绝无仅有的。仇恨的怒火已经烧得刘备失去了理智，他拒绝了东吴归还荆州、送还孙夫人的和解请求，一心只想灭吴复仇，结果彝陵一战被陆逊火烧连营，吃了有生以来最刻骨铭心的一次败仗。这一仗不仅使蜀汉元气大伤，也为最终的灭亡埋下了祸根。刘备本人憋气加窝火，白帝城托孤之后撒手人寰，算是一身殉"情"（友情）！刘备大举伐吴，并非一怒之下的冲动和孤注一掷，而是堂而皇之地捍卫神圣的信与义。他靠这两个字罗致人才打下江山，没料到这回却不灵光，反而输了老本。

刘备一生有意识地与曹操形成对立，其中不免有矫饰之情、虚伪奸诈的一面，但总的来说还是一个充满斑驳的理想化色彩的仁君，他的形象中积淀了千百年民众的希望和期待，所以带有浓厚的民间气息。刘备的悲剧在于他过分执著于个人崇高的宽仁信义，不适时变便走向了意愿的反面。刘备是典型的双重人格，他的阴阳功夫应该是十分到家的，所以鲁迅后来评价《三国演义》才有那句著名的论断："欲显刘备之长厚而似伪。"刘备明知道要在乱世求生存、谋发展必须得用权谋，但他自己既然已经打出"仁义"的旗号，也就只得一直扛下去，行事必须与曹操相反，不能肆无忌惮，这就势必陷入不能自拔的矛盾，最终变成了一个悲剧英雄。

信念引发力量，期盼带来激情。从落魄的皇族后裔到一方霸主，从织席贩履到转战南北，正是对理想不懈追求的精神，成就了刘备可歌可泣的一生。每逢山穷水尽时，即使再怎么落魄，刘备也从未放弃治国安邦的志向，并且总能以此来激励自我、调整自我、鼓舞士气，终于打出一片属于自己的天地。在现实生活中，有自我期盼之人，才能永远不甘平庸，永远追求卓越，积极推销自我，取得巨大成就。

10

世间对与错仅仅是一纸相隔·刘禅

一个人不一定非要干出什么惊天动地的大事才能留名千古，阿斗刘禅就是以什么事都不做、什么事也做不了的极端不作为而名传千古的。刘禅，字公嗣，刘备长子，建安十二年（公元207年）生于荆州。因甘夫人梦吞北斗受孕，刘备便给刘禅取乳名为"斗"，字升之，意在希望他如星斗般冉冉升起，"阿斗"则是对他的昵称。后世之人将"扶不起的阿斗"作为弱智草包、无能蠢材的代名词，并且世世代代相传到今天，毛泽东在教育干部要走群众路线时曾说过："不要把群众当成阿斗，把自己当成诸葛亮。"刘禅其人早已作古，蜀汉之亡也早已成为历史，值得深思的是这位将门之后、帝王之身是怎么成了一个窝囊废的？

说起阿斗的命运，也真够可怜的，既没有生在和平环境，更不是在蜜罐里长大。他小时候饱经战祸，一条小命还是赵云九死一生，从曹军刀尖下抢救出来的。当年刘备败走当阳，丢下妻儿带着十余万百姓逃跑，被曹操铁骑追上，杀得七零八落。赵云奉命保护家眷，单枪匹马杀入重围，拼着性命寻找相救，终于在一堵破墙下找到了抱着阿斗的糜夫人。赵云当时要将战马让给身受重伤的糜夫人骑，自己步战保护他们娘俩脱离危险。糜夫人深知"将军岂可无马"，那样做意味着同归于尽。为了不拖累赵云，让阿斗有救，糜夫人将孩子交到赵云手里，自己跳入枯井自杀了。赵云见糜夫人已死，便将土墙推倒掩盖枯井，然后解开勒甲绦，把阿斗绑在胸前，东挡西杀冲出一条血路，突围找到了刘备。当赵云解开衣甲，放下阿斗时，他居然睡着了。罗贯中的这一笔似乎有某种隐微意义，意思是阿斗从生下来就是憨痴无用的，可是这时候阿斗尚在襁褓，是英雄还是狗熊并不能断定。当刘备双手接过阿斗时，竟将阿斗抛在地上，说："为汝这孺子，几损我一员大将！"刘备的这个举动，是真心还是假意，老百姓最清楚，所以民间流传一句话：刘备摔阿斗——邀买人心！

后来，阿斗跟随刘备从湖北到四川，辗转于戎马倥偬之中，七岁的时候又差点成了东吴讨还荆州的政治斗争牺牲品。当时，刘备带兵谋取西川，孙权乘其远出将妹妹孙夫人骗回江东，还要孙夫人带着阿斗过江，实际上是想将阿斗作为人质来换取荆州。当孙夫人带着阿斗乘上东吴来迎接的大船时，被细心的赵云及时发觉了，立即驾着一只渔船追赶，愣是在大江之中赶上了。赵云跳上大船，要求孙夫人留下阿斗，孙夫人摆出夫人的架子又骂又威吓，赵云只好强行将阿斗夺下，又在张飞的策应下，最终将阿斗留了下来。这是赵云第二次在危急关头救出阿斗，使他摆脱了做人质的命运。如果阿斗真的落到了东吴，以刘备的为人来看，说什么都不会拿荆州去换他回来，那么他的命运不知又当如何？由此可见，阿斗小时候确实几经磨难，但是磨难并不能决定一个人日后能够坚强有出息。阿斗当时是刘备的独根苗，尽管后来刘备再娶，又生了儿子刘永、刘理，可刘禅毕竟是嫡长子，因此诸人百般看重、千般呵护。特别是刘备夺取了西川，随后自立为汉中王，后来又登上皇帝宝座；刘禅也就成了世子、太子，在后宫过着养尊处优的生活，也许就此养成了他贪求安逸、怯懦孱弱的性格，总之是由于多方面的原因，这棵"苗子"并没有长成栋梁之才。

养不教，父之过。刘备起家于市井，本身"不甚好读书"，文化程度并不高，再加上大半辈子在乱世中颠沛流离，过着游弋不定的生活，连跟刘禅在一起的日子都很少，根本就谈不上把儿子的知识教育问题放在心上。后来，刘备恨伐东吴死于白帝城，还来不及对儿子的治国才能进行教育和培养，就黯然撒手而去了，把一个少不更事的刘禅留给了一手遮天的"相父"诸葛亮。刘禅文化素养不高，从来没有领兵打过仗，连军旅生活也没有体验过，难怪他一听说邓艾攻入成都便手足无措，到洛阳受到司马昭的斥责又面如土色，这样弱不禁风的娇公子怎么可能像刘备那样叱咤风云、力挽狂澜呢？至于刘备最后把皇位传给了刘禅，这完全因为他是刘家嫡传长子使然，绝不是刘备的特别偏爱。以前虽然有刘备认养的义子刘封在刘禅前面排着，但他毕竟不是亲生之子，后来又因为不救关羽之难，被刘备给杀了。直木出于山林，竞争能出人才，刘禅的皇位是在无忧无虑中等来的，反正自己也没有付出什么代价，安于逸乐自然不足为奇。

章武三年（公元 223 年）春，刘备在白帝城去世，刘禅迎梓宫于成都城外，诸葛亮等将官拥立其即皇帝位，改元建兴。刘备临终前在永安宫传旨召诸臣入殿，写下了遗诏托孤于诸葛亮，同时又对诸葛亮说："君才十倍曹丕，必能安邦定国，终定大事。若嗣子可辅，则辅之；如其不才，君可自为成都之主。"刘备也许真看到了刘禅的"孱弱"，感觉到了刘禅的难以成器，因为十七岁已是成人了，但"取而代之"的话真是他的啼腑之言吗？恐怕难以令人置信。所以诸葛亮听到这番话，竟然"汗流遍体，手足无措"，不能不"泣拜于地"，发誓说："臣安敢不竭股肱之力，尽忠贞之节，继之以死乎！"言罢，叩头流血。诸葛亮如果不是感觉到刘备的话具有某种隐微含义，又何至于紧张得"汗流遍体，手足无措"呢？不过，这个细节也透露出刘禅作为接班人，确实是不尽如人意。刘备在给刘禅的遗诏中特别强调"惟贤惟德，可以服人"，同时告诫刘禅"勿以恶小而为之，勿以善小而不为。"事实表明刘备这几句话说得非常深刻，他对刘禅的了解正契合了中国的那句古老格言：知子莫若父。

刘备生前对诸葛亮有知遇之恩，白帝城临终又将军国大事托付于他，并且提出愿将自己一生创得的江山拱手相让，这正是刘备让诸葛亮死心塌地为蜀汉效劳的一种策略。《隆中对》的最高战略目标是复兴汉室，这样做一是可以师出有名，二是可以争取民心。"汉室宗亲"这个得天独厚的条件不是随便什么人都能有的，刘备心里明白诸葛亮"自取"的可能性不大，倘若诸葛亮废了刘禅，岂不等于搬起石头砸自己的脚！可是，诸葛亮若有二心，在刘备死后谋夺刘禅的皇位，蜀中任何人都是毫无办法的，这也是刘备不得不考虑的问题。刘备对诸葛亮的忠心并不怀疑，他为了更有把握地掌握诸葛亮，临终前首先有意深化感情，造成私人感情的浓烈气氛；其次，若无其事地提议对方去做伤害自己的事情，这时候实际上是把对方引入充当不义角色的精神境地，是要让对方良心触痛，内心不得安宁，形成情感反差；第三，由于对方情感反差的幅度过大，心理无法承受，为了求得解脱，就不得不保证以后绝不萌生他念。在三个步骤中，刘备只做前两步，重点安排第一步，第二步只轻轻一点，第三步由诸葛亮完成。值得注意的两点是：第一，刘备是当着众人的面让诸葛亮取代刘禅，实际上是逼诸葛亮当着众人之面表态。如果以后诸葛亮萌生二心，必然会遭到众将的谴责和反对。第二，刘备临终前还单独嘱咐赵云说："卿可想朕故交，早晚看觑吾子，勿负朕言。"赵云的武略在当时的蜀汉无人匹敌，赵云的忠贞是刘备所放心的，他嘱咐赵云"看觑吾子"而不言"听丞相之言"，实际上是对诸葛亮起一种监督作用。

刘备离世时，遗命他的几个儿子要以"相父"待诸葛亮，国事为相，家事为父，从政令到伦理，刘禅都只有听从的份。刘禅登基时年仅十七岁，诸葛亮除了没有司马昭之心外，实在看不出他在什么地方培养和扶持过阿斗刘禅。《三国演义》里没有写诸葛亮是否给刘禅安排了家庭教师，或是请一个太傅教授刘禅学习"经、史、子、集"之类的东西，但以刘禅以游戏为主的生活来看，说不准在诸葛亮的潜意识里，还有一种刘禅懂得越少越好的想法也未必可知。《前出师表》和《后出师表》这两篇诸葛亮与刘禅直接交流的文章，从表面上看言辞恳切，对阿斗极尽忠心和关心，怎样做到公平公正、赏罚分明，识别君子和小人的重要性，怎样处理宫廷与相府的关系，嘱咐可谓事无巨细，但细细一读才发觉诸葛亮除了讲一通治国大道理外，通篇都是用先帝刘备来压刘禅，表白自己是蜀汉大救星的地位。在温情脉脉的安排下，刘禅在诸葛亮制定的家国大事的条条框框内根本就动弹不得，除了去找两个黄门小太监继续斗蟋蟀外，他还能做什么呢？难以言说的辛酸，又有何人能解？

有诸葛亮这样一位公忠体国、鞠躬尽瘁的贤相辅佐，确实是刘禅的福气，但从客观上说也对他的成长产生了负面影响。刘禅当上皇帝以后，严格遵照刘备的遗嘱"父事丞相""凡一应朝廷选法、钱粮、词讼等事，皆听诸葛亮丞相裁处。"甚至连刘禅的婚事，也是由诸葛亮"包办"的。诸葛亮说张飞的女儿十分贤惠，可纳为正宫皇后，"后主即纳之"。正因为刘禅对诸葛亮毕恭毕敬、言听计从，你说南征就南征，你说北伐就北伐，诸葛亮也才得以全力南征北战，为兴复汉室竭尽自己的才智。诸葛亮虽然对刘禅的懦弱不放心，出师前一再嘱托，但他在前线基本上可以专心致志，不必侧着身子，一边对付外忧，一边提防内患。刘禅孔明，一帝一相，一弱一强，配成一班，结构应属合理。然而，由于诸葛亮前线后方一起抓，

（刘禅探病问计退兵）

大事小事不放松，也就使刘禅自然而然成了甩手掌柜。诸葛亮在朝中把什么工作都干了，包括下一道征伐魏国的诏书也要亲自替刘禅起草；诸葛亮上前线，又把什么都交代得十分具体，而且安排了一个强有力的工作班子。在这种情形下，刘禅只能一味听从诸葛亮，一切军国大事都全权交由诸葛亮做主，既有生活在诸葛亮这个巨大阴影下无法施展的一面，又有他自身贪图安逸、依赖于英杰而一味陶醉于风花雪月的一面。如果他与诸葛亮明争暗斗，吃亏的还是蜀汉，还不如干脆退居二线，垂拱而治保持内部团结一致的安定局面。因为诸葛亮太优秀，所以人们在评论他与刘禅的关系时，只注意到了他对刘禅的忠诚和庇护，却忽略了刘禅的配合与支持。一个巴掌拍不响，诸葛亮的成功，也应当有刘禅的一份功劳。

诸葛亮在世时，刘禅大树底下好乘凉，可以作个不管事的自在皇帝。待到诸葛亮这棵大树一倒，刘禅已经无处乘凉，这时他尽管不算勤政，却也开始有了压力，有了责任感。诸葛亮死后，刘禅大为哀恸，对他的遗言十分重视。特别是在军政要职的配备上，都是按诸葛亮的交代任命的，包括对蒋琬、费祎、姜维的重用，也是因为采纳了诸葛亮的建议。尽管后来有黄皓弄权、擢升阎宇、冷落姜维的情形，但是姜维在大部分时间内仍然兵权在握，多次北进伐魏(后人称为"九进中原")，没有刘禅的支持当然是不行的。为使决策不出现失误，刘禅很尊重下属的意见和建议，一些大事总要征求蒋琬、费祎的意见，即使是费祎远驻汉中的日子里，也要在作出决定之前派人去征求意见。刘禅即位后的四十年，既没有刘备那种刻意进取、不屈不挠的英雄气，又无诸葛亮智计超凡、鞠躬尽瘁的进取心，也确实不如魏文帝曹丕的文韬武略，但又不像东吴末帝孙皓那样残暴歹毒，今天整治这个，明天怀疑那个，甚至凿眼剥皮、满门抄斩，自己干不了，又不放手让别人干。刘禅虽然孱弱无能，却并不是暴君，并不揽权专权，他自己干不好，就放手让能干得好的诸葛亮们去干，充分信任，大胆发挥，不挑毛病，不找茬子，也算是一份突出贡献吧！

刘禅自摄国事以后，对民实行的是儒家的仁政，国政上实行的是道家的无为而治，所以国内矛盾不突出、不激化，正是他的休养生息政策才让蜀汉百姓过上了安定的生活，形势一直比较稳定。刘禅是三国时期在位时间最长的皇帝，他主政的年代虽然是乱世，蜀汉百姓却能安居乐业，朝廷大臣也各安其位，宫廷之中也没发生任何内乱，这是当时很少见的现象，足以说明刘禅并非真正的昏庸之辈。作为三国之中最弱的一方，刘禅在位期间基本没有杀过一个大臣，他用权力制衡的原则来管理下属，成功地避免了班子内部的互相倾轧，这也是一个不小的奇迹。刘禅最被人诟病的无疑是"不战而降"和"乐不思蜀"两件事情，但是这两件事情也恰恰从另一方面说明他是一个识时务又爱民的仁慈皇帝。

说到"不战而降"，其实是已经战斗了，在主力部队不在成都的情况下，诸葛亮的子孙都已经为国捐躯了，再打下去只有死路一条。直到曹魏对蜀汉发动全面进攻时，只剩下姜维等少数几个人苦撑危局，其他文臣武将面对这个烂摊子，有的敢怒而不敢言，有的敢言而不敢为，像光禄大夫谯周这样的败类，为了保住自己的乌纱帽，更是出谋划策劝说刘禅投降。在国家存亡和人民生死之间，刘禅没有以鸡蛋去碰石头，没有选择无谓的牺牲，而是在魏将邓艾兵临城下之际，"率太子诸王，及群臣六十余人，面缚舆榇，出北门十里而降。"主动俯首投降了，"上能自守宗庙，下可以保安黎民"，此时的刘禅首先考虑的不是自己的皇位，甚至不考虑自己偏安一隅的所谓国家，所思所虑的是黎民百姓的安危问题，客观上把人民的利益置于至高无上的位置，放弃所谓"面子政治"的做法是十分难得的。按照当时的形势来看，蜀国已经绝无保国之可能，如果刘禅硬要充英雄，结果只能是千百万的百姓被"胁迫"到他的战车里头送死，最后还是国破家亡。主动投降了，国破山河在，刘禅失去了一个君位，百姓的家却能保持完整，民众的生命仍可存续。在刘禅心目中，民生比国家比君位都重要，你能说他的这种取舍有错吗？即使有错，也错在儒家思想上，错在亚圣孟子上。

刘禅主动放弃君位来换取百姓生命，这是在践行孟子"民为重，社稷次之，君为轻"的思想。人民不但在君主之上，还在国家之上，这种思想石破天惊，振聋发聩，却是天经地义，本该如此。民生至上，没有任何东西可在民生之上，包括国家。何谓民生？民生者，是民众的生命，民众的生存，民众的生活。在这"三民主义"中，首先是民众的生命，没有生命，何谈生存，又何谈生活？一个真正爱民的君主，应该是不计个人得失也要保全人民的生命的。当初刘备就是因为舍不得丢下新野和樊城的百姓才被曹操率军打得很惨，刘禅为了成都百姓而投降不是也可以理解吗？投降不是一件光荣的事情，但是刘禅能充分认识到"天下大势，分久必合""三分必然会归一统"这一真理，也明白凭着地处西南一隅、"蜀中无大将，廖化为先锋"的经济、军事实力，是无法与中原曹魏相抗衡的。因此，当兵临城下时，刘禅主动投降是最能减少损失的办法，他对得起蜀汉的老百姓，也同样保全了自己祖宗的牌位。如果无谓地坚持下去，这一切有价值的东西都可能被焚毁。

至于说刘禅的"乐不思蜀"，这又有什么可非议的呢？俗话说："人在屋檐下，不得不低头。"刘禅被解进洛阳，他和家人的性命都攥在司马昭的手里，只是砧板上任人宰割的鱼肉，即便按照却正教他的话说"先人坟墓，远在蜀地，乃心西悲，无日不思"，对既成的事实又有何益呢？刘禅心里十分清楚自己咸鱼翻身几无可能，想要东山再起也没有可能了，更不想拿自己以及百姓的性命再折腾了，只有装痴卖傻才能活命。因此，"乐不思蜀"是刘禅愿赌服输的韬晦之计，而且使得是出神入化、滴水不漏，瞒过了奸诈著称的司马昭，骗过了满朝文武百官，安安稳稳地做他的"安乐公"。如果不装成一副只知享乐的、没心没肺傻乎乎的模样，刘禅肯定会被怀有狼子野心的司马昭列入黑名单，步当年被董卓废杀汉少帝的后尘。在处处充满杀机的权力斗争中，一句话、一个细节都有可能招致大祸临头，刘禅靠"乐不思蜀"保住了自己和子孙的性命，还得以"赐住宅，月给用度，赐绢万匹，僮婢百人"，在魏晋朝廷中作为一名亡国之君活到善终，难道不算是一种成功吗？多少亡国之君身首异处，刘禅只与先前少有区别，还有什么不乐呢？

（司马昭设宴试探刘禅）

"追欢作乐笑颜开，不念危亡半点哀，快乐异乡忘故国，方知后主是庸才。"这是《三国演义》对刘禅的盖棺论定。刘禅的一生可以说得上是"生于忧患，死于安乐"，我们对他的最终评价不应该只是一句"扶不起来阿斗"这么简单的话，"扶不起的阿斗"其实是一个大智若愚、善识时务的聪明人。有些人的成功只是自己的成功，却是人民群众的失败，比如希特勒上台；有些人的失败只是自己的失败，却是人民群众的成功，比如刘禅。有些人虽然成功了，成功的只是他想做的事，他在做人上却失败了；有些人虽然做事失败了，做人却是成功的，做人成功才是真正的成功。刘禅在成都举白旗，被一些人看作是贪生怕死，其实是对宝贵生命的尊重；他在洛阳说"此间乐"，被一些人看成是醉生梦死，其实是对民生幸福的追求。刘禅不是帝王是臣民了，当然可称为民生了。仁者人也，站在人的立场上，刘禅不是大奸大恶的坏人，他只是一个平凡的普通人，顶多也只能算一个毫无建树的庸人。三国时期几无不带血罪的英雄，百姓也许宁可多些带傻气的庸人，也不想要那些带着百姓血腥的英雄。

刘禅的才气虽然不够，审时度势还是挺明智的，最关键是不管他是有意识还是无意识，总之是实践了孟子的"民为重"思想。孟子千百年来一直是中华民族的精神偶像，而作为实践孟子民本思想的刘禅却受到讽刺与讥笑，被钉在历史的耻辱柱上。世界上本没有真正的对错之分，只是因为大家立场不同、看问题的角度不同，就会对一个事物有不同的判断。另外，由于每个人的社会阅历、专业背景、知识水平、对事物的认知程度等诸多差异，对某个事物总是存在不一而同的评价标准。于是，在对与错的问题上，每个人都站在自己的立场上，认为自己是对的，认为他人是错的。正如佛语所说："山是山，山非山，错与对，对与错，仅一纸之隔。"

第二章

胸怀韬略，奇谋妙计如泉涌

古人云："不谋万世者，不足谋一时；不谋全局者，不足谋一域。"汉末三国时期风云变幻莫测，可谓是一个谋略纵横的世界，形形色色的谋士不断现身，胸怀谋略化险夷，奇谋妙计如泉涌。谋略是一种处世哲学，谋略是一种强者思维，谋略是一种高超智慧，谋略是成大事者必不可少的重要能力，谋略是开启成功大门的一把金钥匙。

成事在天，谋事在人，谋略在胸，智慧在心。有谋略的人，才华横溢，学富五车。有谋略的人，出类拔萃，盖世无双。有谋略的人，足智多谋，料事如神。谋略是遇事用巧，巧而多功，变祸为福。谋略是遇事用智，懂得权衡，知晓进退。有谋略者方可在运筹帷幄之中决胜千里之外，谈笑间樯橹灰飞烟灭，始终立于不败之地。

01

为自己的人生选择正确目标·李儒

《三国演义》中第一个出场的谋士是李儒，并且是颇具实力、很有远见的谋士，他是董卓的女婿和亲信，死心塌地为董卓服务，终于开创了董卓时代，最终伴随着残暴无比的董卓走完了短暂的一生。李儒的一生与董卓密不可分，大小事宜均与之参谋，所表现出来的深谋远虑实在让人惊叹，甚至有"算无遗漏"的传奇之感。然而，这两个搭档并没有配合好，善于权谋和策略的李儒终因董卓的昏庸无能、倒行逆施和不得人心，被视为助"卓"为虐者，积恶太深而身首异处。在三国前期谋士黯淡的岁月里，李儒凭借一流的智谋，写下了浓重又阴沉的一笔。

李儒在《三国演义》刚一正式亮相的宣言就是一条非常高明的妙计。西凉刺史董卓奉密诏率军奔赴洛阳，李儒劝他说："今虽奉诏，中间多有暗昧。何不差人上表，名正言顺，大事可图。"董卓大喜，遂弃暗诏而投明表，直接上表请求进京铲除祸乱朝纲的宦官张让，其略曰："窃闻天下所以乱逆不止者，皆由黄门常侍张让等侮慢天常之故。臣闻扬汤止沸，不如去薪;溃痈虽痛，胜于养毒。臣敢鸣钟鼓入洛阳，请除让等。社稷幸甚!天下幸甚!"这个正式上表就像一块遮丑布一样，将窃国大盗董卓包装成匡扶社稷的忠义贤臣，使得西凉兵进京夺权的阴谋得到了遮掩。

大将军何进收到董卓的上表，将其出示群臣，征求大家的意见。侍御史郑泰说："董卓乃豺狼也，引入京城，必食人矣。"何进说："汝多疑，不足谋大事。"卢植也进谏说："植素知董卓为人，面善心狠；一入禁庭，必生祸患。不如止之勿来，免致生乱。"何进任谁的话都听不进去，郑泰、卢植皆弃官而去，朝廷大臣去者大半。何进派人迎董卓于渑池，董卓却按兵不动，静观其变，坐享其成。何进被宦官杀害后，董卓以保驾为名驻军洛阳城外，并招诱何进兄弟部下之兵，尽归掌握。

不久，董卓打算废掉汉少帝刘辩，立陈留王刘协为帝。李儒透彻地看到此事宜速办不可延迟，出主意说："今朝廷无主，不就此时行事，迟则有变矣。来日于温明园中，召集百官，谕以废立；有不从者斩之，则威权之行，正在今日。"第二天，董卓在温明园大摆筵席，遍请公卿百官聚齐，公开提出自己的废立主张，遭到荆州刺史丁原的公然反对后，他大喝道："顺我者生，逆我者死！"就要拔剑斩杀丁原。丁原与董卓抗衡时，李儒在酒席上一眼看出丁原牛气冲天的资本就是背后手执方天画戟的吕布，他见时机未到，赶紧出面缓解矛盾："今日饮宴之处，不可谈国政；来日向都堂公论未迟。"因为有吕布的保护，丁原因此顺利逃过一劫。

为了成就霸业，董卓准备收降吕布，征询李儒的意见，李儒进言说："主公欲取天下，何惜一马！"董卓对李儒的话是言听计从，欣然以一千两黄金、数十颗明珠、一条玉带和一匹赤兔马将吕布收买过来，轻而易举地清除了丁原这个对手。董卓招降吕布后，听从李儒"早定废立之计"的建议，再次设宴会集公卿，让吕布带领千余甲士侍卫左右，并宣称："今上暗弱，不可以奉宗庙；吾将依伊尹、霍光故事，废帝为弘农王，立陈留王为帝。有不从者斩！"公然以武力相威胁，群臣惶怖莫敢吱声。中军校尉袁绍挺身反对，董卓怒喝道："天下事在我！我今为之，谁敢不从！汝视我之剑不利否？"袁绍也拔剑回应："汝剑利，吾剑未尝不利！"二人在酒席上拔剑相对，李儒出面劝止："事未可定，不可妄杀。"袁绍弃官外出后，董卓对众人讲："敢有阻大议者，以军法从事！"由于事发突然，百官果然在惧怕中默认了，董卓实现了他的废立主张。

如果说李儒在收降吕布的过程中显示出了非常精准的眼光和判断的话，那么他让董卓擢用社会名流就包藏着深厚的政治远见。董卓执政后，李儒给他的第一个建议就是"擢用名流，以收人望"，并且推荐了名士蔡邕。作为挟天子以令诸侯的枭雄，笼络人才可以很好地收买人心，显示董卓在政治上的英明，为美化董卓的形象作装点。董卓派人征召蔡邕，蔡邕坚辞不赴，董卓大怒，让人给蔡邕传话："如不来，当灭汝族。"蔡邕不得已而为之，董卓见到他非常高兴，一个月之内三次提拔他的官职，拜为侍中，相待其厚。

董卓废汉少帝刘辩为弘农王以后，将其与何太后、唐妃封锁在永安宫，过着缺衣少穿的苦日子。有一天，董卓听说终日以泪洗面的刘辩所作的诗中有"何人仗忠义，泄我心中怨"之句，认为汉少帝"怨望作诗，杀之有名矣。"遂命令李儒带领武士十人进入永安宫，声称："春日融和，董相国特上寿酒。"何太后说："既云寿酒，汝可先饮。"李儒反问道："汝不饮耶？"

（李儒鸩酒杀少帝）

立即号令左右持短刀和白练上前，说："寿酒不饮，可领此二物！"唐妃跪地求告："妾身代帝（汉少帝刘辩）饮酒，愿公存母子性命。"李儒怒叱叱唐妃："汝何人，可代王（弘农王刘辩）死？"于是把鸩酒递给何太后说："汝可先饮？"何太后大骂何进无谋，引董贼入京，致有今日之祸。刘辩与唐妃相抱痛哭，李儒催逼着说："相国立等回报，汝等俄延，望谁救耶？"何太后破口大骂："董贼逼我母子，皇天不佑！汝等助恶，必当灭族！"李儒闻言大怒，双手扯住何太后，将她推下楼摔死；又让武士用白练绞死唐妃，以鸩酒毒杀刘辩。由此可见，李儒不仅善于出谋划策，还是一个胆大心黑的行动派。

董卓作为领导者，不乏爱才之心，但他愚鲁残暴，办事专横，坏事做绝，天人共愤。曹操以献七星刀为名，意欲刺杀董卓，可是未能得手。董卓将这件事的来龙去脉告诉了李儒，李儒运用心理学知识判断出曹操献刀的真正目的，进一步分析说："操无妻小在京，只独居寓所。今差人往召，如彼无疑而便来，则是献刀；如推托不来，则必是行刺，便可擒而问也。"董卓按照李儒说的办，立即差遣狱卒四人去找曹操，找了很久都没有找到，原来"操不曾回寓，乘马飞出东门。门吏问之，操曰'丞相差我有紧急公事'，纵马而去矣。"事实真相很快水落石出，李儒马上认定曹操"心虚逃窜，行刺无疑矣""此必有同谋者，待拿住曹操便可知矣。"于是董卓下令遍行文书，画影图形捉拿曹操，擒献者赏千金、封万户侯，窝藏者同罪。要不是遇到时任中牟县令陈宫，曹操的性命就没了。

曹操仓皇逃到陈留，矫诏传檄天下，各镇诸侯群起相应，势不可挡。关羽在汜水关温酒斩华雄，董卓闻讯急召李儒、吕布等商议，李儒说："今失了上将华雄，贼势浩大。袁绍为盟主，绍叔袁隗现为太傅；倘或里应外合，深为不便，可先除之。请丞相亲领大军，分拨剿捕。"董卓采纳了李儒的建议，唤李傕、郭汜领兵五百，围住太傅袁隗家，不分老幼尽皆诛绝，先将袁隗首级送到汜水关前示众，然后令李傕、郭汜带领五万兵马把住汜水关，董卓亲率十五万兵马，同李儒、吕布、樊稠、张济等据守虎牢关。

当刘、关、张三英合力打败骁勇无比的吕布，董卓派李傕与孙坚结亲失败后，李儒又出一计："温侯新败，兵无战心。不若引兵回洛阳，迁帝于长安，以应童谣。近日街市童谣曰：西头一个汉，东头一个汉。鹿走入长安，方可无斯难。臣思此言'西头一个汉'，乃应高祖旺于西都长安，传一十二帝；'东头一个汉'，乃应光武旺于东都洛阳，今亦传一十二帝。天运合回。丞相迁回长安，方可无虞。"李儒此时向董卓献计迁都长安，既可以建立缓冲地带，避开十八路诸侯军的锋芒，又可以以逸待劳坐观十八路诸侯阵营里掀起内讧，真可谓是一石二鸟之计。董卓闻言大喜，遂引吕布星夜回洛阳，商议迁都事宜。

为了发展董卓的实力，李儒竟想到了用掠夺财富的办法充实钱粮，他说："今钱粮缺少，洛阳富户极多，可籍没入官。但是袁绍等门下，杀其宗党而抄其家贷，必得巨万。"董卓当即差遣五千铁骑，捉拿洛阳富户数千家尽斩于城外，大肆掠夺官民钱财；又派吕布发掘先皇及后妃陵寝，盗取其中的金玉珠宝。离开洛阳时，董卓的队伍装载了好几千车金珠缎匹，劫持了汉献帝刘协及其后妃等，浩浩荡荡向着长安出发了。

董卓一行从洛阳撤退到荥阳，太守徐荣出城迎接，李儒为防有追兵，"教徐荣伏军荥阳城外山坞之旁，若有兵追来，可竟放过；待我这里杀败，然后截住掩杀。令后来者不敢复追。"董卓从其计，令吕布引精兵遏后，果然遇到了曹操一军赶上。吕布大笑道："不出李儒所料也！"李儒用一招"瓮中捉鳖"的伏兵之计，将曹操率领的追兵杀得惨败，只有残兵五百余人活命。曹操在交战中被徐荣射中肩膊，带着箭伤逃命时又被两个伏于草中的军士擒住，幸亏曹洪及时出手拼死相救才幸免于难。李儒料事如神，这一次设伏不仅使曹操损失了一万多兵马，几乎全军覆没，更重要的是使各路诸侯军闻风丧胆，无人再敢追赶正处于迁都之中的董卓军队。

由于十八路诸侯各怀心思，盟主袁绍领导无方、赏罚不明，和先锋孙坚争夺传国玉玺失和，讨董联盟最终分崩离析，结果董卓安然撤退到长安，实力并没有受损。袁绍和公孙瓒发生矛盾，双方在磐河桥两岸对阵月余，有人奔赴长安报知董卓，李儒对董卓说："袁绍与公孙瓒，亦当今豪杰。现在磐河厮杀，宜假天子之诏，差人往和解之。二人感德，必顺太师矣。"董卓次日便派太傅马日磾、太仆赵岐，带着天子诏书前往河北，袁绍出迎于百里之外，再拜奉诏；二人到公孙瓒的军营宣谕，公孙瓒派遣使者带着自己的书信去见袁绍，双方互相讲和。这件事极大地提高了董卓的威信和影响力。

李儒最了不起的事情是他一眼就识破了王允精心设下的美人计和连环计，当他发觉吕布因为得不到貂蝉而对董卓心怀怨恨时，急忙给董卓进谏："太师欲取天下，何故以小过见责温侯？倘彼心变，大事去矣。"他劝董卓"来朝唤入，赐以金帛，好言慰之，自然无事。"董卓依言行事，次日派人召唤吕布入堂相见，安慰他说："吾前日病中，心神恍惚，误言伤汝，汝勿记心。"随即赐金十斤、锦二十匹，吕布虽然身在董卓左右，心里却时时刻刻挂念着貂蝉。

凤仪亭风波发生后，李儒向董卓讲述了春秋时期楚庄王绝缨之会的典故，希望董卓能将美女貂蝉赐予吕布，说这样做的话吕布必然会感恩戴德地报效董卓。要知道，吕布可是董卓手下最强悍的武将，既然当初可以给他赤兔马，现在再给他一个貂蝉又怎样？李儒言辞恳切地说："昔楚庄王绝缨之会，不究戏爱姬之蒋雄，后为秦兵所困，得其死力相救。今貂蝉不过一女子，而吕布乃太师心腹猛将也。太师若就此机会，以蝉赐布，布感大恩，必以死报太师。太师请自三思。"董卓犹豫了好大一会儿，说："汝言亦是，我当思之。"要说董卓还是有一定气度的，但是又被貂蝉施展的迷魂计改变了主意。貂蝉掩面大哭："此必李儒之计也！儒与布交厚，故设此计；却不顾惜太师体面与贱妾性命。妾当生噬其肉！"董卓一想到与貂蝉缠绵床榻的销魂，脑子一热就成了下半身动物，赶紧答应带貂蝉一起去郿坞同享快乐，貂蝉方才收泪拜谢。

次日，李儒再次拜见董卓，说："今日良辰，可将貂蝉送与吕布。"董卓回答说："布与我有父子之分，不便赐与。我只不究其罪。汝传我意，以好言慰之可也。"李儒继续劝谏："太师不可为妇人所惑。"董卓变色道："汝之妻肯与吕布否？貂蝉之事，再勿多言；言则必斩！"这个时候李儒已经料定董卓的败局，他迈着蹒跚的脚步出了董卓府门，仰天长叹一声："吾等皆死于妇人之手矣！"从此托病不出门，消极疏远董卓。过去，董卓对李儒言听计从，但是他现在色迷心窍，已经听不进李儒的劝告，离死也就不远了。有勇无谋、见利忘义、风流好色的吕布为了争夺貂蝉，在王允的撺掇下不顾一切地杀了他的第二个义父董卓，李儒也死于这一场政变之中。董卓死时，李儒正抱病在家，不但无力回天，还被家奴捆绑献出，王允下令将他斩首。

在董卓的争霸之路上，李儒立了大部分功劳——收吕布、擢名流、立朝廷、拒诸侯、迁都城、攫财富、败曹操，虽然不能用惊天动地来形容，但是一直都在做着正确的决定而没有失算，由此可见他的确是一个专业的、合格的、优秀的谋士，只可惜他几乎完美的计策最终败在了虽然不算蠢材，至少也不是帅才的老丈人手上。当然，这不完全都是李儒的错，他毕竟是董卓的女婿兼谋士，这就注定了他只能将一生的才华付与董卓，这是他无法改变的宿命，不可能像贾诩一样先侍董卓、再助曹操，最终名垂不朽。当李儒选择追随董卓之时，就注定是踏上了一条不归路，他用自己锐利的眼光、过人的智谋和心狠手辣的手段成就了董卓的狼子野心，为董卓这样的虎狼之辈安装了大脑，给天下人带来了无尽的灾难，必然注定了他最终失败和灭亡的命运。

李儒非常聪明，很善于研究兵法，还有战略眼光和广阔心胸，具备一流谋士的条件，可惜这颗璀璨的谋士之星却效命于无德无能之主，满腹才华全不用在正道上，最终不得好死，否则很有前途。对于他的死，我们只能说做正确的事比正确地做事更重要。才华横溢的人如果不用心于正道，被大奸大恶之人所利用，行进在错误的道路上，危害之大、之速、之广、之烈，远胜于有勇无谋之辈。这样的人，越是掌握大权越可怕，越是富有智慧越危害巨大。在人生的道路上，我们在不断锤炼才能的时候，更要拥有正确的方向和目标，否则当才华搭上了贼船，让自己闪出黝黑的光芒时，最终的结果只能是害人害己。

有这样一个哲理故事，说一条勇敢的鱼生活在渤海口，游泳技术很好，头脑也很机敏。它发誓要逆流而上游到高原，实现生命的价值。它顽强地拼搏，穿过了渔民们布下的一道道渔网，也逃过了大鱼吞食的嘴巴，游过了一个又一个危险地带。最后，它终于冲过了山涧，挤过了石罅，游上了高原。群鱼为它欢呼，把它视为勇于拼搏的英雄。可是，这个备受尊敬的英雄，刚想朝欢呼的同类摆摆尾巴，却已经不行了，它被冻成了冰。多少年过去了，它一直保持着游动的姿势，凝固在唐古拉山的冰块中。因为它的英勇和能力都用在了错误的方向上，成就威名的同时也就意味着生命的终结。

不管生命是多么的神奇与美妙，也终究只是物的延伸，意义全在于不断地自我重新定义，直至找到值得你为之付出一生的使命为止。所以说，方向比努力更重要，情商比智商更重要，能力比知识更重要，做人比做事更重要，做正确的事比正确地做事更重要，千万不要在不必要的事情上浪费你的精力，若要有所收获，必须选择正确的目标。一头驴拉磨走的路和白龙马取经走的路也许是一样的，但是因为目标不一样，最终的价值自然也就不一样。只有伟大的目标和正确的选择才能引领生命走向价值的巅峰，只有将"我将要成为怎样的人""我要到哪里去"之类的人生困惑从根本上解决了，做一个对社会和人民有价值的人，你的生命才会更有意义。

02

是只猛虎就不要混在羊群里·沮授

一个卓越的领导者就像一只凶猛的老虎，即使率领的是一群温顺的羊，这群羊也会有一点老虎的凶猛劲儿。一个平庸的领导者就好比一只羊，即使率领的是一群老虎，这群老虎也会毫无斗志。有时候还会出现这样一种尴尬，一只老虎不小心闯进了羊群又选了一只羊做它的老板，这只老虎既不甘心像羊一样吃草，又没有条件取代领头羊的位置，从此埋下悲剧的种子，最终的结局只能是一身雄劲强力的猛虎因为领头羊的色厉内荏而碌碌无为。

无论你怎么看，袁绍起初都可以算作汉末一流的绩优股：四世三公的出身，盘根错节的势力，诛杀阉党的功劳，都表明他是扭转乾坤的最佳人选。出人意料的是，这个英雄表象与懦夫本质浑然一体的家伙，竟让众多原本可以在三国这片伟大的围猎场上立下不朽声名的有志之士尝到了所托非人的苦涩，由此可见袁绍绝对不是一只雄霸一方的猛虎，而是虎皮羊质的庸主。大多数读者为袁绍集团的土崩瓦解而扼腕叹息，实在是因为他手下汇聚了很多足智多谋的人才，这些人最终也大多随着袁氏集团的败亡而丧命亡身。

"尔曹身与名俱灭，不废江河万古流"，这其中就有汉末广平（属冀州巨鹿郡，治所在今河北鸡泽东南）人沮授，他的姓氏似乎就已经在字面上透露出某种令人沮丧的不祥。沮授是一个对天下大势了如指掌的奇才，说计道谋完全不在荀彧、郭嘉之下，有人甚至将他置于二人之上，直接与诸葛亮相提并论。沮授有着出色的大局观，只可惜错投在注定无法让他展现才华的庸主袁绍帐下，遇人不淑还赤胆忠心对其誓死效忠，宛如一颗流星在深沉的苍穹中倏然划过，又遽尔陨落。

初平二年（公元191年），袁绍迫使韩馥让出冀州，他自领冀州牧，以田丰、沮授、许攸、逢纪分掌州事。在袁绍迈向失败的每一步之前，沮授都曾及时给予提醒并提供正确的建议，或表示反对，或另谏良策，无奈落花有意、流水无情，他多次献计却不被采纳，最终在官渡之战因为袁绍的庸碌无能和愚昧无知而被俘被杀，空负了一身的经天纬地之才和定国安邦之策，让人叹惋痛惜。以成败来说，沮授是一个失败者；在人格的考验面前，他似乎又是胜利者。人的尊严越是遭到凌辱，人格意识就越发变得更加强烈。不以盛衰改节，不以存亡易心，视人格更重于功业，这就是沮授的写照。

袁绍消灭公孙瓒以后，虎踞冀、青、幽、并诸郡，拥兵上百万之众，文官武将极多，一时踌躇满志。与此同时，曹操基本控制了河南地区，双方形成了争霸局面。刘备杀了车胄夺回徐州以后，在陈登的建议下请郑玄写了一封书信，派孙乾星夜送交袁绍，想要袁绍兴兵讨伐曹操。袁绍召集文官武将商议此事，谋士田丰指出多年的河北战事令百姓疲弊、经济萎靡，实在不宜再进行大规模的军事行动，当务之急应该是"先遣人献捷天子，若不得通，乃表称曹操隔我王路"，争取政治上的主动，然后稳扎稳打，逐步取胜；沮授也认为此乃良策，他分析认为曹操治军法令严明，士兵训练有素，并不像公孙瓒那么好对付，建议袁绍听从田丰屯兵安民的良策，打好民众基础，好好发展实力，等待时机成熟再出兵；审配、郭图则力主立即出兵，认为要消灭曹操易如反掌，显然过高估计了袁绍的实力；加之许攸、荀谌也主张立即起兵，迎合了袁绍的自大心理，于是起兵论立即占了上风。事实证明，田丰、沮授的头脑要清醒得多。

袁绍决定兴兵讨伐曹操，先令孙乾回报刘备准备接应，再令审配、逢纪为统军，田丰、荀谌、许攸为谋士，颜良、文丑为将军，率领马军和步兵各十五万，共三十万精兵往黎阳进发。曹操随后带兵至黎阳，两军相隔八十里，各自深沟高垒，数月相持不战。许攸不乐意审配领兵，沮授愤恨袁绍不用其谋，袁绍自己也心怀疑惑，彼此各不相和，不图进取。于是，曹操让吕布手下降将臧霸把守青州和徐州，于禁、李典屯兵河上，由曹仁总督大军，屯于官渡，他自引一支队伍返回许都。后来，刘备在徐州起兵叛曹，曹操抽身东击，田丰主张乘虚而入，袭击许都。袁绍却因幼子生病而精神恍惚，无心战事，拒绝出兵。田丰以杖击地说："遭此难遇之时，乃以婴儿之病，失此机会！大事去矣，可痛惜哉！"我们完全可以体会到田丰此时怒其不争的心情。等到曹操击败刘备，一举拿下徐州，重新布防以待袁绍时，袁绍已经失去进攻的最佳时机，偏要在此时进攻曹操，田丰坚决劝阻，竟被囚于狱中。

建安六年（公元 201 年）春，即将上前线的沮授悲壮得就如同萧萧易水旁准备去刺秦王的荆轲，他将宗族亲戚召集起来，把自己的家财全部散发给他们，向大家诀别："吾随军而去，胜则威无不加，败则一身不保矣！"这句话已经透露出他前途未卜的苍凉心境。袁绍派大将颜良作先锋，率军进攻白马城，沮授进谏说："颜良性狭，虽骁勇，不可独任。"袁绍对沮授的谏言不予理睬，大言不惭地说："吾之上将，非汝等可料。"袁绍大军进发至黎阳，东郡太守刘延告急许昌，曹操急忙召集部下商议兴兵抵敌之策。关羽为报答曹操厚待，主动请缨代表曹军与袁绍部下交战，匹马入阵斩杀颜良。

沮授根据颜良败兵的描述，认定是关羽杀死了颜良，袁绍怒气冲冲地大骂刘备："汝弟斩吾爱将，汝必通谋，留尔何用！"随即召唤刀斧手将刘备推出去斩了，刘备不肯坐以待毙，替自己辩白说："备自徐州失散，二弟云长未知存否；天下同貌者不少，岂赤面长须之人，即为关某也？明公何不察之？"袁绍是个没主张的人，轻信了刘备的辩白之言，还将沮授斥责了一番："误听汝言，险杀好人。"河北名将文丑请求出战，替颜良报仇雪恨，袁绍表示赞同："非汝不能报颜良之仇。吾与十万军兵，便渡黄河，追杀曹贼！"沮授仍然反对，他说："今宜留屯延津，分兵官渡，乃为上策。若轻举渡河，设或有变，众皆不能还矣。"结果，沮授的合理建议遭到袁绍了的否定，袁绍怒斥沮授："皆是汝等迟缓军心，迁延日月，有妨大事！岂不闻'兵贵神速'乎？"沮授慨叹道："上盈其志，下务其功；悠悠黄河，吾其济乎！"从此托疾不出，也不参加议事。

至延津交战，关羽又斩杀了文丑，袁绍枉自丢掉了两员大将的性命，愤恨又欲斩刘备，刘备再次辩解，并写信约关羽回归自己身边，袁绍才转怒为喜。陈震联合江东不成，回报袁绍说："孙策已亡，孙权继立。曹操封之为将军，结为外应矣。"袁绍大怒，遂起冀、青、幽、并等处人马七十余万，再来进攻许昌。袁绍兴兵往官渡进发，田丰不顾个人安危，从狱中上书谏阻，提出"宜静守以待天时""妄兴大兵，恐有不利"，差点被斩首。就是在这种情势下，行军至阳武时，沮授仍然向袁绍进谏："我军虽众，而勇猛不及彼军；彼军虽精，而粮草不如我军。彼军无粮，利在急战；我军有粮，宜且缓守。若能旷以日月，则彼军不战自败矣。"这很不符合急于求胜、气势汹汹的袁绍的心理，他认为沮授是"慢我军心"，把沮授也关了起来，并扬言："待我破曹之后，与田丰一体治罪！"至此，袁绍身边两位最有才华的谋士都失去了自由，他只能在错误的道路上越滑越远，终于遭到惨败。

尽管沮授身陷牢笼，但他仍能以大局为重，时时关注袁曹两军的战况。谋士许攸提议趁许昌空虚，分出一军星夜袭取，必拔许昌而捉曹操。但此建议不但被袁绍否决，他还听信审配的恶意举报，将许攸斥退，"今后不许相见"。于是，许攸连夜投奔了曹操，为曹操出谋划策去了。当此之时，沮授还被袁绍拘禁在军中，身陷囹圄仍不顾个人安危，一心为袁绍集团的利益考虑。沮授夜观天象，看到太白逆行侵犯斗牛，推测当晚恐有贼兵劫掠之害，于是紧急求见袁绍，陈述了自己的观察与判断。沮授冒死向袁绍进谏："乌巢屯粮之所，不可不提备。宜速遣精兵猛将，于间道山路巡哨，免为曹操所算。"言说了乌巢粮草的重要性和保护粮草的重要意义，可惜袁绍不仅没有采纳沮授的合理化意见，反而大骂沮授妄言惑众，还把看管沮授的人杀了，另换别人监押沮授。沮授掩泪感叹："我军亡在旦夕，我尸骸不知落何处也！"

果如沮授所料，乌巢粮草悉数被曹操率兵烧绝。袁绍官渡兵败，尽弃图书、车仗、金帛，只带了随行八百余骑仓皇逃奔冀州。后人有诗叹曰："逆耳忠言反见仇，独夫袁绍少机谋。乌巢粮尽根基拔，犹欲区区守冀州。"沮授因为被囚禁，所以走得慢，结果被曹军擒获。刘备一辈子打了很多败仗，经常将妻儿家眷丢弃逃生，却从未将文臣武将丢下不管，由此可见袁绍真是一个混账东西！沮授与曹操本来就认识，见到曹操就大喊："授不降也！"曹操却说："本初（袁绍）无谋，不用君言，君何尚执迷耶？吾若早得足下，天下不足虑也。"曹操爱惜沮授是个人才，不忍心加害于他，将他留在军中，希望有朝一日能为己所用。尽管曹操厚待沮授，但他仍然不忘旧主，竟然偷了曹操军营里的马，想要逃回袁绍那里，曹操这才被迫杀了他。身在曹营的沮授至死神色不变，可谓忠到了愚忠的程度，不辨贤明，不识大局，结果枉送了性命。曹操唱叹道："吾误杀忠义之士也！"下令厚葬沮授，在黄河渡口为他建坟，墓碑上书"忠烈沮君之墓"。后人有诗称赞："河北多名士，忠贞推沮君：凝眸知阵法，仰面识天文；至死心如铁，临危气似云。曹公钦义烈，特与建孤坟。"

沮授的悲剧，固然有小人作梗的因素，根本原因还在于袁绍忠奸不分、是非溷淆、文过饰非，使英雄无用武之地，令人愤恨。不过，沮授自己也有一定责任，作为英杰之士，他善于综观全局，擅长奇谋妙计，却偏偏不能看透袁绍的本质，非要把自己的命运牢牢地拴在袁绍身上。在袁曹争霸刚刚开始的时候，沮授就希望袁绍能暂时休养生息，厉兵秣马等待一个更合适的机会一举击败曹操，他的想法几乎就是美军总结朝鲜战争时的观点，认为这是"在一个不恰当的时间和一个不恰当的地点打一场不恰当的战争"，可是踌躇满志的袁绍根本不听他的意见，坚持出兵与曹操为敌。如果沮授能稍微开通一点，按照"贤臣择主而事"的原则，在袁绍已不可救药时抽身而去，又何至于白白做了殉难者或牺牲品呢？

到了官渡对垒前夕，沮授已经看出曹军缺粮，必须速战速决，因此建议袁绍打持久战，曹军将因为消耗不起而不攻自破，这跟司马懿和诸葛亮玩的拖延的战术如出一辙，真可谓金玉良言。如果沮授的建议被采纳的话，鹿死谁手尚未可知，可是袁绍偏偏想以绝对优势兵力决胜负于一役，甚至以扰乱军心之罪将沮授囚禁起来。事到如今，沮授应该看清了袁绍的真面目，好心好意给这样的人办事，不认可也就算了，还要把人家关进监狱，何必还要对他忠心？沮授可不是这样想的，他在监狱中还兢兢业业，冒死提醒袁绍增兵乌巢、加强警戒。袁绍竟以某种只能理解为魔鬼附体的固执，斥责沮授是有罪之人，所言皆是蛊惑军心之说，结果一下子输光了老本。

曹操当然不允许有任何不忠于他的人存在，对那些不忠于他的人从来都是杀之勿论，他把临危气似云、至死心如铁的沮授杀了，还命人修墓建坟厚葬沮授，并不完全出于"曹公钦义烈"，而是善于权变的举措，既让袁绍部下看到自己的大度、爱才、仁义，又无言中鼓励自己的部下效法死忠。自董仲舒使"忠"具有了永恒的神圣性，忠君便成为士大夫唯一的价值选择，以至到了愚忠的地步。只不过曹操权术高明，杀死了不忠于他的沮授，还能利用他忠君的亡灵去感染人、影响人、教育人，其手段高超可窥见一斑。沮授即使不被曹操所杀，盗马归袁以后能否讨得活路也值得怀疑，理由是袁绍逃回冀州立马就杀死了预言他官渡战败的谋士田丰。沮授死后两年，袁绍也因穷途末路而吐血身亡，接下来就剩下曹操——收拾袁氏诸子的故事了。

沮授当初投奔袁绍时必定也曾意气风发，想着建立功业彪炳千秋，以他的聪明才智不难看出袁绍是一个不能成气候的庸主，但还是死心塌地追随左右，这种做法只能叫作愚忠，结果落了个丧命亡身的悲惨结局。"宁为太平犬，不做乱世人"，乱世中的人才虽然很容易脱颖而出，但也面临着诸多艰难抉择，每一步都事关成败、事关生死。倘若碰上像曹操一样伯乐式的领导，自然会成就"士为知己者死"的豪情；倘若遇到"遇大事而惜身，见小利而忘命"的袁绍式的领导，如果不懂得"人往高处走"的道理，最终只能是奇谋无着、死而有憾。沮授选择了注定无法让他展现才华的袁绍，并且誓死对其效忠，就得为他的选择付出沉重代价。

如今每个人都至少会有一两次跳槽的经历，能够通过选择工作环境来调整生活路线的人已经意识到自己的职业生涯面临瓶颈期，并且勇于去寻求突破和改变。选择一个适宜发挥优势的客观环境，是各个人群的需求，也是人们的权利。我们干事业必须学会跳槽，看清哪里才是自己真正的用武之地，在哪儿才能使自己的聪明才智得到最大限度的发挥，同时重点考虑以下因素：一是领导水平怎么样，二是发展环境好不好，三是能不能学到一些东西，四是工资待遇满意不满意。一个人的茁壮成长与其所处的周围环境紧密相关，处在一个良好的环境之中，事业很容易成功；处在一个恶劣的环境之中，恐怕连生存都会成问题。一个风光无限的自然环境可以让人心旷神怡，一个底蕴深厚的人文环境可以让人增长才干，一个宽松和谐的社会环境可以让人大展宏图，如果不顾后果地脱离了适合生存的环境，你就不可能发挥出长处和优势，可能还会有很大的危险。

羊始终是羊，即使暂时披了一张虎皮，也永远不会有猛虎的眼光和嗅觉，既看不到即将到来的机遇，也嗅不出即将到来的风险，无能的本性也还是会显现出来。沮授不但没有选择一个好的发展环境，还以愚忠的思想固化自己，将自己的身家性命和虎皮羊质的袁绍拴在一起，结果袁绍不但拒绝采纳他的任何合理建议，还怀疑他的良苦用心是否忠诚，这就是所谓的领头羊袁绍的作为，让人哀其不幸、怒其不争。沮授的才华、谋略和忠诚，庸主袁绍实在不配拥有，沮授也实在是跟错了人。如果你是沮授一样的猛虎，就请不要混在羊群里，不要让羊的庸碌暗淡了你的光芒，让羊的愚昧葬送了你的前程！

03 你可以平凡但是不能太平庸·审配

《三国演义》中有这么一个人，他没有什么才能还愣充大瓣蒜，没有什么助人的功劳反倒有不少害人的苦劳；他赤诚为主，结果却把主子推向了灭亡，亲手将一方强大诸侯硬生生送进了坟墓；明着说是辅佐人家，实则是把人家往火坑里推，死到临头还慷慨陈词："吾主在北，不可使我面南而死！"看似忠诚的表白让人啼笑皆非，这个人是就是袁绍手下的谋士审配，他做了袁家的死臣却换不来任何人的好评。无论是生前的作为，临死的尽忠，还是他死后的名声，都不值得让人怜惜。

审配，字正南，魏郡（今河北临漳西南）人，给袁绍出过不少馊主意。曹操在定陶大破吕布，吕布想要再投袁绍，派人前往冀州探听消息，审配向袁绍建议说："吕布，豺虎也：若得兖州，必图冀州。不若助操攻之，方可无患。"袁绍听从了审配的意见，派遣颜良带五万精兵去帮助曹操，吕布只得投靠刚刚占领徐州的刘备。刘备从车胄手上夺回徐州，派孙乾星夜赶往冀州求见袁绍，想要袁绍兴兵讨伐曹操。对于要不要向曹操开战，袁绍帐下谋士有两种不同意见：田丰、沮授认为不可兴无名之兵，主张先养兵备战，再向汉献帝献捷表功，如果曹操从中作梗，则上表责怪曹操阻断我们效命朝廷的路径，然后名正言顺地兴兵伐曹。这种策略能够休养生息，储备战略物资，既保险又稳妥。审配并不赞同这么做，他认为"以明公之神武，抚河朔之强盛，兴兵讨曹贼，易如反掌"，又何必浪费时间呢？审配的话无非是盲目乐观的自吹自擂罢了，可是在郭图、许攸、荀谌的鼓动下，袁绍下定了出兵伐曹的决心，要与刘备共仗大义，以众克寡，以强攻弱，剿灭曹操。

建安六年（公元201年）春，袁绍令审配、逢纪为统军，田丰、荀谌、许攸为谋士，颜良、文丑为将军，率领三十万精兵往黎阳进发。战争可不是靠吹牛皮吹出来的，袁绍虽然兵多，但是内部矛盾丛生，田丰刚而犯上，许攸贪而不智，审配专而无谋，逢纪果而无用，颜良、文丑皆匹夫之勇，其余都是碌碌之辈。袁曹争霸战争开始后，田丰被囚狱中，沮授黜退不用，审配、郭图各自争权，袁绍犹疑不定，纵有百万之众，又何足道哉！袁绍率大军来到官渡之时，和曹操排成阵势展开对峙，审配拨一万弩手伏于两翼，五千弓箭手伏于门旗内，约定炮响齐发。两军交战，张郃、高览与曹将张辽、许诸捉对厮杀，夏侯惇、曹洪各引三千精兵冲阵，审配下令放起号炮，两声后万弩并发，弓箭手一齐拥出阵前乱射，曹军抵挡不住，往南逃窜。袁绍驱兵掩杀，曹军大败，退回官渡。

袁绍逼近官渡下寨，审配建议说："今可拨兵十万守官渡，就曹操寨前筑起土山，令军人下视寨中放箭。操若弃此而去，吾得此隘口，许昌可破矣。"袁绍采纳了审配的主意，挑选精壮士兵用担土在曹操寨前堆筑出五十余座土山，上立高橹，分拨弓弩手在上面向曹营射箭。曹军皆顶着挡箭牌伏地突围，被审配的弓弩手封锁住咽喉要路，一步也不能前进。曹操谋士刘晔献计说："可作发石车以破之。"曹军连夜赶造发石车数百乘，分布营墙内，正对着袁军土山上的云梯。待袁军弓箭手射箭时，曹营内一齐拽动石车，炮石飞空往上乱打，弓箭手无处躲避，死伤无数。袁军因此不敢再登高射箭，审配令军士用铁锹向曹营暗挖地道，又被曹军绕营掘长堑所破，空费军力又不能得逞。

韩猛押解数千辆粮车给袁军送粮，被曹将徐晃、史涣带兵截住去路，烧尽辎重和粮草。审配提醒袁绍说："行军以粮食为重，不可不用心提防。乌巢乃屯粮之处，必得重兵守之。"袁绍让审配领命回邺都监督粮草，他在官渡之战的紧要关头向袁绍写信汇报工作，举报了许攸在冀州贪污受贿的事情，"且纵令子侄辈多科税"，还把许攸的子侄抓了起来，逼得许攸愤而出走，转身投靠曹操。由于许攸变节投敌，向曹操献计连夜带兵烧劫乌巢粮草，导致袁绍阵营在官渡之战一败涂地。审配专而无谋，不喜欢比他强的人，总是想方设法排挤袁绍手下其他谋士，把仅有的一点才能都用在了窝里斗上面，不但破坏了袁绍集团的内部稳定，也使得许多有用的建议因为内斗而流产，更使得像许攸这样有才能的人不得不投入敌人的怀抱。

官渡兵败后，袁绍一路逃回冀州，心烦意乱，不理政事。袁绍共生三子，长子袁谭字显思，出守青州，为人性刚好杀；次子袁熙字显奕，出守幽州，为人柔懦难成；三子袁尚字显甫，是后妻刘氏所生，形貌俊伟有英雄之表，一直留在袁绍身边。刘氏劝立幼子袁尚为后嗣，袁绍一直踌躇未决，临死之前吐血数斗，刘夫人急忙请审配、逢纪到袁绍榻前商议后事。此时袁绍只能以手指而不能言语，刘夫人问："尚可继后嗣否？"袁绍点头，审配便在榻前写了遗嘱，与逢纪拥立袁尚为大司马将军，领冀、青、幽、并四州牧。袁谭在黎阳抵抗曹军时打了败仗，派人向袁尚求救，审配出主意只发兵五千余人相助，估计这些兵也没什么战斗力，半路上就被曹操派乐进和李典带兵杀得一个不剩，气得袁谭破口大骂。

袁绍死后，袁氏兄弟占据河北，如果能够和睦相处，足以继续争霸天下，可是审配为了达到自己独断专行的目的，竟然煽动袁尚与哥哥袁谭反目。袁谭让被扣押的逢纪给袁尚写信求救，审配认为如果袁尚与袁谭联手破曹，袁谭必来争冀州矣，"不如不发救兵，借操之力以除之。"袁尚从其言，不肯发兵相救，袁谭大怒，立斩逢纪。袁尚对审配说："使谭降曹，并力来攻，则冀州危矣。"于是，袁尚自领大军来黎阳救袁谭，留下审配和大将苏由固守冀州。后来又是审配从中作梗，让袁尚攻打袁谭，结果袁谭败退平原，没办法就投降了曹操。审配劝袁尚进兵平原，急攻袁谭，先绝袁谭，然后破曹。袁尚大喜，留审配与陈琳守冀州，使马延、张颙二将为先锋，连夜起兵攻打平原。

同室操戈，相煎太急，祸不远矣。曹操率大军乘虚而入，令三军绕城筑起土山，又暗掘地道进攻冀州。审配设计坚守，法令甚严，东门守将冯礼因酒醉有误巡警，被审配痛责。他怀恨在心，潜地出城投降曹操，献破城之策："突门内土厚，可掘地道而入。"曹操便让冯礼带领三百壮士，在突门阁附近日夜挖掘地道。审配料定冯礼必引兵从地道而入，急唤精兵运石击突闸门，冯礼及三百壮士皆死于土内。曹操折了这一场，遂罢地道之计，退军于洹水之上，等候袁尚回兵再战。袁尚出滏水界口，将军队驻扎在离冀州十七里的阳平亭，派主簿李孚扮作曹军都督，进入冀州城告诉审配："袁尚已陈兵在阳平亭，等候接应，若城中兵出，亦举火为号。"审配让人在城中堆草放火，以通音信。李孚建议审配让老弱残兵和妇女儿童出城投降，趁曹军没有防备之心，派兵跟在百姓后面出城夹击曹军。审配采纳了李孚的建议，第二天在冀州城上竖起白旗，上写"冀州百姓投降。"

曹操是相当精明的人，立刻看出是冀州城中无粮，教老弱百姓出降，后面必有精兵跟随。曹操让张辽、徐晃各引三千军马，伏于冀州城门两边，待城中兵马一出现就齐出乱杀，城中兵只得退回。曹操引众将攻打袁尚，袁尚兵败逃往中山，尽弃印绶、节钺、衣甲、辎重。曹操回军攻冀州，许攸献计说："何不决漳河之水以淹之？"于是，曹操派军士在冀州城外掘壕堑，周围四十里。审配在冀州城上见曹军在城外掘堑，却掘得很浅，暗笑道："此欲决漳河之水以灌城耳。壕深可灌，如此之浅，有何用哉！"遂不加防备。当夜，曹操增加十倍军士全力发掘，天明时广深二丈，引漳水灌之，冀州城中水深数尺，再加上粮草尽绝，守城军士饿死了不少人。

投降曹操的辛毗原是袁谭的手下，他在冀州城外用枪挑着袁尚的印绶和衣服，招安城里的人。审配大怒，将辛毗家属老小八十余口拉到城头上斩了，并且将他们的头颅从城上扔下来。审配的侄子审荣跟辛毗关系很好，见辛毗家属被残害，心中怀忿，就秘密写了一封献门的书信，拴在箭上，射下城来。辛毗将这封书信献交曹操，第二天天亮时审荣偷偷打开西门，放曹兵进城。审配在东南城楼上，看见曹军已经入城，引数骑下城死战，被徐晃生擒，绑出城来。审配在被押解出城的路上遇到了辛毗，辛毗一边以马鞭鞭打审配的头，一边咬牙切齿地痛骂："贼杀才！今日死矣！"审配大骂："辛毗贼徒！引曹操破我冀州，我恨不杀汝也！"

（审配在冀州城头上将辛毗家属老小八十余口全部斩杀）

当审配大骂辛毗引曹操破冀州的时候，他有没有惭愧地想一想，到底谁才是真正把曹操引来的主谋？如果不是他老人家极力主张废长立幼，如果不是因为二小袁的内斗，曹操能那么快就来攻打冀州吗？袁绍死后，倘若袁家的小辈们都非常齐心地团结在一起，并且做好作战准备的话，曹操敢那么快就来攻打冀州吗？曹操见到审配以后，问他："汝知献门接我者乎？"审配回答不知道，曹操揭晓谜底："此汝侄审荣所献也。"审配怒曰："小儿不行，乃至于此！"即便是兵败如山倒，审配还是死不悔改，不但没认识到他害人害己的错误，还要向袁氏家族表示尽忠，想给自己落个忠臣的名声。

曹操看在审配比较忠心的分上本想招降他，可是审配大声说："不降！不降！"辛毗跪求曹操杀审配以雪全家被害之恨，审配说："吾生为袁氏臣，死为袁氏鬼，不似汝辈谀谄阿谀之贼！可速斩我！"临刑前，审配大声喝叱行刑者："吾主在北，不可使我面南而死！"审配从容就死后，曹操怜其忠义，让人将其葬于冀州城北。审配以一种看似很伟大的方式结束了自己的生命，但他选择的这种方式并没有给他轻飘的生命增加砝码。他自以为有了一个看着轰轰烈烈的结局，就是给自己的一生画上了轰轰烈烈的句号，殊不知他的所作所为早给他涂上了黑暗的颜色——一种掩盖不了的本色。

后人有感于审配对袁氏的忠贞，生死如一，以诗赞之曰："河北多名士，谁如审正南：命因昏主丧，心与古人参。忠直言无隐，廉能志不贪。临亡犹北面，降者尽羞惭。""河北多名士"这句曾出现咏沮授一诗中，今又重现在咏审配一诗中，其反复意在映衬曹操官渡获胜后的感叹："河北义士，何其如此之多也！可惜袁氏不能用！若能用，则吾安敢正眼觑此地哉！曹操的话正中袁绍的致命弱点——外宽内忌、不纳良言、不重人才，致使拍马迎逢的小人乘机钻营作乱，犹如蚁穴溃堤，一遇洪水，顷刻瓦解。对于这样的庸主，审配"临亡犹北面"，生动地刻画出他的愚忠。遗憾的是"命因昏主丧"，审配所忠于的主子，老的袁绍是志大才疏，色厉内荏，多谋少决；小的袁尚是骄横虚狂，不讲亲情，智术短浅。不管老的还是小的都不能在豪强纷争中立足天下、鹰扬一方，何况追随他们的文臣武将呢。

需要指出的是，这首赞颂审配的诗中有些地方与小说情节有一定的距离。"忠直言无隐，廉能志不贪。"很难作为审配整体形象的概括。相反，审配作为河北集团的代表，与颍川集团辛评、郭图的争斗，给袁绍集团的败亡和袁氏家族的灭亡造成了不可低估的影响。许攸背叛和张郃投降，都发生在官渡之战的关键时刻，这是导致袁绍失败的重要原因之一。进一步来说，袁氏覆亡与河北集团的审配打击颍川集团的许攸，颍川集团的郭图打击河北集团的张郃都是分不开的。袁谭、袁尚兄弟之间的争斗，集中表现为河北集团与颍川集团的明争暗斗，都是为了夺取执掌冀州的权柄。

有一则童话说的是鸟界举行选美大赛，丑陋的乌鸦也想参加，并且希望自己获得冠军。比乌鸦漂亮的鸟实在太多了，乌鸦知道怎么也轮不到自己，所以就想了一个卑鄙的办法，用法术在一夜之间将所有参赛的鸟的漂亮羽毛全部拔光，只剩下它唯一一个参赛选手，终于获得了冠军。后来事情败露，鸟界为了惩罚乌鸦，就把它羽毛的颜色变成乌黑。乌鸦非常伤心，把喉咙都哭哑了，从此只能披着一身乌黑的羽毛，并且用沙哑的声音鸣叫。一个无德无才的人想要显示自己与众不同的本领，便总会采取一些让人不齿的手段，把身边有才能的人都赶走，靠陷害别人打击同伴来达到目的，就像后宫争宠一样，把所有对手都打倒了，便可以集万千宠爱于一身。

一个人的真正伟大之处，就在于他能够认识到自己的渺小，并在这种渺小中尽可能地拓展强大的元素，以证明自己的伟大。水滴是渺小的，却可做到水滴石穿；蚊子是渺小的，却可以征服剽悍的狮子。正如荀子所说，顺风而呼而传者疾，登高而观而望者远。在由渺小成就伟大的路上，你可以学习刘备，靠仁德聚义一方；也可以学吕蒙，通过提高自我内在修养，让自己有资格伟大；决不能学审配，以打击他人的方式来显示自己的才能。丑小鸭把白天鹅赶跑了，并不能证明丑小鸭就比白天鹅伟大，只能说明丑小鸭连滥竽充数的机会都没有了。卑鄙与高尚之间的区别不在于你的态度，只在于你的行为和最终形成的事实，你可以平凡但是不能太平庸，以平庸打击英才只会使追求伟大的过程变成一个黑色幽默。

04

功劳再大也要记得谁是领导·许攸

自古就有"功高震主"一说，明智的人会淡化自己的功劳，这叫明哲保身；骄傲的人才会张扬自己的功绩，这叫惹祸上身。如果说在官渡之战中谁的功劳最大，我们当然会立刻想到许攸，正是依照他的计谋，曹操才取得了官渡之战的胜利，为统一北方奠定了基础。在官渡之战中，许攸扮演了一个举足轻重的重要角色，是左右整个战局的关键性人物，他这个砝码加在哪一边，天平就会朝哪边倾斜，可就是这么一位关键先生贪而不智，在立下巨大功勋以后肆意标榜自己的丰功伟绩，还与自己的上司称兄道弟，毫不尊重对方的领导权威，结果被曹操手下大将许褚砍下了脑袋，糊里糊涂地丢掉了性命。

许攸，字子远，南阳（今河南南阳）人，少年时曾与曹操为友，后来做了袁绍麾下一名谋士，是袁氏参谋班子中的佼佼者。他多次为袁绍出谋划策，鬼点子特别多，但是大多没有被采纳，所以这位智能之士心里老大不满，总是在暗地里嘀咕。袁绍大军与曹操大军在官渡对峙时，曹操遣信使前往许昌让荀彧速办粮草，星夜解赴军前接济，恰巧被袁军截获，搜出了曹操的催粮书信。袁绍兵多粮足，曹操兵乏粮竭，许攸一见有机会立功，赶紧拿着曹操的催粮信去找袁绍，提出一个很好的战略构想："曹操屯军官渡，与我相持已久，许昌必空虚；若分一军星夜掩袭许昌，则许昌可拔，而操可擒也。今操粮草已尽，正可乘此机会，两路击之。"对于袁绍来说，许攸这个极有价值的建议实在是太绝太妙了，绝对是解决官渡之战、置曹操于死地的一条"毒"计。

如果袁绍能够采纳许攸的计谋，即使一时不能攻下许都，也可以使曹操首尾不能相顾，那么官渡之战的结局或许就要改写了。可惜的是，昏聩的袁绍认为曹操诡计多端，这封信是专门引诱他上当的，许攸还想力争，他说："今若不取，后将反受其害。"这时正好审配派人从邺郡送来书信，揭发许攸在冀州时"尝滥受民间财物，且纵令子侄辈多科税"，将税银纳入自己的荷包，将其子侄逮捕入狱。袁绍看到信后，把许攸大骂了一顿，说："滥行匹夫！尚有面目于吾前献计耶！汝与曹操有旧，想今亦受他财贿，为他作奸细，啜赚吾军耳！本当斩首，今权且寄头在项！可速退出，今后不许相见！"许攸挨了一闷棍，申诉不得，退出袁绍营帐后，仰天叹道："忠言逆耳，竖子不足为谋！吾子侄已遭审配之害，吾何颜复见冀州之人乎！"大概本来德行就有亏，许攸说完就要拔剑自刎，被左右夺剑拦下，有人劝他说："公何轻生至此？袁绍不纳直言，后必为曹操所擒。公既与曹公有旧，何不弃暗投明？"这两句言语一下子点醒了许攸。当夜，许攸一气之下投奔了曹操，后人曾有诗叹曰："若使许攸谋见用，山河安得属曹家？"由此可见，许攸除了贪恋钱财外，脾气还真不小。

许攸在袁绍处不被重视，一来到曹营却成了香饽饽。曹操军力薄弱，粮食接济不上，心中十分不安，这晚他刚刚解衣歇息，一听说老熟人许攸来了，高兴得连鞋也来不及穿，光着脚丫子就跑出来迎接他。曹操拉着许攸的手进入营帐，先就跪下朝许攸磕起头来，许攸连忙把曹操扶起来，说："公乃汉相，吾乃布衣，何谦恭如此？"曹操十分谦虚地说："公乃操故友，岂敢以名爵相上下乎！"许攸以实情相告："某不能择主，屈身袁绍，言不听，计不从，今特弃之来见故人。愿赐收录。"曹操拍手笑着说："子远肯来，吾事济矣！愿即教我以破绍之计。"许攸回答道："吾曾教袁绍以轻骑乘虚袭许都，首尾相攻。"曹操大吃一惊："若袁绍用子言，吾事败矣。"许攸问曹操还有多少粮食，曹操这时又施展起他兵不厌诈的故伎，迟迟都不肯透露实情，直到许攸拿出曹操的催粮书信，他才承认粮已尽矣。这里是一对老奸巨猾的人演出的一幕双簧，两个人都一样的狡猾，彼此互相试探，实在是精彩。

　　许攸虽然很早就在袁绍身边做了谋士，但他的奇思妙想却是从转投曹操之后才真正开始发挥威力的。在曹操麾下，许攸虽然只献了两计，却为曹氏创下了几乎半壁江山。第一计是曹操亲自带领五千精锐，假冒袁军袭击袁绍设置在乌巢的粮草基地，将袁军的粮秣供给烧了个精光，结果使袁绍几十万大军一下子大乱起来。"兵马未动，粮草先行。"袁、曹官渡之战，粮草是一个战略性问题，许多谋士都是围绕这个方面献计献策。曹操运用许攸妙计，很快变被动为主动，接连不断的进攻势如破竹，把袁绍一步步逼向绝境，终于使袁绍遭受惨败，最后只带了八百余骑逃回冀州，谱写了以少胜多、以弱胜强的光辉篇章。此后，曹操乘胜追击，又经过几次交战，袁绍一败再败，终于吐血而亡。第二计是在曹操攻打冀州城时，许攸又献了一个决漳河水淹城的毒计，使曹军轻而易举攻克冀州，盛极一时的袁绍集团从此被连根拔起，曹操则成为最大的军阀势力。许攸的计谋之所以毒辣，是因为他掌握了交战双方的绝密情报，同时他也的确是头脑灵活，善于分析情况，因此想出的计策也就格外容易奏效。这两计的成功，让世人真正见识了许攸的谋略，也促使他自恃功高而得意忘形，不把任何人放在眼里，在短短的时间内很快暴露出不可救药的弱点，结果被曹操麾下大将许褚杀害。

　　许攸之谋不可谓不高，对曹氏集团来说，功不可谓不大。攻克冀州城后，曹操统领众将即将入城，许攸纵马向前，用鞭子指着城门喊道："阿瞒，汝不得我，安得入此门？"曹操好歹是一代霸主，虽然心里非常讨厌许攸当众直呼他的小名，但是并没有表现出来，只是大笑不答。曹操手下的将领们听了这话，一个个都愤愤不平，从心里开始记恨他。有一天，大

（许褚怒斩许攸）

将许褚骑马进入东门，迎面遇上许攸，许攸把许褚叫住，趾高气扬地说："汝等无我，安能出入此门乎？"许褚大怒："吾等千生万死，身冒血战，夺得城池，汝安敢夸口！"许攸骂道："汝等皆匹夫耳，何足道哉！"许褚盛怒之下，拔剑就把许攸给杀了，然后提着他的脑袋去见曹操，说："许攸如此无礼，某杀之矣。"无论如何，人死不能复生，曹操猫哭耗子似的说："子远与吾旧交，故相戏耳，何故杀之！"可怜许攸这个刚为曹氏集团出了大力的有功之士，没有死在搏杀的战场上，竟成了同僚的刀下之鬼！曹操只不过是"深责"许褚，下令厚葬许攸而已。

　　一场战役的胜利，固然离不开谋士的奇谋良策，但是这些计策必须靠主帅正确决断，才能变成切实可行的作战方案；还必须靠将士们抛头洒血、奋力拼杀，才能实现其真正的价值。许攸盲目夸大他的作用，觉得自己的功劳大得不得了，把所有战绩一古脑儿全记在自己的功劳簿上，别人不夸他自己先夸，到处炫耀，忘乎所以，近乎疯狂。看来许攸真是不懂幕府"王法"：谋者，幕也；谋士者，幕后策划之士也，并非决策者和实施者。许攸忘记了自己的角色，总想从幕后走上前台，不仅不把同僚放在眼里，还要把自己的位置往决策者前面摆，他被杀只是早晚的事，绝非偶然。虽然许攸的虚荣心暂时得以满足，到头来却难免丢人现眼，威风扫地。成功的谋士无一不是谦虚谨慎、不骄不躁的人，即使他们的意见和建议产生了良好的效果，也绝不自持功高而目中无人。

许攸之死既可笑又可悲，他本是一个非常聪明之人，却不能正确处理领导者与被领导者之间的关系，私交与公干之间的关系。曹操是大名鼎鼎的当朝丞相，威风凛凛的三军统帅，许攸虽是曹操的故旧，也只不过是曹操身边的一名幕僚而已。说实话，许攸与曹操虽有少年时代的老关系在，但就凭这点微薄的交情，就敢当着大庭广众直呼曹操乳名"阿瞒"，当众讽刺他，一点面子也不给，简直不知道自己姓啥叫啥，不能不讨人厌恶。许攸恃旧不虔，大耍威风，即使曹操宽宥，又岂能为其手下一班人所容忍？许攸犯了一个连弱智之人都不会轻易犯的错误，许褚杀许攸的行为或许正中曹操下怀，或许是受了曹操的指使也未可知。

曹操在官渡之战中的胜利，原因当然是多方面的，其中最重要的一个就是用人唯才，尤其善于使用德行有亏的歪才、怪才。曹操虽然能够唯才是举，但是涉及到他的尊严和权威的时候，即使别人多么有才华、与他多么交好，如果凭着几分功劳便恃才放旷、忘乎所以，就只会让他感到嫌恶和不屑，这样的"才"不仅不是首要考虑的条件，还可能成为一命呜呼的因由。所谓人才，在曹操眼中不过是能够帮助他夺城池、赢权利、建霸业的工具，反正他麾下多的是听话懂事的奴才，又何苦留下一个不识时务的许攸？许攸过高地估计了他在曹阿瞒心中的分量，更看错了曹操和他的交情。在东汉末年那样一个人心惶惶的时代，曹操和许攸之间不过是利用与被利用的关系，如果许攸识趣一些、收敛一些，或许曹操会念及旧情给他个好位置，可许攸却偏偏狂妄自大，不拿曹操的尊严和权威当回事儿，结果给自己惹来了杀身之祸。

建功立业是每个人都会有的梦想，但是一定要摆正心态。当心中抱负没有机会实现的时候，我们不能怨天尤人，把不满强加到别人头上，更不能一气之下挖人家墙脚，把心怀不满的人往死路上逼。当心愿最终实现了，终于证明了自己的实力，并且取得了一定的成就，我们也不能因此而沾沾自喜、自高自大、自我感觉良好，像一只公鸡似的喔喔乱叫，把日出看成自己的功劳。功劳是过去的事情，并不意味着取得一些成绩之后就可以从此躺在功劳簿上，把自己想象成巍峨的高山，把别人都踩在脚底下，这样不仅会故步自封，迷失了自我，失去了自律，还会惹人憎恨。人应该有些自知之明，知道自己有几斤几两，在适当的时候内敛一点、低调一点儿，否则吃亏的还是自己。韩信当年因为居功自傲的原因，竟羞于与其他大臣为伍，长期抱病在家不出门，最终被冠以图谋造反的罪名而身败名裂。相反，另一个功臣张良，不仅不以奇功自居，甚至连名利都不要，以低调的姿态留名于青史，彪炳于千秋。

人生的诸多荣耀都不过是过眼烟云，正因为这种"事如春梦了无痕"的虚无，我们才更应该学会高调做事、低调做人，学会不以物喜、不以己悲。其实低调也是一条与领导相处的时候不可逾越的警戒线，适当的表现可以让领导看到你的卓越之处，如果把抱怨和炫耀当成赢得领导重视的手段，那么这种让人生厌的声音最终会以请你闭嘴的方式宣告结束，不但会让你失去好人缘，引起别人的反感，还会让你处于非常被动的局面，甚至最终走向覆灭。

汉代韩婴说："慎于言者不哗，慎于行者不伐。"这个"不伐"，就是指不自大自夸，不自骄自纵，不独断专行。许攸这个人经不起过分的厚待，更经不起太精彩的成功，过分的厚待让他忘乎所以，成功来得太快让他晕头转向，摆不正自己的位置，也不清楚自己所在的环境，忘了究竟谁才是真正的领导，他被杀只能说是咎由自取。所以，我们都应该学得聪明一些，别因为取得一丁点的功绩就让自己飘飘不知所以然，不拿领导当回事，不尊重同事，是不会有好果子吃的！

05

选择一条有利的道路走下去·贾诩

如果一个人生活在汉末三国乱世，既具有经天纬地之才，又一心想出人头地，可偏偏出身贫微，远离士大夫阶层，很难有人出面引荐；自己也没有诸葛亮那种躬耕十年、卧薪尝胆的等待精神，那么办法就只有一个，就是找到一塘池水不停地把水搅浑，只有这样才能在摸到鱼儿的同时，又能引起别人的注意。有一个人就是这样做的，这个人就是贾诩，他能成为曹魏政权中的"不倒翁"和最长命的谋士，不得不说与他"把水搅浑好摸鱼"的处世哲学和处世智慧密切相关。

贾诩，字文和，威武姑臧（今甘肃武威）人。从汉末乱世一路漂泊，直至曹丕时期官封太尉，汉末三国谋士之中唯有贾诩最后能够安享晚年，不能不让人佩服他的生存之道。贾诩先是跟从李傕，后来又向着汉献帝，接着又追随张绣，最后归附曹操、曹丕，一生并没有明确的政治立场、固定的道德观，跟着谁就替谁服务，出谋划策就是他的饭碗。贾诩就像"倚天屠龙剑"一样，内藏极大的杀伤力，又像阿拉伯神灯里的精灵，不论谁是他的主人，都能料事如神、妙计成串。贾诩出生在充满犷悍之气的西北边地，年纪轻轻就具备了与武夫豪强相周旋、打交道的本领，斯文之中带着几分匪气，在汉末乱世舞台上的首次亮相就做了一件霎时搅得天下大乱的事情，那就是《三国演义》中的"犯长安李傕听贾诩"。

贾诩最初以谋士身份在西凉军团工作，董卓把持朝政以后，把一个刘汉朝廷搞得乌烟瘴气，人人心惊胆寒，但是从董卓兴起到暴尸街头，始终不见贾诩参与谋划，可见似董卓这般只迷信武力的军阀，并不能很好地发挥好身边的奇人异士的作用。汉献帝初平三年（公元192年），恶贼董卓在长安被部将吕布与司徒王允合谋杀死，李傕、郭汜、张济、樊稠逃居陕西，派人到长安上表求赦，却遭到了王允的拒绝。此时，曾经不可一世的西凉军团四大虎将马上就要大祸临头了，这伙豺狼虎豹认为只有分头向广袤无边的大西北逃命才是唯一的生路，面对董卓身败以后群龙无首的局面，他们唯一的祈盼就是活命而已。如果这伙豺狼虎豹此时四散奔逃，那么汉室江山还真是躲过了一场大灾难，可是贾诩偏偏在这个时候冒了出来。以本已相对趋于稳定而由此更加大乱为代价，贾诩这个臧姑才子终于出道了。

当李傕、郭汜、张济、樊稠正处在"求赦不得，各自逃生可也"的末路之际，这时的贾诩一定认为：如果就此作鸟兽散，武将们可以去打家劫舍，像他这样胸有满腹经纶又手无缚鸡之力的人，今后还有什么机会出人头地？！于是他只有搅局了，用一个金点子这样启发李　他们："诸军若弃军单行，则一亭长能缚君矣。不若诱集陕人，并本部军马，杀入长安，与董卓报仇。事济，奉朝廷以正天下；若其不胜，走亦未迟。"四位莽将听了这一席话，如同醍醐灌顶一般，徒死无益，不如破釜沉舟，拼个鱼死网破！于是，一个可怕的消息在西凉地区四散传播："王允将欲洗荡此方之人矣！"董卓旧部人人自危，很快聚众十余万，分作四路杀奔长安，大汉帝国的天空霎时阴沉下来。路逢董卓女婿中郎将牛辅带领五千兵马想要给老丈人报仇，李傕便与之合兵，使为前驱。

就是因为贾诩的一搅和，十余万被逼上绝路的虎狼之师扑向长安拼死反戈一击，形势居然戏剧般地发生逆转：这年六月，李傕、郭汜攻下长安，王允及其宗族老幼惨遭屠戮，以骁勇著称的吕布也不得不仓皇出逃，躲避西凉兵的锋芒。李傕、郭汜放任西凉兵四处劫掠、残虐百姓，本已苦痛不堪的关中大地又一次雪上加霜，真是一言可以兴邦、片语足以乱国啊！西凉太守马腾、并州刺史韩遂秘密结连侍中马宇、谏议大夫种邵、左中郎将刘范三人为内应，率领十余万兵马杀奔长安，声言讨贼。李傕、郭汜、张济、樊稠一同商议御敌之策，贾诩又是料敌如神，他判断马韩联军远途奔袭，利于速战，不利持久，主张深沟高垒，坚壁清野，待其成强弩之末，则一鼓可擒。恰有李蒙、王方二将不听此言，率兵迎击，果然大败，李傕、郭汜原本似信非信，至此才心服口服，遂重用贾诩之计，紧守关防不到两个月，马韩联军粮尽而退。

平心而论，贾诩为李傕、郭汜、张济、樊稠组成的松散型集团出谋划策，也是迫于绝境的无奈，大家都在同一条船上，总得有一条救命之计，这与当年陈胜、吴广在大泽乡揭竿起义所持的理由是一样的。况且，贾诩是在一个灰暗昏乱的大背景下走上前台的，在那样一个崇高道德让位于生存需要的时代，他这样做既是基于自保的本能，也是为人下属的本分，结果把东汉政局推向了更加风雨飘摇的动荡之渊。在西北家乡的时候，或者说身处西凉军团的军营时，贾诩看到子弟兵多少还有些亲切感，但他没想到原本憨厚朴实的西凉兵一到长安就变得暴虐无比，简直是兽性大发，作恶多端。贾诩虽不是像荀彧那样一心要维护汉家天下的正统儒士，可他知道董卓手下军阀们积的这潭水绝非正道，对每天发生在他身边的肆无忌惮的暴行也无法做到熟视无睹。贾诩开始为无辜遭殃的百姓感到内疚，也对汉献帝的凄惨境遇产生同情，甚至觉得他辅佐李傕是所事匪人、助纣为虐了，他必须继续搅和。

接下来的日子里，贾诩表面上是李傕的人，骨子里却心向汉室。凭着在李傕、郭汜面前还说得上话，贾诩开始想方设法补台，不但避免了千夫所指的局面，而且担当了保护皇帝的角色。他曾屡劝李傕、郭汜安抚百姓，结纳贤豪，远离奸佞，杜绝神巫，可惜都未被采纳。李傕、郭汜起了内讧以后，两处合兵数万人，就在长安城下混战，乘势掳掠居民，局面变得越来越不可收拾。汉献帝和伏皇后被李傕侄儿李暹从宫中劫持到军营中，公卿百官和宫嫔采女悉数被郭汜抢掳入营,汉献帝泣谕贾诩:"卿能怜汉朝,救朕命乎?"贾诩拜伏于地说:"固臣所愿也。陛下且勿言,臣自图之。"为救助汉献帝,贾诩暗地里拆李傕的墙角,以计使李傕部下羌人离去,又使李傕内部纷争火并,促其衰落。李傕、郭汜这些人毕竟只是一群乌合之众,根本不可能成就什么大事,等曹操已迎奉了汉家天子,贾诩审时度势后,劝他们向曹操投诚。这一次搅水,贾诩差点引来杀身之祸,日益跋扈的李傕怒而起疑,拔出剑来要杀他,亏得众将劝住。贾诩很快意识到自己站在了一艘即将沉没的大船上,及早脱身上岸才是最明智的选择,他叹息一声悄然离开了长安,趁机脱身回到家乡。乱国又护国,在乱世之中,贾诩只能先保自身,再图大义了。

因为职业的缘故,贾诩不可能让自己的才华终老乡野,他再次出场时已是张绣的谋士。西凉四虎之一的张济自关中带兵进攻南阳,在与刘表军队的一番苦战中被流矢射死,他的侄子张绣接过叔叔的部队到南阳找饭吃,贾诩又被张绣召回来做谋士。贾诩到了张绣那儿,要面对的谋算对象是北面曹操和南面刘表。刘表这个糯米菩萨之所以同意张绣屯兵宛城,目的是想让张绣做挡箭牌,抵挡曹操的凌厉攻势。以贾诩的识人之明也一定看出张绣未必比刘表强多少,但他还是出于一支孤军的安全考虑,竭力劝说张绣摒弃前嫌,与刘表结盟互为援引。张绣据有南阳,是曹操的眼中钉,他亲率十五万大军,分三路而行,以夏侯惇为先锋,至淯水安营扎寨。面对曹操大军压境,贾诩劝张绣:"操兵势大,不可与敌,不如举众投降。"在此之前,贾诩曾劝西凉军阀投降曹操,看得出他早就想到中央政府去展示自我、实现自己的价值了。是金子总会发光的,在贾诩作为张绣的全权代表出使曹营,与曹操当面商讨收编事宜时,曹操见贾诩对答如流,"甚爱之,欲用为谋士。"贾诩欲擒故纵,他拒绝曹操的邀请说:"某昔从李傕,得罪天下;今从张绣,言听计从,不忍弃之。"贾诩看似忠诚的背后透露着待价而沽的狡猾,他需要以职业经理人特有的水准来提高自己的地位,不卑不亢地让曹老板认识他的另一面。

也许是轻易获得的东西往往不被珍惜，曹操轻而易举地收降张绣以后，竟然忘乎所以到与张绣的婶娘邹氏勾搭成奸。如此奇耻大辱，让张绣如何立于天地之间？！张绣怒言："操贼辱我太甚！"便请贾诩商议谋杀曹操。这时的贾诩一定认为，曹操不顾廉耻的行径实际是对他们的轻视，如果就这样投降过去，很难有什么作为，必须再把这潭水搅浑，让曹操知道他们的厉害。于是，贾诩精心为张绣秘密筹划"反水"：让张绣以"新降兵多有逃亡者"为由，请求曹操同意其移屯中军，"分立四寨，刻期举事"。张绣夜袭曹营，不仅杀死曹操长子曹昂、侄儿曹安民、猛将典韦，还差一点要了曹操的命。这一仗着实让乱世大赢家曹操狼狈到了极点，也让他充分认识了贾诩的威力。由于曹军势大，难以抵敌，贾诩随张绣引败兵投奔刘表去了。

建安三年（公元198年）夏四月，曹操亲率大军直抵南阳城下，又被贾诩痛快地涮了一把。南阳城壕宽水深，加上张绣闭门不出，严密防守，确实难攻。曹操骑马绕城三日，想出了一个声东击西的计策：他看准城东南角砖土之色新旧不等，鹿角多半毁坏，决定以此作为突破口，但是为了迷惑张绣守军，却做出要在城西北攻城的样子。贾诩一眼就看穿了曹操的诡计，于是向张绣献计，来个将计就计：虚守西北，伏兵东南，伪装虚实，引曹军进入圈套。结果曹操中计，损兵折将五万余人，失去辎重无数。尤其令人惊奇的是，在对曹军的追击战中，贾诩竟学着当年曹刿老先生的样子，现场演习"新曹刿论战"，何时该追击，何时该停止，这样必败，那样必胜，算计起来一毫不差，说出来头头是道，在料敌决胜中显示出了高深的洞察力。

曹操好不容易冲出张绣与刘表的合围，正待重整旗鼓再来较量，却接到袁绍欲兴兵犯许都的急报，于是慌忙退兵去对付袁绍。张绣得知曹军退兵的消息，就要乘胜追击，贾诩劝道："不可追也，追之必败。"刘表听了不以为然，说："今日不追，坐失机会矣。"并表示将竭力相助，合力追击。于是，张绣与刘表率兵追出十多里路，就赶上了曹军的后队。曹军奋力迎战，张绣、刘表两军抵挡不住，结果大败而归。张绣后悔没有听从贾诩的劝告，回到营中对贾诩说："不用公言，果有此败。"谁知贾诩听了，反倒笑了起来，说道："今可整兵再往追之。"张绣与刘表都感到意外："今已败，奈何复追？"贾诩斩钉截铁地说："今番追去，必获大胜；如其不然，请斩吾首。"刘表疑虑不决，不肯发兵同往。张绣虽率军追去，心中也不免打鼓。结果正中贾诩预言，果然大胜曹军，要不是忽然从山后杀出个"程咬金"李通，张绣怕有闪失，收兵回到安众与刘表会合，指不定会是什么结局。

刘表向张绣、贾诩表示祝贺后，便问贾诩："前以精兵追退兵，而公曰必败；后以败卒击胜兵，而公曰必克：究竟悉如公言。何其事不同而皆验也？愿公明教我。"贾诩答道："此易知耳。将军虽善用兵，非曹操敌手。操军虽败，必有劲将为后殿，以防追兵，我兵虽锐，不能敌之也，故知必败。夫操之急于退兵者，必因许都有事，既破我追军之后，必轻车速回，不复为备；我乘其不备而更追之，故能胜也。"贾诩肯动脑筋，重视了解和研究客观情况的发展变化，并且善于根据事情的变化出主意、想办法，不失时机地改变斗争策略，刘表、张绣听了深表佩服，这就是《三国演义》重彩描绘的"贾文和料敌决胜"。接着，贾诩又劝刘表回荆州，张绣守襄阳，继续训练兵马，彼此互为唇齿。于是，两军乘胜而去。

按照常理来说，张绣、贾诩这回与曹操肯定是势不两立的死敌了，可是智识非凡的贾诩并不这样认为，他知道曹操绝非一般雄主可比。当曹操与袁绍两大势力在官渡展开对决以后，双方开始向四周的小股力量拉票，张绣也面临着迫在眉睫的抉择。在一般人看来，张绣投靠袁绍是很自然的事情，一来袁绍的实力明显强于曹操，二来曹操与张绣有深仇大恨，况且袁绍还主动遣使招安。可是，贾诩却认为应该投靠曹操，他公然对袁绍的使者说："汝可便回见本初，道汝兄弟尚不能容，何能容天下国士乎！"并且擅自做主，当面扯碎袁绍的书信，斥退袁绍的使者。贾诩识心察性的本领不仅表现在战争上，在对人的察识更是技高一筹，他不可能再重蹈与李傕为伍的覆辙了。

张绣虽然感到意外，但是对贾诩还是十分信任的，连忙询问他："方今袁强曹弱；今毁书叱使，袁绍若至，当如之何？"贾诩回答说："不如去从曹操。"并作出三点解释，"夫曹公奉天子明诏，征伐天下，其宜从一也；绍强盛，我以少从之，必不以我为重，操虽弱，得我必喜，其宜从二也；曹公王霸之志，必释私怨，以明德于四海，其宜从三也。"弃强就弱、雪中送炭可以获得更大的发展空间，就连张绣与曹操的宿怨也被贾诩看成是投靠曹操的有利因素，我们不得不佩服他的世情洞达、知人精准。张绣与贾诩等赴许都投降，曹操果然不念旧恶，封张绣为扬武将军，封贾诩为执金吾使，一句"有小过失，勿记于心"就算了结了过去，还真有点不打不相识的样子。

（司马懿兴兵五路伐蜀汉时，贾诩是曹丕的谋士之一）

贾诩通过不断的跳槽，这一次终于找到了令他满意的归宿，从此不再搅老板的浑水，而是尽心竭力地为曹操出谋划策，成了曹操麾下继郭嘉、荀彧之后最重要的谋臣。建安十六年（公元211年），马超、韩遂起兵反曹，关中大乱，贾诩不失时机献反间计，建议曹操给韩遂写了一封涂抹不清的密信，使韩遂、马超两边互生猜疑，曹操依计而行，果然大获成功，韩遂兵败而降，马超落荒而逃，关中粗定。建安二十年（公元215年），曹操兴兵攻张鲁，贾诩为随营参谋，又以反间计使张鲁与手下猛将庞德猜忌，庞德降曹后，张鲁部瓦解，遂定汉中。建安二十一年（公元216年）夏五月，曹操进爵为魏王，封贾诩为中大夫。及至曹操议立世子，在曹丕、曹植两兄弟之间踌躇不定，曾经征询贾诩的意见，精明的贾诩故弄玄虚，一句"思袁本初、刘景升父子也"让曹操下定了决心。这句话虽未正面作答，但是用袁绍、刘表废长立幼而终毁大业的教训来劝诫曹操，倾向性已经十分明显，起到了四两拨千斤的功效。曹操听后大笑，遂立长子曹丕为王世子。

都说伴君如伴虎，智慧超群的贾诩辅佐的可是天生多疑的曹操，为人处事必须十分小心谨慎，这是他能够安安稳稳过完一生的护身符。倘若贾诩把算无遗策的本事当作他横行曹营的资本，恐怕难免成为曹操的眼中钉、肉中刺，最终落得和许攸一样的下场。贾诩可没那么愚蠢，如果说他的前半生是以高调做事为自己赢得一席立足之地，那么他的后半生则是用低调做人保住了生存空间。虽然贾诩在曹操麾下也是夹缝里求生存，但依然是可以自由呼吸的，他深知自己必须有曹操看得上、看得重的真本事，又绝对不可以遮掩了曹操的光芒。所以，贾诩始终能够审时度势、收放有度，用中庸之道保护曹操最为在意的光芒和面子，用不争不怨不忌不恨保全了自己。这是贾诩的大智慧，也是他晚年能够活得悠然潇洒的资本。

建安二十五年（公元220年），曹丕继任为魏王、丞相、冀州牧，改年号为延康元年，封贾诩为太尉。曹丕欲废汉称帝，从称帝仪式到程序先后，包括"受禅"的把戏都是贾诩居中操纵导演的，他不但亲手托起了一个朝代，还换来了曹丕的恩宠，从此奠定了后半生的幸福生活。在曹丕时代，贾诩是德高望重的元老，却抱定了与世无争的宗旨，过着恬淡平静的生活，在淡然中营造出一份独有的温馨。东吴陆逊在猇亭大败蜀军，曹丕问贾诩："朕欲一统天下，先取蜀乎？先取吴乎？"贾诩说："以臣观之，诸将之中，皆无孙权、刘备敌手。虽以陛下天威临之，亦未见万全之势也。

只可持守，以待二国之变。"曹丕遣三路大军伐吴失败，又闻刘备已亡，正欲起兵伐蜀，贾诩忙谏阻道："刘备虽亡，必托孤于诸葛亮。亮感备知遇之恩，必倾心竭力，扶持嗣主。陛下不可仓卒伐之。"曹魏黄初五年（公元 224 年），曹丕闻知吴蜀再度联合，与文臣武将商议起兵伐吴，太尉贾诩已经阖然长逝，红尘纷扰从此与他阴阳两隔。

贾诩一生历事李傕、张绣、曹操、曹丕四位主子，在曹魏集团的时间最长，出力也最多。贾诩是善于用计且政治嗅觉比较灵敏的人，他一次劝李傕、两次劝张绣投降曹操，而不是劝他们投降其他人如袁绍，皆因他看准了曹操是争夺天下的主角，具有这种眼光的人在当时并不多见的。事实上，贾诩劝别人投降曹操，关键是自己想投靠曹操又没有其他台阶可踩，只有靠劝降的办法达到目的，真可谓煞费苦心。从另一个角度来看，贾诩先后对汉献帝的态度颇耐人寻味，在李傕阵营他心向汉帝，在张绣阵营仅是权且寄身，在曹魏集团他舍汉帝而向曹丕，可见只有曹魏集团才是寄托他政治抱负的归宿，在天子身上只求良心上过得去而已，所以做事时总是留一半清醒留一半醉。

在汉末三国乱世之中，能够善终的谋士为数不多，贾诩是其中闪现出夺目光彩的一个，他充分利用自己的智慧才干和所处的客观环境，为自己谋取满意岗位的能力，不是一般人可以做到的。在官场上经常会出现"站队"一词，站好队了能平步青云，站错队了会贻误一生，贾诩为何总能有英明的决策呢？通过贾诩献计于李傕、张绣、曹操、曹丕这四位主子的身影，我们清楚地看到了他识心察性的智慧锋芒：既没有政治信仰，也不拉帮结派；既不像沮授那样从一而终，也不学荀彧那样冥顽不灵，结果被曹操怀恨在心。这种狐狸式的处世哲学相当管用，不管服务的是哪个势力，贾诩都不是结党营私之人，他冷眼看待天下的沧桑沉浮，把施展才华当作一种乐趣，笑盈盈地看着事态按照自己预期的那样发展。观其一生用计，都是"一语危国"或"片言兴邦"之策，你可以说贾诩无情无义，当有情有义只是大多数人虚伪的面具时，他完全有理由选择做一个冷眼旁观者。

贾诩把"谋"当作一件所向披靡的利器，在乱世中谋生存、求自保，甚至不惜倾覆一个王朝的威严；又把"谋"当作养家糊口的职业，不断提升自己的生活质量；在晚年则把"谋"当作是一种人生境界，以静淡来应对繁华。在职场上，我们要学会做一个业务精英，要学会正确地站队，大智若愚地跟随"东方红，太阳升"，还要知道有所为有所不为，在识心察性的过程中把身边的人看通透。高调做事，低调做人，到什么山上唱什么歌，无论在多么复杂的局势下，你总能找到一条对自己最有利的道路走下去。

06

做个优秀的战略战术狙击手·郭嘉

　　《三国演义》里的郭嘉是曹操智囊团中最优秀的谋士，他短暂的一生为曹魏集团立下了汗马功劳，表现出了卓越的政治军事才能。郭嘉病卒于易州，时年三十八岁，曹操当着身边众官放声痛哭说："诸君年齿，皆孤等辈，惟奉孝（郭嘉的字）最少，吾欲托以后事。不期中年夭折，使吾心肠崩裂矣！"时隔一年，曹操在赤壁惨败，华容道遇困时又放声痛哭说："若奉孝在，决不使吾有此大失也！"足见曹操对郭嘉的极度倚重。

　　郭嘉，字奉孝，颍川颍阴（今河南许昌）人，腹藏经史，深通兵法。郭嘉出生于汉灵帝年间，活动于汉少帝、汉献帝时期，在他的青少年时代，东汉王朝的统治日趋腐朽，外戚和宦官交替专权，农民起义风起云涌。在这种社会背景下成长起来的郭嘉，胸怀大志，勤习韬略，结交有志之士，决心成就一番事业。最初，郭嘉投奔了雄据河北的袁绍，但舆论往往带有很大的欺骗性，出身于"四世三公"大家族的袁绍根本就是庸碌之辈，追随这么一个领导人绝对难成大事，于是他果断地辞去了袁绍任命的职务，辗转回到家乡。也许是鉴于对舆论的不信任，郭嘉没有再次主动出击，直到建安元年（公元 196 年）才经由老乡荀彧的推荐，在兖州通过了曹操的面试，两人初次见面就纵论天下之事，畅谈治国用兵之道，十分投机默契。

自此以后，郭嘉随侍曹操左右，悉心参赞军务，成为魏武挥鞭的重要价值标杆，是曹操统一北方的第一大功臣。

在战端频发的汉末三国时代，每一场战争都是智慧之战和胆识之战，决定胜负的最关键因素不是兵力的多寡，而是战略与战术的综合运用。郭嘉虽然没有诸葛亮、周瑜那样带兵打仗的经验，但他在战略的宏观把握上几乎无人能敌。在曹操东征西讨、快速崛起时，战略远远重于战术，打与不打、打谁不打谁是关系全局的大事，曹操常常对郭嘉的精准分析表示心服口服。在追随曹操十一年的戎马生涯中，郭嘉出过许多好主意，提供了许多项重大决策——收刘备、灭吕布、战袁绍、征乌桓，他所贡献的每一计都建立在洞穿对手心理世界的基础上，精准得像一个卓越的狙击手。不能说曹操对任何人都没有诚意，他与郭嘉始终保持着相互间彼此信任的关系，一直持续到郭嘉病逝。当然，也许是因为郭嘉死得较早，曹操的野心还没有充分暴露，所以二人并没有在政见上产生对立和分歧。

（郭嘉是曹操非常倚重的谋士）

曹操为其父曹嵩遇害之事攻打徐州时，不自量力的刘备妄图以片言释兵革，曹操看完他为陶谦说情的来信后勃然大怒："刘备何人，敢以书来劝我！且中间有讥讽之意！"他下令斩杀信使，然后竭力攻城。这时郭嘉献上了自己的处女作，谏言说："刘备远来救援，先礼后兵，主公当用好言答之，以慢备心；然后进兵攻城，城可破也。"曹操听从了郭嘉的意见，款留来使等候回信。可惜这一计策还没来得及实施，就有流星马飞报祸事，说吕布已攻破兖州，进据濮阳。曹操闻讯大吃一惊："兖州有失，使吾无家可归矣，不可不呕图之！"郭嘉建议说："主公正好卖个人情与刘备，退军去复兖州。"曹操照郭嘉说的去做，给刘备写了一封回信，当即拔寨退兵。

　　割据徐州一带的刘备，被吕布袭击后，兵败无处容身，率残部投奔许都。曹操以上宾之礼接待刘备，荀彧却劝说曹操趁机除掉刘备，他强调指出："刘备，英雄也。今不早图，后必为患。"曹操有些犹豫不决，就征求司马祭酒郭嘉的意见，郭嘉认为杀了刘备，会极大地破坏曹操的声誉，阻碍天下贤才前来投奔，他说："主公兴义兵，为百姓除暴，惟仗信义以招俊杰，犹惧其不来也；今玄德素有英雄之名，以困穷而来投，若杀之，是害贤也。天下智谋之士，闻而自疑，将裹足不前，主公谁与定天下乎？夫除一人之患，以阻四海之望：安危之机不可不察。"郭嘉的这一番话，打消了曹操心中的疑虑，他高兴地说："君言正合吾心。"

　　次日，曹操上表朝廷，推荐刘备领豫州牧，程昱又说："刘备终不为人之下，不如早图之。"曹操决意用刘备的人气来造势作秀、收买人心，好让天下人认为他是礼贤下士之人，于是就对程昱说："方今正用英雄之时，不可杀一人而失天下之心。此郭奉孝与吾有同见也。"遂拨出三千兵卒归刘备指挥，同时给他供应充足的军粮，让他招集被打散的旧部，赶快到豫州上任。郭嘉有着一双洞穿人心的利眸，更有点人死穴的奇谋妙计，他精于策划、长于分析、平和稳重、细心周到，非常善于根据当前形势，利用敌我矛盾制定正确的战略战术来战胜对手，因此被曹操视为第一栋梁。

　　建安二年（公元 197 年），曹操第一次征讨张绣，收到袁绍将偷袭许都的消息后，迅速率兵赶回许都。郭嘉将袁绍的来信交给曹操，信中"言欲出兵攻公孙瓒，特来借粮借兵。"曹操见其词意骄慢，就问郭嘉："袁绍如此无状，吾欲讨之，恨力不及，如何？"郭嘉透过重重迷雾，对眼下的形势进行了认真分析，从道胜、义胜、治胜、度胜、谋胜、德胜、仁胜、明胜、文胜、武胜等十个方面科学地预见到曹操必将战胜袁绍，句句切中肯綮，使荀彧十分佩服。郭嘉信心百倍地对一向敢作敢为、一心想击败袁绍又感到没有把握的曹操说："刘、项之不敌，公所知也。高祖惟智胜，项羽虽强，终为所擒。今绍有十败，公有十胜，绍兵虽盛，不足惧也"。郭嘉从刘邦以弱胜强，最终击败项羽的历史典故入手，以无可辩驳的历史事实说明：军事实力未必足以决定战争的胜负，决策者的素质（智）却可以决定事业的成败。

当时的中原大地，诸侯割据，连年征战，曹操所进行的统一事业十分艰难，需要同时面对黄河以北的袁绍、以徐州为中心的吕布、荆州的刘表和淮南的袁术，真可谓是四面受敌。郭嘉作为一位高瞻远瞩的战略家，以超凡的逻辑思维坚定了曹操打败袁绍的信心，使曹操对博弈双方的优劣长短有了清晰的认识，这样有助于曹操作出更准确的判断和最优化的决策。谋略不但需要全局性的眼光，更重要的是具有极强的针对性，郭嘉的"十胜十败论"一反世俗眼光，从决策者的素质对比来预见对立双方的兴衰成败，和曹操煮酒论英雄的一番宏论在本质上有异曲同工之妙，更妙的是这段话恰好提出了在激烈的军事斗争环境下，一个政治集团的最高决策者应该具备的基本素质。

在详细分析各方面形势的前提下，郭嘉建议曹操要充分利用袁绍兴兵攻打幽州公孙瓒、刘表坐守荆州不思进取、袁术僭号称帝搞得众叛亲离的大好时机，首先铲除割据徐州一带的吕布势力："徐州吕布，实心腹大患。今绍北征公孙瓒，我当乘其远出，先取吕布，扫除东南，然后图绍，乃为上计；否则我方攻绍，布必乘虚来犯许都，为害不浅也。"曹操遂议东征吕布，荀彧建议："可先使人往约刘备，待其回报，方可动兵。"曹操表示赞同，一面写信约请刘备助一臂之力，一面奏封袁绍为大将军、太尉，兼都督冀、青、幽、并四州，一面假装答应帮助袁绍征伐公孙瓒。袁绍闻讯大喜，便派兵进攻公孙瓒。

建安三年（公元 198 年）九月，曹操趁袁绍北征公孙瓒无暇东顾之机，命夏侯惇与夏侯渊、吕虔、李典领兵五万先行，他亲自统帅大军陆续进发徐州。曹军远道作战，虽然取得了三战三胜的佳绩，但是吕布的军队仍在下邳城顽强抵抗，双方僵持了两个多月。曹军屡攻不克，军需供应也有困难，曹操就想"舍布还都，暂且息战"。郭嘉献计说："某有一计，下邳城可立破，胜于二十万师。"荀彧说："莫非决沂、泗之水乎？"郭嘉笑道："正是此意。"曹军决沂水、泗水灌城，终于攻克了下邳，擒杀了吕布、陈宫。吕布割据势力土崩瓦解后，黄淮地区纳入了曹操的势力范围，袁术在淮南无法立足，打算到河北投靠袁绍，袁绍也打算南下进攻曹操，二袁一旦会合，会成为一支不小的力量，于是曹操派刘备截击袁术。当时郭嘉与程昱外出考较钱粮刚回到许都，得知曹操已派遣刘备进兵徐州，慌忙进谏说："丞相纵不杀备，亦不当使之去。古人云：一日纵敌，万世之患。望丞相察之。"曹操听了郭嘉的话幡然醒悟，立刻派许褚带五百精兵去追赶刘备，可惜为时已晚。郭嘉叹曰："备不肯回兵，可知其心变矣。"

刘备击败袁术后，重新占领徐州，势力迅速膨胀，与袁绍结成同盟，又联络一些许都的汉朝老臣，密谋共同对付曹操。后来，事情泄露，曹操准备进攻刘备，程昱担心袁绍趁虚偷袭许都，郭嘉却对曹操说："绍性迟而多疑，其谋士各相妒忌，不足忧也。刘备新整军兵，众心未服，丞相引兵东征，一战可定矣。"曹操采纳了郭嘉的建议，迅速出兵二十万，兵分五路东征刘备。正如郭嘉所料，袁绍根本没有出兵增援，刘备屡战屡败，匹马逃往青州，从而解除了曹操与袁绍决战的东顾之忧。

兵多将广的袁绍始终是曹操统一北方的巨大障碍，曹操想要消灭实力雄厚的袁绍，却总是感到力不从心。因此，郭嘉献计曹操收刘备、灭吕布、战袁术、击刘备，都是以稳固后方，剪除袁绍的盟友和羽翼，打击袁绍为最终目的。建安五年（公元 200 年），袁绍率领精锐兵力和曹操大军对峙于官渡时，小霸王孙策刚刚成就江东霸业，也意欲谋图中原。郭嘉早就认为孙策"轻而无备，性急少谋，乃匹夫之勇耳，他日必死于小人之手"，后来果如其所料，孙策遭到许贡三个家客的暗算，中毒箭不治身亡。真是太神奇了，郭嘉犹如一个看人极为准确、深刻的算命大师，准确地预见了孙策的结局。

官渡之战，曹操以少胜多，袁绍狼狈不堪地逃回冀州后不久死去。建安八年（公元203年）春二月，曹操率兵分路攻打河北，袁谭、袁熙、袁尚、高干皆大败，弃黎阳而逃。曹操引兵追至冀州，袁谭与袁尚入城坚守，曹军连日攻打不下。郭嘉劝曹操及时撤兵，理由是："袁氏废长立幼，而兄弟之间，权力相并，各自树党，急之则相救，缓之则相争；不如举兵南向荆州，征讨刘表，以候袁氏兄弟之变；变成而后击之，可一举而定也。"曹操一听有理，命贾诩驻守黎阳太守，曹洪引兵守官渡，他亲引大军向荆州进发。果然不出郭嘉所料，曹军刚到西平附近，袁尚与袁谭两兄弟就为争位而大打出手。袁谭被袁尚击败，困守平原，走投无路，派辛毗向曹操请降。曹操立即带兵回师北上，打败袁尚之后，又于南皮一战诛杀了降而复叛的袁谭，驱逐了袁氏在河北的势力。

袁尚、袁熙率残部逃往乌桓，这时是继续追击，还是班师回许都？曹操部将曹洪等人认为："袁熙、袁尚兵败将亡，势穷力尽，远投沙漠；我今引兵西击，倘刘备、刘表乘虚袭许都，我救应不及，为祸不浅矣"，主张回师勿进。郭嘉却认为应斩草除根、消除后患，他说："主公虽威震天下，沙漠之人恃其边远，必不设备；乘其无备，卒然击之，必可破也。且袁绍与乌桓有恩，而尚与熙兄弟犹存，不可不除。刘表坐谈之客耳，自知才不足以御刘备，重任之则恐不能制，轻任之则备不为用。虽虚国远征，公无忧也。"曹操点头称赞："奉孝之言极是。"遂率大小三军，车数千辆，向乌桓进发。但见黄沙漠漠，狂风四起，道路崎岖，人马难行。建安十二年（公元207年），曹操大军行至易州，郭嘉因水土不服，卧病车上。曹操泣曰："因我欲平沙漠，使公远涉艰辛，以至染病，吾心何安！"郭嘉说："某感承相大恩，虽死不能报万一。"曹操见北地崎岖，有撤军之心，郭嘉说："兵贵神速。今千里袭人，辎重多而难以趋利，不如轻兵兼道以出，掩其不备。但须得识径路者为引导耳。"曹操遂留郭嘉在易州养病，大军抛下辎重，率轻骑直捣乌桓都城——柳城，张辽斩乌桓王蹋顿于马下，袁熙、袁尚引数千骑逃往辽东，投奔辽东太守公孙康去了。

曹操征讨乌桓大获全胜，回到易州时郭嘉已死数日，停枢在公廨。曹操亲往祭奠，痛哭流涕地说："奉孝死，乃天丧吾也！"郭嘉弥留之际留下一封遗书，曹操看后点头嗟叹，众人皆不解其意。第二天，夏侯惇等大将都劝曹操乘胜直取辽东，彻底消灭袁氏的残余势力，曹操却微笑着说："不烦诸公虎威。数日之后，公孙康自送二袁之首至矣。"诸将听了，嘴上不说，心里却都不肯相信。过了些日子，仍不见辽东有什么动静，夏侯惇和张辽一起又来劝谏曹操说："如不下辽东，可回许都。恐刘表生心。"曹操不动声色地说："待二袁首级至，即便回兵。"诸将听了，都暗自窃笑。正在此时，门哨前来报告说辽东公孙康派人把袁熙和袁尚的首级送来了，众人听了都大吃一惊，曹操却捋着胡子笑道："不出奉孝之料！"众人请教，曹操拿出郭嘉遗书给大家看，只见上面写道："今闻袁熙、袁尚往投辽东，明公切不可加兵。公孙康久畏袁氏吞并，二袁往投必疑。若以兵击之，必并力迎敌，急不可下；若缓之，公孙康、袁氏必自相图，其势然也。"众人读罢，无不啧啧称赞。勤恳敬业的郭嘉，临死还不忘遗计定辽东，曹操怎能不感动、不悲痛、不哀伤？

曹操领兵还冀州，派人先扶郭嘉灵枢回许都安葬，又上表汉献帝追赠其谥号为"贞侯"，养其子郭奕于府中。郭嘉辅佐曹操十一年，以战略家的眼光、狙击手的胆识和"良禽择木而栖"的智慧，既为自己选择了英主，也为英主立下了赫赫功绩，更成就了自己虽短暂却非凡的一生。另一方面，曹操对郭嘉基本上是言听计从，真诚信赖，可以说合作得非常愉快合拍。正因为如此，我们才可以说郭嘉是曹操识人用人最成功的一个范例。后人吟诗赞誉道："天生郭奉孝，豪杰冠群英；腹内藏经史，胸中隐甲兵；运谋如范蠡，决策似陈平。可惜身先丧，中原梁栋倾。"诗文充分表达了人们对郭嘉绝世才华的仰慕和对他中年夭亡的惋惜之情。如今我们要学习郭嘉精察远识、料事如神的本事，就要修炼他那战略家的眼光和狙击手的能力，通过洞察对方的心理来抓住别人的软肋，适时制定出直击问题要害的谋略，然后气定神闲地一击制胜，成为最大的赢家。

07

顺应潮流才能掌握自身命运·荀彧

东汉末年，社会动荡，群雄并起。不少能人志士为了实现自己的政治理想和一腔抱负，纷纷加入不同的割据势力，贡献自己的聪明才智。不过，也有一部分人选择了尽一切可能来挽救已经摇摇欲坠的东汉王朝，甚至为此付出了生命的代价，荀彧就是这类人物中的一个典型代表。虽然他煞费苦心地为曹操集团的生存、发展作出了不可磨灭的贡献，并且千方百计利用一切方式维持东汉王朝的延续，却无法阻挡大势所趋的滚滚洪流，只能在悲愤中溘然离世。

荀彧，字文若，颍川颍阴（今河南许昌）人，是曹操手下最重要的一位谋士，一生中屡建奇功。荀彧学识渊博，明察时势，且能高瞻远瞩，具有战略眼光，在当时堪与诸葛亮、鲁肃相比肩，都是第一流的战略家。汉末三国是一个"不唯君择臣，臣亦择君"的时代，选择谁作为自己施展才华的主子，这是才智之士能否实现抱负的关键：选择正确自可完成自己的心愿，选择失误就可能遗憾终身，荀彧就是"明于择君"的代表。他早年曾在袁绍手下做谋士，袁绍待之以上宾之礼，但在袁绍如日中天之时，荀彧就看出袁绍虽然拥势自重，却秉性弱点太多，终究是个难成大事的人，便毅然在初平二年（公元 191 年）与侄儿荀攸舍弃袁绍，转投当时的名望与实力远远不如袁绍的曹操。驻军兖州的曹操和荀彧一交谈，便高兴地称他为"吾之子房也"，并立即任命他为行军司马。"子房"即汉初三杰中运筹帷幄的张良，虽然曹操的话中隐然已有以帝王自居的嫌疑，但就荀彧在具体战斗的谋划和宏观的战略决策来说，这个评价并非言过其实。荀彧是曹操手下谋士中最具战略眼光和全局意识的人，每当曹操处在政治上、军事上抉择关头的时候，总是他为曹操去疑解惑、正确决策，曹操对他也是言听计从。

　　荀彧弃袁投曹的选择无疑是正确的，袁绍的强大与曹操的弱小都只是暂时的，时间会改变这种力量的对比，因为袁绍与曹操两人的抱负与志向不同，眼光与识见不同，才智与谋略不同。也就是说，荀彧从曹操的身上看到了希望，看到了自己的光明前景，这是他弃袁投曹的根本原因。古语云"识时务者为俊杰"，荀彧就是一个善于审时度势、决定取舍的智士，后来的天下形势也证明了荀彧的慧眼择主，他辅助曹操削平黄河流域大大小小的割据势力，统一了北方地区；曹操知人善用，放手任用，使他的才智得到了充分的发挥，实现了他的人生价值。如果荀彧不弃袁投曹，他将一事无成，其下场必然同田丰、沮授、审配一样。虽然也有人认为荀彧辅弼曹操是助纣为虐，但是我们坚持认为荀彧只有弃袁投曹才能尽其才，更何况他后来为阻止曹操进位魏公而死是"杀身以成仁"，他的成就仁义还在春秋时期齐国管仲之上。

　　荀彧跳槽到了曹操麾下，被委以重任时年仅二十九岁，没过多久他就以自己处变不惊、智勇双全的才能挽救了曹操集团。兴平元年（公元194年），曹操之父曹嵩及全家四十余口老小被徐州牧陶谦手下张闿尽数杀害，曹操听到噩耗后哭倒在地，咬牙切齿地说："陶谦纵兵杀吾父，此仇不共戴天！吾今悉起大军，洗荡徐州，方雪吾恨！"于是让荀彧和程昱领兵三万驻守鄄城、范县、东阿三县，其余兵马都杀奔徐州报仇雪恨。孰料祸不单行，曹操多年旧友陈宫、张邈此时突然变脸，联络了曹操死敌吕布，乘机袭破兖州，进据濮阳。在徐州作战的曹操除了对当地百姓犯下屠城血罪外，本来就没有获得多少实质性的战果，又突然发现自己的大后方布满敌军，腹背受敌的打击之大不言而喻。在情势非常危急的时候，幸亏荀彧和程昱处变不惊，指挥若定扭转了战局，顽强守住了鄄城、范县、东阿三县，保住了兖州根基。由此可见，荀彧在决定曹操集团早期生存的关键时刻发挥了巨大作用，所以曹操或许是因为对荀彧这次优异表现印象深刻，日后才放心将汉献帝和许都托付给他。荀彧也没有辜负曹操厚望，当曹操在外征战四方时，他稳定后方提供补给，不遗余力地罗致人才，可谓是曹操基业的守护者。

就在荀彧等人拼尽全力为曹操保住兖州最后三个落脚点的时候，曹操也得到了后院起火的消息，急忙率部从徐州撤回，在濮阳地区与吕布激战并将其击败，然后与荀彧等人会合收复了大部失地。陶谦病故以后，原幽州割据势力公孙瓒的手下、平原相刘备继任徐州牧，曹操闻讯大怒道："我仇未报，汝不费半箭之功，坐得徐州！吾必先杀刘备，后戮谦尸，以雪先君之怨！"他打算利用刘备立足未稳之际，再次向徐州发动进攻。在这个关键时刻，荀彧从战略的角度指出了深根固本的重要性，使一时意气用事的曹操冷静了下来，暂时放弃了攻打徐州的打算。荀彧认为："昔高祖保关中，光武据河内，皆深根固本以制天下，进足以胜敌，退足以坚守，故虽有困，终济大业。明公本首事兖州，且河、济乃天下之要地，是亦昔之关中、河内也。今若取徐州，多留兵则不足用，少留兵则吕布乘虚寇之，是无兖州也。若徐州不得，明公安所归乎？今陶谦虽死，已有刘备守之。徐州之民，既已服备，必助备死战。明公弃兖州而取徐州，是弃大而就小，去本而求末，以安而易危也。"曹操认为，当前岁荒乏粮，军士坐守，终非良策。荀彧说："不如东略陈地，使军就食汝南、颍川。黄巾余党何仪、黄劭等，劫掠州郡，多有金帛、粮食，此等贼徒，又容易破；破而取其粮，以养三军，朝廷喜，百姓悦，乃顺天之事也。"这是为曹操考虑，更是为"朝廷喜"着想。曹操采纳了荀彧的建议，大胜黄巾余党，平定了汝南、颍川，夺取财物无数，又收了许褚及其宗族数百人，然后回兵击败吕布，在兴平二年（公元195年）复得兖州，继而占据了整个山东，赢得了战略主动权，为最终统一中原奠定了稳固的后方。

占据山东全境之后，曹操集团的发展开始逐步走向正轨，不但军事力量得到了较大提高，经济建设也大有起色。此时，远在长安被白波军阀杨奉、韩暹挟持的汉献帝刘协及其他朝臣已经开始迁都洛阳，虽然汉献帝早已降诏要求各路诸侯前来勤王护驾，但是谁也不愿意主动迎接衰落的东汉朝廷到身边来碍手碍脚。太尉杨彪派人赴山东宣召曹操兵进洛阳救驾，曹操闻知汉献帝已还洛阳，聚集谋士商议，此时又是荀彧力排众议，建议曹操前往洛阳迎接汉献帝。荀彧认为："昔晋文公纳周襄王，而诸侯服从；汉高祖为义帝发丧，而天下归心。今天子蒙尘，将军诚因此时首倡义兵，奉天子以从众望，不世之略也。若不早图，人将先我而为之矣。"在荀彧的大力支持下，曹操终于下定决心前往洛阳迎接汉献帝，并在建安元年（公元196年）八月将汉末朝廷成功地迁到了许都，封荀彧为侍中尚书令，汉献帝从此终生都处于曹操的控制之下。"挟天子以令诸侯"这一策略，对于汉末社会及曹操集团都产生了重大影响，是曹操在政治上最为成功的一步，也是曹操集团逐渐强盛以及后来统一中国北方地区的重要原因之一。不过，有一点需要重点说明的是，荀彧提出的这个迎奉汉献帝的策略与曹操的想法有着本质的不同。荀彧劝曹操"奉天子以从众望"，其实是寄希望于通过此举实现东汉朝廷统治的延续，而曹操则是企图通过掌握皇帝来抓住政治上的主动权，也正是因为荀彧与曹操之间的这种根本性差异，导致了他最终的人生悲剧。

曹操将汉献帝从洛阳安顿到许都以后，把吕布和刘备看作是心腹之患，他们之间既有相互利用的一面，又有相互斗争的一面。如何解决这两股势力，稳定自己的南翼，这对曹操来说是极为重要的。为挑拨刘备和吕布之间的关系，荀彧建议曹操说："今刘备虽领徐州，未得诏命。明公可奏请诏命实授备为徐州牧，因密与一书，教杀吕布。事成则备无猛士为辅，亦渐可图；事不成，则吕布必杀备矣：此乃二虎竞食之计也。"结果此计被刘备识破，他领了徐州牧，对杀吕布则只言容徐图之。荀彧随即又出第二计：
"可暗令人往袁术处通问，报说刘备上密表，要略南郡。术闻之，必怒而
攻备；公乃明诏刘备讨袁术。两边相并，吕布必生异心：此驱虎吞狼之计
也。"结果不出所料，刘备和袁术首开战端，先有袁术损兵折将，后有刘
备的徐州老巢被吕布袭占，刘备反而屈居小沛。自此以后数年间，三家恩
怨相结，纠缠不清，曹操在一边冷眼瞧热闹，暗自得意。刘备被袁术、吕
布两股势力夹击，不得已才归服曹操，荀彧待时机成熟后实施第三计"掘
坑待虎"，即让刘备屯兵小沛，与早已布置在吕布身边的两个奸细陈珪、
陈登父子相互配合，设下陷坑让吕布来跳。曹操率大军南征徐州，终于将
吕布逼进小沛这个陷坑，使这只猛虎束手就擒。这三条计前后呼应，形成
一个相互关联、相互配合的逻辑链，成功地达到了消灭吕布、袁术两大势
力，削弱刘备势力的目的，令人拍案叫绝。

（荀彧是祢衡击鼓骂曹事件的见证者之一）

荀彧不但具有战略智慧和出谋划策的能力，而且能承担重要的战术任
务，具有指挥实战的能力。在曹操与袁绍官渡决战的关键时刻，荀彧更是

起到了至关重要的作用。袁绍兵多粮广，实力雄厚，长期割据河北，是曹操统一北方的劲敌。当陈琳为袁绍作《檄豫州文》露布天下时，包括曹操在内的一些人都被袁绍的表面优势所吓倒，唯有荀彧、郭嘉能透过表象，冷静分析时局。针对孔融等人的求和论调，荀彧即一针见血地指出："袁绍无用之人，何必议和？"并一言破的地分析了袁绍集团的致命弱点："绍兵多而不整。田丰刚而犯上，许攸贪而不智，审配专而无谋，逢纪果而不用：此数人者，势不相容，必生内变颜良、文丑，匹夫之勇，一战可擒。其余碌碌等辈，纵有百万，何足道哉！"荀彧来自袁绍集团，他以自己对袁绍内部情况的充分了解和透彻分析坚定了曹操抗袁的决心，他的这些议论在以后袁曹相争的进程中都得到了验证。在决战官渡，双方命运系于一发的紧要关头，曹操因兵寡粮少而萌生退兵之念，于是写信征求荀彧的意见。当时荀彧留守许都，他在给曹操的回信中明确指出："袁绍悉众聚于官渡，欲与明公决胜负，公以至弱当至强，若不能制，必为所乘：是天下之大机也。绍军虽众，而不能用；以公之神武明哲，何向而不济！今军实虽少，未若楚、汉在荥阳、成皋间也。公今画地而守，扼其喉而使不能进，情见势竭，必将有变。此用奇之时，断不可失。"这封信帮助曹操消除了疑虑，坚定了战胜袁绍的信心，立即命令将士竭力死守官渡，随后又采纳了阵前投诚的许攸的计策，以奇兵烧了袁军囤放在乌巢的粮草，等到劣势转变为优势的时候又再接再厉，在仓亭围歼袁军主力，最终取得了官渡之战的彻底胜利。

　　荀彧从二十九岁投奔曹操，与曹操共事二十一年，为曹操出谋划策、屡建奇功，是曹操最得力的一位谋士。曹操麾下虽然猛将如云、谋士如雨，但他最为信任、倚重的还是荀彧，每次率军出征都毫无例外地把镇守后方的责任委托给荀彧，而荀彧也总是不负重托，让后方稳如泰山，使曹操可以放心地在前方作战。曹操在山东兖州时征徐州、宛城，在河南许都时东征徐州、北征冀州、南征荆州，无一例外都以荀彧为留守，的确是居功至伟，无人可以替代。在荀彧跟随曹操的二十一年中，其中二十年都称得上君臣相得、鱼水相偕，曹操也一直把荀彧视为自己的心腹、股肱，对荀彧的辅弼之功极为赏识和推崇。无论是在曹操府中，还是在东汉朝廷中，荀彧的地位都仅次于曹操，这种知遇之恩也只有刘备之于诸葛亮可比。然而，他们之间的这种和谐、亲密的关系并未维持到最后，在荀彧生命的最后一年，他毅然与曹操反目，并且服毒自杀。一对合作了二十年的伙伴最终走向决裂，究竟是因为什么缘故呢？

赤壁之战，曹操被周瑜打败，虽损兵折将，但未伤元气，在许都威福日盛。长史董昭劝曹操进爵魏公，加九锡之尊，荀彧提出反对意见："丞相本兴义兵，匡扶汉室，当秉忠贞之志，守谦退之节。君子爱人以德，不宜如此。"明确地表达出自己希望曹操做一个什么样的人。曹操听到这个话以后，勃然变色，心不能平。董昭说："岂可以一人而阻众望？"遂上表请尊曹操为魏公，曹操最终还是在众人的拥戴下加了"九锡"，荀彧感叹道："吾不想今日见此事！"曹操听了，深恨荀彧，认为他对汉朝的忠诚已经成了自己的绊脚石，因而动了杀机。建安十七年（公元212年）冬十月，曹操兴兵下江南，命荀彧同行。荀彧已知曹操有杀己之心，于是托病留在寿春休养。忽然有一天，曹操派人送来一盒饮食，盒上有曹操的亲笔封记。荀彧打开盒子一看，里面空空荡荡并无一物，顿时明白了曹操的用意，知道自己在劫难逃，于是服毒自杀，时年五十岁。后人有诗叹曰："文若才华天下闻，可怜失足在权门。后人休把留侯比，临没无颜见汉君。"荀彧长子荀恽发哀书向曹操报丧，曹操心中十分懊悔，下令厚葬荀彧，谥号"敬侯"。

荀彧目光睿智，识见超凡，胸怀远大，谋略出众，可谓一代人杰，以悲剧告终，是因为忠君与事主之间发生了矛盾冲突。在未到许都受封侍中尚书令之前，荀彧与曹操之间主要是雇主与雇员的关系，荀彧作为谋士的责任与义务是竭忠尽智辅佐曹操。一旦受封为侍中尚书令，荀彧成了东汉献帝之臣，为臣尽忠就成了他的首要道义。荀彧与曹操同殿为臣，两人的主仆关系已经不复存在，即使他为曹操出谋划策，也是因为曹操是朝廷的丞相，他是在为朝廷办事尽本分，因此忠于汉献帝对于他来说是第一位的。

在荀彧看来，曹操身为丞相已经位极人臣，不应该再有非分之想，要求朝廷加封其为魏公、加封九锡就有僭越之嫌，因此他不能附和，要加以反对。须知荀家是东汉的名门望族，世代都有人在朝中为官，荀彧此时又是朝廷重臣，可以说是世受皇恩，因此站在他的立场自然要反对一切不臣之行。反之，站在曹操的立场却不这样看，荀彧是靠投奔他才得到重用的，能有今天的地位也离不开他的推荐和提拔。因此，在曹操眼里，他永远是荀彧的主子，荀彧应该永远效忠于他，更不能容忍荀彧反对他晋封魏公，于是就逼着荀彧自杀。

在旧时，尤其是动乱年代，忠君与事主永远是一对矛盾，难以统一起来。要忠于君王，就难以侍奉旧主；要忠于旧主，就得对不起君王；又要忠于君王，又要侍奉旧主，两边讨好是不可能的。在汉末朝廷为曹操所把持的君弱臣强的情况下，荀彧选择忠于君王是可想而知的，他的悲剧也就不可避免了。有人因为荀彧最后被逼自杀而为他感到不值，甚至讥讽荀彧择主不明，这未免有事后诸葛亮之嫌。回过头来看，荀彧在当时除了曹操没有更好的选择：袁绍、吕布、张济、李傕、郭汜、公孙瓒等都难成大事，刘备尚且寄人篱下，只有曹操既有匡扶社稷之心，又有礼贤下士之风，因此只有曹操才能肆其志，成就其功名事业。至于曹操随着实力的强大、地位的提高而日渐滋生、膨胀不臣之心，乃至发展到后来的欺君罔上、忤逆不顺，"名为汉相，实为汉贼"，那是荀彧所无法预料，也左右不了的。以刘备和诸葛亮那样君明臣贤、鱼水之欢的关系，诸葛亮尚且无法阻止刘备伐吴的错误之举呢。

荀彧之死的根本原因是他思想深处根深蒂固的忠君观念，在他的潜意识中始终保持着士人的传统思想和道德观念，即以儒家的礼仪治天下，不以人主的好恶而轻易地改变自己的政治主见。荀彧之所以投靠曹操，主要是看中他的雄才大略，想通过他来实现匡扶汉室的理想。荀彧不是司马懿式的乱世奸雄，他相信曹操代表着实现自身道德理想和事业追求的全部力量，只有曹操才有能力剪除割据一方的各路诸侯，收拾乱世山河。随着曹操进逼汉室步骤的加紧，荀彧与曹操之间逐渐产生裂痕，并在关键时刻站出来反对曹操篡汉，最终导致了个人的悲剧。荀彧的悲剧其实表现了中国文人身上普遍带有的一种把道德当政治的情绪，荀彧既是曹操的功臣，又是汉室的忠臣，在两方面的利益不能兼顾的时候，传统的思想占了上风，以致不识天下大势。其实都怪荀彧把书读多了，他还不明白自己处心积虑维护的汉室朝廷，在西凉董卓进京的那一刻起就已不存在了。在汉室不可复兴的情况下，拯救天下苍生的途径不是愚忠于奄奄一息的东汉王朝，而是顺应天下大势，帮着更有能力的人主宰天下。公正地说，荀彧倒不一定认为汉献帝是个中兴的主，他拼命维护的乃是一个正统知识分子的道德守望，所以荀彧之死应该叫作"殉节"。

通权达变、委曲求全是权力场的通用规则，也是政治家的处事原则，在权势的夹缝中行走，隐藏或暴露、出击与收手、平衡与失衡、忠诚与背叛都必须做得天衣无缝，游刃有余。耿直之人往往生活在虚幻的理想之中，不懂得向现实妥协，连身都无法立，何谈更大的发展呢！一个人再有才干，如果不被重用和赏识，也只能落个郁郁而终的悲哀下场。要想大显身手，攀上权力峰巅，居于风云变化之万端，务必密切关注风向的变化，找到真正能助自己青云直上的风，这股风就是当时的潮流所向。凡是能够建功立业并成就一番大事的人，都是能够敏感地顺应潮流而动的智者，那些目光狭隘的人在优胜劣汰的发展规律面前执迷不悟，在时代潮流滚滚向前的时候停滞不前、不进则退，最终成为被淘汰的失败例子。

一个人即使再有能力，也只是社会发展过程中的一滴水，是不可能阻止滔滔江海向前进的。江海不择细流故能成其大，泰山不让细壤故能成其高，人越有能力就越要有前瞻性的眼光，眼光是一种比能力更为重要的格局。万事万物都有自己生存灭亡的规律，一旦我们违背了事物发展的客观规律，所有的付出和努力就会变成无用之物，聪明的人应该学会遵循客观规律去办事，顺应潮流吐故纳新。一个能够认清大局、顺应潮流、与时俱进把握机会的人，才能在紧要的转折关头掌握自身的命运，因此我们必须把有限的精力用在前进的道路上，学会用发展的眼光看问题，以变求变，以变求通。如果不识时务，再好的石头也只能沦为脚底的绊脚石；再好的千里马也只是重蹈"南辕北辙"的荒唐。进退失据的人最好以荀彧为鉴，不要太相信自己的能力足以改变潮流的方向，否则可能越获得器重，下场越可怜。

08

有耐心、能忍辱必有超值回报·司马懿

　　江山可以是奋斗打拼出来的，也可以是忍耐出来的，能忍如司马懿者，却是世间少有。司马懿一共侍奉了曹家四代君王，最后终于登上权力的巅峰，其间的惊心动魄和生死惊魂绝非常人所能想象。具有惊世之才，既要用世又要全身，这就要求不但能忍，还要具备忍的艺术，司马懿是当之无愧的忍术大师、忍者之王。

　　司马懿，字仲达，河内温（今河南温县）人。虽出身河内名门，却出道较晚，曹操统一北方之后，他才在丞相府当了一名文学掾的位置，后来升为丞相府主簿。在曹操掌权的时代，司马懿不带兵，没有实权，也没有建功立业的机会，但并不等于说就没有人身危险。曹操在临死前曾做了一个三马同槽而食的怪梦，要不是心里惦念着江东孙权和蜀汉刘备未曾剿除，加上司马懿当时的地位完全不足以让曹操能想到他会对曹氏江山构成威胁，否则司马懿的小命可能就会因曹操的一梦而呜呼了。终曹操一世，对司马懿都未加重用，只在弥留之际召他和曹洪、陈群、贾诩等人同至卧榻前嘱咐后事，因此成为曹操临死时的托孤人之一。

司马懿自跟随曹操出战以来，提出过许多极有见地的战略策略，显示出了作为一名战略家深谋远虑、胸怀全局的不凡气度。曹操打败张鲁、夺取东川时，司马懿以主簿的身份建议曹操要乘胜进攻益州，他分析说："刘备以诈力取刘璋，蜀人尚未归心。今主公已得汉中，益州震动。可速进兵攻之，势必瓦解。智者贵乎乘时，时不可失也。"孰料曹操却感叹道："人苦不知足，既得陇，复望蜀耶？"遂拒绝采纳这个建议。刘备的心腹法正、诸葛亮后来谈起这件事，认为这是曹操用兵作战的一次憾事。曹操本人后来也对这次错失良机感到后悔。

刘备进位汉中王后，曹操十分震怒，发誓尽起倾国之兵赴两川与刘备决一雌雄。这时，司马懿却建议曹操派人去游说孙权兴兵夺取荆州，刘备必定派两川之兵救荆州，曹魏则可以乘机去取汉川，令刘备首尾不能相救。司马懿这一计谋具有战略意义，实质是联吴击蜀，这样做的好处是不仅能够达到与诸葛亮的联吴抗曹方针相抗衡，还能利用孙刘两家的矛盾，打击刘备，保存自己。如果不采用这个策略，曹操一方发倾国之兵深入蜀地，则后方必然空虚，一旦孙刘联合，乘虚而入，曹操也将首尾难顾，两面受敌。所以，曹操采纳了司马懿的建议，再加上关羽自身的失误，才有了吕蒙偷袭荆州、关羽败走麦城等后事，都是司马懿联吴击蜀方针的成效。司马懿的计策可谓一箭双雕，使曹魏在一定程度上掌握了战场主动权，这才是兵马不动、决胜千里的典范！

建安二十四年（公元219年）十月，关羽攻打襄阳，擒了于禁，斩了庞德，华夏皆惊。曹操想迁都以避其锋，司马懿献计说迁都不是办法，最好还是利用吴蜀失和，让孙权从后面攻关羽，"许事平之日，割江南之地以封孙权"。孙权果然派吕蒙袭取荆州，杀了关羽，稳定了局势。说起来，关羽被害，罪魁祸首还是司马懿。孙权遣使者以木匣盛关羽首级，星夜送给从摩陂班师回洛阳的曹操，曹操高兴地说："云长已死，吾夜眠贴席矣。"司马懿却对曹操说："此乃东吴移祸之计也。"曹操问为什么，司马懿说："昔刘、关、张三人桃园结义之时，誓同生死。今东吴害了关公，惧其复仇，故将首级献与大王，使刘备迁怒大王，不攻吴而攻魏，他却于中乘便而图事耳。"曹操问有什么解决办法，司马懿说："大王可将关公首级，刻一香木之躯以配之，葬以大臣之礼；刘备知之，必深恨孙权，尽力南征。我却观其胜负！蜀胜则击吴，吴胜则击蜀。二处若得一处，那一处亦不久也。"曹操非常高兴，采纳了他的计策。

司马懿跻身曹魏上层、有决断国政大事的机会主要是在曹丕当政时期，这时他已经进入不惑之年了。曹操在世时并不重用司马懿，但是司马懿在跟随曹操的十二年中学会了不少权变之术，他充分迎合曹丕的心理，得到了曹丕的信任和重用，成为曹魏政权的大红人。曹丕继父之位，有众多文臣武将辅佐，根基相当深厚，他迫不及待地想当皇帝，华歆等人便逼着汉献帝退位，将诏玺拿来交给他。曹丕正要伸手去接，司马懿却劝谏说："不可。虽然诏玺已至，殿下宜且上表谦辞，以绝天下之谤。"曹丕采纳了这个建议，在"三辞而诏不许"之后，装模作样地受禅登位，以欺骗天下公众。司马懿的建议充分体现了谦卑处下、"不敢为天下先"的道家思想，这种谦辞推脱的态度和行为，在一定程度上有利于免除天下人对曹丕篡权夺位的怨谤之情，能够争取人心，进而稳定魏国的社会根基。

刘备死后，曹丕欲趁机讨伐蜀汉，魏国老臣贾诩主张等待时机以进攻蜀国，司马懿则主张乘时进兵，他联络西羌、南蛮、东吴、上庸孟达四股势力，组织起五路兵马四面夹攻大举伐蜀，五十万大军浩浩荡荡直奔西川，若非诸葛亮精于治国用兵，蜀国已岌岌可危。这次伐蜀虽然没有取得成功，但是司马懿的主张非常符合曹丕一心想做大一统皇帝的心思，显示了他能够统筹全局的恢弘气度，所以深得曹丕信赖。吴蜀再度联盟后，曹丕决意出兵伐吴，侍中辛毗建议"养兵屯田十年"，被曹丕斥之为"迂腐之论"。司马懿早已看出曹丕急于统一中国的心思，便积极为曹丕出谋划策，这种一心讨好主子的权变之术虽然并不可取，但是为他赢得人主的信任从而施展抱负打下了牢靠的基础，成为曹魏政权中地位显赫的心腹重臣，为他施展军事战略才能提供了广阔的空间。正因为与曹丕之间达成了信赖关系，所以当曹丕率军出征时，封司马懿为尚书仆射，留守许昌主持国政，回朝后又封他为抚军大将军。曹丕临危时，更将司马懿与曹氏第二代精英曹真、曹休等，加上陈群组成托孤的顾命辅佐大臣，并特别交代曹睿，任何事情都可以和司马懿商量。

　　曹睿即位初期，司马懿虽然被封为骠骑大将军，但是完全没有了曹丕时代的安全感，他这棵树已开始招风了。司马懿为了避祸，上表自愿镇守西凉，曹睿封他提督雍、凉等处兵马。哪知外调仍避不了祸，诸葛亮听到这个消息后大吃一惊，对部下说："曹丕已死，孺子曹睿即位，余皆不足虑：司马懿深有谋略，今督雍、凉兵马，倘训练成时，必为蜀中之大患。不如先起兵伐之。"那个后来失街亭的马谡献计诸葛亮，利用曹睿喜欢疑忌的特点，派人去散布司马懿造反的流言，用反间计除掉司马懿。诸葛亮采纳了马谡的建议，当即派人密行反间计，果然引起曹睿的怀疑。华歆这时也站出来添油加醋，对曹睿说："司马懿上表乞守雍、凉，正为此也。先时太祖武皇帝（曹操）尝谓臣曰：司马懿鹰视狼顾，不可付以兵权；久必为国家大祸。今日反情已萌，可速诛之。"于是，司马懿即刻被套进了网，要不是他据理申辩，这一次就丢定了性命。最后，曹睿解除了司马懿的兵权，让他削职回乡，在宛城居住。这对司马懿来说无疑是一次沉重的打击，对他忍耐功夫的考验从此真正开始了。

　　如果不是曹魏的膏粱子弟出奇地无能，司马懿再无复出的可能。诸葛亮利用司马懿被罢免的时机，率军兵出祁山，北伐连连告捷，魏国无人可敌。魏军统帅曹真败于诸葛亮之后，司马懿在太傅钟繇的保举下又重新被起用，不但官复原职，还被加封为平西都督。司马懿一复职，即以迅雷不及掩耳之势，就近平定了降将孟达的叛乱，完全打乱了诸葛亮的阵脚，曹睿赐金钺斧一对，授予他遇事先斩后奏的特权，令他出关破蜀。司马懿奉诏迎敌，一举夺取蜀军咽喉重地街亭，使诸葛亮陷入被动，只好全线撤退。从此以后，司马懿与曹真两相配合，长期在祁山一带防御蜀军，让强敌的存在来保护自己，同时不断培植实力，形成尾大不掉的局面。司马懿像曹操一样，深知兵权的重要性，始终死死抓住不放，与曹真明争暗斗，常有冲突发生，彼此仍相当尊重对方。曹真病重期间，吴、蜀两路兵马进攻魏国，曹睿封司马懿为大都督，接替曹真之职，并欲令近臣去曹真府取来总兵将印，司马懿却主动要求亲自到曹真府去取将印。司马懿来到曹真府问病毕，即告诉曹真魏国所面临的严峻形势，等曹真表示愿推荐他接替自己的职务，并要交给他将印时，他却表示："某愿助一臂之力，只不敢受此印也。"曹真动了感情，欲抱病面见皇帝保荐司马懿，司马懿见曹真再三让印，方才接纳。这一次，司马懿又是以谦卑辞让的形式成功地达到了目的。

通过以前的种种教训，司马懿的忍功已炉火纯青，他用自己的忍把诸葛亮拖得疲惫不堪，使诸葛亮屡战无功，无法得手。在诸葛亮第六次出兵祁山的战事中，司马懿以防守作为主要策略，并迫使诸葛亮采用屯田作为久驻之计。魏延曾用司马懿丢失的金盔骂战，他的儿子司马师和手下将领都很气愤，纷纷要求出战，司马懿却笑着说："圣人云：小不忍则乱大谋。但坚守为上。"一个人要忍的确不容易，司马懿确定"忍"的方略，诸葛亮却一再使用"诱"的对策。司马懿经受不住木牛流马的诱惑，想去烧掉诸葛亮的粮草，结果差点被烧死在葫芦谷。经历了一场生死考验，司马懿再一次提高了忍的自觉，再也不出来了。于是，诸葛亮"取巾帼并妇人缟素之服"，装在一个大盒子中，亲自写了一封信，派人送给司马懿。信中说："仲达既为大将，统领中原之众，不思披坚执锐，以决雌雄，乃甘窟守土巢，谨避刀箭，与妇人又何异哉！今遣人送巾帼素衣至，如不出战，可再拜而受之。倘耻心未泯，犹有男子胸襟，早与批回，依期赴敌。"这"巾帼素衣"（即女人的孝服）给予男人的侮辱，大概远胜于韩信当年所受的胯下之辱，司马懿看了信以后，"心中大怒"，可是他马上就镇静下来，压抑住内心中的邪火，装佯地笑着说："孔明视我为妇人耶！"他不仅接受了女人衣服之类的赠品，还隆重地款待来使，以表示感谢。这样，司马懿便把"忍"提到了一个新的水平。

诸葛亮一生从未受过被压抑之苦，他实在低估了司马懿的忍功，司马懿一次次的忍耐，终致诸葛亮的北伐希望彻底破灭。诸葛亮在五丈原病逝后，曹睿封司马懿为太尉，总督魏国所有军马，负责全国各地的边防事务。燕王公孙渊在辽东叛乱，司马懿施缓兵之计大败公孙渊于襄平。在第三个主子曹睿的后期，司马懿在曹魏已是根深叶茂，可是多年的媳妇还没有熬成婆，他还需要继续再忍下去。曹睿死时，无可奈何地拉着司马懿的手，效仿当年刘备托孤诸葛亮，把继位的儿子曹芳托付给他。也许连曹睿都不相信司马懿会效法诸葛亮，外人则看出这是把羔羊托付给头狼。曹芳即位后，同为顾命大臣的曹魏宗室曹爽，因为父亲曹真生前屡屡受气于司马懿，在手下人的教唆下挟私报复，建议曹芳加封司马懿为太傅，通过明升实贬削夺了司马懿的兵权。

司马懿最后的忍耐开始了，面对共同辅政的大将军曹爽的排挤，他又一次玩起了韬晦之术，称病在家避其锋芒，把忍功玩到了作践自己的地步。不过，曹爽估计司马懿不会轻易俯就，指使心腹李胜借赴任荆州刺史、前往司马懿家告辞之机，去窥探司马懿的动静。司马懿心如明镜，早料到了李胜的真实用意，就装出一副病入膏肓的样子，耳聋眼花，言语哽噎，口水淋漓，声嘶气喘，好像真的命在旦夕似的，还祈求曹爽看顾他的两个儿子。司马懿忍到了常人都难以想象的地步，既保全了自己，也骗过了别人。李胜回见曹爽，细言其事，曹爽听后大喜，说："此老若死，吾无忧矣！"自此不再以司马懿为意，更加肆无忌惮地恣意弄权。司马懿佯装病重麻痹曹爽，采取了"柔弱处下"的姿态，耐心等待铲除对手的机会，当时机成熟时，他便像鹰一样跃起，给对手致命的一击。不多久，曹爽三兄弟及心腹陪魏主曹芳外出到高平陵祭祀先帝，大小官僚也都随驾出城，司马懿乘机在洛阳城内发动政变，控制了都城。随后，司马懿以谋反大逆之罪将曹爽兄弟及朝中异己诛杀尽净，从此政权归于司马氏。

后发制人的忍耐结束了，忍者之王司马懿再度出山做了丞相，与儿子司马师、司马昭同掌大权，从而为司马炎篡夺曹魏政权奠定了基础。三分天下归于晋，正好证实了曹操临死之前的预见。曹操对司马懿的形象做了一个最形象又准确的概括：鹰视狼顾。的确，司马懿像鹰一样眼光锐利，一旦发现猎物就会像饿鹰一样迅疾扑上去；同时也像狼一样徘徊瞻顾，但是不轻易上前，只要认准了猎物，就会毫不迟疑地把它吃掉。司马懿兼有鹰和狼的个性特点，正因为如此，连诸葛亮也对他十分畏惧。

嘉平三年（公元251年），身经四朝的司马懿因病去世，司马昭谥父为宣王，司马炎称帝后追封祖父为晋宣帝。纵观司马懿的一生，是一个渐进的过程，由弱势转为强势，由暗处走向明处，由"处下"跃居高位，登上权力的顶峰。道家的思想在司马懿的身上得到了完整的体现，将他铸就成为一位"无为而无不为"的政治斗争中的顶尖高手。所谓"无为"，并不是要求人们什么都不做，而是追求一种顺任自然的状态；"无为"的必然结果是"无不为"，因为不妄为，就没有什么事情做不成的；"无不为"是由于"无为"所产生的效果。

道家提出了许多对峙范畴，例如"强"与"弱"，"上"与"下"，"先"与"后"，"高"与"低"，"宜"与"曲"，等等。世俗认为好的一端，诸如"强""上""先"等都是不可取的，因为事物都是处于一种不断地向对立面转化的状态，当事物发展到一定极限时，它必然向相反的方向运转，所谓"将欲取之，必同予之""物极必变，势强必弱"就是这个道理。在刚强和柔弱的对峙中，道家思想的创始人老子宁愿居于柔弱的一面，这是他对于人事与物性做了深入而普通的考察以后所提出的观点：看来"柔弱"的东西，由于它的含藏内敛，往往较富有韧性；看来"刚强"的东西，由于它的彰显外溢，往往暴露而不能持久。所以，老子断言："柔弱胜刚强。"

面对强手如林的竞争状态，既要能全盘统筹、把握大局，又要能做到随时而易、变动不居，只有学会忍耐才能立于不败之地。如果在强劲对手面前，一味忍辱以求苟活，那就不仅称不上什么英雄气质，恐怕是连懦夫也不如了。

忍，是人的一种修养，甚至可以说是一种英雄品质。孔子说："小不忍则乱大谋。"孟子说："天之降大任于斯人，也需要那人'动心忍性'。"这都是说，要想干大事，成就大的事业，就要练就一种坚忍的功夫。经受住艰苦生活的考验是忍，经受住金钱美色的诱惑也是忍，经受住眼前的一点小忿或污辱也是忍。大凡一个活人，身上总是有一股气，这股气一上来就不顾一切，非搞到丧身殒命不可收拾。忍，就是当这股无名火上升的时候，能自动调节，将它压下来，冷静地作一番思考。人有一股气并非坏事，但是不能让这股气盲目冲动，使人丧失理智。能不能定心忍性，也是普通人与大英雄相区别的一个标志。韩信当年如果不能忍受胯下之辱，哪能有后来轰轰烈烈的大事业？司马懿的忍并非软弱可欺，而是像韩信一样以"大谋"作为前提和目的。

"无冥冥之志者，无昭昭之明；无惛惛之事者，无赫赫之功。"司马懿一生把"忍"这个字发挥到了极致，运用到了炉火纯青的地步，细细品味深思，回味无穷。司马懿既有超人的谋略，又有非比寻常的耐力，也许有些人并不看好他的生存之道，但事实告诉我们他在残酷的竞争中成功了，并且是完美的成功了。从自然界到人类社会，要想趋利避害，"忍"有时候不失为一种行之有效的方法，一种至高境界的生存智慧。太过于锋芒毕露、逞强好胜的人往往会遇到更多的不顺利，甚至会因为付出太多的心血、承受太大的压力而功亏一篑、万念俱灰。倒是遇事有耐心、能忍辱的人，不过分逞强，不事事占先，心境平和从容，能够不受外界干扰，做事反而持之以恒。这种人冲劲不大，却往往能坚持到最后，坚持到胜利。

09

优秀职业经理人的智慧之道·诸葛亮

　　《三国演义》写到诸葛亮病逝时，引用了元微之的一首诗："拨乱扶危主，殷勤受托孤。英才过管乐，妙策胜孙吴。凛凛出师表，堂堂八阵图。如公存盛德，应叹古今无！"这首诗高度评价了诸葛亮的才能、业绩和品德，貌似极端却让人无可非议。诸葛亮具有无与伦比的专业能力和知识结构：他上通天文，因此可以草船借箭，巧借东风；他下知地理，因此才能未出茅庐，已知三分天下；他军令严明，因此才能六出祁山，进退自如；他神机妙算，用兵如神，则表现出了高超的营销能力。千百年来，诸葛亮一直是人们心中的贤臣良相，他隐居出山之际即打算功成身退，出山后迅速扭转了刘备集团的艰难困境，使刘备集团创造了"三分天下有其一"的局面，并且始终如一竭尽全力效忠蜀汉，一生清白如洗，赢得了人们的世代景仰。

　　诸葛亮，字孔明，琅琊郡阳都县（今山东沂南）人，乃汉司隶校尉诸葛丰后裔。父亲诸葛珪，字子贡，在东汉末年做过泰山郡郡丞，不幸早逝。因叔父诸葛玄与荆州刘表有旧交，于是举家迁居于襄阳，长兄诸葛瑾被召去江东为吴侯做事。诸葛玄去世后，诸葛亮与弟弟诸葛均在南阳（今湖北襄樊城西）躬耕为生，所居之地有一土冈名叫卧龙冈，于是自号"卧龙先生"。诸葛亮与博陵崔州平、颍川石广元、汝南孟公威、徐庶四人是密友，与襄阳庞统并称为伏龙、凤雏，喜欢《梁父吟》古曲，时常以曲填词。年轻时的诸葛亮也很自负，常常自比春秋时期的大政治家管仲和大军事家乐毅，水镜先生司马徽更称赞他"可比兴周八百年之姜子牙、旺汉四百年之张子房也"，并且将他推荐给了求贤若渴的刘备。但是，诸葛亮并不是靠自我吹嘘赢得刘备的青睐，而是通过司马徽、徐庶等人的口碑传播和竭力推荐而赢得了刘备的三顾之礼，又用精辟的形势分析为刘备指点迷津，使刘备豁然开朗，并对其师礼事之，言听计从。

从三顾茅庐以及整个请诸葛亮下山的过程来看，刘备的确是一个悟性很高的人，他飞跃檀溪到达对岸司马徽山庄后，立即悟到这是一个世外高人，于是抓住机会向其请教，才找到了前进的方向。刘备又从诸葛亮的亲友言行、草庐对联、隆中风景感觉到诸葛亮是人间奇才，因此更坚定了请诸葛亮下山辅佐的决心。建安十二年（公元 207 年）春，刘备带着关羽、张飞和随从第三次前往隆中寻访诸葛亮，早在半里路之外就下马步行，可见谦恭之至。见到诸葛亮以后，诸葛亮先说自己"疏懒性成"，后说自己"乃一耕夫耳，安敢谈天下事？"等到刘备恳请下山相助时，诸葛亮还说："久乐耕锄，懒于应世，不能奉命。"一推再推，直到刘备哭求不已，方才答应下山执掌"总经理"大权。那么，身无寸功的诸葛亮在面对势单力薄的刘备集团，面对着一群与刘备生死与共的难兄难弟，自己又没有官方背景和客户资源时，他是怎么辅助志同道合的老板开展工作的呢？

诸葛亮把家事托付给弟弟诸葛均，跟随刘备来到了小小的新野县以后，没有抱怨环境不好，没有怨天尤人，而是用积极的心态面对现实，与刘备"食则同桌，寝则同榻，终日共论天下之事。"虽然刘备已经通过多种途径对诸葛亮有所了解和高度认可了，但是诸葛亮还要与刘备充分交流思想感情，进一步把感情基础建得更加牢固，为终生合作奠定坚实基础，这是非常必要的。万丈高楼平地起，如果没有打好基础就强行冒进，很可能像沙漠上的建筑容易轰然倒塌。如果等到双方感情和相互信任发生波折时再来修复、解释，那就事倍功半，得不偿失，十分麻烦。诸葛亮未雨绸缪，首先在思想上、情感上和"董事长"充分交流，消除分歧，取得一致，是值得当今职业经理人效法的。这个时候有不同看法只是一个单纯的认识问题，不妨讨论甚至争辩，工作开展以后再暴露出来的思想分歧，就可能演变成为情感问题、利益问题和其他说不清楚的问题。

诸葛亮来到新野一小段时间后，刘备因为只有区区几千兵马，家底实在太薄，内心十分忧虑，担心曹操发兵讨伐，势必不可抵挡。有一天，有人送氂牛尾给刘备，刘备就用它亲自编织帽子，以缓解心头忧愁，谁知给诸葛亮撞见了，立即严肃地批评刘备说："明公无复有远志，但事此而已耶？"刘备赶忙把帽子扔在地上，解释说："吾聊假此以忘忧耳。"诸葛亮问道："明公之众，不过数千人，万一曹兵至，何以迎之？"刘备回答："吾正愁此事，未得良策。"于是，诸葛亮叫刘备迅速招募民兵，刘备招募了三千新野之民，交给诸葛亮亲自训练，朝夕教演阵法。诸葛亮此时尚身无寸功，纵然有天大的本事也不可能达到众人认可的程度，反倒因为刘备的高度尊敬而惹得关羽和张飞老大不高兴，以至于口出怨言。然而，诸葛亮却敢于直言不讳地批评自己的老板，以至于使老板诚惶诚恐地连忙对自己的行为做出解释，这主要是由于诸葛亮一心从集团利益出发考虑的。如果从策略上考虑，这时候批评刘备也有很多便利，比如容易显现出发点，立了大功以后再发批评言论，反过来容易被看成居功自傲，翘尾巴了。现在的许多职业经理人，不敢对老板说半个不字，特别是在老板玩乐方面更不敢扫兴，曲意逢迎还唯恐来不及。如果总经理都不敢发表不同意见，这样的企业难免出现挫折甚至夭折。

诸葛亮加盟刘备集团以后，作为外来引进人才的高级职业经理人，也被老板身边的"亲友团"搞得头痛不已，这些人与老板关系特殊，往往比较任性胡为，负面因素不容易得到约束。特别是多年来与刘备一起出生入死、情同手足的关羽和张飞，早在刘备三顾茅庐的时候就不把诸葛亮当一回事，冷嘲热讽，颇不恭敬。诸葛亮对于这些特殊人物一要约束，否则无法统兵打仗；二要格外重用，否则就会丢失重要又有限的资源，还会形成内耗。诸葛亮面对的"亲友团"情况比较复杂，不仅刘备下面有关羽、张飞等人，关羽手下还有关平、周仓、廖化等人，诸葛亮没有消极地排斥这些人，也不另外去拉个小团体为我所用，而是努力做好本职工作，积极化解各种矛盾，开创团队新面貌。诸葛亮的这些做法并没有得到关羽、张飞等人的认同，甚至在曹操派夏侯惇率领十万大军杀赴只有几千人马的新野县城的时候，张飞在大敌当前之际仍然说风凉话，左一句"可着孔明前去迎敌便了"，右一句"哥哥何不使'水'去（迎敌）？"简直是要看诸葛亮的笑话。

刘备请诸葛亮前来商议如何对付新野之敌，诸葛亮深知关羽和张飞两位主将必不听从他指挥，因此要求刘备将他的剑和印授予他，才肯调兵遣将。诸葛亮带着刘备的剑和印，聚集众将听令，张飞仍是冷嘲热讽，关羽也公然表示准备看笑话。诸葛亮软硬兼施，一方面强调"剑印在此，违令者斩"以保证号令严明，另外一方面不纠缠于冷嘲热讽，一心做好战斗准备，结果夏侯惇、于禁、李典率大军到达博望坡后，接连被诱入道路狭小、树木丛杂的山川，被大火烧得"自相践踏，死者不计其数"，又被赵云、关羽、张飞分别率军厮杀，以致曹军尸横遍野，血流成河。刘备军马以寡敌众，以弱胜强，大获全胜，缴获大批粮草，关羽、张飞心悦诚服，主动下马跪拜于诸葛亮车前，认定"孔明真英杰也！"从此，诸葛亮依靠卓越的才华得到了部属的认可，威望也越来越高。

关羽生性高傲，上有刘备做靠山，下有关平、周仓、廖化生死相随，诸葛亮仅仅依靠辉煌战绩和神机妙算仍然难以使其服帖好用。赤壁大战前夕，诸葛亮深知关羽性情和为人，让关羽立下军令状，守伏华容道，活捉曹操。军令状写明如果关羽放过曹操则军法从事，如果曹操未经过华容道则治诸葛亮的罪，由此可见关羽此时仍对诸葛亮有所不满。诸葛亮早已算定关羽义气深重，必定放过惨不忍睹的曹操，事实证明他的预见是正确的。赤壁大战后，关羽向诸葛亮伏法请罪，诸葛亮佯装依法要斩关羽，结果被众人保了下来。其实诸葛亮此时既不想捉拿曹操，更不想依法惩处关羽，只是借机会"修理"一下心高气傲的关羽。关羽经过这次"过失"以后老实了很多，诸葛亮的管理也就便利了很多。

庞统在落凤坡被乱箭射死以后，刘备急调诸葛亮从荆州入川辅佐，却不道明他离开荆州后将防守重任交由谁来担当，只是让他看着办好了。按照诸葛亮的性格和本意，将防守荆州的重任交给赵云的可能性最大，这也是当时最恰当的选择，但他从刘备安排关羽之子关平给自己送信，窥破了刘备的本意是要安排关羽担当守护荆州的重担，于是顺从刘备的意图安排关羽守护荆州。我们暂且不论这个安排是否恰当，在当时由于通信和交通落后也不允许诸葛亮再同刘备从容讨论这个问题了，诸葛亮必须作出决断。仅从职业经理人的操守来看的话，诸葛亮的选择仍是正确的，俗话说"做事不依东（老板），累死也无功"，他此时当然可以钻空子，按自己的意思安排，但长期下去势必产生矛盾与不和谐，甚至可能逐渐发展成大矛盾。诸葛亮宁可委曲求全，也要以服从大局为己任，至于后来关羽大意失荆州，这在当时也是难以预料的事情。诸葛亮对于刘备心理的深刻洞察，是值得当今职业经理人学习体会的，我们不能因为结果而忽略了这一点。

诸葛亮为了在内部树立威信、收服人心，不但充分发挥自身才华，使刘备集团的业绩大为提高，而且恩威并济，又"打"又"拉"，积极对下属做好传帮带，张飞、赵云等人都进步较快。进军西川的时候，诸葛亮安排张飞率一万大军从陆路经巴郡到雒城，自己和赵云率军从水路溯江而上到雒城与张飞会师，规定先到者为头功，并精心交代张飞沿途注意事项，结果张飞先到雒城立下了头功，诸葛亮入川后当众向张飞表示热烈祝贺。诸葛亮的鼓励和赞美对于张飞的成长、团队的建设很有意义，后来猛张飞又巧用妙计大破魏军张郃，这都与诸葛亮的传帮带不无关系。

刘备夺取成都后，提拔重用了一大批功臣和能人，为夺取西川立下汗马功劳的法正当上了蜀郡太守。法正心胸比较狭窄，上任后"凡一餐之德，睚眦之怨，无不报复"，引起了很多人的不满，也给诸葛亮在管理上造成了麻烦。有人觉得法正太霸道了，要求诸葛亮修理一下法正，诸葛亮则说："昔主公困守荆州，北畏曹操，东惮孙权，赖孝直为之辅翼。遂翻然翱翔，不可复制。今夺何禁止孝直（法正），使不得少行其意耶？"对法正的过分行为不予追究，结果这件事情传到法正的耳朵里，法正自觉地收敛了自己的行为。诸葛亮能不动声色地使法正自觉规范端正自己的行为，说明他的工作方法富于变化，具有高超的领导艺术和行为艺术。

如果诸葛亮用强硬手段对付法正，也不是没有理由，但容易引起负面效果。当时西川刚刚平定，刘备需要安定人心，新老官员需要磨合，若诸葛亮借机修理法正，很可能会引起一部分西蜀旧臣的反感与不安。诸葛亮能够平和地使法正反省，是由于诸葛亮在刚刚平定的益州推行以猛治国，乱世用重典，结果遭到法正以刘邦约法三章、以德服人为由的反对，诸葛亮则说刘邦以宽仁取代秦朝残暴，现在应该用威严来取代刘璋的懦弱。这种观点赢得了法正的佩服和赞同，如果诸葛亮顺势而为，则应该用强硬的方法对付法正。这一点法正也是很清楚的，可是诸葛亮又灵活地用宽仁的方法对待法正，法正自然感到不好意思了，只有严格约束自己。

刘备平定益州以后，关羽从荆州派关平来拜谢刘备所赐金帛，同时拜上一封书信说马超武艺过人，要入川来与马超比试武艺，致使刘备大吃一惊，唯恐心高气傲、争强好胜的关羽急于入川，伤了内部和气。诸葛亮则劝刘备放心，写了封回信给关羽，意思是说马超无论武艺如何高强，都不如关羽才华出众、文武双全、重任在肩，两人有太多的不可比性。关羽读过书信后，放弃了与马超比武的念头，后来二人也没有发生矛盾。诸葛亮借华容道上私放曹操一事修理了关羽，这一次则用相反的方法安抚关羽，有点又打又拉的味道，效果都不错。可见诸葛亮的管理方法灵活多变，这种变化前后又有一定的因果联系，很值得我们学习借鉴。

诸葛亮对于有知遇之恩的刘备殚精竭虑、忠心辅佐，刘备按照诸葛亮的战略部署先后夺取了荆州、益州大片土地，事业搞得十分红火，大功有望告成。然而，关羽打破了"东和孙权，北拒曹操"的联吴抗魏战略方针，结果不但自己兵败麦城、身首异处，湖北大部分地盘还被孙权夺走了。刘备为了替关羽报仇，决定亲率大军讨伐孙吴，诸葛亮、赵云等人竭力劝阻，但是刘备在这个时候已经丧失了理智，谁的话也听不进去，甚至当众将诸葛亮的奏表扔掷于地说："朕意已决，无得再谏！"这无疑是很不礼貌的行为，可是诸葛亮并无丝毫怨言。后来刘备亲率大军去讨伐东吴，诸葛亮深知这是一个极其错误的决策，但他无力改变所发生的一切，仍然率领众官送行十里路方回，回到成都后他快快不乐地对各位官员说："法孝直若在，必能制主上东行也"。意思是说如果法正没有死，他能劝刘备回心转意，放弃讨伐东吴的错误决策。

法正也是颇得刘备器重的重要谋士，在刘备伐吴之前已经去世，但无论法正如何受到刘备的信任和重用，也绝不可能同诸葛亮的地位相提并论。诸葛亮反过来说法正可以劝阻刘备伐吴，这是因为诸葛亮也有难言之隐，有着现代职业经理人同样会遇到的繁难。诸葛亮一贯主张联吴伐魏，与东吴保持着比较友好的关系，而法正与东吴素无成见。如果由法正出面说话，刘备会认为他是纯粹从大局出发的，是没有个人恩怨和感情色彩的，但对诸葛亮则并非是这样。看来诸葛亮也有着和当今职业经理人一样的烦恼，他这一番话只是委婉地表达了自己的一种看法而已。

更值得称道的是，当刘备伐吴的败局隐患表现出来以后，诸葛亮已经预见到大事不妙，他并没有作壁上观以证明自己的观点是正确的，而是立即采取果断措施，尽可能挽救败局，把损失减小到最低程度。比如吩咐马良速去告诉刘备改变布营方式和地点，又回成都"调拨军马救应"。由于诸葛亮早就未雨绸缪地巧作安排，当刘备大败后率残兵败将退回西川，陆逊率东吴兵马乘胜追击，有可能直捣成都时，被诸葛亮早就精心安排的八阵图迷惑而被迫退兵。唐朝大诗人杜甫在谈到这段故事的时候以诗咏叹："功盖三分国，名成八阵图。江流石不转，遗恨失东吴。""名成"和"遗恨"都显示了诸葛亮的英明预见和卓越才华，可是诸葛亮并没有沾沾自喜，更没有幸灾乐祸。秦国大将白起很有军事才华，却不懂得保护自己，随意评论秦王失策，结果招致杀身之祸，这是一种职业经理人的素质缺陷。现在仍有一些职业经理人由于自己觉得在企业不如意，就故意制造各种麻烦，在一旁等着看笑话，这是一种职业道德问题，与诸葛亮的高风亮节形成了鲜明对比。

刘备死后，刘禅登基，这时候诸葛亮已是元勋老臣，在蜀汉拥有很高威望，深得人心。在关羽、张飞、黄忠等老将已死的情况下，刘备给诸葛亮托孤时也说："若嗣子可辅，则辅之；如其不才，君可自为成都之主。"但是诸葛亮没有居功自傲，他依然小心翼翼、忠心耿耿地辅佐刘禅。首先是安居平五路帮助刘禅度过了一场严重危机，然后是七擒孟获稳定了蜀汉后方，随即上《出师表》出兵祁山讨伐魏国。在《出师表》中，诸葛亮竭尽臣子本分，对刘禅有建议、有期待，比如"诚宜开张圣听""不宜妄自菲薄""亲贤臣，远小人"，还请刘禅"咨诹善道，察纳雅言，深追先帝遗诏"，真是语重心长，情真意切，用心良苦。中国自古以来都很讲究忠君报国，如此忠心耿耿对待君主的臣子仍然少见。

对强主当仁不让，对弱主势大不欺，这是诸葛亮忠君观念赢得喝彩的一个重要原因。在第四次率兵出祁山时，诸葛亮用书信气死魏国大都督曹真，用八卦阵挫伤魏兵锐气，激使司马懿出兵决战，结果被蜀兵杀得一败涂地，"魏兵十伤六七"，陷入危局。诸葛亮率师远征，粮草运输不易，运粮官苟安却因好酒误事，"于路怠慢，违限十日"。诸葛亮欲斩苟安，由于长史杨仪劝阻，虽未斩苟安，仍然打了他八十大板才放人。苟安心怀怨恨，连夜率亲信投奔魏寨，司马懿则授意苟安回成都散布谣言，说诸葛亮"有怨上之意，早晚欲称为帝"。苟安依计潜回成都，对宦官散布流言说"孔明自倚大功，早晚必将篡国"，不明真相的刘禅在宦官的唆使下"宣孔明班师回朝"。诸葛亮接受诏书后，深知刘禅受奸人挑唆才有此下策，不得已而放弃了乘胜进攻司马懿的大好时机，他仰天长叹说："主上年幼，必有佞臣在侧！吾正欲建功，何故取回？我如不回，是欺主矣。若奉命而退，日后再难得此机会也"。诸葛亮依诏退兵，回成都以后，对刘禅表白心迹，澄清了真相。此时苟安已逃奔魏国去了，诸葛亮将妄奏流言的宦官诛戮，把其他宦官赶出宫外，又责备天子近臣蒋琬、费祎等人不能察觉奸邪、规谏天子，蒋、费二人也心服口服。

诸葛亮受到中伤攻击，这也是现代职业经理人经常会面对的遭遇，关键是在这种状况下究竟应该怎么做？这时候的职业经理人就是捞一把就走，也不是没有机会和借口，诸葛亮既可以走类似于宋太祖的路子，对刘禅取而代之，也可以继续坚持伐魏，等成都真有事了再说，可这些做法都乱了做臣子的本分。诸葛亮对坐失良机的弱主仍然尊重，并不等于放任其自流，而是先和刘禅消除误会，再追究其他责任人，这种做法虽然丢失了一次机会，却维护了国家秩序，加深了刘禅的信任和感情，从长远和根本上来说，也是符合国家利益的。如果诸葛亮对刘禅的召回诏书置之不理，即使短期不生大乱，也会留下隐患，为将来的大乱埋下祸根，为其他作乱者提供借口。诸葛亮的行为表明，即使职业经理人为企业兴旺受了委屈，也要一心一意忠于企业，有条不紊地处理好各项事务，把误解当作加深相互了解的机会，以便于长期合作。

《出师表》是我国古代散文名篇，千百年来家喻户晓、妇孺皆知，以至有人说："读《出师表》不流泪不是忠臣，读《陈情表》不流泪不是孝子。"《出师表》能如此感人，有个重要原因就是真心感恩。现实生活中有人口口声声标榜"感恩的心"却令人反感，这是因为其虚伪做作，嘴上是感恩于人，心里是施恩于人。《出师表》是在刘备已死，刘禅懦弱，诸葛亮名高天下、大权在握的情况下形成的，诸葛亮没有抱怨当年新野的寒碜和刘备执意伐吴造成的损失及被动，只是说自己"臣本布衣，躬耕于南阳，苟全性命于乱世"，感激刘备三顾茅庐请其出山。又说国内"侍卫之臣，不懈于内；忠志之士，忘身于外者：盖追先帝之殊遇，欲报之于陛下也。"充分承认刘备恩泽感人至深，以至这些仁人志士坚决报效刘禅，这绝不是花言巧语。《出师表》文字朴实，感情真挚，无一字虚文，其中的意见、建议是感恩的具体体现，正是因为有这种感情基础，诸葛亮才会尽心竭力报效蜀汉，才会把自己的聪明才智最大限度地发挥出来，而不是去牟取私利。

诸葛亮作为中国古代人民智慧的化身，上通天文，下知地理，神机妙算，才华盖世，为蜀汉事业作出了不可磨灭的贡献，难能可贵的是他不居功自傲，不恃才傲物，忠心耿耿，矢志不移，是一个德才兼备的不朽人物，不愧为职业经理人的楷模。职业经理人是专门从事企业高层管理的中坚人才，具体来说就是具备良好的品德和职业素养，能够运用所掌握的企业经营管理知识以及所具备的经营管理企业的综合领导能力和丰富的实践经验，为企业提供经营管理服务并承担企业资产保值增值责任，经营管理业绩突出的职业化的企业中高层经营管理人员。作为一个合格的职业经理人，必须具备较高的个人素质、专业技能和管理才能，较强的敬业精神、创新意识、冒险精神和竞争的冲动，坚忍不拔、自信果断和强烈的事业心，能通过事物表面看出本质的洞察能力、决策能力、丰富的工作经验和深厚的理论功底，组织协调能力以及知人善任的用人能力，在知识方面要具备硬知识、软知识和社会知识。严格来说，这些都是促进一个人成为优秀职业经理人的基本条件和重要保证。

10

急功心切让落架凤凰不如鸡·庞统

　　世人感叹人才难得，殊不知这是站在老板的角度说的，倘若站在人才的角度来说，老板不知要比人才难得多少倍。一心想找一个合适的老板，谋求一个职业经理人的位置，以实现自己人生价值的人才，任何时代都不在少数，而真的能找到适合自己位置的人，却少之又少。天下人才供老板选择的余地，总是要比天下老板供人才选择的余地要大得多，所以唐代大文学家韩愈才感叹道："千里马常有，而伯乐不常有。"职业经理人的求职之路从来都是难于上青天，才高八斗而求职之难如庞统的却是古今少有。

　　庞统，字士元，襄阳（今湖北襄阳）人，因避乱寓居江东。当刘备从蔡瑁设下的"鸿门宴"上逃出来，跃马跳过檀溪来到一处村庄，恰巧碰到一个牧童跨于牛背上，口吹短笛而来。这牧童就是水镜先生司马徽的弟子，刘备问他："汝师与谁为友？"牧童回答说："与襄阳庞德公、庞统为友。"庞德公乃襄阳名士，与庞统是叔侄关系，他们和器宇非凡的司马徽是好朋友。有一天，司马徽正在树上采桑，适逢庞统登门拜访，二人坐在树下亲切交谈，居然从大白天一直说到夜色笼罩也不知疲倦。司马徽十分欣赏满腹经纶的庞统，将比他小五岁的庞统呼之为弟，这位世外高人给刘备推荐的天下奇才是"伏龙、凤雏，两人得一，可安天下"。这说明在司马徽的眼里，只有诸葛亮和庞统才是当时第一流的人才，无疑使庞统的头上增添了一道神秘的光环，让人对他充满了无限的期待。

庞统虽然与卧龙诸葛亮齐名，从才华和品德来看固然是鸟中凤凰，但是外貌不怎么样，比"面如冠玉"的诸葛亮差远了，因此他的遭遇似乎也就不如诸葛亮顺畅。诸葛亮根本不用去求职，刘备就屈尊三顾茅庐，让他不出山都不行，一出山就是名正言顺的总经理，根本不用担心有才而发挥不尽。当诸葛亮在刘备集团大显身手的时候，庞统还避乱寓居于江东，后经江东好人鲁肃热心推荐，投在东吴大都督周瑜麾下效力。周瑜为破曹操，正需要各方面的人才，与庞统尚未谋面就先交给他一个急难险重的任务，让他去说服曹操把庞大的水军船只连在一起，然后借机用火去烧。周瑜吩咐庞统去实施他进献的连环计时，完全没有给庞统什么职务，也不作任何许诺，好像要让庞统背着米来为吴东干活似的。不知道天下奇才庞统当时作何感想，竟然什么条件也不提，就跑去干活去了。他肯定是想做成一件大事作为见面之礼，日后好在东吴谋个好前程吧。

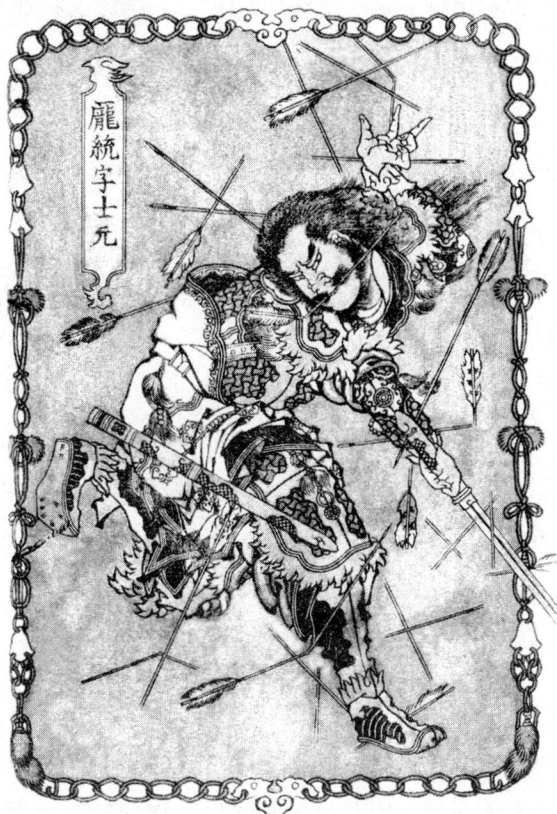

此时，庞统最好的求职机会实际上不在东吴，而是经蒋干引荐相识的曹操。曹操一听说凤雏先生来了，不但亲自出帐迎接庞统，还邀请他共同

观看旱寨和水寨，而他在东吴连老板的面都见不着。如果庞统此时乘机倒向曹操，不动声色地将计就计，帮助曹操打败孙刘联军，简直不费吹灰之力，那么他日后在曹魏阵营里不知会多么风光。或许是聪明人犯糊涂，庞统硬是凭着三寸不烂之舌，利用曹操对他的信任，说动曹操唤军中铁匠连夜打造连环大钉锁住全部船只，"或三十为一排，或五十为一排，首尾用铁环连锁，上铺阔板，休言人可渡，马亦可走矣"。曹操是疑心很重的人，这一回不知道怎么迷了心窍，竟把庞统的毒计当作是妙招，还许诺凯旋之日当奏闻天子封庞统居三公（东汉以大司徒、大司马、大司空为三公）之列，可是庞统的连环计却把曹操害得要多苦有多苦，也就完全堵塞了他在曹魏集团谋职的道路。或许庞统自认为才高八斗，到哪里还怕没得官做，所以没把曹操的许诺放在心里，可是现实很快给了他一记闷棍。

后人有诗曰："赤壁鏖兵用火攻，运筹决策尽皆同。若非庞统连环计，公瑾安能立大功？"令人遗憾的是，东吴不但不认可庞统的劳苦功高，还不领他一心为东吴消祸这份情。赤壁之战后，庞统完全被搁置在一边，周瑜忙于与诸葛亮斗智斗勇，争夺荆州的主权，哪里还想得起为他立过大功的小人物。周瑜死后，鲁肃将其灵柩送至芜湖，孙权接着哭祭一番，命令厚礼安葬。这时，鲁肃对孙权说周瑜推荐他继任东吴都督，其实他不是最称职的人选，因此自愿向孙权推荐一个人："此人上通天文，下晓地理；谋略不减于管、乐，枢机可并于孙、吴。往日周公瑾多用其言，孔明亦深服其智，现在江南，何不重用！"鲁肃忠厚老实，说话比较实在，孙权听了当然很高兴。当孙权问此人姓名时，鲁肃连忙回答说："此人乃襄阳人，姓庞，名统，字士元，道号凤雏先生。"孙权一听，说："孤亦闻其名久矣。今既在此，可即请来相见。"于是，鲁肃邀请庞统拜见孙权，谁知孙权一见便不喜欢：一是庞统的相貌丑陋，"浓眉掀鼻，黑面短髯，形容古怪"；二是庞统自视甚高，远不如诸葛亮那样有涵养，说话比较傲慢。孙权问庞统："公平生所学，以何为主？"庞统答道："不必拘执，随机应变。"孙权又问："公之才学，比公瑾如何？"庞统笑着说："某之所学，与公瑾大不相同。"孙权平生最喜欢周瑜,见庞统十分轻视周瑜,心中很不高兴,自然话不投机,三言两语便将他打发走了。

这很像当今公司老总面试一个雇员的场面,我们可以从中发现一点人际关系遇合的规律性。庞统自恃有才,语气傲慢,似乎无须顾及对方的心理,甚至有意刺伤他。在这种情况下,一个人哪怕再有才,别人也不想录用你了。从孙权来说,他已不像当年刚刚掌权时那样虚怀若谷,他的思维已形成某种定势,似乎只有像周瑜一类的人才是人才,更何况周瑜临终前已经推荐鲁肃自代,因此他才决心将庞统拒之门外了。庞统长叹一声从孙权那里退出来,鲁肃再怎么做弥补工作也无效。鲁肃问孙权:"主公何不用庞士元?"孙权答道:"狂士也,用之何益!"鲁肃说:"赤壁鏖兵之时,此人曾献连环策,成第一功。主公想必知之。"孙权竟胡说:"此时乃曹操自欲钉船,未必此人之功也,吾誓不用之。"连庞统为东吴做过的事也不承认,孙权把话都说到了这份上,庞统在江东还能有什么盼头?可见第一印象坏了,再也难以改变。这位襄阳才子一定悔青了肠子,他甚至想到了又去投奔曹操,忠厚的鲁肃认为那是明珠暗投之举,并且写了一封介绍信,推荐他前往荆州辅佐刘备,"必令孙、刘两家,无相攻击,同力破曹。"于是,庞统拿着鲁肃写好的介绍信,径往荆州投奔刘备。

孙权和刘备都是有王霸之志的人,两人都有礼贤下士的好名声,也提拔和重用过许多有用的人才,可是他们在对待庞统的问题上竟然一致排斥起人才来,实在令人惊讶。庞统来到荆州,门吏传报:"江南名士庞统,特来相投。"刘备这时已有诸葛亮鼎力辅佐,又夺得了荆州大片地盘,不再是当年三顾草庐、求贤若渴的刘备了,他似乎忘记了水镜先生司马徽当年的赠言:"卧龙、凤雏,二人得一,可安天下。"也许刘备并没有忘记,只是因为有了卧龙,似乎也就够用了。因此,当刘备听说庞统前来,只是"便教请入相见",连出门迎接的礼仪都没有。庞统仍旧固执地抱着恃才傲物的态度,见到今非昔比的刘备也"长揖不拜"。刘备心里不高兴,又见庞统长得很丑,心里就更不喜欢了,只淡淡地说了一句:"足下远来不易?"

庞统不肯把鲁肃和诸葛亮的推荐信拿出来，诸葛亮又外出按察四郡未回，他难以显示自己的才学，只好说明来意："闻皇叔招贤纳士，特来相投。"刘备虽然收留了庞统，却只安排他做一个小小的耒阳县宰，比起曹操奏封他位列三公的许诺来，真是天壤之别！胸怀济世之才的庞统明知刘备看轻他，但事已如此，难以改变，只得勉强到耒阳县赴任去了。庞统穷且弥坚，不坠青云之志，这个态度还是比较正确的。大丈夫能屈能伸，暂时屈受以图将来发展，总比一直埋没下去要好。

从孙权、刘备处理庞统的推荐与自荐这两个事例来看，至少可以说明一点：人才的脱颖而出，既牵涉到用人者所处的时机、地位和具体心态，也牵涉到人才本身的涵养、素质和具体表现。按理说，在相貌上吃亏的人要在才能上弥补短板，庞统吃过两次亏以后并没有意识到问题的严重性，反而变本加厉地抹黑自己。庞统来到耒阳县，开始以闹情绪的方式消极怠工，"不理政事，终日饮酒为乐；一应钱粮词讼，并不理会"。有人将这个情况报知刘备，说庞统将耒阳县事尽废，刘备听闻此事后大发雷霆："竖儒焉敢乱吾法度！"急忙派张飞带着从人去荆南诸县巡视，显然是要严惩庞统不公不法的过错。不过，为了慎重起见，精细的刘备还派了孙乾同去，他怕张飞鲁莽行事，要孙乾对其适当钳制。

张飞与孙乾来到耒阳县，军民官吏皆出城迎接，唯独不见庞县令。张飞问："县令何在？"同僚上前回话："庞县令自到任及今，将百余日，县中之事，并不理问，每日饮酒，自旦及夜，只在醉乡。今日宿酒未醒，犹卧不起。"张飞一听大怒，就要把庞统抓起来，孙乾连忙从中斡旋，说："庞士元乃高明之人，未可轻忽。且到县问之。如果于理不当，治罪未晚。"庞统衣冠不整，扶醉而出，张飞怒斥其喝酒耽误了政事，庞统不以为然，说："量百里小县，些小公事，何难决断！将军少坐，待我发落。"随即当着张飞的面，将百来天积压的公务都取来了断，不到半天便处理完毕，"手中批判，口中发落，耳内听词，曲直分明，并无分毫差错。"庞统自恃大才，哪堪小用？他投笔于地，对张飞说："所废之事何在！曹操、孙权，吾视之若掌上观文，量此小县，何足介意！"张飞亲眼看到庞统的精明干练，心中十分佩服，连忙向他表示歉意："先生大才，小子失敬。吾当于兄长处极力举荐。"庞统这才把鲁肃的推荐信拿出来，表示他不愿靠别人介绍来表现自己。

张飞赶回荆州向刘备细说庞统之才，刘备感到大吃一惊，说："屈待大贤，吾之过也！"张飞将鲁肃的推荐信呈上，刘备拆开一看，大略是说："庞士元非百里之才，使处治中、别驾之任，始当展其骥足。如以貌取之，恐负所学，终为他人所用，实可惜也！"所谓治中、别驾，都是指州牧一类官职，刘备看毕正在嗟叹，正好诸葛亮从外面办事回来，他告诉刘备："士元非百里之才，胸中之学，胜亮十倍。"其实诸葛亮早在去东吴为周瑜吊丧时，已为庞统写了推荐信，不过庞统不愿拿出来罢了。诸葛亮替刘备总结一条经验，说："大贤若处小任，往往以酒糊涂，倦于视事。"这可以算作是人才学的一条定律。刘备在许多因素凑合下，才认识到庞统的价值，随即派张飞去耒阳县敬请庞统到荆州，授予副军师中郎将之职，与诸葛亮共赞方略，教练军士，听候征伐。

大材小用只是庞统人生中的一段小插曲，在拜为副军师中郎将以后，他很快就感受了这个位置的尴尬。当时诸葛亮已经取得丰功伟绩，庞统还寸功未立，他想要有举足轻重的地位，就必须走出诸葛亮的阴影，尽快建立功业以证明自己的实力。在庞统看来，跟随刘备率军进入西川，为刘备夺取益州并且在那里立足，当然是一件很大的功劳，他必须不惜代价摘得头功。在这一点上，庞统远逊于诸葛亮脚踏实地的作风，他缺乏耐性的毛病顿时显露无遗。当刘备在益州问题上还犹豫不决的时候，庞统已迫不及待地向他建议说："荆州东有孙权，北有曹操，难以得志。益州户口百万，土广财富，可资大业。今幸张松、法正为内助，此天赐也。"庞统认为"事当决而不决者，愚人也。"正是在他的一再说服下，刘备才下定决心攻取益州。

建安十六年（公元 211 年），刘备利用益州牧刘璋邀他去汉中讨伐张鲁的机会，与庞统、黄忠、魏延率五万马步兵，起程前往西川。这时的刘备也一定不想把所有的功劳都让诸葛亮占尽，所以进取西川的首要安排便是留诸葛亮总守荆州，关羽据守襄阳要路，张飞领四郡巡江，赵云屯江陵、镇公安。这次入川，因为诸葛亮留守荆州，庞统就成了刘备的主要决策人。刘璋亲率三万人马前往涪城来接刘备，后军装载资粮饯帛一千余辆作为见面礼，庞统力劝刘备乘宴请刘璋之机，在壁衣中埋伏刀斧手一百人，以掷杯为号，在宴席上杀了刘璋，这样就可以"刀不出鞘，弓不上弦"，唾手可得西川。刘备认为初到人家的地盘，还没有用信义和恩惠取得人心，坚决不同意这样做。

刘璋回成都以后，刘备长期驻扎葭萌关，广施恩惠以收民心，并不打算与张鲁交战。后来，刘备借口回荆州抗曹，向刘璋借兵接粮，刘璋未能如数供给，刘备与刘璋决裂。庞统趁机给刘备出主意说："只今便选精兵，昼夜兼道径袭成都，此为上计；杨怀、高沛乃蜀中名将，各仗强兵拒守关隘；今主公佯以回荆州为名，二将闻知，必来相送。就送行处，擒而杀之，夺了关隘，先取涪城，然后却向成都，此中计也；退还白帝，连夜回荆州，徐图进取，此为下计。"庞统还提醒刘备说："若沉吟不去，将至大困，不可救矣。"刘备考虑了一下，认为上计太急，下计太缓，决定采用中计。张松与刘备同谋西川的计划暴露以后，刘备立刻按照庞统的计策诱杀了把守涪水关的白水都督杨怀、高沛，兵不血刃进入涪城。

顺利夺取涪关后，刘备非常高兴，在公厅设宴举行庆功会。酒酣耳热之际，刘备得意忘形地对庞统说："今日之会，可为乐乎？"庞统这个人可不像诸葛亮那样宽容含蓄，他一看刘备把仁义的伪装撕开了，便话中带刺地说："伐人之国而以为乐，非仁者之兵也。"刘备借发酒疯，说："吾闻昔日武王伐纣，作乐象功，此亦非仁者之兵欤？汝言何不合道理？可速退！"将庞统赶了出去。左右扶刘备进入后堂休息，睡至半夜酒醒，方知自己失言。第二天一大早，刘备穿衣升堂，向庞统请罪，说："昨日酒醉，言语触犯，幸勿挂怀。""昨日之言，惟吾有失。"庞统笑着说："君臣俱失，何独主公？"刘备这才哈哈大笑，又像往常一样高兴起来。这当然是一个小插曲，但也说明刘备与庞统的关系毕竟不如与诸葛亮那样鱼水般亲密。

刘备既得涪水关，与庞统商议进取雒城。由于庞统想通过建功立业来改变命运的心情过于迫切，所以才不顾诸葛亮来信提醒，再三催促刘备攻打雒城。庞统虽然与诸葛亮交情很好，但是他并不服气诸葛亮，并且怀疑诸葛亮忌妒他"独成大功"，似乎有意从后面掣肘，因此越急于事功。可惜庞统命途多舛，正因为他急功冒进，一介书生竟亲冒矢石率众攻城，才中了蜀将张任的埋伏，连人带马死于乱箭之下，三十六岁命丧在上天为他准备的一个地方，名叫"落凤坡"。庞统的命何其苦也，机会又一次让给了诸葛亮，一山不容二虎，不但人事如此，连天意也在做此安排。庞统与诸葛亮虽说并提，但是比较起来，无论是才学还是人品，庞统都要略逊诸葛亮一筹，所以卧龙终归是条俊龙，凤雏毕竟是只"丑"凤凰。

纵观庞统一生，我们发现他既不缺少才华也不缺少抱负，缺少的是追求成功时应有的耐心和务实精神，缺少的是一份平和理智的心态。当孙权和刘备都以貌、以言、以礼而慢怠庞统的时候，他并没有正视自己的言行，以更加积极主动的方式来证明自己的才华，反而变得更加急功心切，结果在落凤坡死于非命，留给后人"造物忌多才，龙凤岂容归一主；先生如不逝，江山未必竟三分"的叹息。任何事情都具有两面性，关键在于你如何去看待它，良好的心态会赋予我们生生不息的力量和智慧做事的方法。一个人只有具备了良好的心态，才能成就一番丰功伟业，所以当我们为人处世碰壁的时候，最应该做的不是消极地反抗，而是积极地适应。

佛家提倡在生活方式和修行态度上遵循八正道，即正见、正思维、正语、正业、正命、正精进、正念、正定，核心是说一个人在明心见性后要有正确、公允的思想和看法，考虑问题要朝着积极的方面，不要死盯着消极的方面。如果一个人有了正确的思想和态度，言行自然就会是善的、有益的、健康的，反之就会成为一个不受欢迎的人，甚至会变成一个恶人，苦就会随之而来。在我们的人生历程中，才华并不是到任何地方都有用武之地，能力在很多情况下往往与地位并不匹配，因此才导致我们容易急躁或者焦虑，甚至有撂挑子不干的举动，一旦有了可以大展雄才的机会，又常常恨不得一口吃个胖子。这归根结底是我们没有宁静平和的心态和脚踏实地的作风。"千里之行，始于足下"，心急吃不了热豆腐，面对近在咫尺的成功，我们需要更多的耐心和毅力。

第三章

金戈铁马，提携玉龙只为君

　　人类发展史就是一部厚重的战争史，任何发展阶段都伴随着战争与和平的相互更替。在这个残酷又血腥的过程中，是胜称王还是败成寇，起决定性作用是那些有着雄才伟略的将领们。他们有的精忠粹德，运筹于帷幄之中；有的骁勇善战，忠勇不贰一心为主；有的治军有方，任贤使能折节容下；有的居功不矜，纪律严明身先士卒。

　　从冷兵器时代开始，中华民族发展史上就多了一道道将领们的身姿和背影，他们的思想和行动早就融入到我们的民族文化中，是非功过只有在了解他们之后才能作出更中肯的评价。我们虽然不能亲身经历汉末三国时期的争霸战争，但是可以通过一个个武将形象，让他们尽情穿越属于自己的峥嵘岁月，他们所延伸产生的战争文明同样是人类文明不可磨灭的一部分。

01

有勇无谋会让自己回头无路·吕布

汉末三国时期是一个群雄辈出的时代，但是能够超过吕布武力的人几乎没有，他曾一人独斗曹操军中六员大将，就连长坂桥大喝一声吓退百万曹兵的张飞，也得联手温酒斩华雄、过五关斩六将的关羽，外加一个刘备才能与之匹敌。"人中有吕布，马中有赤兔"，最骁勇无敌、风光无比，莫过于这一人一骑了。后世所有的吕布戏中，每当这位白袍银铠的英俊武生一亮相，就立刻成为无数观众心目中的偶像。人们对吕布的感情是复杂的，因为这个人本身就矛盾重重，有着强烈的双重人格，令人欣赏又鄙视，令人同情又厌恶。

吕布，字奉先，五原郡九原人（治所在今内蒙古自治区包头市西面），擅长弓马骑射且膂力过人，堪比西汉名将李广，有"飞将"之称。吕布大概是自有人类以来，在数十万亿生灵中得到上天特别眷顾的少数宠儿之一，这是就他异乎寻常的俊美和超出一般的勇力来说的。《三国演义》作者罗贯中运用中国画的渲染法，从旁人的特殊视角分层次地对吕布的外貌进行了描写，给读者留下了深刻的印象。吕布是在小说第三回出场的，当时董卓在筵会上威逼百官议论废立之事，想要废掉少帝刘辩，另立陈留王刘协为帝。这时满朝公卿都像哑巴似的不敢作声，只有荆州刺史丁原站出来反对。董卓大怒，拔剑要杀丁原，小说于此写道："时李儒见丁原背后一人，生得器宇轩昂，威风凛凛，手执方天画戟，怒目而视。"吕布的气势震慑了李儒，李儒连忙出来调解，紧张气氛才得以缓和。这里从李儒的眼中刻画吕布的形象，着意突出吕布的神采：器宇轩昂，威风凛凛。自然，从这神态中不难看出吕布外貌的俊美和身材的魁梧。同时，读者也会立即领悟到，原来丁原敢于碰硬，是因为有吕布作凭靠。

　　接下来，董卓仍想威吓百官，他按剑立于园门，想伺机行凶。这时，"忽见一人跃马持戟，于园门外往来驰骤。卓问李儒：'此何人也？'儒曰：'此丁原义儿，姓吕，名布，字奉先者也。主公且须避之。'卓乃入园潜避。"这里从董卓眼中来写吕布"跃马持戟"的动态形象，同时从李儒、董卓的潜避反衬吕布的勇武，是中国传统的虚实相结合的叙事方法。第二天，在丁原与董卓两军对峙的战场上，"只见吕布顶束发金冠，披百花战袍，擐唐猊铠甲，系狮蛮宝带，纵马挺戟，随丁建阳出到阵前。"到这里，吕布才以较完整的外观形象呈现于众人面前。吕布的穿着打扮一无特色，唯有

（吕奉先神威惊董卓）

束发金冠、百花战袍、纵马挺戟的形象，隐隐使人感到他是一位将军。因为这又是从董卓、李儒等眼中看到的，自然具有一种威慑力量。

就在丁原与董卓发生冲突的过程中，吕布表现出了立场不坚定的致命弱点，这一弱点将伴随着这位本该可以成为盖世英雄的骁将走上白门楼的死路一条。作为丁原的部属和义子，吕布收受了董卓部下李肃的贿赂，在利益驱动下叛主求荣，为了一匹赤兔马、一千两黄金、数十颗名珠、一条玉带，便把跟随多年的义父丁原杀了，提着丁原的脑袋去谒见贼臣董卓，并且马上拜倒在董卓的脚下，肉麻地对董卓称起"义父"来。这就是吕布的行事，他的内心、品性和行为实在太丑恶了。虽然当时有"良禽择木而栖，贤臣择主而事"的社会环境，但别人是弃暗投明，或是弃庸主而投明主，例如赵云弃袁绍转投公孙瓒，又弃公孙瓒转投刘备，吕布则是为利而弃义投敌，干起认贼作父的勾当。看来，这种行径并非一时的失足，而是吕布一贯的品性，他的同乡李肃在董卓面前自信地说："某与吕布同乡，知其勇而无谋，见利忘义。"并保证说吕布一定会拱手归降，事实证明了他的预断。吕布归降董卓以后，董卓感到喜出望外，立刻封他为骑都尉、中郎将、都亭侯，深得信任。

吕布第四次亮相，是在与河内太守王匡、东郡太守乔瑁、济北相鲍信、山阳太守袁遗、北海太守孔融、上党太守张杨、徐州刺史陶谦、北平太守公孙瓒八路诸侯相遇的阵地上，也是从王匡等人眼中看到的："王匡将军马列成阵势，勒马门旗下看时，见吕布出阵：头戴三叉束发紫金冠，体挂西川红锦百花袍，身披兽面吞头连环铠，腰系勒甲玲珑狮蛮带；弓箭随身，手持画戟，坐下嘶风赤兔马：果然是'人中吕布，马中赤兔'！"这段描写不仅进一步突出吕布姣美、英武的外观形象，最精彩的是"人中吕布，马中赤兔"一句，它证实了人们广泛的传闻。在《三国演义》中，对人物的外观作如此多层次、多视角的叙写，以吕布为仅见。不仅如此，吕布的武艺也是超群绝伦的，像穆顺等一般将领，大多是"手起一戟，刺于马下"。所谓河北名将方悦，战无五合，就被吕布一戟刺于马下。像张飞这等万人敌的猛将，与吕布交战五十余合不胜，关羽加入又战三十余合，才能打一个平手，刘备又加入，这就是著名的"虎牢关三英战吕布"，吕布也才略略服输。即或是千军万马，吕布"东西冲杀，如入无人之境"，曹操只有连连感叹："吕布英勇无敌。"

如此一位人中罕有的英雄人物吕布，再加上嘶风千里的赤兔名马，真真是世间最美好的事物都集中到一块儿来了，然而同时代人都鄙夷地称他"见利忘义""有勇无谋"。汉末三国时期被后人称为英雄的不少，赞美的诗文也很多，吕布则绝少有人提到，只有唐代诗人李贺写过一首《吕将军歌》，诗中提到"榼榼银龟摇白马，傅粉女郎火旗下"，描绘了一幅英雄美人的动人图画。《吕将军歌》绝非李贺的名篇，如果不是与《三国演义》资料有关，恐怕也会湮没在唐诗的海洋中了。之所以如此，道理很简单：外美终究难掩内丑。俄国作家契诃夫说："人应当一切都美：容貌、服装、灵魂、思想。"看来这是古今相通的一个真理。

既然为了金钱可以杀死义父丁原，当然也可以为了美女而杀死义父董卓，吕布就是这样一个具有狼子之心的人物。董卓与吕布的"蜜月期"很快就过去了，原因是司徒王允巧定连环计，把府中美女貂蝉先许配给吕布为妻，又暗中把貂蝉送给董卓消遣，貂蝉在他们二人之间周旋挑拨，终于激起了吕布对董卓的愤恨。吕布长得很帅，武功又极好，自然很受女性青睐。在对待女人的问题上，吕布还算是个身心健康

的男人，他的问题出在对待男人上。在与男人的交往中，吕布太过薄情寡义，事情做得太绝，比如与董卓的矛盾一经产生，他就干脆联络司徒王允等人将"董卓老爹"给杀了，并且率兵抄斩董卓全家。从客观上讲，吕布是为汉室除暴铲奸，但从主观上来看，他也并没有如此高的政治觉悟，只是他薄情寡义、反复多变的性格被人再次利用而已。铲除董卓之后，吕布被晋封为温侯，名义上与王允共秉朝纲，地位相当崇高，事实上他只是一个工具，根本没有独立人格可言。人们除了对他的不屑一顾，更多的是痛恨不已：如此势利小人，自当天理难容！

可以说，吕布是一个毫无理想与抱负的战将，他在追随别人期间抱着有奶便认娘的处世方式，使他在诸侯中的政治声誉低劣。吕布先为丁原的义子，在丁原与董卓军队对阵时，董卓以珠宝和赤兔马收买他，他竟杀掉丁原并将其首级献于董卓，复拜董卓为义父。后来，为了得到董卓的爱妾貂蝉，吕布又受王允挑拨杀掉董卓。吕布爱财贪色，杀掉自己两个义父，这使他本人威信扫地。诚然，刺杀董卓在当时是顺应人心的行为，但是吕布做此事的直接动因是为了满足自己的色欲，而且娶卓妾为妻又有社会伦理观念所不允许的一面。本来，杀董卓是一个国人称庆的义举，可是在人们彻夜欢庆的时候，根本就忘记了杀董卓的英雄人物。这与曹操谋刺董卓未成，依然被很多人称为英雄，简直大异其趣。正因为这些原因，吕布先后投奔袁术、袁绍、张杨等，均不能得到信任，诸侯之中无人敢与他深交。

董卓死后两个月，李傕、郭汜、张济、樊稠等亲信旧部起兵叛乱，一路杀进长安城。长安落陷，王允身死贼手，吕布出战不利，弃却家小，带着数百骑兵仓皇出逃。这位亡命将军先是投奔军阀袁术，袁术嫌其反复无常，始终拒不接纳。他又去投靠袁术的同父异母兄弟袁绍，好在袁绍收留了他，同他一起攻打黄巾余党、常山张燕。只有在面对面简单厮杀的战场，跨上赤兔马、手提方天画戟的吕布才是天下第一的英雄。帮助袁绍剿灭张燕后，吕布又开始翘尾巴了，以为自己功劳大得不得了，用十分傲慢的态度对待袁绍的部将，并且要求袁绍给自己增加兵马，甚至还纵兵抢掠。这一下搞得袁绍头大无比，甚至雇人去袭杀他。吕布再次成为"丧家之犬"，无奈之下又改投了上党太守张杨。就在这时，匿藏于长安城中的吕布妻小被庞舒送还，李傕、郭汜杀了私藏吕布家属的庞舒，并且写信让张杨杀死吕布。在不得已的情况下，吕布又投奔了陈留太守张邈。

趁着曹操出征徐州陶谦之际，张邈、陈宫等人发动了叛曹兵变，陈宫认为吕布武艺天下无敌，出面说服张邈联合吕布共图大业。袭取兖州、占据濮阳是吕布人生中的一次重大转折，这位一直以来受人雇佣的职业军人终于有了自立门户的机会，并且树起了自己的旗帜。虽然吕布是汉末三国时期最勇猛的战将，这是他作为军事领导人极其有利的条件，但他错误地相信单凭勇力就可以征服天下，恃勇狂傲，轻视诸侯。一个人没有远大政治抱负却身居领导岗位，在群雄纷争的环境中必然不会有明确的战略目标，也必然会鼠目寸光。曹操从徐州回师争夺老根据地濮阳，吕布拒不接受陈宫半路伏击的计策，又否定了关于乘曹兵远来疲乏、迅速决战的建议，对众人说："吾匹马纵横天下，何愁曹操！"在与曹操决战时，陈宫建议待众将聚会后再迎战，吕布对他说："吾怕谁来？"尽管陈宫足智多谋、忠心耿耿，可是吕布并不信任他，也不采用他的智谋，结果中了曹兵埋伏，只好败投刚刚从陶谦那里接手徐州的刘备。刘备以牌印相许，吕布正要伸手去接，看见关羽、张飞脸上各有怒色，他自觉没趣，只好假言推辞，暂时去临近的小沛安身。

在小沛期间，吕布又一次让收留他的人失望：乘着刘备奉诏外出截击袁术，吕布与徐州城中曹豹勾结，反客为主夺取了徐州，自称徐州牧。刘备战罢回军，见吕布已经鸠占徐州，只好闷头吃哑巴亏。袁术以粮马金银等物相引诱，吕布立即迎合袁术夹攻刘备。当袁术未兑现诺言时，吕布又请刘备屯兵小沛。当袁术反攻刘备，吕布帐下诸将纷纷庆贺："将军常欲杀（刘）备，今可假手于（袁）术"时，吕布却分析利弊，出于均势考虑，决定为刘备排解纷争，这就是著名的"辕门射戟"故事：吕布跟作战双方约定，如果他能一箭射中方天画戟的小枝，双方就必须罢兵，结果他真的射中了。吕布辕门射戟的地方在徐州北面六十五公里的微山湖畔，至今尚有一座亭子保存着，以志纪念。

辕门射戟是吕布一生处事较高的一着。袁术想进攻屯兵小沛的刘备，怕吕布出兵相助，于是向他兑现了以前许诺的金帛粮马，以求其能保持中立。袁术派大将纪灵领兵进攻刘备，吕布不愿意看到袁术在他身边强大起来，怕形成对他的威胁。吕布想出兵救援刘备，但他拿了袁术的东西，不好直接出面，于是邀请纪灵、刘备前来饮宴，提出为两家和解，前提是"尽在天命"。吕布令人在辕门外一百五十步远远插定画戟，对二人说："吾若一箭射中戟小枝，你两家罢兵，如射不中，你各自回营，安排厮杀。有不从吾言者，并力拒之。"结果一箭射中，纪灵只好罢兵。从长远角度考虑，吕布不能和刘备联合起来，向强大的袁术集团积极进攻以扩张势力，一味对袁术采取妥协态度，这是缺乏战略目标的失误之处，但是从满足眼前的角度考虑，吕布辕门射戟抑制了袁术集团的扩张，表面上又没有得罪袁术，的确是高明的手段。之所以称之高明，因为人们无法对吕布提出稍微高些的要求。

与袁术结亲一事，充分暴露了吕布在政治上的幼稚。袁术欲图刘备，采用纪灵的"疏不间亲"之计，派韩胤备重礼到徐州求娶吕布之女为儿媳。当时袁术得到传国玉玺，称帝呼声很高，吕布听从妻子严氏的意见答应了这门婚事，又怕诸侯知道以后心生嫉妒，于是连夜派人送女儿前往寿春。陈珪替刘备着想，告诉吕布说："前者袁公路以金帛送公，欲杀刘玄德，而公以射戟解之；今忽来求亲，其意盖欲以公女为质，随后就来攻玄德而取小沛。小沛亡，徐州危矣。且彼或来借粮，或来借兵：公若应之，是疲于奔命，而又结怨于人；若其不允，是弃亲而启兵端也。况闻袁术有称帝之意，是造反也。彼若造反，则公乃反贼亲属矣，得无为天下所不容乎？"吕布闻言大惊，急令张辽带兵将女儿追回，并将媒人韩胤监禁。吕布的行为伤到了袁术的自尊心，不仅彻底断送了自己的后路，甚至也为日后命丧白门楼埋下了重大祸根。

曹操攻张绣时，怕吕布在后方作乱，派王则赍诏至徐州，封吕布为平东将军。吕布高兴之下，将袁术派来的媒人韩胤用枷钉了，遣陈登将其押解至许都谢恩，韩胤被曹操斩首于市曹。陈珪、陈登父子暗中投顺了曹操，充当曹操的奸细和内应，吕布却分不清他们的面谀与居心叵测。陈登从许都回来以后，告诉吕布说他们父子二人都得到了曹操的表赠——陈珪秩中二千石，陈登为广陵太守。吕布一无所获，拔剑要杀陈登，陈登却巧舌如簧，解释说："吾见曹公，言养将军譬如养虎，当饱其肉，不饱则将噬人。曹公笑曰：'不如卿言。吾待温侯，如养鹰耳：狐兔未息，不敢先饱，饥则为用，饱则飏去。'某问谁为狐兔，曹公曰：'淮南袁术、江东孙策、冀州袁绍、荆襄刘表、益州刘璋、汉中张鲁，皆狐兔也。'"吕布听了这番话，居然丢下剑，笑着说："曹公知我也！"别人将他比为虎、比为鹰，明明是将他视为自己的爪牙，他居然自鸣得意，你说是不是头脑昏钝、贤恶不分、美丑不辨？

吕布讨好曹操而绝婚袁术，袁术心中愤恨不已，派二十万大军分七路进攻徐州。吕布听从陈宫的意见，准备将建议他拒婚的陈珪、陈登斩首，献与袁术谢罪。听说陈登有计可退袁术时，吕布遂免其无罪，用其计打败了袁术。后来，曹操消灭袁术主力后，乘袁绍北征公孙瓒之机，联合刘备等集中兵力围歼吕布，陈登设计向曹操献了徐州，吕布败走下邳。曹操在下邳城聚兵围歼吕布，吕布没有采纳陈宫出城偷袭的计谋，却听信妻妾之言坐守孤城，还对家人表示："吾有画戟、赤兔马，谁敢近我！"为求得袁术救援，吕布派谋士许汜、王楷前去联姻，企图让袁术出兵解围。袁术提出"先送女，然后发兵"的要求，吕布将女儿以绵缠身，用甲包裹，负于背上，提戟上马，准备亲自突围送出，结果未能成功，袁术也终未发兵。吕布从军事联盟的角度考虑女儿的亲事虽然未尝不可，但问题在于他考虑问题常常着眼于眼前利害，由于眼前现实情况复杂多变，不同的人都可以从自己的利害出发，"设身处地"地为吕布既能找到结亲的理由，又能找到拒亲的理由。吕布的鼠目看不透眼前利害的帷幕，于是他一会儿要结亲，一会儿要拒婚，反复不定。当他背上女儿突围送人时，已是赤裸裸地将自己的独生女作为交易手段，使女儿身价大跌。

曹操决水灌下邳，吕布危在旦夕，他对众将讲："吾有赤兔马，渡水如平地，又何惧哉！"仍与妻妾整日饮酒，不思解围之策，不听部下良言，又滥施淫威，城中发生兵变，结果被部将俘获献给曹操。在白门楼上，吕布的部下高顺、陈宫、张辽，一个个临危不惧、激昂慷慨，表现出昂然英雄之气。吕布却摇尾乞怜，哀求不已，他对曹操说："明公所患，不过于布；布今已服矣。公为大将，布副之，天下不难定也。"大概最令人反感的就是吕布被俘后的丑态，他毫无自知之明，竟然提议要为曹操当副手，希望曹操不计前嫌饶他一命。一个身材魁梧的汉子，却是一把软骨头，在死亡面前瘫成了一团泥，还有比这更令人厌恶的活物吗？吕布在诸侯中威信扫地、声誉低劣，无人肯替他说话。当曹操转身向站在一旁的刘备征求意见时，刘备回答说："公不见丁建阳、董卓之事乎？"曹操想到身边养虎的危险性，遂下令将吕布缢死，然后枭首。死亡是对一个人是否是英雄人物的最大考验，吕布之死最终表明他不是英雄而是狗熊，不能与曹操、刘备等同列。

吕布之死让人唏嘘，并不能博人同情，甚至是咎由自取、自作自受。虽然武艺绝伦、骁勇善战，但是头脑简单，做事不留后路，他的超群之勇无法弥补做人上的重大缺陷。汉末三国时期，频频跳槽的人为数不少，择木而栖本来无可厚非，可是吕布"有奶便认娘"的处世方式实在让人心惊胆战，他的每一次跳槽便是一次完全的背叛和血腥的屠杀。虽然人人都会受到利益的诱惑，有时候也会因此做出稍微有些出格的事情，但利益对谁的蛊惑也不及对吕布来得深沉。试想一下，有谁会因为利益的诱惑，屡杀旧主连眼睛都不眨一下，估计普天之天也就吕布一人了吧。俗话说"有钱能使鬼推磨"，从对利益的追求上来说，吕布似乎比鬼活得还要纯粹许多，只要有谁能给吕布足够的利益，他便会弃旧主而奔新主，并且会毫不犹豫地唯新主命令是从，哪怕新主让他去杀了他的旧主，哪怕曾经的旧主是他的义父。对于吕布的势利多变，张飞曾经送给吕布一个极为贴切的名字"三姓家奴"，吕布也的确名副其实。

如果说反复无常是吕布人格上的缺憾，那么有勇无谋则是他能力上的弱点。吕布不懂政治、不搞权术，只抱着"匹马纵横天下"的思想傲视天下，在潜意识中唯恐这一点得不到别人承认，每当别人对此当面给予肯定时，他就特别喜欢。李肃在为董卓招降吕布时，曾对吕布说："贤弟有擎天驾海之才，四海孰不钦敬？"李肃是吕布的同乡，他知道吕布的秉性，显然是在投其所好。司徒王允欲诛董卓，设计联络吕布，初次接触便在家中向其劝酒说："方今天下别无英雄，惟有将军耳。允非敬将军之职，敬将军之才也。"王允与吕布的交往就是从对吕布的恭维吹捧开始。后来，吕布决意要杀董卓，王允又对吕布讲："以将军之才，诚非董太师所可限制。"吕布在徐州时，陈珪和陈登父子每在宾客宴会之际必面谀吕布，自然取得了吕布的信任。后来，陈珪和陈登父子骗出吕布，向曹操献了徐州。由此可见，谁吹捧吕布，谁就可以搞定吕布。对自己能力估计上的错觉，使吕布无法辨清别人恭维之词的真伪，当别人出于不可明言的目的诌谀他时，他自然会将其结为知己而被牵着鼻子奔走。正因为吕布有勇无谋，故而有别有用心之人愿意与他联手，利用他去冲锋陷阵，为他们火中取栗。归根结底，吕布只是一员猛将，并不是一个帅才。当他只是一员猛将的时候，丁原、董卓、王允、袁术等人都想拉拢他、利用他；当他自立门户做起主帅，独立领导一支虎狼之师时，袁术、刘备、曹操无不想消灭他。

炎黄子孙特别重视智信忠勇、礼义廉耻，人格价值是评判一个人的价值标杆，吕布为良驹而杀丁原，为貂蝉而弑董卓，居小沛而夺徐州，倘若这样的事少做一两件，也许曹操在白门楼上就会放他一条生路，只可惜吕布平生唯不信忠义，他既不可为人所养，又必为人之大害，欲平治天下的英雄们自然要将其围而歼之。如果吕布活在现代，估计也没人敢与之亲近，把他视为知己、当做朋友，更没有人敢做他的下属和搭档，他只能是众叛亲离的孤家寡人。一个人不仅要出类拔萃的本领，还要在为人处世方面拥有人格力量：做人不成功，成功是暂时的；做人成功，不成功也是暂时的。大凡君子都能知恩图报，智者都能恪守底线，一个人的伟大是建立在伟大的人格上，诸如武力、权力、金钱等都是这个伟大人格基础上的点缀品。人生本就是一个循环前进的过程，当今社会需要的不是有进无退的保证和决绝，更不是掐断所有回头路的无情和疯狂，而是创建一个能屈能伸、游刃有余的生存空间的能力和智慧。

自我约束是迈向成功的基础·张飞

"安喜曾闻鞭督邮，黄巾扫尽佐炎刘。虎牢关上声先震，长坂桥边水逆流。义释严颜安蜀境，智欺张邰定中州。伐吴未克身先死，秋草长遗阆地愁。"既有赞美又有惋惜，寥寥数语勾勒出了张飞一生的英雄业绩。张飞性格粗犷、心直口快、嫉恶如仇、勇猛威武、骁勇善战，虽然不大入于温、良、恭、俭、让之列，却深受中国老百姓的普遍喜爱，他的名字一直被人们当做英雄的同义语。在一般民众心里，粗线条的英雄似乎更受欢迎，这一点对照《说唐》中的程咬金、《说岳》中的牛皋、《水浒传》中的李逵便可以理解，他们有着共同的性格和气质。封建时代吟咏关羽事迹的诗文特别多，张飞在民间传说、民间故事中比较活跃，究其原因是关羽身上士大夫气息比较浓，而张飞身上豪气居多，满足了市井小民的审美需求。

张飞，字翼德，世居涿郡（今河北

涿州），自称"燕人"，专好结交天下豪杰，形貌有些特别之处："身长八尺，豹头环眼，燕颔虎须，声若巨雷，势如奔马。"一看这样的长相，就知道这是一个直性、豪爽的北方人，是河北一带土生土长的粗豪汉子。张飞出身下层，是一个没有背景的普通老百姓，《三国演义》中说他"颇有庄田"，又说他"卖酒屠猪"，无非是开了一家小酒店，干着杀猪的营生，因此后来民间将他奉为屠宰业的祖师爷。与刘备、关羽桃园三结义，张飞排行老三，骑一匹闭月乌战马，使一杆丈八点长矛，煞是威风。张飞最突出的性格特征就是"莽"——这个字本是"粗莽""鲁莽"的意思，一般略含贬义，但是用来概括张飞整体性格特征的时候，却是以贬为褒，含有"可爱"的意思。对张飞来说，"莽"意味着一种原始本性的直接显露，标志着心口如一、毫不虚假、痛恨伪诈、嫉恶如仇、爱憎分明等优秀品质，粗鲁、急躁、任性仅是其外在形式、个性特点，坦诚直爽、富于正义感才是他的性格内涵。特别是对虚伪、欺诈、矫揉造作等的憎恨，更是体现了老百姓的心理和愿望。

《三国演义》第一回结尾，罗贯中有这样四句定场诗："人情势利古犹今，谁识英雄是白身？安得快人如翼德，尽诛世上负心人！"张飞"快人快语"的突出表现之一是嫉恶如仇，眼里揉不得沙子。在攻打黄巾军途中，刘、关、张三兄弟遇到被槛车囚禁的中郎将卢植，卢植告诉他们：他率军包围了张角，因张角使用妖术，所以未能取胜。朝廷差黄门左丰前来视察，左丰向他索取贿赂，他以"军粮尚缺，安有余钱奉承天使"为由拒绝。左丰挟私报复，向朝廷诬告他"高垒不战，惰慢军心"，朝廷因此撤了他的职，押送他回京问罪。张飞一听，暴脾气就上来了，要斩杀负责押送的军士，将卢植救出来。刘备急忙上前制止说："朝廷自有公论，汝岂可造次？"军士们便簇拥着卢植继续赶路了。接着，他们三人在引军北行途中遇到张角率黄巾军追杀董卓，便引军冲上去杀败张角，救董卓于危难之中。董卓问他们三人现居何职，刘备如实相告是"白身"。董卓一听是没有职衔的普通平民，顿时感到不屑一顾，对他们很不礼貌。张飞按捺不住满腔怒气，说："我等亲赴血战，救了这厮，他却如此无礼。若不杀之，难消我气！"便要提刀进营帐去杀瞧不起他们的董卓。刘备和关羽急忙制止："他是朝廷命官，岂可擅杀？"张飞认为，若不杀了这厮，反而做他的部下，听他指挥，实在不甘心。他说，如果刘备、关羽想留下来，他就要自投别处去了。结果三个人一起离开了以怨报德的董卓，张飞觉得这个样才能稍解他对不公正现象的憎恨。

最能显示张飞嫉恶如仇性格的是怒鞭督邮一事。刘、关、张在剿灭黄巾军的战争中颇建汗马功劳，但是因为十常侍弄权，只有刘备做了一个小小的定州中山府安喜县尉。不想上任不到四个月，碰巧朝廷降诏"凡有军功为长吏者当沙汰"，到安喜县来视察的督邮大人是个贪婪成性的老贪，心想刘备一定会送上一笔丰厚的财物。然而，刘备与民秋毫无犯，哪有财物送与他？作威作福的督邮大人逼勒县吏、欲害刘备，激起了张飞的冲天怒火，他冲入馆驿，直奔后堂，见督邮正坐在厅上，将县吏绑倒在地，便大喝一声："害民贼！认得我么？"督邮未及开言，就被张飞揪一把住头发扯出馆驿，拖到县衙门前马桩上捆绑起来，然后扯下柳条朝督邮两腿上着力鞭打，接连打折了十几根柳条，真是大快人心、痛快淋漓的一幕！等刘备赶到现场的时候，督邮已被狠狠教训了一顿，要不是他急忙让张飞住手，督邮早就呜呼哀哉了，依照张飞的意思，"此等害民贼，不打死等甚！"关羽也是憋了一肚子气，明白枳棘丛中并非栖鸾凤之所，建议"不如杀督邮，弃官归乡，别图远大之计。"刘备终是仁慈的人，只将印绶取来挂在督邮的脖子上，便和关羽、张飞一起去代州投靠刘恢了。

张飞"快人快语"的另一表现是知过即改。刘备三顾茅庐的时候，第一次出发前，张飞听了很多关于诸葛亮的赞颂之辞，大概是将信将疑，便跟着一起去了。到了隆中卧龙冈，诸葛亮恰好不在家，刘备感到惆怅不已，张飞凭直觉感到诸葛亮是有意不见，就说："既不见，自归去罢了。"心里有点不乐意了。回程途中遇到博陵崔州平，刘备毕恭毕敬地向他行礼，又听他大谈一通天命理数，张飞却说："孔明又访不着，却遇此腐儒，闲谈许久！"心里怎么想就怎么说，也不管别人会不会难堪，却也一语中的，抓住了本质。过了几天，刘备打听到诸葛亮回来了，准备第二次去拜访，张飞说："量一村夫，何必哥哥自去，可使人唤来便了。"他大概以为，大凡有本事的人，应该主动出来做事，不必那么隐居。既隐居那么深，也许就是无益之人。因此，当他们在风雪交加的路上奔波，张飞就说："天寒地冻，尚不用兵，岂宜远见无益之人乎！不如回新野以避风雪。"刘备误会了，以为张飞怕冷，准许他可以先回去，张飞就说："死且不怕，岂怕冷乎！但恐哥哥空劳神思。"第二次果然没访着诸葛亮，又不遇空回。刘备准备第三次去拜访诸葛亮，连关羽也强烈反对起来，张飞粗鲁地说："量此村夫，何足为大贤；今番不须哥哥去；他如不来，我只用一条麻绳缚将来！"刘备当然叱怪张飞无礼，甚至威胁不要他去，张飞这才冷静下来。此番到了卧龙冈，诸葛亮果然在家，可是还在草堂几席之上昼寝未醒，刘备为了表示礼敬，就站在院子台阶下站着等他醒来。关羽和张飞原来在院外等着，等了许久未见动静，进院子一看刘备还在悄悄站着，张飞便怒火中烧，对关羽说："这先生如何傲慢！见我哥哥侍立阶下，他竟高卧，推睡不起！等我去屋后放一把火，看他起不起！"幸亏关羽劝住，张飞才没有莽撞行事。按照罗贯中的意图，这里写张飞的粗鲁是为了反衬刘备的谦恭下士，但从另一面不也说明张飞心地单纯，以及对士人拐弯抹角和矫揉造作的厌恶吗？在张飞看来，要行就行，不行就不行，用不着那么显示身份，拿腔捏调的。当时张飞已是久战沙场的老将，诸葛亮还只是一个待业青年，看不起他也是很自然的事情。诸葛亮出山以后，刘备立即拜他做军师，并且高兴地说："吾得孔明，犹鱼之得水也。"接着，曹操差夏侯惇引兵十万杀奔新野而来，刘备找关羽和张飞商量迎战，张飞故意说风凉话："哥哥何不使'水'去？"关羽干脆质问诸葛亮："我等皆出迎敌，未审军师却作何事？"当诸葛亮回答说自己坐镇守城时，张飞哈哈大笑说："我们都去厮杀，你却在家里坐地，好自在！"话中带着那么一点儿幽默，让读者也忍不住暗暗好笑。在刘备的压制下，关羽和张飞才勉强听从了诸葛亮的将令。及至诸葛亮火烧博望坡，立下出山第一功时，实际证明诸葛亮确是有本事的，张飞立即心服口服，称赞道："孔明真英杰也！"下马拜伏于车前。张飞就是这样一个爽直的人，即便是犯错误的时候也显得可爱，因为他没有狭隘的私心。

张飞粗豪勇猛、性如烈火，具有压倒一切的英雄气概，他在长坂桥上单骑喝退曹兵的恢弘气势是永远不可磨灭的，猛张飞如在眼前。建安十三年（公元208年），刘备兵败新野、樊城，逃至当阳县景山时，身边只剩百余骑人马。张飞只带了二十余骑人马至长坂桥，见桥东有一带树木，顿生一计：教所从二十余骑都砍下树枝拴在马尾上，在树林内往来驰骋，冲起尘土，以为疑兵。正因为如此，曹操大军恐是诸葛亮之计，都不敢冒险进攻，再加上张飞素有威望，才造成了他横矛立马长坂桥上喝退曹军的效果。"只见张飞倒竖虎须，圆睁环眼，手绰蛇矛，立马桥上……厉声大喝曰：'我乃燕人张翼德也！谁敢与我决一死战？'声如巨雷。曹军闻之，尽皆股栗。（连喊三声之后）喊声未绝，曹操身边夏侯杰惊得肝胆碎裂，倒撞

（张飞在长坂桥单骑喝退曹兵）

于马下。……正是：黄口孺子，怎闻霹雳之声；病体樵夫，难听虎豹之吼。一时弃枪落盔者，不计其数。人如潮涌，马似山崩，自相践踏。"这段描写虽然有些夸张，张飞压倒一切的气势却充分表现出来了。曹操畏惧张飞之威，骤马往西而走，冠簪尽落，披发奔逃。后人有诗赞曰："长坂桥头杀气生，横枪立马眼圆睁。一声好似轰雷震，独退曹家百万兵。"长坂桥上那一声断喝，至今仿佛仍回荡在我们耳边！

张飞性格可爱之处，还在于他常常是粗中有细，充满了睿智。像生擒刘岱、义释严颜、智败张郃，都表明张飞并非一味鲁莽，偶尔还流露出一丝狡黠，是一位智勇双全的将军，是可以独当一方面的统帅。第二十二回，刘岱、王忠奉曹操之命进攻徐州，关羽擒了王忠，张飞立功心切，刘岱却任他叫骂，坚守不出。张飞情急计生，假装酒醉打一士卒，使他误传消息，诱使刘岱上当，最后将其一举活捉。消息传来，刘备高兴地说："翼德自来粗鲁，今亦用智，吾无忧矣！"第六十三回，张飞奉命攻取巴郡，巴郡太守严颜乃蜀中名将年纪虽高，精力未衰，善开硬弓，能使大刀，有万夫不当之勇，他据住城郭，不竖降旗。张飞数次阵前叫骂，严颜只是坚守不出，便在明知自己军中有敌方派来的奸细的情况下，假说第二天从小路袭取巴郡。严颜果然中计，被张飞生擒活捉，仍威武不屈地说："但有断头将军，无降将军！"最令人惊讶的是张飞没有像以往对待敌将，动辄就要"戳上几个透明窟窿"，而是"回嗔作喜，下阶喝退左右，亲解其缚，取衣衣之，扶在正中高坐，低头便拜曰：'适来言语冒渎，幸勿见责。吾素知老将军乃豪杰之士也。'"曾几何时我们见过猛张飞对人如此低声下气，似乎太阳从西边出来了。这番做小伏低终于感动了严颜，发自肺腑说道："败军之将，荷蒙厚恩，无可以报，愿施犬马之劳，不须张弓只箭，径取成都。"在严颜的感召下，"凡到之处……自是望风归顺，并不曾厮杀一场。"就是诸葛亮亲自出马想来也不过如此，偏偏发生在以鲁莽著称的张飞身上，实在令人刮目相看。

自然，张飞之所以能赢得中国民众的喜爱，除了快人快语与勇猛威武互相补充、相得益彰，还有一个重要原因是与刘备、关羽共有的重义品质，在张飞身上表现得尤其热烈和执著。义对于张飞来说，就像圣女一样，容不得半点玷污。为此，张飞在古城会的时候指责过关羽，在为关羽报仇的时候又埋怨过刘备，他的死实际上是以身殉义的结果。张飞身上有很多可爱的地方，足以令读者心仪，可是罗贯中并没有忘记写他的缺点。比如，张飞敬爱有才能的人却不体恤爱护普通将士，常常为一点小事而大加鞭挞，也多次饮酒误事。小了说，曾因酒醉丢了徐州，让刘备无立足之地；严重的一回，搭上了身家性命，终于被部将谋害。蜀汉章武元年（公元221年），张飞迁车骑将军，领司隶校尉，封西乡侯，兼阆中牧，在阆中闻知关羽被东吴所害，且夕号泣，血湿衣襟。诸将以酒劝解，张飞借酒浇愁，怒气更胜，帐上帐下有犯错者立即鞭挞，许多将士被活活打死。张飞急于为关羽报仇，下令军中限三日内制办白旗白甲，三军挂孝伐吴。范疆、张达两员末将报告说："白旗白甲，一时无措，须宽限方可。"飞怒叱武士将二人绑在树上，各鞭背五十下，并警告他们："来日俱要完备！若违了限，即杀汝二人示众！"范疆和张达被打得满口出血，干脆横下一条心，趁张飞酒醉熟睡后，以短刀刺入腹部将其杀害。张飞大叫一声而亡，时年五十五岁。两个宵小之徒当夜割了张飞首级，引数十人连夜投东吴去了。后来，孙权为了和蜀汉讲和，将范疆和张达囚禁，遣使送至蜀军。刘备令张苞将二贼千刀万剐，凌迟处死以祭奠张飞（谥桓侯）在天之灵。

有位哲人说，一个人成功与否，要看他能否克制住自己性格中的弱点。张飞缺乏自控能力，就像一颗没有保险栓的手雷，动辄就会爆炸，不但会惹人憎恨，甚至酿成大祸。在古城会的时候，见关羽从曹营中来，张飞二话不说，举起长矛便向他搠去。及至关羽斩了蔡阳，用实际行动表明他没忘桃园之结义时，张飞又大哭参拜，悔恨自己鲁莽。张飞常常鞭挞士卒，甚至以此为诱饵引对手上钩，这种不恤下属的做法早就引起不满，刘备曾多次批评张飞"一者酒后刚强，鞭挞士卒；二者作事轻易，不从人谏。"诸葛亮也有"勿得恣逞鞭挞士卒"的劝告，张飞却置若罔闻，依然我行我素，加深了他对下属的伤害程度。如果张飞能够及时悬崖勒马，改善人际关系，悉心安抚下属，也许就不会有死于暗杀的遗憾和悲哀了。不得不说，张飞之死是一个英雄的悲剧，也是一个政权的悲剧。在千军万马中取上将首级如探囊取物一般的张飞完全可以成就一番更宏大的伟业，即便是死也可以选择一种更悲壮、更为人赞叹的方式去死，无奈他却因为与下属关系紧张到无法调和的地步，最终成了麾下末将的刀下亡魂。刘备因为张飞之死而失去理智，彻底抛弃了《隆中对》的既定方略，出兵征讨东吴却损失惨重，导致蜀汉政权从高峰跌入低谷，造成了不可挽回的衰败。

　　一个人最了解的是自己，最不了解的也是自己；最能把握的是自己，最难把握的也是自己。管好自己，安全无虞；放纵自己，危险在即。一个人要想取得成功，必须具备高度的自制力，自制力就是控制、管束自己欲望和情绪的一种能力。一个人一旦失去了自制力，不管是什么人，都会轻易将其击败，这是一条铁的定律。留心观察、思考你周围的一些人和事，以及现实世界中的许多极端行为，就会发现元凶其实是自制力较差所致。如何才能做到自制呢？说到底是一个人的世界观、人生观和价值观的问题，只要"常修从政之德，常怀律己之心，常思贪欲之害，常弃非分之想"，自制力自然就提高了。如果放松对自己的严格要求，自制力就会松懈、减弱甚至丧失，必将一失足成千古恨。所以说，自制力能使你的人生之舟避开暗礁和漩涡，只有能控制住自己的人才有可能掌握自己的命运。

03

信仰是一面迎风招展的旗帜·赵云

中国人似乎有排座次的传统，谁谁第一，谁谁第二……就连流行音乐也有排名榜，其实这在古典小说中早已是老套路了。汉末三国英雄人物的武功看似难分高下，但在老百姓口中可是有排名的，那就是"一吕二赵三典韦，四关五马六张飞，七黄八夏九姜维"。吕布第一不用说了，虎牢关刘、关、张仨打一，仅划拉个平手。关羽、张飞、赵云、典韦等都没有正面交过手，难说谁高谁低。赵云的排名居然在关羽、张飞之前，着充分体现了民众对他的喜爱之情。

赵云，字子龙，常山真定（今河北正定南）人。《三国演义》第七回写赵云出场，正当公孙瓒与袁绍在磐河大战，公孙瓒被袁绍手下大将文丑追击、狼狈不堪之际，"忽见草坡左侧转出一个少年将军，飞马挺枪，直取文丑。公孙瓒扒上坡去，看那少年生得身长八尺，浓眉大眼，阔面重颐，威风凛凛，与文丑大战五六十合，胜负未分。"这个出场写得很精彩，一下子把一个少年英雄的形象树立在读者面前：浓眉大眼，相貌俊美；跃马挺枪，武艺高强。文丑是河北名将，赵云作为一个无名小将，与他大战五六十回合，居然不分胜负。随后因公孙瓒援军上来，文丑拨回马退走了。赵云向公孙瓒自报了身份，并且说："本袁绍辖下之人。因见绍无忠君救民之心，故特弃彼而投麾下，不期于此处相见。"由此可见，赵云不单武艺高强，还是一个有着超强是非观和信仰的人，他的目标是解民于倒悬。

生逢人心不古的乱世，赵云能够很早就看清楚袁绍的面目，说明他确有眼光。赵云弃袁绍而投奔公孙瓒，在当时的环境下不能算错，因为对人的认识总要有一个过程。接着，赵云结识了前来援助公孙瓒的刘、关、张。首先是刘备慧眼识英雄，一见到赵云就"甚相敬爱，便有不舍之心"，这与公孙瓒正好形成鲜明对比。公孙瓒好像是有眼无珠，没有认识到赵云的英雄气质，对赵云比较忽视，这就不能不激起赵云对刘备的仰慕。在东汉太傅马日磾和太仆赵岐的调解下，公孙瓒与袁绍休战，双方撤军。当刘备与赵云分手时，刘备竟至于"执手垂泪，不忍相离"。刘备的诚恳和爱才之心显然感动了赵云，他感叹道："某曩日误认公孙瓒为英雄；今观所为，亦袁绍等辈耳！"当然，在当时的形势下，赵云不可能马上背弃公孙瓒而追随刘备，所以刘备说："公且屈身事之，相见有日。"于是，二人洒泪分别，恋恋不舍。

赵云与刘备固然有缘分，更重要的还是赵云有见识，他们终于在古城相会了。原来公孙瓒听不进意见，最终导致兵败自焚，赵云从此四海飘零，他不惜在卧龙山上暂时落草为寇，也不愿接受袁绍的招聘。赵云一直都在访寻刘备，他认定了刘备的大旗真正承载着他全部的理想，正是这种信仰造就了他与刘备在古城相会的机遇，这一次相遇使他们在共同事业上结成了生死不渝的同盟。赵云说："云奔走四方，择主而事，未有如使君者。今得相随，大称平生。虽肝脑涂地，无恨矣。"在群雄角逐的年代，赵云在众多风云人物中选择追随刘备，的确是有眼光的表现。刘备对赵云也待以真诚，他虽然没有跟赵云结拜兄弟，但是对赵云的关切和信赖，与关、张无异。在长坂坡战斗中，糜芳面带数箭，踉跄而来，说："赵子龙反投曹操去了也！"刘备立即斥责他："子龙是我故交，安肯反乎？"张飞也心生疑窦，说："他今见我等势穷力尽，或者反投曹操，以图富贵耳！"刘备却坚信："子龙从我于患难，心如铁石，非富贵所能动摇也。"能够得到这样至诚的信赖，赵云怎能不尽心竭力，以死相报呢？

（常山赵子龙的威名源自当阳长坂坡）

长坂坡一战是赵云个人英雄史册上最光辉的篇章之一，他当时受命保护甘、糜二位夫人和阿斗，可是在与曹兵混战中意外失散了。为了报答刘备知遇之恩，赵云七进七出，杀入重围，终于先后找到了甘、糜二位夫人。赵云先将甘夫人送出，再要送受伤的糜夫人时，糜夫人怕连累赵云，只将阿斗托付给他，便投井自尽了。赵云将阿斗捆缚在怀中，单枪匹马突围，可是曹军却如潮水般涌来，他奋勇拼杀，血染征袍。在这里，罗贯中从曹操的眼中映现出一个孤胆英雄的风采："却说曹操在景山顶上，望见一将，所到之处，威不可当，急问左右是谁。曹洪飞马下山大叫曰：'军中战将可留姓名！'云应声曰：'吾乃常山赵子龙也！'曹洪回报曹操。操曰：'真虎将也！吾当生致之。'"随着曹操的一声感叹，"常山赵子龙"的名声传遍中外。这一场厮杀，赵云怀揣幼主，直透重围，砍倒大旗两面，夺槊三条；前后枪刺剑砍，杀死曹营名将五十余员。当赵云杀出重围，来到刘备面前时，阿斗在他怀中睡着了。赵云把阿斗送到刘备手里，刘备竟将阿斗抛到地上，说："为汝这孺子，几损我一员大将！"刘备的行为不免显得有些做作，但对赵云的感动却是可想而知，他哭拜于地说："云虽肝脑涂地，不能报也！"长坂坡一战表现了赵云对刘备的忠诚，也表现了他压倒一切的英雄气概，不仅令曹军闻风丧胆，即便是读者也为之目眩神摇。

赵云的英雄气概贯穿了他整个一生，十几年后刘备率兵攻夺汉中，又与曹操相遇。当时黄忠被张郃、徐晃围困在北山之下，赵云为救黄忠，挺枪骤马，杀入重围。小说于此描写道："左冲右突，如入无人之境。那枪浑身上下，若舞梨花；遍体纷纷，如飘瑞雪。张郃、徐晃心惊胆战，不敢迎敌。"曹操再次在高处俯瞰战场，不由惊叹："昔日当阳长坂英雄尚在！"刘备后来听说战斗情况，兴奋地说："子龙一身都是胆也！"于是后世童谣中便有了"胆大赵子龙，胆小毛毛虫"之说。蜀汉建兴五年（公元 227年）春三月，诸葛亮誓师北伐，赵云已是七十岁的老将了。当时诸葛亮并未委派赵云出征，赵云却坚决不服老，主动请缨上阵；如果不让他挂先锋印，他就要"撞死阶下"。诸葛亮深受感动，当即任命赵云为先锋，他竟以七十岁高龄做出了力斩西凉大将韩德父子五人的壮举，"西凉兵素知赵云之名，今见其英勇如昔，谁敢交锋？赵云马到处，阵阵倒退。赵云匹马单枪，往来冲突，如入无人之境。"这次北征因马谡失街亭而被挫败，当蜀军退入汉中时，许多部队都损兵折将，唯有赵云临危不乱，结果"并不曾折一人一骑，辎重等器，亦无遗失。"这是古今名将都不易做到的，当诸葛亮加以重赏之时，赵云推辞不受，表现得极为谦恭："三军无尺寸之功，某等俱各有罪；若反受赏，乃丞相赏罚不明也。且请寄库，候今冬赐与诸军未迟。"通过这番真挚感人的话语，赵云律己之严格、心胸之开阔均可洞然如见，那些浅薄自负、自吹自擂之徒岂能望其项背！感动的诸葛亮叹息不止，"乃倍加钦敬"。

对于一员战将来说，"勇"是必不可少的，但并不是唯一。赵云令人钦佩，不仅因为武功好，还在于性格稳重平和，多谋善断。在蜀汉集团乃至整个三国将领中，赵云堪称文武双全，逼人的英气中透出几分儒雅，说话办事总是让人放心，自然就成为领导最为信任的好同志。周瑜以美人计诱使刘备到东吴完婚，刘备心存疑虑，不敢前往。诸葛亮明确表示："吾已定下三条计策，非子龙不可行也。"由此可见赵云在诸葛亮心中的分量，他也果真没有辜负诸葛亮的嘱托，顺利完成保护刘备平安脱险的任务。孙权、周瑜一计不成，再生一计，让孙夫人携阿斗归吴探母。当时情势万分危急，阿斗一到东吴手里，那可不就成了人质？赵云得知消息，只带四五个起兵旋风般沿江追赶，在一不知东吴为何接孙夫人回去，二不知船上有多少将士的情况下，凭着对刘备的一颗忠心，就敢只身跃上吴船，从盛气凌人的孙夫人怀中夺下阿斗，"一手抱定阿斗，一手仗剑，人不敢近"，有效地拖延了时间。等张飞追上来，可不管那一套，毫无顾忌地杀了东吴密使周善，"提头掷于孙夫人"！当然你可以说，张飞与赵云身份不同，一个是义弟，一个是部将，但两相对照不难看出赵云稳重得多，他能最圆满地处理各种人际关系，又能保持自己的尊严和原则。

（赵云截江夺阿斗）

赵云一生对刘备无比忠诚，但绝不是愚忠，盲目奉承。他不是出于势利才追随刘备，他心目中至高的原则是匡扶汉室、解救民众。他因为刘备宽仁厚德、兴复汉室而尊崇刘备，因此当刘备有过错或违背至高原则时，赵云敢于当面提出意见。这里有两个非常感人的事例：一是攻入成都并占领西川之后，刘备得意忘形地大摆庆功筵席，打算将成都的肥田美宅分赐诸官。这实际上是缺乏远见、享乐主义的表现，不仅会遭到老百姓强烈反对，也不利于新生政权的巩固与扩大。高瞻远瞩的赵云当即表示反对，并劝诫刘备说："益州人民，屡遭兵火，田宅皆空；今当归还百姓，令安居复业，民心方服；不宜夺之为私赏也。"刘备那时还比较虚心，立即采纳了赵云的意见。当刘备集团上上下下（包括刘备和诸葛亮）都为夺得益州而欢欣鼓舞，庆功受赏的时候，唯有赵云想到了屡遭战祸的老百姓，他这种崇高的精神视野有谁能比况？再是关羽被害以后，刘备不顾蜀汉前途，执意要讨伐东吴，为关羽报仇。当时刘备几乎失去理智，谁劝谏谁就获罪，赵云却敢于挺身而出，忠言直谏刘备认清主要矛盾，把矛头指向曹魏。赵云慷慨激昂地说："国贼乃曹操，非孙权也。今曹丕篡汉，神人共怒。陛下可早图关中，屯兵渭河上流，以讨凶逆，则关东义士，必裹粮策马以迎王师；若舍魏以伐吴，兵势一交，岂能骤解。愿陛下察之。"刘备不但不听赵云的良言规劝，还对他的谏阻产生了疑问。赵云心底无私，毫不畏惧，再次力谏："汉贼之仇，公也；兄弟之仇，私也。愿以天下为重。"铮铮直言掷地可作金石声，充分显示出了赵云清醒的大局观，以及对蜀汉事业的忠诚，这是何等崇高的视野、宽阔的胸怀！可是刘备不听，坚持兴兵伐吴雪恨，结果使蜀汉损失惨重，大大损伤了元气。从上述事例可见赵云的远见卓识和无私无畏。

单从罗贯中正面肯定的刘备集团来说，刘备有过在东吴玩物丧志的时候，也有过不听劝谏、一意孤行、为替关羽报仇而招致彝陵惨败的时候；关羽义薄云天、智勇双全，另一面又刚而自矜、瞧不起人，没能贯彻诸葛亮联吴抗曹的正确主张，当孙权试探着要与他结亲时，他居然说出"虎女焉配犬子"这样有辱对方人格的话来，最后大意失荆州，不仅搭上了自己的性命，也使蜀汉大业蒙受巨大损失；张飞一方面勇猛无比，另一方面又鲁莽暴躁，经常酒醉后鞭挞士卒，结果被部下暗杀；诸葛亮虽然几近完美，但是失街亭也有不可推卸的责任。按照中国传统的道德标准和审美眼光，不管是从德、才、貌、武艺、品格、为人哪个方面来看，赵云都三国时代最完美无缺的英雄人物。赵云为人，有才有德，有智有勇，既忠厚平和，又精明谨细，集中了中国人的诸种美德，但罗贯中似乎一点儿也没有把他理想化，比起诸葛亮、关羽等，他最没有神异色彩。赵云仿佛就是河北高粱地里的一株红高粱，虽有传奇意味，却淳朴厚道。蜀汉建兴六年秋九月，赵云病重逝世，诸葛亮跌足而哭："子龙身故，国家损一栋梁，吾去一臂也！"后主刘禅闻知赵云死讯，放声大哭道："朕昔年幼，非子龙则死于乱军之中矣！"即下诏追赠其为大将军，谥封顺平侯，敕葬于成都锦屏山之东，建立庙堂，四时享祭。刘禅念赵云昔日之功，封其长子赵统为虎贲中郎，次子赵广为牙门将。后人有诗曰："常山有虎将，智勇匹关张。汉水功勋在，当阳姓字彰。两番扶幼主，一念答先皇。青史书忠烈，应流百世芳。"

在绝大多数人心中，赵云是一个完美无缺的大众偶像，这样的英雄人物无论在哪个人手下、哪个时代都会深受欢迎，这不仅是因为他逢战必胜，更重要的是他个性温纯，知道自己一生追求的是什么。一个人的文韬武略为谁所用，乃是其品格高下的试金石。在汉末三国这个动乱扰攘的乱世里，为一己富贵而趋炎附势、助纣为虐者不乏其人，懵懵懂懂地供人驱使者更是比比皆是，赵云只为挽救天下黎民苍生而努力奋斗，深明大义比一般赳赳武夫高出许多。纵观赵云从少年出道到七十岁仍然驰骋疆场，这与他匡扶汉室、解民倒悬的内心理想有着不可分割的关联，只有用信仰的力量来支撑自己的人才会有如此深明大义、直言敢谏、公正无私、谦虚谨慎、兢兢业业的精彩表现。信仰的力量是非常强大的，它能带来一种创造奇迹的精神，帮助一个人完成重大的人生使命；它能使一个弱者顽强如钢铁巨人，并且迸发出生命中最璀璨的光辉。因为有了信仰的力量，人们宁受清苦亦为乐，坚持性原则不退缩；因为有了信仰的力量，人们面对阻挠百折不挠，面对困难一往无前。

黑格尔毕生信奉一条准则："最重要的事情在于始终如一地忠实于自己的目的，而不是在于生活上独树一帜。"在各种思潮涌动的今天，别让五颜六色的迷雾遮住了你的眼睛，在你的人生开始起步的时候，一定要给它一个好的规划，比如给它一个信仰。信仰是一种强大的精神支柱，到了一定程度就会变成力量，激发你所有的潜能，让不可能成为可能，它可以矫正你的行为，帮助你顺利走完生命这一程。一个人自始至终都需要一种信仰，不管这种信仰是明确的还是模糊的，也不管这种信仰是确定的还是可变的，它都是一面迎风招展的旗帜，指引你追逐光明和幸福的方向。

安守本分才能做到善始善终·魏延

对于魏延这个人，有许多《三国演义》的读者替他感到委屈，有点愤愤不平，觉得诸葛亮是否从门缝里看人——把他看扁了。你看，诸葛亮刚一见到魏延，对他杀韩玄、救黄忠、献长沙的巨大功绩只字不提，竟然喝令刀斧手将他绑起来，要砍他的脑袋。这未免太荒唐了吧，魏延肯定是一头雾水，连刘备也大吃一惊，说："魏延乃有功无罪之人，军师何故欲杀之？"诸葛亮回答说："食其禄而杀其主，是不忠也；居其土而献其地，是不义也。吾观魏延脑后有反骨，久后必反，故先斩之，以绝祸根。"诸葛亮这番话完全是强词夺理，魏延救黄忠是救义士，杀韩玄是杀残暴不仁之人，投刘备是弃暗投明之举，但是诸葛亮这位道德水准要求极高的人却认为他有卖主求荣之嫌；如果说献出长沙城是不义之举，那么刘备派兵去攻打它，又怎么说得上是义呢？所以诸葛亮不过是强加魏延一个罪名，他要杀魏延的根本原因是其"脑后有反骨"。可是，一个人生来就有一块标志将来要造反的反骨，说起来也太难以令人置信，这只是罗贯中对诸葛亮加以神化的游戏之笔，在刘备的苦苦劝说下，魏延才捡了一条命。不过，从另一方面来看，诸葛亮虽不免有看人失误的缺点（如马谡），他对魏延的看法却表现出了惊人的直觉能力，最终的结果证明他的看法并没有错。

魏延，字文长，义阳（今河南桐柏）人，身长八尺，面如重枣，目若朗星，骁勇善战，是一个很有见识的人。东汉建安十二年，魏延在刘表大将蔡瑁帐下效力时，刘备兵败新野后率领新野、樊城数万百姓到襄阳投奔刘表次子刘琮，不料刘琮全没有乃父的忠厚与勇敢，早已投降了曹操。听到城外刘备的求援声，竟吓得龟缩不出，城外数万百姓的哭声也没能打动他的心，听任蔡瑁、张允叱令军士乱箭射下。曹操的精锐部队正在逼近，就在这万分危急的情况下，魏延率领数百人径上城楼，大喝："蔡瑁、张允卖国之贼！刘使君乃仁德之人，今为救民而来投，何得相拒！"魏延挺身而出砍死守门将士，打开城门，放下吊桥，大叫："刘皇叔快领兵入城，共杀卖国之贼！"刘备不忍百姓受难，加之文聘出来阻挡，遂弃襄阳而奔江陵，魏延只好单人匹马投奔长沙太守韩玄去了。赤壁之战后，刘备在诸葛亮的辅佐下，以迅雷不及掩耳之势夺取荆襄之地，派遣关羽引兵攻打长沙，遇到了老将黄忠的顽强抵抗。在拼杀过程中，黄忠马失前蹄，关羽放了他一马，来日黄忠便以虚射一箭相报。这引起了长沙太守韩玄的猜疑，韩玄"平生性急，轻于杀戮，众皆恶之"，认为黄忠外通内联，执意要斩杀黄忠。在黄忠刚要被斩的一刹那，魏延挥刀砍死刀手，救下黄忠一命，又一刀将韩玄砍为两段，引百姓出城投顺了关羽。这种行为是深明大义的表现，堪称是舍身赴义的壮举，应当无可指责，但是诸葛亮并不喜欢魏延的投降方式，所以当关羽引魏延来见时，他马上喝令刀斧手推下斩之。魏延有口难辩，他与一般战前反水之人不同，他本来就是要投刘备的，因赶不上才屈居于韩玄手下，当时他要不出手，黄忠肯定就没命了。

魏延加入刘备集团以后，刚开始还算不上头面人物，后来才在战场上锻炼成为一名优秀的战将。在刘备与庞统最初入川时，随军将领只有两个：一个是老将黄忠，令一个就是魏延。刘备说："吾今提兵取川，全仗汝二人之力。"魏延在夺占西川的战斗中承担了最急难险重的任务，他一路斩关夺隘、冲锋陷阵，立下了汗马功劳，为此还身受箭伤，被封为扬武将军。刘备与曹操争夺川陕要冲汉中，诸葛亮特地把张飞、魏延从阆中调来参战，魏延在斜谷界口与曹操相遇，曹操想招降魏延，魏延却大骂曹操，直冲到曹操跟前，一箭射中曹操的"人中"，将其两颗门牙也打掉了，若不是庞德力救，曹操差一点被活捉。这场战斗结束后，曹操撤出了汉中，刘备大获全胜，占据了东川。这时，刘备的部下欢欣鼓舞，提出要刘备当皇帝。刘备开始不同意，最后在众人强烈要求下，只好采取折中方案，同意先做汉中王。建安二十四年（公元219年）秋七月，刘备大肆封赏文臣武将，魏延虽然位列五虎将之后，却被任命为汉中太守。这个职位相当重要，因为要独当一面对付魏国，足见刘备对魏延的信任。魏延在汉中管军管政，身兼总督军马重任，是蜀汉少有的能独当一面的将领之一，说明他不光有将才，还有帅才，是有谋略的武将。魏延驻守汉中多年，多次抗击了魏兵的侵犯，没有让魏兵夺去一寸土地，因功受封镇北将军，成为名副其实的蜀汉东川屏障，看来刘备提拔他是正确的。截至蜀汉建兴五年（公元227年），诸葛亮誓师北伐时，魏延的职衔已是"前督部镇北将军领丞相司马凉州刺史都亭侯"，作为功勋卓著的宿将和蜀汉朝廷的台柱，他的地位已经相当显赫。

（魏延诈败而走诱张郃）

诸葛亮六出祁山，每次都能看到魏延的身影，他与张郃等许多曹魏名将交过手，曾经刀劈曹魏大将曹遵、王双，到后来简直成了诸葛亮无法缺少的战将。越是到蜀汉后期，越显出魏延地位的重要性，但是魏延与诸葛亮的矛盾和摩擦也越来越多，诸葛亮又不能不恃魏延的勇武，因此直到诸葛亮去世，他们之间始终保持着一种疙疙瘩瘩的关系。和其他武将不同，魏延爱动脑筋、善于思考，对作战中的战斗计划乃至大的战略方针都能提出自己的见解，是一位有主见、有谋略的将领。诸葛亮首次进行北伐的时候，魏延在战略上曾与诸葛亮发生过重大分歧，魏延自告奋勇向诸葛亮建议：愿率五千精兵，取路出褒中，循秦岭以东，从子午谷北进，奇袭长安。等占领长安以后，诸葛亮再出斜谷，两下一夹击，整个咸阳以西，都可以占领了。这个计划虽然有点冒险，却切实可行，不失为良策。可是诸葛亮平生谨慎稳重，不愿做冒险之事，固执己见采取了"取平坦大路，依法进兵"的保守主义打法，拒不采纳魏延的计策。这不得不说是诸葛亮的一个重大失策，就连诸葛亮的老对手司马懿也说："诸葛亮平生谨慎，未敢造次行事。若是吾用兵，先从子午谷径取长安，早得多时矣。"魏延因此一直感叹自己的才能得不到发挥，对诸葛亮的不满也越来越明显，以致发展到挑唆别人抗命的严重地步。在四出祁山的时候，诸葛亮命令魏延、张嶷、杜琼、陈式率兵出箕谷，马岱、王平、张翼、马忠率兵出斜谷，然后到祁山会合。这个计划被司马懿识破，他与曹真分头把守两个谷口，防止蜀军出境。当魏延等引二万兵沿箕谷前进之时，诸葛亮让参谋邓芝去传达命令，要他们提防魏兵埋伏，不可轻进。这时，陈式跳出来发泄对诸葛亮的不满："丞相用兵何多疑耶？吾料魏兵连遭大雨，衣甲皆毁，必然急归；安得又有埋伏？今吾兵倍道而进，可获大胜，如何又教休进？"魏延一听正中下怀，就在旁边煽起阴风来："丞相若听吾言，径出子午谷，此时休说长安，连洛阳皆得矣！今执定要出祁山。有何益焉？既令进兵，今又教休进。何其号令不明！"在魏延煽动下，陈式决定不听命令，继续带兵前进，结果中了魏兵埋伏，五千兵马几乎全军覆灭。魏延唆使陈式违犯军纪，诸葛亮只将陈式斩首，却没有追究魏延的责任，只背过魏延对身边的人说："魏延素有反相，吾知彼常有不平之意，因怜其勇而用之——久后必生患害。"正因为诸葛亮对魏延抱着"怜其勇而用之"的态度，所以即便听见魏延发牢骚，他也装作不知。

刘备手下的关羽、张飞、赵云、马超、黄忠等将领都有其性格弱点，但是他们在忠于蜀汉、忠于刘备、忠于复兴汉室的信念上没有丝毫动摇，在信守道义这个道德原则上也从未动摇，因此他们对个人功利都看得比较淡，不可能发生争夺名利、妒忌别人成功的事情。然而，魏延心中却有一个灰暗的王国，他经常感到不快、不满，心灵逐渐失去平衡。当年刘备与庞统在涪水关商议进取雒城时，川军有泠苞、邓贤两个营寨防守，刘备问："谁敢建头功，去取二将寨栅？"黄忠首先响应，自愿前往。等黄忠率领本部兵马要出发时，魏延却出来拦阻，说："老将军年纪高大，如何去得？小将不才愿往。"两人争执起来，差点动武。刘备怕伤了和气，便让他们各自去打一个营寨，先夺得者为头功。当时分定黄忠打泠苞营寨，魏延打邓贤营寨，可是魏延为了显示自己的能耐，表明"两处功劳，都是我的"，赶在黄忠之前抢先攻打泠苞营寨，结果被泠苞和邓贤前后夹攻，差点白送了性命，幸亏黄忠及时救了他。从这件事就可看出魏延是一个好胜喜功、性格不爽直的人，所以他接受任务时要是稍不如意，就会"心中不乐"。在南征孟获时，与乌戈国的兀突骨作战，诸葛亮为了诱敌，要魏延引本部兵马去桃花渡口安营扎寨，"限半个月内，须要连输十五阵，弃七个寨栅"。魏延喜进不喜退，并不了解诸葛亮的意图，虽然领命却"心中不乐"，嘴上又不说，只好"怏怏而去"。街亭之战也是如此，诸葛亮分派魏延埋伏在街亭之后以防张部，魏延就很不高兴，遂问诸葛亮："某为前部，理合当先破敌，何故置某于安闲之地？"诸葛亮解释说："今令汝接应街亭，当阳平关冲要道路，总守汉中咽喉：此乃大任也，何为安闲乎？"魏延听罢，才高高兴兴地引兵出发。在临阵作战之际，魏延频频出现不太听指挥的行为，当然使诸葛亮很恼火。身为军人却不听号令，这就包含着巨大的危险。

其实，就连孙权对魏延的为人也看得很清楚，他曾对出使东吴的费祎说："此人（指魏延）勇有余，而心不正。若一朝无孔明，彼必为祸——孔明岂未知焉？"所谓心术不正，是指一个人缺乏忠贞不渝的信念和始终一贯的道德原则。人有才堪任事，其心不正者，终不足贵。其心不正而济之以才，所谓虎而翼者也，虽古圣人亦未易知。当费祎把孙权的话转告诸葛亮时，诸葛亮感慨地说："真聪明之主也！吾非不知此人。为惜其勇，故用之耳。"也就是说，诸葛亮对魏延一直都是控制着使用，魏延一生都在诸葛亮不尽信任的阴影下难尽其才。由此可见，不论魏延如何隐藏心术不正的本质，总是会在不经意间显露出来，诸葛亮不过是较早地洞察其本质而已。事实证明，不是诸葛亮把魏延看扁了，而是魏延本身没有坚贞不渝的信念和坚守不变的信义。既然个人私心膨胀到军令和政令皆可不听，那么一遇时机进行反叛便只是时日问题了，所以诸葛亮将马岱安排在魏延身

（诸葛亮临终授马岱密计斩魏延）

边，等他一旦显露不轨之心，便将他斩了。诸葛亮临死前将军权授予长史杨仪，安排魏延为大军断后，魏延心中不服，与杨仪互不买账，势同水火。在盛怒之下，魏延火烧栈道，引兵阻截杨仪归路，并先发制人，接连向后主刘禅上表说"杨仪造反，劫丞相灵柩，欲引敌入境"。刘禅一时真假难辨，但是蒋琬、董允等高官却一致认定魏延反叛。这时跟随魏延的将领只有马岱，魏延与他商量投魏，马岱劝魏延自图霸业，并表示誓死相助。魏延不知是计，遂同马岱引兵直取南郑，与、姜维杨仪两军相对时，魏延在阵前只喊了一声"谁敢杀我"，就被一刀斩于马下。原来是马岱按诸葛亮临终前的密计行事，魏延之死实在是咎由自得。

我们应该看到，魏延是刘备集团内部争议很大的人物，他深得刘备的器重，又深为诸葛亮忌恨。刘备看到的是一个有主见、有谋略、勇猛好胜的忠诚将领，诸葛亮看到的却是一个爱出风头、滥发牢骚、具有反叛精神的危险分子，做事毫无顾忌，直率得近乎天真。作为一个普通人，直爽的性格无可厚非；作为一位军事将领，言行却要受到约束。然而，魏延仅仅把自己看作是一个普通人，忽视了自己高级将领的特殊身份和地位，当他的想法和领导人不相一致时，直率开朗、敢说敢干的性格就成了滥发牢骚、违犯军纪的祸根。与顶头上司诸葛亮互有意见，魏延不是主动地谋求谅解与和好，而是对诸葛亮的领导消极对抗，有意制造为难。诸葛亮在魏延来降之时就认定他是不忠不义之人，对魏延的态度主要表现在两个方面：一是对魏延提出的建议不屑一顾，二是作战中常常把魏延安排在次要位置或需要诈败的场合。魏延对诸葛亮的领导很有意见，倔强的性格使他常常以口出怨言、消极对抗的形式发泄心中不满，这又加深了诸葛亮对他的内心嫉恨。魏延与诸葛亮的关系已经到了不能言明的地步，可是魏延对自己处境的危险性并没有足够的认识，他把自己与诸葛亮的矛盾仅仅看作是一般的意见分歧，所以对自己的言行未能稍有收敛。结果，作战勇猛又富有谋略的魏延，未死于敌人刀的丛箭雨，却屈死于已故上司的残害，实在是一种悲剧。

我们的祖先曾经在一个封闭的社会圈子中制定了尽善尽美的规章法典，每一阶层的人都有与自己身份相适应的行为规范和思想规范，这样的社会风平浪静、秩序井然，后世子孙要想保持这种和谐的氛围，只要在已经严密成型的规范系统中找寻适于自己身份的部分，努力循规蹈矩就足够了。保险、稳妥是干事业和做人的首要准则，也是衡量人才是否可用的首位准则。在社会集团内部存在领导和被领导的关系，任何下属在领导意志面前都不能存有自己的人格独立性，都应该按照领导人的所想去行动，这一规范保证了双方关系的永恒和谐，避免了双方有可能发生的一切矛盾冲突和是非纠纷，解决了社会关系的一大难题。那些想凭自己的思考去行动的人，那些爱提意见、喜欢吵嚷的人，必然是没准的"定时炸弹"，是对规范系统的挑战，是对和谐秩序的破坏，这是极端的大逆不道，肯定会遭到群起而攻之，将其迅速排除是领导人保证自身安全的需要，也是维护社会秩序的需要。炎黄子孙的血管中不能有一滴反叛的热血，只有安守本分的人才能做到善始善终，过上太平、舒坦的好日子。

轻信他人非常容易泄露秘密·孟达

在汉末三国人物里，孟达（字子庆，右扶风郿人，今陕西眉县人）只是一个"边角料"一般的小角色，虽然他出场次数不多，却精彩地演绎了三次"背投"：背叛刘璋投靠刘备，背叛刘备投靠曹魏，背叛曹魏投靠刘备，

（张松和法正密谋献西川时，恰巧孟达来访）

反复变了三变，他的变色龙生涯旋即宣告破产。在《三国演义》里，大将背叛原主而投靠新主子的不在少数，但是像孟达这样反复无常，数次改换门庭的并不多见，这究竟是人品问题，还是人格、人性的问题？

孟达的第一次变，变在益州。建安十六年（公元 211 年），汉中张鲁为报母仇，欲发兵攻讨刘璋，曹操早就看上了巴蜀这块宝地，刘备也想入川取代刘璋。刘璋无计可施，听从了张松邀请刘备入川共御张鲁和曹操的建议，结果在张松和法正两位心腹契友的穿针引线下，原本是刘璋麾下大将的孟达暗附刘备作为内应，背着刘璋做起了暗度陈仓之事。这三个人竭力说服暗弱的刘璋遣使与刘备结为攻守同盟，并由孟达率领五千兵马，于同年冬月前往益州边境迎接刘备入川为援。就这样，刘璋在自己的地盘上被三个下属给出卖了，孟达也因此成为刘备信任的一股力量。

惊闻东吴孙权遣使结好张鲁，将要合力攻打葭萌关，军师庞统第一个想到的就是孟达："公乃蜀中人，多知地理，去守葭萌关如何？"孟达推荐南郡枝江人霍峻（字仲邈）与其同去守关，可以确保万无一失。不料，张鲁派遣马超与杨柏、马岱领兵攻打葭萌关甚急，救迟则关隘休矣。马超之勇天下皆知，渭桥六战杀得曹操割须弃袍，几乎丧命，绝非等闲之辈。张飞主动请缨，诸葛亮设计收服锦马超，刘备亲自迎接，待以上宾之礼。

不久以后，张郃率领五千精兵攻打葭萌关，霍峻只要坚守，孟达定要迎敌，引军下关与张郃交锋，结果大败而回。霍峻急申文书到成都求救，老将黄忠、严颜发兵救援，孟达、霍峻心中暗笑诸葛亮欠调度："是这般紧要去处，如何只教两个老的来！"黄忠用骄兵之计连输数阵，夏侯尚、韩浩二将果然中计，被黄老将军率兵连夺三寨，寨中丢下军器、鞍马无数，尽教孟达搬运入关。张郃军兵反被自家败兵冲击，尽弃了许多寨栅，直奔至汉水旁。孟达与刘备义子刘封乘势夺了定军山，又从米仓山引军杀来，放火烧了曹军粮草。曹操尽弃北山粮草，慌乱中一路败退，孟达、刘封、王平等奉命攻取上庸诸郡。孟达在汉中大战、攻取上庸等战事中出力不小，被委派与刘封一起驻守川东门户上庸，从此成为封疆大吏。

孟达的第二次变，变在上庸。建安二十四年（公元219年），关羽大意失荆州，败退至麦城，派廖化单骑突围，到上庸搬救兵。面对十万火急的军情，孟达的小人胸怀开始显露出来，极力挑拨关羽和刘封的叔侄关系。刘封问孟达："叔父被困，如之奈何？"孟达说："东吴兵精将勇；且荆州九郡，俱已属彼，止有麦城，乃弹丸之地；又闻曹操亲督大军四五十万，屯于摩陂：量我等山城之众，安能敌得两家之强兵？不可轻敌。"刘封说："吾亦知之。奈关公是吾叔父，安忍坐视而不救乎？"孟达冷笑着说："将军以关公为叔，恐关公未必以将军为侄也。某闻汉中王初嗣将军之时，关公即不悦。后汉中王登位之后，欲立后嗣，问于孔明，孔明曰：'此家事也，问关、张可矣，'汉中王遂遣人至荆州问关公，关公以将军乃螟蛉之子，不可僭立，劝汉中王远置将军于上庸山城之地，以杜后患。此事人人知之，将军岂反不知耶？何今日犹沾沾以叔侄之义，而欲冒险轻动乎？"一席话勾起了刘封的旧怨，便下决心不去救关羽。

孟达又教刘封如何去搪塞廖化："但言山城初附，民心未定，不敢造次兴兵，恐失所守。"刘封从其言，对廖化说："此山城初附之所，未能分兵相救。"廖化大惊，以头叩地，说："若如此，则关公休矣！"孟达只淡淡地说："我今即往，一杯之水，安能救一车薪之火乎？将军速回，静候蜀兵至可也。"廖化大恸告求，刘封、孟达皆拂袖而入。廖化知道求救不成，寻思须向汉中王刘备求救，遂上马大骂出城，往成都方向去了。孟达对当时军事形势的分析不无道理，但是离间之言也确实可恶，同一革命阵营见死不救终归是一桩罪过。结果关羽因梁尽，救兵又盼不来，在突围中被东吴擒杀。

建安二十四年（公元219年）冬十二月，五十八岁的关羽遇害身亡。廖化哭拜于地，向刘备细奏刘封、孟达不发救兵之事，关羽父子遇害，实乃刘封、孟达之罪，乞请诛此二贼。刘备欲遣人擒而杀之，诸葛亮进谏说："不可。且宜缓图之，急则生变矣。可升此二人为郡守，分调开去，然后可擒。"刘备采纳了诸葛亮的建议，遣使升刘封去守绵竹。蜀人彭羕与孟达交厚,听知此事后急忙回家写信,遣心腹人驰报孟达。信使刚出南门外,就被马超巡视军捉获,马超审知此事,立即去见彭羕。两人酒至数巡,彭羕因酒醉,力劝马超结连孟达作为外援,他愿率领川兵作为内应,一起反叛刘备。马超将信使与书信交给汉中王刘备,刘备即令擒拿彭羕下狱,将其赐死狱中。

彭羕既死,孟达大惊,举止失措。"山雨欲来风满楼",闻知调刘封回守绵竹,孟达慌忙请上庸、房陵都尉申耽、申仪兄弟商议,对二人说:"我与法孝直同有功于汉中王;今孝直已死,而汉中王忘我前功,乃欲见害,为之奈何?"申耽献计说:"吾弟兄欲投魏久矣,公可作一表,辞了汉中王,投魏王曹丕,不必重用。吾二人亦随后来降也。"孟达猛然省悟,遂上表汉中王刘备,当晚带着五十余骑人马投奔魏王曹丕去了。曹丕见孟达来降,很是高兴,破格提拔他为散骑常侍、建武将军、平阳亭侯,领新城太守,镇守襄阳、樊城,算是给足了待遇。孟达领命至襄阳,与徐晃、夏侯尚一起击败了刘封,夺取了上庸。

孟达的第三次变,变在新城。曹魏黄初七年(公元 226 年),曹丕逝世,曹睿即位,朝中很多人嫉妒孟达,曹睿也不太喜欢他。孟达日夜不安,开始重新考虑起自己的未来,竟想到了吃回头草,也就有了第三次"背投"。诸葛亮北伐之际,孟达多次委派心腹之人给老友李严送信,表示愿率所属金城、新城、上庸三处军马重归蜀汉,约定两边共同起兵,诸葛亮攻长安,孟达取洛阳,一举灭魏。孟达踌躇满志,以为曹睿大军皆在长安,洛阳空虚,唾手可得。孰知曹睿一面驾幸长安,一面诏令被贬居宛城的司马懿官复原职,加平西都督,重新出山。诸葛亮知道孟达并非司马懿的对手,特地修书一封嘱其举事须十分谨密,不可轻易托人,"须万全提备,勿视为等闲也。"

孟达看完诸葛亮的来信,不以为然地嘲笑诸葛亮太多心了,并复信说宛城离洛阳约八百里,至新城一千二百里,倘若司马懿知晓他举事,须花费一个月的时间表奏魏主曹睿,那时候城池已固,诸将与三军皆在深险之地，没有什么可怕的。诸葛亮预见到孟达必死于司马懿之手，因为曹睿必定授予司马懿"逢寇即除"的权力，若知孟达反叛曹魏，不需十日就会兵临城下，孟达一定会措手不及。诸葛亮急令信使回报孟达："若未举事，切莫教同事者知之；知则必败。"

事成于密而败于泄，孟达万万没料到与他同谋反魏的金城太守申仪、上庸太守申耽早已私下里派家人将孟达欲反之事密告司马懿，更有孟达心腹李辅和孟达外甥邓贤随时作为内应。申仪和申耽每日调练军马，只待魏兵赶到便为内应，却对孟达谎说军器和粮草还没准备好，不敢约期起事，孟达对此深信不疑。精明的司马懿略施小计，稳住了还被蒙在鼓里的孟达，随即亲率精兵日夜兼程赶往新城。一天，参军梁畿忽然来道新城，故意说司马懿刚刚离开宛城往长安去了，孟达大喜过望，遂决定第二天举事。就在这时，右将军徐晃的兵马已到达新城城下，孟达在城头上一箭射中徐晃头额，当晚不治身亡。

第二天，孟达登城遍视，只见魏兵四面围得铁桶一般。孟达坐立不安，惊疑未定，忽见两路兵马自外杀来，旗上大书"申耽""申仪"。孟达以为是救兵到了，急忙打开城门杀出接应，可悲的是还没等他来得及对他们说一句感谢的话，昔日的好兄弟反倒冲他大叫："反贼休走！早早受死！"孟达这才如梦方醒，明白事情不对劲儿，连忙拨马回城，却见城上乱箭射下。李辅、邓贤二人在城上大骂道："吾等已献了城也！"孟达夺路而逃，申耽紧追不舍，人困马乏的孟达措手不及，被申耽一枪刺死于马下，枭其首级。"孟三变"彻底玩完了，李辅、邓贤大开城门，迎接司马懿入城。曹睿闻讯大喜，派人将孟达的首级送到洛阳城市示众，叛徒的下场大概总是可悲的吧！

孟达没有径取洛阳，却"颈"去了洛阳示众；没有死在敌人之手，却死在身边亲人和兄弟的手中。真不知道这是一种欣慰，还是一种莫大的悲哀。我们暂且不管孟达三次"背投"背后真正的原因是什么，就他最后行事缺乏必要的分析和判断，把诸葛亮的多次提醒当作耳旁风，将适宜保密的举事做得明目张胆，就可看出他为人不够谨慎。其次是孟达信赖的心腹、信赖的外甥、信赖的兄弟表面十分忠诚，到了关键的时候却相当阴险歹毒，让孟达始终在听之信之的迷雾里被出卖了，并最终走向了不归路。

心理学家说，轻信是为了张扬自己的能力而表现出来的一种过度释放，它容易让自己变得轻易相信一些人、一些事。事实上，面对这个百人百性的复杂社会，我们必须学会雾里看花，因为变是永恒的，世界上没有永远的信赖者，山盟海誓迟早会在岁月长河中成为美丽的童话，更何况普通的人与人之间？世上没有永远的朋友，也没有永远的敌人。正基于此，我们要学会观察与判断，学会"逢人只说三分话，未可全抛一片心"。有些人看上去亲切和蔼，实际上却内心狡诈，仅仅披着一件友善的外衣；有些人当面对你毕恭毕敬，不料一背转身就开始说你的坏话；有些人披着诚惶诚恐的面纱，只不过是想利用你的善良和轻信来骗取钱财……

轻信很容易让人放松警惕，把思维定格在一处，会导致我们处于被动地位。也许就在你轻信的那一刻，你很容易把秘密说出去，把隐私泄露出去，从而让你成为探照灯下一丝不挂的裸体人，别人却躲在暗处得意地看着你，玩弄着你。轻信带来的最直接后果就是泄密，泄密意味着出卖自己，让自己处处被动挨打，在无间地狱里迷失自己。你知道的不一定是别人也需要知道的，你所了解的也不是别人应该了解的，为什么一定要说出来呢？这个世界上存在着太多秘密，能守住自己的秘密是一种能力，有了这种能力就可以为自己保留更多的空间和时间，让自己的世界多些更大的胜算。

06

走好一生中最关键的那几步·于禁

　　读《三国演义》的人大都对于禁颇有微词，其实他是一个很有本事的人，持军严整，颇善治军。曹操每次征伐，于禁进则为先锋，退则为后卫，颇受倚重，在曹营猛将中算得上是出众之人。正因为于禁一向作战沉着冷静，常常表现出其他人少有的大局观，这才成就了他在曹军中不可撼动的身份和地位。然而，鞍前马后三十年，可怜临难未忠曹；盛名立于一世，晚节毁于一旦。

　　于禁，字文则，泰山钜平（今山东泰安南）人，早期追随鲍信起兵。汉献帝初平三年（公元192年），于禁带领数百人投奔在兖州的曹操，从此开始了在曹军戎马征战、建功立业的三十年。曹操见于禁弓马熟娴、武艺出众，便委任他为典军司马。曹操为报父仇而进攻徐州，于禁与夏侯惇、典韦为先锋，刘备、张飞各引一千人马杀入曹营寨边，于禁没能拦住。曹操回军濮阳攻打吕布，于禁与乐进双战吕布，终究敌不过吕布。于禁自兖州效命曹操后，历经大小数十战，多次得到曹操的高度评价，奠定其曹军大将地位的精彩战斗，当属曹操在宛城同张绣交战失利的解围战。

　　建安二年（公元197年），反复无常、降而复变的张绣向驻于淯水之滨的曹军发动突然袭击，曹操猝不及防，右臂中了一箭，幸亏都尉典韦、侄儿曹安民、长子曹昂拼死相救，才侥幸逃脱。曹操收集残兵仓皇逃奔青州，张绣亲率大军紧追，夏侯惇所领青州兵乘乱势下乡劫掠民家，时任平房校尉于禁在且战且退途中，恰巧碰见遭抢劫并被打伤的百姓匆匆逃命，立即率部沿途剿杀为非作歹的青州兵，并做好安抚乡民的工作。青州兵自恃是曹军嫡系，抢先在曹操面前告了于禁一状，言之凿凿地说于禁带兵造反，赶杀青州军马。曹操闻言大惊，欲整兵迎击于禁。

颇有周亚夫遗风的于禁并不急于找曹操说明真相，而是承担着被曹操误解的风险选择了先"引军射住阵角，凿堑安营"，做好防范张绣追兵的准备。于禁手下人问道："青州军言将军造反，今丞相已到，何不分辩，乃先立营寨耶？"于禁回答说："今贼追兵在后，不时即至；若不先准备，何以拒敌？分辩小事，退敌大事。"安营方毕，张绣率大军两路杀至，于禁身先士卒，出寨迎敌。张绣急忙退兵，左右诸将见于禁勇往直前，各自引兵追杀张绣败军至百余里。张绣势穷力孤，带着败兵投奔刘表去了，于禁这才从容地去见曹操，详细说明青州之兵肆行劫掠，大失民望，故尔杀之。曹操盛赞于禁的治军才能与宽广胸怀，说："将军在匆忙之中，能整兵坚垒，任谤任劳，使反败为胜，虽古之名将，何以加兹！"并赐给于禁一副金器，封他为益寿亭侯。

此后，于禁先后在曹操征袁术、破张绣、擒吕布、败袁绍、攻刘备、击孙吴的战斗中，或为先锋，或为后卫，英勇善战，功劳显著，深得曹操赏识，声名和地位显赫一时。然而，命运却出人意料地将了于禁一军，以至于他在三十年剑雨刀丛中建立的丰功伟绩毁于一旦。建安二十四年（公元219年）秋，驻守襄樊的曹仁遭到关羽围攻，征南将军于禁和征西都先锋庞德率领七军耀武扬威前往樊城增援，庞德首先出马战关平，交战三十回合不分胜负，关公随即横刀出马，与庞德大战百余回合。魏军恐庞德有失，急令鸣金收兵，关平恐义父年老，亦急忙鸣金。第二天，庞德与关羽交锋五十余回合诈败，一箭射中关羽左臂，于禁唯恐庞德成了大功，故尔鸣金收兵，庞德不知于禁之意，只是懊悔不已。后来，庞德接连引军搦战，蜀军十余日无人出迎，于是和于禁商议说："眼见关公箭疮举发，不能动止；不若乘此机会，统七军一拥杀入寨中，可救樊城之围。"于禁唯恐庞德成功，只把曹操戒旨相推，不但不肯出兵，反而移七军转过山口，离樊城北十里依山下寨。于禁亲自领兵截断大路，令庞德屯兵于山谷后面，使其不能进兵成功。于禁因为争功，丧失了多次战机，最终让他和庞德卷入了"水淹七军"的悲剧漩涡。

（庞德抬榇决死战，家人含泪泣别）

于禁移七军屯于樊城之北罾口川，时值八月秋天，骤雨数日，襄江泛涨，关羽在风雨大作之夜，趁机开河放水，四面八方大水骤至，平地水深丈余。七军不攻自乱，随波逐浪者不计其数，于禁、庞德与诸将各登小山避水。平明时分，关羽率将士摇旗鼓噪，乘大船而来，于禁见四下无路，左右只有五六十人，料想不能逃脱，口称"愿降"。于禁所领七军皆死于水中，会水者没有去路，也纷纷投降，只有庞德一人拼死力战，落水后被周仓所擒。于禁和庞德双双被生擒，在命悬一线的生死关头，于禁三十年积淀的荣耀仿佛全部浸了水，他高贵的膝盖情不自禁地弯曲下去，拜伏于地求关羽饶他一命。关羽问道："汝怎敢抗吾？"于禁回答说："上命差遣，身不由己。望君侯怜悯，誓以死报。"关羽绰髯笑道："吾杀汝，犹杀狗彘耳，空汗刀斧！"令人将其缚送荆州大牢内监候。跟曹操几经出生入死的于禁选择了乞哀投降，才跟了曹操没有多久的庞德却选择了宁死不屈、引颈受刑，"水淹七军"不但打碎了于禁后半生的公侯美梦，也淹掉了于禁一生的盖世功名。曹操知道于禁投降、庞德被斩的消息后，连连叹气说："于禁从孤三十年，何期临危反不如庞德也！"

勇将不怯死以苟免，壮士不毁节而求生，于禁兵败被俘、乞哀请命的举动令人震惊，甚至让人觉得不可理喻。一个戎马一生的将军本该是将性命系在裤腰带上的人，本该是用牺牲来镌写忠诚的人，可于禁面对关羽几乎没有表现出任何有效的反抗，甚至连关羽对他的羞辱也无所谓，这使他三十年忠勇的英名和他那名将的旗帜万劫不复，也把他推向了苟活的深渊。关羽被吴将吕蒙枭首以后，孙权为了交好曹魏，避免腹背受敌，将于禁从荆州监狱放出，遣归曹魏。建安二十五年（公元 220 年），曹操逝世，曹丕承袭王位，改当年为延康元年，谥曹操为武王，葬于邺郡高陵，令于禁主持建陵之事。于禁奉命来到高陵，只见陵屋中白粉壁上画着关羽水淹七军之事：关羽俨然上坐，庞德愤怒不屈，于禁拜伏于地，哀求乞命。原来曹丕鄙视于禁兵败被擒而不能死节，既降敌又复归，故先令人图画陵屋粉壁，故意羞辱于禁。于禁见此画像，他心灵深处一直背负着的沉重十字架再也承受不了生命之重、生命之痛，又羞又恼导致气愤成病，不久就离开了人世。

笔者常常为于禁的下场感到惋惜，感叹一个早已习惯于你死我活的战场中的军人怎么会突然将生命看得那么重要，甚至不惜屈膝投降，乞哀请求饶命，任凭关羽随意侮辱。人固有一死，或重于泰山，或轻于鸿毛。生命与忠诚的精神象征相比，显然是不值一提的，忠诚是军人最可宝贵的品质，每个军人自从戎的那一天起，就已经将生命交给了自己的祖国，"苟利国家生死以，岂因祸福避趋之"是铭刻在他们心中的信条，于禁应该是英明一世、糊涂一时了。虽然有些东西是可以变通的，但是旗帜和精神层面的东西却不能变通，否则只会死得更惨。于禁的投降无论是智穷力尽的结果，还是心怀恐惧使然，都是不可饶恕的错误。作为军人，在战场上只能选择忠诚，一如我们每个人要选择有尊严、有意义地活着一样，这是最起码的底线。于禁屈膝投降，与其说是丧失忠诚，不如说是他人生选择的失策。"一将功成万骨枯"的于禁，在关键时刻没能作出改变其生命质量的选择，才有了可悲可叹的结局。

一日偶翻《左传》，看到崤之战的故事，笔者感慨我们中国人尤其看重气节，大概是因为中华民族吃亏太多、负重太多，再也输不起的缘故。在春秋战国时期，人们相对来说还不太怕输，所以能用一种比较释然的眼光看待气节问题，做了俘虏以后仍能得到宽容和重用的例子并不少，如秦之孟明视、鲁之曹沫、宋之华元、晋之荀林父，都是做过俘虏并且翻身雪耻的人。据《左传》记载，晋国的叔向陷于囹圄，人斥其不智，叔向说："与其死亡若何？《诗》曰：'优哉游哉，聊以卒岁'，知也。"——不到万不得已，绝不轻言死亡，这是春秋时人对生与死的抉择，当然这种抉择绝非毫无原则，它只是智慧地承认了种种无奈。承认无奈是对人自身的尊重，尊重生命是一切善念的起点，可是我们大多数人越活越沉重、越活越武断，一切无奈之举都被排斥在宽容的殿堂之外，忍辱负重的人不为狂热分子所体谅，沉痛的心情更非浮滑之徒所能了解，所以李陵被迫投降匈奴以后，只有一个司马迁敢站出来替他说一句公道话，代价是这位仗义执言者被施行了可耻的宫刑，后人的选择只能是生不如死了。

根据心理学分析，当一个人心灰意冷或意志颓丧的时候，千万不要去决定生命中的任何重要步骤，特别是在心情不佳时所产生的念头，千万不可以作为行动指针，否则不良心境会使你的判断误入歧途，以致"一失足成千古恨，再回首已百年身"。因为当一个人在精神上感受到巨大痛苦和失望时，所采取的步骤大都只会顾及到如何使自己从眼前解救出来，不顾及日后的最终结果是好还是坏，同时也往往会忘掉自己所扮演的社会角色。一个人一生不知道要留下多少脚步，每个脚印都在讲述着一个故事。人生就像是一部戏剧，我们每个人都是演员，演绎着我们的人生，只有在走过了这一段、那一程之后，才能去回眸自己走过的岁月。有的人选择对了，只转了几个弯就能看到它。有些人因为选择错误，不得不转来转去，把自己搞得晕头转向。

在人生的关键时刻走对或走错一步，人生的结局就会天差地别——走对一步是天堂，走错一步是地狱。人生于我们也只有一次，面对只有单程票的人生，我们每个人都会有太多选择，如果选择不当，或许就会在人生道路上留下许多悔恨的脚印。所以，一个人不管走的路有多长，在紧要处只有几步远。人生的舞台没有彩排，每天都在演出。不管你资历有多深，背景有多厚，权力有多显，功劳有多大，都要认真地走好每一步，给自己也给后人留下一串无悔又清晰的印痕。

07

着眼未来不要忘记关注背后·钟会

钟会，字士季，颍川长社（今河南长葛东）人，魏太傅钟繇（楷书创始人）之子，幼年时期就很有胆量和智慧。钟会七岁那年，曾跟随父亲钟繇和八岁的哥哥钟毓去见魏文帝曹丕，钟毓紧张得汗流满面，曹丕看到后就问他："卿何以汗？"钟毓回答说："战战惶惶，汗出如浆。"曹丕又问钟会："卿何以不汗？"钟会回答说："战战栗栗，汗不敢出。"曹丕当时就感到很惊奇。钟会小时候聪明早慧，稍微长大一点，就开始大量阅读兵书，很懂得用兵打仗的韬略，司马懿和蒋济都认为他是一位奇才，用他当了秘书郎。

嘉平六年（公元254年），魏主曹芳与太常夏侯玄、中书令李丰、光禄大夫张缉等人密谋发动政变，计划泄露后三人被司马师诛杀并夷灭三族，用白练绞死张皇后，废曹芳为齐王，迎立高贵乡公曹髦为帝，司马师和司马昭兄弟继续掌握大权。正元二年（公元255年）正月，扬州都督、镇东将军、领淮南军马毋丘俭和扬州刺史文钦在寿春城尽起淮南军马讨伐司马师擅行废立之事，司马师因为新做了眼瘤手术，自己不能亲自领兵拒敌，派别人去平叛又不放心。当时已升任中书侍郎的钟会说："淮楚兵强，其锋甚锐；若遣人领兵去退，多是不利。倘有疏虞，则大事废矣。"司马师猛然从病床上坐了起来，说："非吾自在，不可破贼！"遂留下司马昭据守洛阳，总摄朝政，他乘软舆，带病东行。

正元二年（公元 255 年）二月，淮南平定后，司马师卧病不起，不久在许昌眼睛迸出而死，临终时把权力交给了弟弟司马昭。魏主曹髦想要利用这个时机夺回大权，就遣使持诏到许昌，让司马昭暂时屯军许昌，以防东吴。司马昭心中犹豫不决，钟会在这个时候发挥了关键作用，他对司马昭说："大将军新亡，人心未定，将军若留守于此。万一朝廷有变，悔之何及？"于是，司马昭率领大军回到了洛阳，魏主曹髦大吃一惊，只好封司马昭为大将军、录尚书事。从此，司马昭掌握了曹魏朝政大权。两年之后，黄门侍郎钟会又为司马昭出谋划策，顺利平定了诸葛诞联合吴兵的攻击。可以说，寿春之战是成就钟会的"成名曲"，以至于司马昭称赞其为"吾之子房"，把他比作汉初智囊张良。

姜维在沓中屯田，四十余营连络不绝，如长蛇之势。邓艾派人察看地形，画成图本，具表申奏。姜维屡犯中原，司马昭一直视之为心腹大患，意欲出兵伐蜀。从事中郎荀勖说："艾乃世之良材，更得钟会为副将，大事成矣。"司马昭闻言大喜，说："此言正合吾意。"于是召见钟会，问道："吾欲令汝为大将，去伐东吴，可乎？"钟会回答说："主公之意，本不欲伐吴，实欲伐蜀也。"司马昭大笑道："子诚识吾心也。但卿往伐蜀，当用何策？"钟会胸有成竹地说："某料主公欲伐蜀，已画图本在此。"图中细载一路在哪里安营下寨，在哪里屯粮积草，从哪里进攻，从哪里退却，皆有法度。司马昭看了高兴地说："真良将也！卿与邓艾合兵取蜀，何如？"钟会非常自信地说："蜀川道广，非一路可进；当使邓艾分兵各进，可也。"

曹魏景元三年（公元262年）冬天，司马昭任命钟会为镇西将军、假节钺，都督关中人马；同时任命邓艾为征西将军，都督关外陇上，约定日期伐蜀。钟会担心泄露机密，就以伐吴为名，令青、兖、豫、荆、扬等五处制造大船，又派唐咨在登、莱等州傍海之处拘集海船。司马昭不知其意，遂召钟会问话："子从旱路收川，何用造船耶？"钟会说："蜀若闻我兵大进，必求救于东吴也。故先布声势，作伐吴之状，吴必不敢妄动。一年之内，蜀已破，船已成，而伐吴，岂不顺乎？"钟会一出手就是军事天才的手笔，明修栈道、暗度陈仓之计一方面可以敲山震虎，使得东吴在伐蜀期间不敢轻举妄动，另一方面是为以后灭吴提前做准备，一石二鸟着实令人刮目相看。然而，钟会是有才无德、心数不正之人，特别是在他得势以后，对下属寡恩无义，为了攫取更大的权力，往往心狠手毒，不择手段。自率兵伐蜀，到最后命丧成都，钟会是整了一路人，害了一路人。

曹魏景元四年（公元263年）七月初三，钟会统领十万大军自京城出发，旌旗蔽日，铠甲凝霜，人强马壮，威风凛凛。当了多年幕僚的钟会终于迈上了三军主帅的位置，司马昭在钟会出师之日亲率百官送他到城外十里方回，此时的钟会可谓是踌躇满志、意气风发，激动之情溢于言表。出城安营扎寨以后，钟会召集监军卫瓘、护军胡烈和大将田续、庞会、田章等八十多名将领开会，选定虎将许褚之子许仪为先锋，率领五千马军、一千步军，逢山开路，遇水搭桥，出斜谷径取汉中。由于沿途多崎岖山险，钟会让许仪首先带兵填平道路，修理桥梁，凿山破石，保证一路畅通，并叮嘱他"如违必按军法"。许仪受命领兵先行，钟会随后率十万余众星夜启程，迤逦往汉中进发。

前军先锋许仪想要立头功，先领兵至南郑关，对部将说："过此关即汉中矣。关上不多人马，我等便可奋力抢关。"众将领命，一齐并力向前抢关，结果中了守关蜀将卢逊的埋伏。钟会闻讯后，带领帐下甲士百余骑来救援，也被守关士兵的箭弩逼退。卢逊带领五百军士出关追杀，钟会拍马过桥时，桥上的土突然塌陷，陷住了马蹄，险些被掀下马来。钟会弃马步行，跑下桥时被卢逊赶上，幸亏荀恺回身一箭将卢逊射中落马。钟会率众乘势抢关，关上军士因有蜀兵在关前，不敢贸然放箭，结果被钟会夺了山关。回到大本营以后，钟会以开路架桥不力而使主将遇险为由，下令将许仪推出帐外斩首示众。诸将纷纷求情，钟会丝毫不为之所动，怒气冲冲地说："军法不明，何以令众？"诸将眼见许仪被斩，无不骇然。俗话说"兵不斩不齐"，主帅杀鸡给猴看原本无可厚非，但要看杀得是否合乎情理，是否能够服众。许仪身为开路先锋，出现"豆腐渣"工程理应受到严惩，可他的过错未必构成死罪，钟会下手着实太狠了！

如果说钟会斩杀许仪是为了严肃军纪，似乎还勉强说得过去，那么陷害奏免雍州刺史诸葛绪则是他私心权欲的大暴露。钟会大军势如破竹般攻破阳安关，乐城守将王含、汉城守将蒋斌明知汉中已全面失守，打开城门不战而降，只在剑阁遇到了姜维蜀军劲旅的顽强抵抗。雍州刺史诸葛绪受命率领一万五千兵把守阴平桥头以阻断姜维归路，姜维却用调虎离山计佯攻雍州，诱使诸葛绪回保根本，乘机过了阴平桥头，抢先占据剑阁关。钟会想独占军权，兼并诸葛军，竟不顾诸葛绪归邓艾所辖，想要将其斩杀。钟会是三军主帅，官大一级压死人，诸葛绪明知他的醉翁之意，却是哑巴吃黄连，有口难辩。监军卫瓘说："绪虽有罪，乃邓征西所督之人；不争将军杀之，恐伤和气。"钟会却说："吾奉天子明诏、晋公钧命，特来伐蜀。便是邓艾有罪，亦当斩之！"在众人力劝下，钟会下令将用槛车载赴洛阳任凭司马昭发落，随即又将诸葛绪所领之兵收在部下调遣。钟会不可告人的个人目的达到了，进攻剑阁的各路军队都归其指挥，他的权力更大了。不过，这对钟会来说还真是"小意思"，只不过是他争夺权力的惯用伎俩而已。

有人将钟会处置诸葛绪的经过告知邓艾，邓艾与钟会官品一般，且久镇边疆、于国多劳，现在竟要听从妄自尊大的钟会节制，心中很不服气。不服气自然就要闹矛盾，邓艾要亲自上门找钟会算账，儿子邓忠赶紧良言相劝，说："小不忍则乱大谋，父亲若与他不睦，必误国家大事。望且容忍之。"邓艾虽然被邓忠劝住了，但他心里仍然怒火中烧，还是带了十数骑人马去见钟会。钟会听说邓艾来了，便问左右："艾引多少军来？"左右回答说："只有十数骑。"钟会依然心中感到不安，令帐上帐下列武士数百人，以确保他安全无虞。邓艾建议从阴平小路出汉中德阳亭，用奇兵径取成都，姜维必撤兵来救，那时钟会再乘虚攻取剑阁关，即可大获全胜。钟会明知"阴平小路，皆高山峻岭，若蜀以百余人守其险要，断其归路，则邓艾之兵皆饿死矣"，却幸灾乐祸地怂恿他这样去做，说："将军此计甚妙！可即引兵去。吾在此专候捷音！"二人饮酒相别，等邓艾一离开，钟会就对自己的部下说："人皆谓邓艾有能。今日观之，乃庸才耳！"在这一点上，钟会真是估计错了，他置云梯炮架，只打剑阁关，客观上牵制了姜维的主力，给邓艾偷渡阴平提供了保障。

邓艾以坚忍卓绝的精神，偷渡阴平，越摩天岭，奇袭江油，径取涪城，直逼成都。蜀汉后主刘禅从睡梦中惊醒，魏军已兵临城下，蜀汉君臣束手无策，只好抬着棺材出城投降，这时离钟会誓师还不到半年。刘禅让蒋显到剑阁关传令姜维归降，姜维帐下众将无不对先降者切齿愤恨，又为自己徒自血战痛哭失声，姜维还想最后挣扎一下，想了个曲线救国之计，率张翼、廖化、董厥等向钟会投降。钟会没有料到邓艾会抢占伐蜀头功，心理上感到很不平衡，但是姜维以全师之众投顺于他，又弥补了他内心的不平衡。姜维曲意奉承钟会，说："闻将军自淮南以来，算无遗策；司马氏之盛，皆将军之力：维故甘心俯首。如邓士载，当与决一死战，安肯降之乎？"本来，对面谀别人的人应该提高警惕，可是钟会此时却志得意骄，完全丧失了警惕，不仅看不出姜维的别有用心，反而折箭为誓，与姜维结为兄弟，仍令其照旧领兵。

邓艾占领成都后居功自傲，已不太听从司马昭的指挥，许多事情擅自做主。司马昭深疑邓艾有自专之心，遣使赍诏封钟会为司徒，要他监察邓艾，以防其变。此举正中钟会下怀，因为邓艾日后有可能挡了钟会升迁的道，于是就与姜维商量说：“邓艾功在吾之上，又封太尉之职；今司马公疑艾有反志，故令卫瓘为监军，诏吾制之。伯约有何高见？”姜维说：“愚闻邓艾出身微贱，幼为农家养犊，今侥幸自阴平斜径，攀木悬崖，成此大功；非出良谋，实赖国家洪福耳。若非将军与维相拒于剑阁，艾安能成此功耶？今欲封蜀主为扶风王，乃大结蜀人之心，其反情不言可见矣。晋公疑之是也。”钟会按照姜维的计策行事，立即遣人赍表进赴洛阳，言“邓艾专权恣肆，结好蜀人，早晚必反矣。”钟会又令人于中途截了邓艾表文，按照邓艾的笔法将话语改写得非常傲慢，以证实自己所言不虚。照常理来说，邓艾出力气，钟会摘桃子，捡了便宜也就算了，可他却要借机铲除种桃浇水人，以实现自己一人的专功专权。

司马昭命令与邓艾互相妒忌的钟会立即捉拿邓艾，钟会请姜维计议逮捕邓艾之策，姜维说：“可先令监军卫瓘收艾。艾若杀瓘，反情实矣。将军却起兵讨之，可也。”钟会闻言大喜，遂令卫瓘引数十人星夜入成都捉拿邓艾父子。卫瓘在鸡鸣时分活捉邓艾父子，钟会已带大兵进入成都，派人将邓艾父子装进囚车押赴洛阳，并趁机兼并了邓艾的军队。整垮了邓艾，钟会沾沾自喜，对姜维说道：“吾今日方趁平生之愿矣！”话虽如此，钟会整人害人还不到此为止，他还有更大的野心没有实现。此时的钟会威震西蜀，自认为功名盖世无双，不可能再屈居人下称臣，姜维又别有用心地纵容钟会拥兵自立，他好乘机使汉室社稷危而复安。于是，在姜维的怂恿之下，钟会计划以成都为基地，率精兵强将直取中原，事成则得天下，称王称帝；哪怕退一步来讲，即便只是据守西蜀，也不失做一个刘备式的帝王。可笑钟会想得也太天真了，他在司马昭面前毕竟是小巫见大巫。司马昭早就窥到了钟会的狼子野心，先派铁杆心腹贾充率三万兵马进入斜谷，然后与魏主曹奂亲率大军进驻长安。钟会明白这都是冲着自己来的，于是加快了反叛步伐。

曹魏景元五年（公元264年）正月十五元宵节，钟会召集诸将饮宴，酒过数巡后执杯大哭，诈称："郭太后临崩有遗诏在此，为司马昭南阙弑君，大逆无道，早晚将篡魏，命吾讨之。汝等各自金名，共成此事。"众皆大惊，面面相觑，钟会拔剑出鞘，威胁道："违令者斩！"众人皆恐惧，只得在事先写好的盟誓上签名画押。因为担心诸将不服，钟会下令将他们统统关押在蜀汉故宫，派兵严加看守。这些将领有的曾跟随钟会东征西讨多年，有的在伐蜀中立过战功，钟会为了一己之私，竟将他们视若草芥，不管三七二十一，下令："宫中掘一坑，置大棒数千；如不从者，打死坑之。"还有比这样的上司更歹毒的吗？钟会拿属下的性命不当回事，属下自然不认他这个统帅。由于钟会心腹部将丘建和护军胡烈及其子胡渊秘密串联，使宫外魏军诸营获悉了钟会要坑杀不跟随造反将领的消息。正月十八日中，哗变的士兵如潮水一般涌进蜀汉故宫，钟会下令关闭殿门，使军士上殿屋以瓦迎击，双方互相杀死数十人。外兵砍开殿门杀入，钟会掣剑杀戮数人，却被乱箭射倒，姜维遂自刎而死。众将将钟会枭首，这个恶贯满盈的整人者惨死于一群被整者之手，结束了他罪恶的生命。

钟会在拒吴平蜀中立下了盖世功劳，可惜他的野心太大，异想天开最终不得善终，死于非命又被人们千秋不齿。看来，人——特别是领导者，还是光明正大些好，钟会的下场应当成为那些动辄整人者的前车之鉴。有诗叹钟会："髫年称早慧，曾作秘书郎。妙计倾司马，当时号子房。寿春多赞画，剑阁显鹰扬。不学陶朱隐，游魂悲故乡。"作为谋士的钟会无疑是优秀的，但自从他披上将军的盔甲，就开始显示出了幼稚的一面。钟会能战胜面对着的千军万马，却不能战胜小小一个自我，在把握大局、掌握时机、临门一脚的功夫上都太差了，他的死验证了中国的一个古老寓言：螳螂捕蝉，黄雀在后。那是《说苑》中记载的一个叫"少孺子"的人劝谏吴王伐楚的故事:秋蝉高高在上，自鸣得意，不知螳螂在背后悄悄爬上来，想吃掉它；螳螂一心只想抓住秋蝉，不知黄雀已伸着脖子，正准备吃掉它。螳螂被眼前利益蒙住了眼睛，所以利令智昏，被麻雀吃掉了。且不说司马昭这只黄雀的老主意是如何打算的，钟会扮演的螳螂在演出场面提升级别以后，一下子变得幼稚起来，硬是伸着头钻进了司马昭早就布置好的圈套。

透过充满杀机的"螳螂捕蝉，黄雀在后"的故事，我们应该学会着眼未来更不忘关注背后。如果蝉儿能有意看好自己背后，如果螳螂在捕食前不忘记回顾一下，那么"螳螂捕蝉，黄雀在后"就不会成为让人警醒的生存箴言，它们也就不会被贪婪和自信拉去当垫脚石了。在你死我活的拼杀中，真正的高手首先得是一位眼观六路、耳听八方的主儿，交手之前重点防备自己背后潜在的对手，与同伴联手时会后背相靠互为依托，落单独斗时会严防背后突如其来的偷袭。目光不到的地方是陌生的，没有提防的后背是危险的，我们视线所能触及的永远只能是很少甚至是很不重要的地方，殊不知在看似安全的背后往往暗藏着魑魅魍魉，必须格外小心谨慎。

进退有章、攻防有序最重要·邓艾

　　《三国演义》里的邓艾是魏国后期有胆有识、智勇双全的著名将领，也是继司马懿之后唯一能与姜维抗衡的军事谋略家，他屡破姜维，使蜀兵北伐终成画饼，最后率大军入川偷渡阴平、直取成都，蜀汉王国在他手下顷刻间化为魏地。然而，邓艾的悲剧就在于只顾立功却疏于防患，在人生大棋盘上有业务的勇敢而无处世的谋略，有军事上的聪明而无政治上智慧的，年近古稀竟与儿子同被处死，身首异处，白骨露野。待到彻底平反昭雪，已是十年后的事情。今细思之，邓艾之经验何等宝贵，其教训又何等深刻！

　　邓艾，字士载，义阳（今河南新野）人，出身微贱，幼年丧父，靠给农家养牛为生。他从小素有大志，只要见了高山大泽，就会专心致志地观察地形，用手比划着说何处可以扎营，何处可以屯粮，何处可以埋伏。别人知道后都感到十分好笑，唯独司马懿十分赏识邓艾的才能，遂令其参赞军机，提拔他为太尉府的掾吏。邓艾思考问题十分敏捷，但天生有口吃的毛病，每次汇报事情总是自称"艾……艾……"。司马懿曾经和邓艾开玩笑说："卿称艾艾有几艾？"邓艾立即借用司马相如《情诗二首（凤兮凤兮归故乡）》的前四个字，回答说："'凤兮凤兮'，固是一凤。"司马懿真是慧眼独具，在一个偶然的机会发现了邓艾这样天赋异禀的人才，邓艾此后也表现出了超凡的军事才能和顽强刚毅的性格。

　　曹魏正元二年（公元 255 年），蜀汉大将姜维利用司马师新亡、司马昭初握重权的时机出兵伐魏，大败魏雍州刺史王经于洮西，杀死魏兵几万人。兖州刺史邓艾奉命援救，征西将军陈泰询问破敌之计，邓艾回答说："吾今陈兵于项岭，然后进兵击之，蜀兵必败矣。"陈泰赞叹道："真妙论也！"遂先拨二十队兵，每队五十人，尽带旌旗、鼓角、烽火之类，日伏夜行前往狄道城东南高山深谷之中埋伏；只待蜀兵到来，一齐鸣鼓吹角为应，夜则举火放炮以惊之。陈泰和邓艾各自引两万兵向狄道城进发，姜维命夏侯霸引兵迎击陈泰，他亲自引兵迎击邓艾。双方尚未交战，忽然东南一声炮响，鼓角震地，火光冲天。姜维纵马看时，只见周围皆是魏兵旗号，不由得惊呼："中邓艾之计矣！"遂传令夏侯霸、张翼各弃狄道而退退于汉中，由他亲自带兵断后，只听得背后鼓声不绝，直到退入剑阁之时，方知火鼓二十余处皆为虚设。

　　姜维收兵退屯于钟提以后，征西将军陈泰把兖州刺史邓艾的功绩申奏魏主曹髦，曹髦封邓艾为安西将军，假节领护东羌校尉，和陈泰屯兵于雍州、凉州等地。陈泰认为姜维一时没有力量再发动进攻了，邓艾却认为有五种理由可以肯定姜维会再次进攻的：其一，蜀兵虽然败退，但没有太大伤亡，仍然有进攻的实力，魏军却因洮西弱败而伤亡几万人。其二，蜀兵都是诸葛亮当年亲自训练出来的精锐之师，容易调遣；魏军不时更换将领，军事训练不熟。其三，蜀人多以船行，魏军皆在旱地，劳逸大不同。其三，狄道、陇西、南安、祁山四处皆是守战之地，蜀人可以声东击西、指南攻北，也可以专门进攻一处，魏军必须分散兵力全面把守。其五，如果蜀兵自南安、陇西出兵，可取羌人之谷为食；若从祁山出兵，则有麦可食。陈泰听完后，十分叹服："公料敌如神，蜀兵何足虑哉！"于是，陈泰与邓艾结为忘年之交，每日操练雍州、凉州等处之兵，各处隘口皆立营寨，时刻提防蜀军突袭。

过了不久，姜维果然从祁山出兵，发现邓艾早有防备，因此改道董亭进攻南安。邓艾料到了姜维的意图，率大军星夜背道而行，抢先驻扎在董亭北面的武城山上，然后令其子邓忠与帐前校尉师纂各引五千兵，先去上邽西南的段谷埋伏妥当。双方首先在武城山开战，蜀兵被魏军打得落花流水，姜维只好留夏侯霸屯于武城山，自己尽引精兵猛将径取上邽。姜维大军行至段谷，师纂、邓忠两军杀出，邓艾也引兵杀到，三路夹攻，蜀兵大败。幸得夏侯霸引兵救了姜维，欲再往祁山，山寨已被陈泰打破，全寨人马皆退回汉中去了。姜维不敢取董亭，急投山僻小路，后面邓艾急追，被征西将军陈泰困在垓心。姜维人马困乏，左冲右突，不能突围。荡寇将军张嶷闻知姜维受困，引数百骑杀入重围，被魏兵乱箭射死。姜维乘势杀出，才得以逃命，退回汉中。蜀军将士伤亡惨重，皆归罪于姜维，他只得依照诸葛亮失街亭旧例，上表后主刘禅自贬为后将军，行大将军事。邓艾大破姜维，征西将军陈奏表邓艾之功，司马昭遣使持节，提升了邓艾的官爵，并赐印绶，封其子邓忠为亭侯。此后，邓艾用党均行离间计，迫使姜维到沓中屯田避祸，成为御蜀的中流砥柱，可谓是风光一时。

偷渡阴平是邓艾的杰出代表作，也是冒险奇袭、以少胜多的典型战例。曹魏景元四年（公元263年）秋七月初三日，魏镇西将军钟会率二三十万关中精兵从正面进攻蜀汉，在剑阁关与姜维相持难下，征西将军邓艾提出引一军绕过剑阁，从阴平小路用奇兵径取成都，使姜维回救，以便钟会乘机夺取剑阁。同年十月，邓艾带着一支精兵踏上了艰险莫

测的征途，一个多月后这支队伍竟如神兵天降，突然出现在蜀汉腹地，兵不血刃轻取江油，以迅雷不及掩耳之势直奔绵竹，像一把尖刀刺向蜀汉都城成都。面对从天而降的魏军，蜀汉上下一片混乱，后主刘禅率太子、诸王及群臣六十余人，出北门十里向邓艾俯首投降。平心而论，偷渡阴平之所以能够成功，存在着客观上的有利条件：其一，后主刘禅昏庸无能，蜀汉朝政日益衰微，败亡已成必然。其二，钟会与姜维相持于剑阁，吸引了蜀军的主力，蜀汉内部空虚。其三，邓艾当时身为征西将军，与钟会官阶相平，一旦下定决心，不会被钟会掣肘。同时，钟会深信阴平不可渡，有意要看邓艾的笑话，故意不加阻拦，这就使邓艾的偷渡计划得以付诸实施。不过，这些客观条件绝不是邓艾成功的关键因素，否则足智多谋又对蜀汉地形了如指掌的钟会是绝对不会让邓艾抢这个头功的。

在整个偷渡阴平战役中，邓艾表现出了一个军事谋略家的大智大勇。首先，抢抓机遇，得策辄行。按照司马昭的安排，此次伐蜀是要让其亲信钟会占据头功。钟会依仗后台硬，根本不把邓艾放在眼里，邓艾就是要较这个劲。姜维、钟会相持不下，蜀汉重兵屯于剑阁，后方必然空虚无备，这正是偷袭的大好时机。邓艾一旦思考成熟，立即踏上征途，有效地抓住了这一机遇。其次，不屈不挠，知难而进。阴平小道是汉武帝通西南夷时开凿的，沿线山高谷深，人迹罕至，早被废弃。长途偷袭，万一遇到阻击，或截断退路，绝了军粮，不战死也会饿死。这些风险邓艾是十分清楚的，俗话说"不入虎穴，焉得虎子"，为了能够取得胜利，他硬是带着儿子和众军豁上了！第三，冷静分析，周密计划。邓艾偷渡阴平绝不是盲目冒险，而是建立在对形势精密分析的基础上。阴平小道尽管崎岖艰险，毕竟还有这么一条路，即使断绝之处，也有可能修复。此道既为久已废弃之路，蜀汉必不设防，避实就虚也最容易通过。邓艾带队在荒无人烟的偏僻山区跋涉了七百余里，披荆斩棘，凿山开路，搭造桥阁，修复栈道，保证了后续军队长驱直入。第四，身体力行，率先垂范。邓艾率军行至马不堪行的摩天岭，好不容易步行爬上岭，却发现岭西皆是悬崖陡壁，不能开凿，道路断绝，无法下山。邓忠与开路将士都感到前功尽弃，伤心地落下泪来，邓艾说："吾军到此，已行了七百余里，过此便是江油，岂可复退？"这位六十七岁的老将用毡裹住自己的身体，率先滚下山去。在他的带动下，将士们上行下效，有毡衫者裹身滚下，无毡衫者各用绳索束腰，攀木挂树，紧贴悬崖，鱼贯而进，下了摩天岭。第五，只争朝夕，风雨兼程。在行军作战的关键时刻，邓艾总是兵贵神速，魏军将士一拥而入江油城时，江油守将马邈竟不知魏兵从何而来，只有慌忙投降。如果邓艾行动迟缓，被马邈察觉，后果怎堪设想！攻下江油，邓艾仍不懈怠，部将田续不愿前进，他喝令左右欲斩之，众将苦劝才免其死罪。军至绵竹，遭到诸葛瞻（诸葛亮之子）的顽强抵抗，邓忠、师纂二人出击均告失利，邓艾欲将二人斩首示众，众皆苦劝，方才息怒。邓艾身先士卒，奋勇冲杀，诸葛瞻、诸葛尚父子先后战死，魏军大破蜀军，乘胜向成都进军。可以设想，若邓艾没有坚忍不拔的毅力，不仅阴平难以偷渡，即便走过了这段死亡之路，挥师成都也将成为泡影。

邓艾历尽艰险，偷渡阴平灭蜀威震华夏，司马昭封他为太尉，增邑二万户，封二子为亭侯，各食邑千户。在不世之功面前，邓艾一改往日谦虚谨慎的作风，模仿东汉将军邓禹平蜀后实行的政策，擅自代朝廷做了一些重要决定，这种做法最招领导猜忌，被同僚嫉妒。作为魏国后期的重要将领，邓艾在军事指挥上的成就是不可否认的，无论是战功还是威望都和当年的司马懿不相上下。人在达到某个顶峰的时候最需要冷静下来，为自己的以后做出规划，或进或退，或守或攻，为自己达到质的飞跃打下基础。然而，邓艾并没有这样做，反倒头脑发热，一味向前毕其功于一役。在当时的情况下，邓艾的官运就像一个膨胀的气球，大到一定程度的结果很可能就是破裂。功高当自危，可是我们始终没有看到邓艾采取过什么自保举措，这也为他日后的悲剧埋下了伏笔。

在中国历史上，功高盖主、兔死狗烹的事例数不胜数，汉朝开国皇帝刘邦就是一位卸磨杀驴的高手。邓艾既不吸取前车之鉴，也不学习后事之师，当他把大旗插在蜀汉皇宫最高点的时候，人生道路也即将走到悬崖顶端，接下来就看他怎么坠落了。邓艾未经请示，擅自拜刘禅为骠骑将军，其余蜀汉文武旧臣各按原来职务高低拜官；封自己的部将师纂为益州刺史，牵弘、王颀等各领州郡；又于绵竹筑台以彰战功，大会蜀中诸官饮宴；还专门给司马昭写信，说应该厚待刘禅，暂时将他留在属地，来年冬月再押抵洛阳，今即可封刘禅为扶风王，给他提供优厚的生活待遇和足够的佣人，爵其子为公侯，以显归命之宠，则吴人畏威怀德，望风而降。当时，曹魏已经名存实亡，真正掌握实权的是路人皆知其心的司马昭，而邓艾已经超过司马家族的功劳立刻变成了一剂毒药，严重威胁到了司马昭的统治。

疑心重重的司马昭很怀疑邓艾要在蜀中专权，一方面对他大加封赏，进行安抚；另一方面，不但没有批准邓艾所言之事，还派心腹卫瓘入川做监军，转告他有事必须要向朝廷报告，不得任意行事。邓艾恃功而骄，说："将在外，君命有所不受。吾既奉诏专征，如何阻当？"邓艾很不满意，又给司马昭写信力争，说："艾衔命西征，元恶既服，当权宜行事，以安初附。若待国命，则往复道途，延引日月。《春秋》之义：大夫出疆，有可以安社稷、利国家，专之可也。今吴未宾，势与蜀连，不可拘常以失事机。兵法：进不求名，退不避罪。艾虽无古人之节，终不自嫌以损于国也。先此申状，见可施行。"这不过是邓艾坚持己见、敢作敢为的一贯作风的延续，但是朝中皆言邓艾必有反意，更加引起了司马昭的疑忌，遂遣使赍诏封钟会为司徒，和监军卫瓘一起伺察邓艾，以防其变。

钟会嫉妒邓艾抢先攻取成都的功劳，与姜维商量乘司马昭疑忌邓艾的时候，添油加醋上书密告"邓艾专权恣肆，结好蜀人，早晚必反矣。"又令人于中途截获邓艾表文加以伪造，故意按邓艾笔法添上一些傲慢之词，于是朝中文武皆惊。这一次司马昭不再隐忍不发，而是要除之后快，他一方面指示钟会伺机逮捕邓艾，一方面遣贾充引三万兵入斜谷，为魏主曹奂御驾亲征打前站。钟会接到命令以后，指使卫瓘引数十人入成都，逮捕了邓艾父子，并押送洛阳。邓艾被捉以后，钟会在姜维的煽动下决心造反，并自鸣得意地说："事成则得天下，不成则退西蜀，亦不失作刘备也！"他不知道这一切都是司马昭预先布置好的圈套，也低估了司马昭鼓挟魏主曹奂御驾亲征，重兵驻跸长安以威慑成都的作用。果然不出司马昭所料，钟会的叛乱不得人心，魏军将领们一举干掉了钟会与姜维。邓艾部下之人乘机连夜追劫赶往洛阳途中的邓艾囚车，想将邓艾解救出来。卫瓘参与了陷害邓艾的阴谋，害怕邓艾放出之后对他不利，派护军田续引五百兵赶至绵竹，正遇上邓艾父子刚刚被放出囚车，打算重返成都。邓艾见了田续，以为是部下带兵来迎接他，因此没有任何防备。邓艾欲待问时，被田续一刀杀了，其子邓忠也死在乱军之中。邓艾年近古稀竟与儿子同时被处死，待到彻底平反昭雪已是十年后的事情了。今细思之，邓艾之经验何等宝贵，其教训又何等深刻！

邓艾少有大志，深知地理，足智多谋，骁勇善战，偷渡阴平，一举灭蜀，却居功自傲，上演了一出人生悲剧。曾经把邓艾一手提拔起来的司马懿是一位善于保护自己的高人，他与蜀汉交战时攻而不克、胜而不贪，始终给蜀汉一个喘息的机会，因为他知道蜀汉在一天，司马家族就可以延续一天，一旦把蜀国剿灭了，堂堂的司马就要变成死马了。司马懿真是一位智者，他明白"日中则昃，月盈则虚，器满则倾"的深刻哲理，知道这样才能把自己放在最重要的位置上。像司马懿一样的智者数不胜数，他们在被需要的时候果断出击，走向一个顶峰；当他们知道自己已经不适合的时候，就会毅然选择退一步，殊不知他们果断退下的那一刻，已经走上了另一个海阔天空的顶峰。譬如范蠡、张良帮助别人打下江山只是为了证明自己的价值，在完成使命以后如果再往前一步就可能坠入深渊，所以他们急流勇退、独善其身，不但保全了自己，还获得了人生的解脱。正所谓"无欲则刚"，留下一点遗憾可以让自己得到更多生存空间。

我们总想把事情做得最好，殊不知过犹不及，好事到一定程度后就会朝不好的方向发展。奋斗是一个简单的过程，锐意进取和聪明才智就可以让你成功，但是在质变的前夕如何做得更好则需要智慧。许多人的无奈在于该进取的时候知道锐进，却不知道在该放弃的时候适当放弃。许多企业家开创了良好的商业格局，却因急于求成、渴望做大做强而盲目膨胀；或成立集团公司上市，或打入国际市场，做一些自己不熟悉的业务，结果在新的挑战面前轰然倒塌。生命也是如此，人生需要不断完善，但不能刻意追求完美，当你站在一个顶峰的时候，要想达到更高的山头，你必须选择退一步走下来，然后才能朝着更高的境界前行。

人生的制高点是一个锋利的刀尖，你可以在顶端把一切踩在脚下，但它也可以刺破你的皮肉甚至结束你的生命。在这种情况下，要想继续攀登，就看你作出何种选择。人生需要完善，却不可能做到完美，完美则俗，大成若缺。在某些事物上留一点缺憾，这样才能成就你人生之路上的维纳斯，让你永远具有魅力。换言之，人生就像下一盘棋，知道该进的时候进，该退的时候退，进退有章、攻防有序的人才是博弈高手。现实生活和事业中，知进退更是上升到哲学的高度，一味追求最好虽说不是坏事，但是谁能保证不会弄巧成拙呢？如果说过于求进的人是勇，懂得退居的人谓谋的话，那么能从正反两方面兼顾的人就是大赢家。

09

先为不可胜尔后待敌之可胜·羊祜

　　唐代诗人孟浩然《与诸子登岘山》诗云："人事有代谢，往来成古今。江山留胜迹，我辈复登临。水落鱼梁浅，天寒梦泽深。羊公碑尚在，读罢泪沾襟。"这首诗中的"羊公"，即晋初名将羊祜，他是东汉著名学者蔡邕的外孙、司马师的妻弟、夏侯霸的女婿，在镇守襄阳（今湖北襄樊）期间巧用怀柔之计瓦解敌军斗志，为日后平灭东吴发挥了重要作用。

　　羊祜，字叔子，泰山南城（今山东费县西南）人，是《三国演义》最末一回着力刻画描绘的一位人物，也是罗贯中笔下最后一个成功塑造的人物。司马炎代魏称帝后不久，东吴末帝孙皓诏令镇东将军陆抗"兵屯江口，以图襄阳"，羊祜在这个时候被晋武帝司马炎宣谕为都督荆州诸军事，在与东吴接壤的南方重镇襄阳整顿军马，着手东征平吴的准备工作。然而，羊祜到任后并不急于进行军事进攻，他经常轻裘宽带，不披铠甲，完全不像带兵打仗的样子。"祜在军，尝着轻裘，系宽带，不披铠甲，帐前侍卫者不过十余人。"这简略的描写同罗贯中着力描写关羽的灼灼英气、诸葛亮的飘然仙风是不可相比的，寥寥二十四字却将别一样的风格、别一样的气韵亮给了读者。"吴人有降而欲去者，皆听之。"——对战场上投降的吴人，如果愿意回去，可听随其便。"减戍逻之卒，用以垦田八百余顷。

其初到时，军无百日之粮；及至末年，军中有十年之积。"自从羊祜镇守襄阳，甚得军民之心。

羊祜确实是一位不同凡响的将领，他儒雅洒脱、充满自信、智谋高强、胆识过人，深知三国战乱已久，人心思治若渴，平吴统一乃是大势所趋，绝不能操之过急、轻举妄动。一天，部将入帐禀告羊祜："哨马来报，吴兵皆懈怠。可乘其无备而袭之，必获大胜。"羊祜笑着说："汝众人小觑陆抗耶？此人足智多谋，日前吴主命之攻拔西陵，斩了步阐及其将士数十人，吾救之无及。此人为将，我等只可自守；候其内有变，方可图取。若不审时势而轻进，此取败之道也。"由此可见，羊祜对东吴上将陆抗的胆识和才干十分了解，这种建立在对敌方充分了解和正确估计基础上的防卫政策无疑是非常正确的，这也是他们在戍边拒敌期间得以相安无事的根本原因。

一天，羊祜带领诸将打猎，正好碰上吴将陆抗也带着人马出猎，羊祜便下令："我军不许过界。"众将得令后，皆止于晋地打围，果真不犯吴界。陆抗远远望见，慨叹道："羊将军有纪律，不可犯也。"晚上回到军营中，羊祜查问所得禽兽，凡是被吴人先射伤的，全部派人送还。且不说羊祜军纪之严明，仅就送兽还吴这件事来看，气度之宏大，眼界之高远，绝非一般有勇无谋者所能及。即使被罗贯中极力赞美的关羽，恐怕也是望尘莫及，他若有此等眼光，则荆州不失矣。陆抗可不是头脑简单之辈，这位东吴名将陆逊之子、"小霸王"孙策的外孙深深佩服羊祜的大家风范，于是把前来送还猎物的晋人叫来问话："汝主帅能饮酒乎？"来人答道："必得佳酿，则饮之。"陆抗笑曰："吾有斗酒，藏之久矣。今付与汝持去，拜上都督：此酒陆某亲酿自饮者，特奉一勺，以表昨日出猎之情。"来人携酒而去，左右之人问陆抗："将军以酒与彼，有何主意？"陆抗说："彼既施德于我，我岂得无以酬之？"众皆愕然。

陆抗领了羊祜一片深情厚谊，又还了羊祜出猎之情。虽是两军对阵，刀枪剑戟却消融在和乐的情味深长之中。送还吴军猎物的晋人回见羊祜，以陆抗所问和赠酒之事一一陈告。羊祜笑道："彼亦知吾能饮乎！"遂命人开壶取饮。部将陈元劝说道："其中恐有奸诈，都督且宜慢饮。"羊祜却笑着说："抗非毒人者也，不必疑虑。"竟一口气把酒都喝光了。陈元之疑以羊祜对陆抗人品的信任而消失，羊祜之乐不只在倾壶畅饮，还在于在弥漫的硝烟里，在残酷的战场上，他看到了一颗真诚的心，交上了一位在敌人阵营里的朋友。前人曾把羊祜饮陆抗之酒与关羽饮鲁肃之酒作比，称颂羊祜的雅量。笔者倒认为，两件事虽然都属于一种豪气，却又并非一体。关羽饮鲁肃之酒被大肆渲染，颇有几分虚张声势，羊祜饮陆抗之酒却自然纯真，是在相互敌对的浓雾中透出的人和人心灵的撞击，因此更富有震撼灵魂的力量。

有陆抗的送酒，又有羊祜的送药，真所谓来而不往非礼也。一天，陆抗派人问候羊祜，羊祜问陆抗将军安否？来人说："主帅卧病数日未出。"羊祜将亲自调制的熟药委托来人带给陆抗服用，陆抗的部下都认为："羊祜乃是吾敌也，此药必非良药。"陆抗毫不怀疑地说："岂有酖人羊叔子哉！汝众人勿疑。"陆抗服药后，次日即病愈，众将皆拜贺。羊祜以德不以战，正如陆抗所说："彼专以德，我专以暴，是彼将不战而服我也。今宜各保疆界而已，无求细利。"羊祜和陆抗虽然各事其主，却成为了知音、挚友，这也说明二人的胆识是相匹敌的。在羊祜实行怀柔之策的攻势下，如果陆抗以暴拒之是必然要败北的。正因为陆抗能以德拒之，并不诉诸武力，东吴才获得了边界的真正安宁。

羊陆之间彼此通问、常相往来，在严峻的军事对峙中和合交欢，建立了一种奇特的生存关系，在战争史上是很罕见的事例。昏聩的孙皓即使无人进谗，也不一定能真正理解，君臣之间若无非常稳固的信赖存在，对于这个最高明的统帅才可能有的举措也是不可能接受的。正如孙皓担心的那样，羊祜对吴人施恩布惠，树立了晋军"义师"的形象，瓦解了吴军的革命斗志，收到了不战自威的效果。吴军对晋军有了好感，还能与之拼死相争吗？真要打起仗来，吴人不纷纷战场"起义"才怪呢？史学家胡三省评价说："成伐吴之计者，祜也，凡其所为，皆豢吴也。"豢者，豢养也。例如把野生动物圈养起来，使其野性渐失，最后成为餐桌上的美味佳肴。羊祜"豢吴"，成功正在于此。

与羊祜的怀柔政策相反，吴主孙皓残暴专横、恣意杀戮，是其丧失人心、自毁长城的基本原因。孙皓与刘禅相比，不修德政，专行无道，有过之而无不及。他一方面沉溺酒色，宠幸中常侍岑昏，另一方面残酷惩治逆意的人：先杀了濮阳兴、张布二相，灭其三族；接着，逐中书丞华覈，夺镇东将军陆抗兵权，又杀丞相万彧、将军留平、大司农楼玄三位大臣，十余年杀忠臣四十余人；还置黄门郎十人为纠弹官，对被怀疑不忠者，剥面凿眼，滥施酷刑。于是，廷臣缄口，国人恐惧，上下无不嗟怨，一个暴君的形象也便跃然纸上。大厦将倾非一木所能支撑，东吴之人心背离，岂是一个头脑清醒、目光敏锐的陆抗所能力挽？！强弱优劣之势已成，陆将军回天无力，只好劝吴主孙皓在两军对峙的紧张关系之中，"修德慎罚，以安内为念，不当以黩武为事。"这种睦邻友好、以德拒敌之策，可以尽量拖延东吴灭亡的时间，但是孙皓怀疑陆抗通敌叛国，遂遣使罢其兵权，将其降为司马，令左将军孙翼代领其军。

羊祜对吴之怀柔，并不是要一味地和平共处下去，而是积蓄力量，做好准备，等待时机。一旦机遇到来，即使是同心心相通的陆抗交战，恐怕也会像当年曹将徐晃对阵老朋友关羽那样毫不客气，决不以私废公。陆抗被孙皓剥夺兵权的消息传出后，羊祜认为晋军实力已具备进军条件，怀柔政策也已奏效，于是上表送达洛阳，向晋武帝司马炎陈述伐吴的时机已到："夫期运虽天所授，而功业必因人而成。今江淮之险，不如剑阁；孙皓之暴，过于刘禅；吴人之困，甚于巴蜀，而大晋兵力，盛于往时：不于此际平一四海，而更阻兵相守，使天下困于征戍，经历盛衰，不可长久也。"此表对敌方情势分析以蜀吴作比，结论是"吴人之困，甚于巴蜀"；对己方情势的分析，以为"大晋兵力，盛于往时"，这也是同伐蜀时的军事实力相比，因此得出应当把握有利时机"平一四海"的正确判断。

晋武帝司马炎观表大喜，便要下令兴师伐吴。可惜的是，由于贾充、荀勖、冯紞三人竭力反对，晋武帝司马炎变得犹疑动摇，最终还是不了决心。羊祜虽感遗憾却能正确对待，他由衷感叹："天下不如意事，十常八九。今天与不取，岂不大可惜哉！"既是对世事的参悟，更是对复杂的政治军事情势的把握。当一个将领面临着自己正确的主张被否决的时候能够正确处理对待，并以"天下不如意事，十常八九"来驱赶和排解心中块垒是极不容易的，这正是风流儒将羊祜胸怀宽广的表现。

羊祜虽然对晋武帝司马炎的否决没有怨尤，但并不是从此放弃了伐吴的努力。咸宁四年（公元278年），羊祜因患病从荆州前线回到洛阳，准备辞官归乡养病时，还是认真地向司马炎陈述了伐吴的建议："孙皓暴虐已甚，于今可不战而克。若皓不幸而殁，更立贤君，则吴非陛下所能得也。"这里虽然强调了孙皓暴虐是不战而胜的条件，但并不是前议的简单重复，重点是要把握孙皓这位暴君在位这个十分有利的时机，否则一旦东吴另立贤君，那么情况就当别论了。孙皓在位时期的确是司马炎灭吴的大好时机，是中国重归一统的一个历史机遇，羊祜透辟精当的分析顿时让司马炎如同醍醐灌顶一般大彻大悟了，以致当场就要请羊祜提兵伐吴。羊祜自知年老多病，不堪当此重任，恳请司马炎另选智勇之士，遂辞别而归。

咸宁四年（公元278年）十一月，羊祜病危，司马炎亲临病榻前探视，君臣有一节对话很值得一读："祜下泪曰：'臣万死不能报陛下也！'炎亦泣曰：'朕深恨不能用卿伐吴之策。今日谁可继卿之志？'祜含泪而言曰：'臣死矣，不敢不尽愚诚：右将军杜预可任；若伐吴，须当用之。'炎曰：'举善荐贤，乃美事也；卿何荐人于朝，即自焚奏稿，不令人知耶？'祜曰：'拜官公朝，谢恩私门，臣所不取也。'"羊祜没有看到伐吴的胜利便与世长辞，司马炎大哭回宫，敕赠其为太傅、巨平侯。南州百姓听闻羊祜病死后罢市而哭，江南守边将士也都痛哭流泣。襄阳人想到羊祜生前常到岘山游玩，遂在岘山上建庙立碑，四时祭之。往来行人见其碑文者，无不悲伤流涕，故名为"堕泪碑"。后人有诗叹曰："晓日登临感晋臣，古碑零落岘山春。松间残露频频滴，疑是当年堕泪人。"

羊祜临死仍不忘伐吴大业，其志可谓一以贯之。竭忠尽智，报效君国，举荐贤能，功在朝廷，益在百姓，虽然是不易做到的事，对于一般忠良之士亦非难事，但是荐贤之后仍能做到公私分明，"自焚奏稿，不令人知"是极不容易做到的。羊祜摆脱了沽名钓誉的俗气，也超越了功名利禄的束缚，的确是一位清正杰出的贤明之臣，得到百姓的赞誉是理所当然的。"拜官公朝，谢恩私门，臣所不取也"这句话更是掷地有声，羊祜在一千七百多年前就有如此高洁磊落的思想，并且能身体力行之，没有一丝一毫的勉强，实在是不能用一般的"美谈"或"佳话"来简单评论，它是从羊祜的肺腑中流露出来的人格和品德的结晶，它所具有的精神力量是不会因时代变迁而减色的，旧时代需要，新时代也需要。

羊祜的苦心没有白费，司马炎在其死后任命杜预为镇南大将军都督荆州事，在襄阳抚民养兵，准备伐吴。杜预为人老成练达，好学不倦，最喜欢读左丘明《春秋传》，每出入必使人持《左传》于马前，时人谓之"左传癖"。杜预的战功叙之虽简，但其指挥才能和智慧谋划都是出众的，这与他好读《左传》而深谙兵法有关。羊祜病逝三年后，晋军大举伐吴，所到之处摧枯拉朽、势如破竹，司马炎在王濬上表报捷时，端着酒杯流着眼泪对朝臣们说道："此羊太傅（羊祜）之功也，惜其不亲见之耳！"羊祜执著的追求终于变成现实，司马炎对他数年坚持怀柔政策瓦解吴军斗志所起的作用给予了高度评价，他的不懈努力和卓越识见已为实践证明，他在九泉之下可以瞑目了。

说到晋武帝司马炎，此人虽然与其父其祖一样名声不好，但他对羊祜的怀柔之举却表现得十分明智。没有这位强有力的"一把手"的信任和支持，羊祜恐怕也绝难玩得起这个深沉。不是吗？陆抗与羊祜你一壶酒、我一剂药，彼此以德相报、惺惺相惜，被昏君孙皓剥夺了兵权，司马炎对羊祜却一如既往地理解、支持，表现出了帝王应有的气度。当然，羊祜怀柔的成功还是以军事进攻为基础的，没有"王濬楼船下益州"的凌厉攻势，即使"怀柔"工作做得再好，也很难收到"一片降幡出石头"的效果。无论如何，羊祜的"攻心之术"还是起了重要作用，岘山上的"羊公碑"或许早已不复存在，孟浩然的诗所蕴含的情味却千古流传、感人至深，那么羊祜的精神作为镜鉴，当是永垂不朽的吧。

《三国演义》最末一回虽然有终结三国时期长期军阀混战的作用，但是罗贯中明显超越了这一层意思，使其笔触始终沿着叙事记人的轨迹运行。单就灭吴的决策过程来看，罗贯中一笔不苟，绝无草率急就的弊端。从羊祜上表，贾充、荀勖、冯紞三人阻遏，形成第一曲折；到司马炎探病问策，羊祜以多病辞任，为第二曲折；尔后王濬上疏，王浑劝止，又成第三曲折；伐吴之事似要搁置，忽有张华围棋，杜预表到，司马炎消除疑虑，决心伐吴，其间变故迭起，从容写来，舒卷自如，的确是一篇佳文。在这样构思奇异的归结文字里，罗贯中能够同时让几个人物站立起来，成为文学长廊里的典型，实在是难能可贵。所以，这一回书不同于一般归结性文字，它是真正同全书主旨一贯、气韵相连的不可多得的一部大作的凤尾。

在笔者看来，《三国演义》最末一回既完成了魏蜀吴三国一统归晋，天下由分到合的归结任务，同时又在曲折多变的灭吴过程中浓墨重彩地刻画了东吴末帝孙皓的暴虐，东吴丞相张悌的忠贞，镇南大将军杜预、龙骧将军王濬的智勇，秘书丞张华的机智，晋武帝司马炎的犹疑与决断，对他们的刻画既有其独立存在的价值，又直接或间接地有衬托羊祜这位全书最后推出的蕴涵丰厚的人物形象。例如，以孙皓衬羊祜之见解胆识，以司马炎衬羊祜之忠贞无私，以陆抗衬羊祜从严治军、以德止战的高明，以杜预衬羊祜识人之明、荐贤之德，等等。

《三国演义》最末一回塑造刻画的羊祜具有鲜明的性格特征，既深得儒家文化真谛，又融合了老庄哲学内核。他修身处世、治军治国既有坚定的原则，又有适应客观形势多变的灵活。他柔中含刚，以柔克刚，刚柔相济，既有阴柔之美，又不乏阳刚之气。他的见解胆识，他的品格操守，他的智慧才华，都深深地打上了三国时代的印痕，却又明显的高出同时代人物许多。关羽、周瑜、邓艾、钟会和羊祜相比，都有相当的不足之处，他们是依靠很多文字量方才站立起来的。罗贯中描写羊祜的文字虽少，他所具有的思想涵蕴却是丰富多样的，不同层次的人从他身上都会有所感受，甚至会受到启示。

怀柔之计是政治、军事、外交上的一种攻心之术，运用得当的话往往能收到良好的效果。事实上，强力往往难以使弱者屈服，柔情却能软化对手的意志，使用温和的合乎礼仪的方式、方法或手段来打败对手，不但能获得舆论的理解和支持，还能赢得宝贵的行动时间，进一步挫折对手的士气和锐气，达到后发制人的目的，这也是《孙子兵法》中"凡战者，先为不可胜，以待敌之可胜"的精髓所在。在现实生活当中，当你处于弱势时，请不要与他人正面相争，应当保持冷静，待机而动；当你处于强势时，要学会抓住时机，趁势进取，这才是怀柔之计的最终目的。

第四章

悲欣交集，是非成败转头空

　　虽说江山代有才人出，真正的英雄总是屈指可数，真正的勇士也寥若晨星，不是每个人都有过人之才，都能开创举世之功。即便只是普通的沙粒，只要坚强、乐观、执著，通过努力也会使自己闪亮，使自己发出耀眼的光芒。所以，很多时候自命不凡者反而被遗落在偏僻一角，平凡之人却能够凭借努力提升自己，甚至美名远扬寰宇，留下浓墨重彩的一笔。

01

不知变通只会令你万劫不复·王允

俗话说："金无足赤，人无完人。"即便你再怎么聪明一世，也难免会糊涂一时；即便你力量再怎么强大，也难免会孤掌难鸣，双拳难敌四手。团结一切可以团结的力量为己所用，你的事业才会越做越大、越做越强。眼睛里揉不进一粒沙子，刚愎自用的结果只能是众叛亲离，无论你有多高的威信、多大的功劳，也如同过眼云烟一般昙花乍现，带给自己的是惨痛的结局，留给后人的是无限的叹息。例如东汉末年曾集个人威望与当朝权势于一身的王允，在铲除董卓之后不久就因为一意孤行而走向了万劫不复的深渊。

王允，字子师，并州祁县（今山西祁县）人，汉献帝初年出任司徒，位列三公。王家累世为州郡的"冠盖"（本是指仕宦的冠服和车盖，这里用来代指做官），据说王允幼年时便有大节，心怀报国之志。《后汉书·王允传》："同郡郭林宗尝见允而奇之，曰：'王生一日千里，王佐才也。'"这位郭先生果然没有看错，追周公赶姜尚，匡扶汉室社稷，便是这位有志少年的终身夙愿。然而，时代赋予王允的注定是一场苦难，当何进被十常侍骗入宫中杀死，董卓带兵进入洛阳以后趁机掌权，他不得不选择屈身事敌、韬光养晦：一方面把自己的政治抱负严加掩饰，表面上对凶横霸道的董卓十分顺从；另一方面也并未因此放弃心中那份追寻正义的执著，反而变得更加坚定不移。

东汉末年的时局真可谓是一团乱麻，内有外戚和宦官争相夺权，外有黄巾军风起云涌，各地诸侯并起、豪强割据，种种迹象表明这个老大帝国已经步入垂暮之年。中平六年（公元189年），汉灵帝驾崩，王允作为汉室忠良连忙赴京奔丧，当时正是大将军何进谋划诛除阉宦的用人之际，王允因此得到重用。不久，董卓趁阉宦与袁绍等人火并之时，带兵进入洛阳独揽朝政，他擅自废立、滥杀大臣、广植党羽、多培亲信，把朝廷不断地往更适于自己掌权的方向改造，使得东汉国将不国、民不聊生。此时的王允经历了多年的宦海浮沉，早已懂得了忍辱含垢、委曲求全、韬光养晦的生存法则，他小心翼翼地将凶狠毒辣的董卓侍候得舒舒服服，董老爷子一高兴，就开开心心赏了他一个有位无权的"司徒"头衔。

董卓动不动就让别人的人头落地，王允虚与委蛇、曲意奉承这位大国贼，处心积虑地缓和众臣与董卓的正面冲突，内心既痛苦又愤恨。他明白"大丈夫能屈能伸"的道理，也明白击杀国贼并不是一朝一夕就能成功的事情，明刀明枪地和董卓对着干必然是以卵击石，也必然会大业未成身先死。因此，他只能不动声色地潜伏在董卓身边，表面上一味听从和顺应董卓，默默等待着诛杀董贼的最佳时机。他曾假借寿诞，在自己家中聚集众臣共商大计，献七星宝刀助曹操刺杀董卓，失败后巧妙地隐蔽自己，才没有最终暴露。

董卓挟持天子迁都长安，大兴土木修筑郿坞，更加横行无忌。夜深月明之时，王允策杖步入后园，立于荼蘼架侧，仰天垂泪。忽闻有人在牡丹亭畔长吁短叹，原来是王允府中蓄养的歌伎貂蝉，年方二八，色艺俱佳。王允问貂蝉为何深夜于此长叹？貂蝉回答说："近见大人两眉愁锁，必有国家大事，又不敢问。今晚又见行坐不安，因此兴叹，不想为大人窥见。倘有用妾之处，万死不辞！"王允闻言，以杖击地曰："谁想汉天下却在汝手中耶。"于是，二人在画阁中秘密定下连环计，利用董卓和吕布的好色本性，先将貂蝉许嫁吕布，后将貂蝉献于董卓，再用离间计从中挑拨，谍间他父子反颜，令布杀卓，以绝大恶。在王允看来，大汉的江山和自己的身家性命，这样就算是托付给貂蝉这个弱女子了。

（王允义说貂蝉）

吕布与董卓反目成仇后，司徒王允与负责宫廷生活的仆射士孙瑞、负责京畿卫戍的司隶校尉黄琬及吕布、李肃周密策划，由李肃奉诏诱使董卓进入长安接受献帝禅位。董卓不知是计，大大咧咧入宫后，王允持剑大呼："反贼至此，武士何在？"甲士闻讯出动，吕布一戟刺中董卓咽喉，李肃割下董卓首级。王允下令将李儒斩首，将董卓的尸体号令通衢（四通八达的大街），又让吕布、皇甫嵩、李肃带兵查抄郿坞。在一片欢呼声中，王允完成了他一生之中最具声色的壮举，给气数将尽的东汉王朝带来了一线希望。

在汉末三国浩如繁星的英雄豪杰中，王允绝对算不上什么大人物，但就是这么个有位无权的司徒，却做成了一件天下诸侯联合起来都做不成的事，即设计诛杀了乱臣董卓。然而，王允可能没想到一个问题，难道杀了董卓，绝了大恶，就能够再立汉室江山吗？董卓是只残暴不仁的恶狼，他以极其残忍血腥的手段搅乱了朝廷，汉室的忠臣们一直在暗算他，以为除掉他就可以天下太平了，殊不知在东汉王朝名存实亡、天下诸侯伺机并起的时刻，坏透顶的董卓反而成了暂时平衡天下乱局的唯一力量。

事实上，王允借吕布之手杀了董卓，东汉朝廷的局面便马上失控，变得更加混乱。王允的搅局，不但没能再立汉室江山，还给中原地区带来了长达百年的大动荡、大纷乱，一个董卓倒下去了，十个董卓站起来，生灵涂炭的还是老百姓。为什么情况会变成这样？因为王允一心只在杀董卓，并没有想好杀了董卓以后该怎么办？王允一系列的举手失措，说明他根本就不具备中兴之臣的能力。

如果王允能够充分利用东汉朝廷的余威，将他的正义行为诏告天下，上助天子管理朝政，下与群臣共商国是，对外安抚董卓旧部，对内重用吕布神威，天下诸侯纵然离心离德，也断不可能全都坐视不顾，更何况诸侯之间还存在相互制衡因素，可以在一定程度上制约乱臣贼子的不轨之举。如此一来，整部《三国演义》或将重写，王允也会作为优秀政治家而名垂青史，只可惜没有宽阔胸襟与远见卓识的王司徒是担当不了如此重任的。

自诛灭董卓之后，王允成为东汉王朝中枢的真正决策者，但他对眼前形势缺乏清醒的认识，天真地以为他的春天来了，东汉的春天也来了。居功自傲的司徒王允少了往昔宽大包容的温润之色，他不从稳定大局出发，采取变通或怀柔之计，反而一味地走强权路线，以纲常原则作为衡量是非的标准，大刀阔斧地杀了很多曾经依附董卓的朝中大臣，全然忘记了自己当年也是在董卓的关照下才得以活命到今天的。

侍中蔡邕听说董卓被杀后暴尸于市，感念昔日提携重用之恩，独自伏尸痛哭了几声，结果就被王允下狱缢死。本来，素有清名的蔡邕已向王允说得非常清楚："邕虽不才，亦知大义，岂肯背国而向卓？只因一时知遇之感，不觉为之一哭，自知罪大。愿公见原：倘得黥首刖足，使续成汉史，以赎其辜，邕之幸也。"朝廷众官怜悯蔡邕一身才华，纷纷出面为之求情，太傅马日磾提醒王允说："伯喈旷世逸才，若使续成汉史，诚为盛事。且其孝行素著，若遽杀之，恐失人望。"此时的王允就像一个刚刚写过自白书又急于表明立场的人，坚决不容众人求情，非得置蔡邕于死地不可，他说："昔孝武不杀司马迁，后使作史，遂致谤书流于后世。方今国运衰微，朝政错乱，不可令佞臣执笔于幼主左右，使吾等蒙其讪议也。"马日磾无言而退，私下对众官说："王允其无后乎！善人，国之纪也；制作，国之典也。灭纪废典，岂能久乎？"

王允不听马日磾之言，一意孤行要了蔡邕的命，这种"一朝权在手，便把令来行"的霸道，让士大夫集团对他产生了强烈不满。独断专行是最能伤人的利刃，已经造成的伤害又实在太难弥补，豺狼董卓尚且知道拉拢人心，王允连身边的汉室朝臣都不能很好地团结，他大显淫威地诛杀文士，没有一点要重整朝纲的样子，这局面如何撑得下去？当然，真正导致王允不能撑起局的原因，还是因为他没有实力。乱世的话语权都是由实力决定的，王允自始至终倚仗的都是吕布以及几个侍卫兵，吕布之所以会加入他的行列，又完全是为了一个女人，全然没有一点国家社稷高度。既然是为了女人，那么当大难临头时，这种人便可以什么都不要，于是吕布在最后时刻便抛弃家小，带着百余骑飞奔出关逃命去了。

面对董卓旧部李傕、郭汜、张济、樊稠等人的上表求赦，王允表现出了从未有过的绝情，他居高临下地厉声说道："卓之跋扈，皆此四人助之；今虽大赦天下，独不赦此四人。"并且当即派吕布前去征剿，结果导致这部分势力迅速抱成一团，做拼死一搏。如果在这个时候，王允能采取些怀柔政策，对反动势力进行分化，挑拨其内部斗争，那将是何等的高明。可是王允没有，他不仅没能团结好左派，更没有去分化右派，甚至连与女婿吕布之间的关系都没有维护好，完全将自己置身于孤立的境地。吕布兵败后逃奔袁术，凉州四将率兵攻进长安，使城中百姓陷入了更大的浩劫之中。王允趁机从城上跳下，结果被李傕、郭汜杀死。

古语曰："水至清则无鱼，人至察则无徒。"在特殊时期和特定环境下必须采用特殊方法，正如汉武帝当年所说的"非常时期须用非常之策、非常之人"，不能想干啥就干啥，由着性子办事情，该忍的时候必须忍。比如特赦，虽然不能轻易发布，但是在战乱之际，叛变、抢劫、杀人、放火等层出不穷，法律都没人肯相信，还在乎那一纸特赦令吗？刘邦进咸阳，只与当地父老约法三章，只要有人相信，三条法律就足够了；如果没人相信，再多的严刑峻法都没用。结果，王允舍不得特赦令，非要用法律的方式来解读政治，让凉州官兵心里充满恐惧，最终给自己惹来了杀身之祸。

王允的悲剧，一在于他不知道推功揽过、笼络人心，二在于他不知道宰相肚里能撑船，三在于他不知道兔子急了也咬人的道理，四在于他不知道保存实力东山再起，五在于他不知道建立统一战线来稳定大局，归根结底是他不知道怀柔与变通。就像法国大革命中雅各宾派的罗伯斯庇尔，执政之后一味使用强权镇压左派和右派，最终导致热月政变，他自己也被送上了断头台。只有包容与变通才能"千江有水千江月"，王允之死纯粹是咎由自取，如果他能够在一切还来得及的时候，多一份宽容，多一份理解，多一份担待，妥善处理好董卓旧部的安抚事宜，也许凉州军就不会成为送王允上断头台的刀斧手，王允也不会十分悲催地为他仅有一次的生命画上句号。所以，司徒王允既没有政治家的胸怀，又没有军事家的谋略，手上也无寸兵寸铁，只属于末流的秀才造反，焉有不败之理。

成有成的理由，败有败的原因。在危难的局势下，领导者首先得有灵活变通的头脑，对人对事都要懂得弹性处理法则，灵活多变的行动总比井然有序的衰亡要好得多。但这绝不等同滑头性格与做事没有原则，而是在某种特殊情况和特定环境之下，因时制宜配合需求，设计出最恰当的可行性方案。换句话说，在一个经常变化的世界里，既要有"以不变应万变"的心态，遇急事不惊，遇难事不乱，更要有"以变应变"的心理，以最前瞻的方法对待当下，以最有效的对策应付时局，否则就会在别人面前落下"刻舟求剑"的笑柄，不可避免地陷入回头太难的糟糕境地。

02

眼光的高度决定脚步的跨度·刘表

　　如果说汉末群雄中谁最有名，答案可能会有很多；如果说汉末群雄中谁出名最早，那个人非刘表莫属。早在东汉党锢时，刘表就已经与名士七人为友，被时人合称为"江夏八俊"，也有人称他们为"江夏八顾"，所谓"顾"就是具有良好的德行并能引导别人的人，用今天的话来说就是道德模范。青梅煮酒论英雄时，刘备提到名列八俊、威震九州的刘表能否称为英雄，曹操却说："刘表虚名无实，非英雄也。"后来曹操虚国远征袁尚及乌桓，属下中不少人担心刘表和刘备乘虚偷袭许都，谋士郭嘉却分析说："刘表坐谈之客耳，自知才不足以御刘备，重任之则恐不能制，轻任之则备不为用。虽虚国远征，公无忧矣。"由此可见，曹操君臣均不把刘表放在眼里。刘表果真是个百无一用的窝囊废吗？也不尽然。

　　刘表，字景升，山阳高平（今山东微山）人，是汉景帝之子、汉武帝异母兄弟鲁恭王刘余的后裔，正宗的皇室宗亲。刘表年轻的时候长得一表人才、姿貌伟岸，是一个正直的士大夫典型，很早就在朝野赢得了好名声。也正因为如此，刘表被祸国专权的宦官集团视为异己党人，在著名的"党锢之祸"中遭到了宦官集团的通缉，幸亏他及时逃走才免于危难。刘表当时的处境与同为汉景帝后裔的刘备起家时差不多，可谓难兄难弟，只不过名气大了些。黄巾起义爆发后，东汉王朝解除党禁，"党人"刘表重新获得政治生命，做了大将军何进的僚属，当上了大将军掾。在何进谋诛宦官的行动中，曾经沧海难为水的刘表也许是吸取了当年的教训，没有像袁氏兄弟那样积极参与，也没有像曹操那样激烈反对，所以后来的变故对他似乎也影响不大，他只是和所有的京官一样，像汪洋中的一条船，随波漂流。

董卓把持朝政以后，朝廷中忠于汉室的老臣想最大限度地起用刘氏宗亲，以加强中央皇权。刘表当时的官职虽然只是大将军府的一个属官，但是颇有机会得到外派而被提升。关东牧守组成讨董联军后，长沙太守孙坚一路势如破竹，杀死了荆州刺史王叡，刘表不久就接到了继任荆州刺史的任命。因为刘表没有直接参与反对董卓的行动，在朝野上下又颇有名士的声望，所以董卓也就点头同意了这一任命，刘表一步登天的机会才算来了。汉献帝初平元年（公元190年），刚刚三十岁出头的刘表意气风发地来到宜城（今襄樊市南），接替王叡担任荆州地区的最高行政长官，但这个刺史宝座也不是轻易可以坐稳的。

这位年轻的封疆大吏"单马入宜城"，接住了荆州这个烂摊子，虚心向当地名流蒯良、蒯越、蔡瑁等人讨教治理之策，并且在他们的帮助下把五十五个为非作歹的豪强首领诱到宜城全部杀死，然后解散或整编了自立山头的各路地方武装，迅速平息了境内的黑恶势力。待形势稳定后，刘表推行"闭关息民"政策，发展生产，建立学校，爱民养士，辖区内一派安定繁荣景象。此时，刘表已是坐据九州数千里，拥兵十余万的一方诸侯了。应该说刘表前期的作为还是可圈可点的，他大刀阔斧治理荆州所取得的辉煌政绩岂是坐谈客所能做得到的？然而，刘表大功告成之后，一而再、再而三地在关键时刻缺少决断，以致造成了一系列的失误，就不能不令人叹惋了！

刘表之失，在于谋而无断。我们看到《三国演义》里的刘表基本上坚持实行保境安民、维持现状的政策，给人的印象也是一副优柔寡断、不思进取的面貌。除了受袁绍指使，派蒯越和蔡瑁率领一万精兵截击孙坚，刘表从未刻意得罪过任何一路军阀。事实上，这唯一的一次"恶人"也叫他做得追悔莫及。以骁勇闻名天下的孙坚在岘山中了刘表的埋伏，最终惨死于乱箭之下，刘表万万没有想到孙坚养育了两个十分厉害的儿子——孙策和孙权，他们以江东为基地，屡次进犯作为荆州桥头堡的江夏郡，试图为他们的父亲复仇，成了刘表一生的梦魇。这个教训使刘表不敢轻易招惹是非，更不愿再介入中原的军阀纷争了。在弱肉强食的时代，生存的唯一法则就是强大再强大，你不做大做强，就会变成虾米，就会被鱼儿吃掉，可刘表偏偏选择了立意自守，这是战略上的失误。像他这种没有远大志向，又拥有一定优势与资本的人，所能走的路只有两条：一是在自己人里面选择一个能够掌控大局的人，然后支持他；二是依附一个大有名望、礼贤下士的英雄人物，这样也可以长享福祉，使子孙晏然。可是刘表都没有去做。

从本质上说，刘表只是一介儒生，并且属于那种略有些迂腐的类型。在战端频发、群雄林立、虎视眈眈的乱世，即便你没有吞并他人之意，人家也不会放过你的。生逢乱世，"英雄"行得，"奸雄"行得，"枭雄"也行得，标榜作秀、游谈无根的"名士"派头却行不得，刘表并没有看明白这一点。曹操与袁绍在官渡相持不下，袁绍曾派人向刘表求助，刘表只是嘴上答应了从背后夹击曹操的请求，实际上却抱着坐山观虎斗的态度，不支持任何一方。如果刘表此时趁机北上猛扑许都，很可能使曹操沦为丧家之犬，"挟天子以令诸侯"者可能就姓刘不姓曹了！退一万步来说，刘表即使顺势与曹操结为联盟，也不会落到后来家破国亡，领土尽被瓜分的境地。企图保持中立立场的刘表，因为他的不作为而失去了一次背靠大树好乘凉的机会，最终被官渡之战的胜利者曹操所吞并。当襄阳城里的刘表听到曹操大军南下的消息时，在又惊又怕中背疮发作，一命呜呼。

刘表之失，还在失于用人。荆襄之地人才济济，诸葛亮、庞统、司马徽、徐庶、黄忠、魏延等人都长期生活在刘表辖区，然而"有缘千里来相会，无缘对面不相识"，这些人物终不为刘表所用，则是他的悲哀。徐庶曾经仰慕刘表大名，请求相见并与之交谈，深入了解其人之后，得出了这样的结论："善善而不能用，恶恶而不能去。"刘表对辖区内的贤士熟视无睹，对自己送上门来的刘备虽然待之甚厚，但就是不予重用，于是刘备难免有"髀肉复生"之叹了！刘表帐下不乏智能之士，如果能使他们充分发挥作用，也不难干出一番事业，可是这些人才并没有发挥多少作用。曹操后来轻取荆州，曾眉飞色舞地说："吾不喜得荆州，喜得异度也。"异度即刘表重要的谋士蒯越，曹操尚且如此称赏，足见其身手不凡。蒯越自从辅佐刘表平定荆襄之后，与其弟蒯良再无惊人之举，这不是他们忽然变得不行了，而是刘表失于用人所致。从事中郎韩嵩曾分析了曹、袁相争，刘表的作用举足轻重，如果想有所作为，可乘他们疲惫而起兵与之争夺天下。如果不这样，也可依附一方，以求日后安稳。刘表不听，后来还差点杀了韩嵩。

刘表之失，又失在不善处理家庭问题。刘备说"妻子如衣服"，所以绝不许夫人参政，曹操、孙权都不准家眷干预政事，刘表却是一个典型的"妻管严"，不仅夫人参政，再加上外戚专权，给他带来了不少麻烦。特别是在选定接班人这个问题上，刘表表现的非常感情用事，仅仅以自己的好恶为标准，废嫡立庶造成了分裂的祸患，也为曹操夺取荆州带来了极大便利。刘表共有两个儿子，长子刘琦为前妻陈氏所生，次子刘琮为后妻蔡夫人所生，二子水火不相容。如果刘表是有主见的智者，他不会宠溺后妻蔡夫人，更不会让妻儿因为接班人问题而闹得形同仇敌。刘表死后，蔡夫人与弟弟蔡瑁、外甥张允假写遗嘱，立年仅十四岁的刘琮为荆州之主，将刘表葬于襄阳城东汉阳之原。曹操大军一到，刘琮便望风而降，刘表的基业顷刻毁于一旦。虽然荆州的地盘并没有从刘表手中直接失去，但他一系列的失误是导致基业败亡的主要原因，后人讥其为"坐谈客"是既有嘲笑意味也许还带些惋惜的情感吧。

刘表晚年在立嗣问题上的失误，关键不在立嫡还是立庶，而在于立的是什么样的庶，废的是什么样的嫡。刘琮年幼无谋，若在平时做个太平官倒也无妨，但是在群雄逐鹿的战争年代，让他担任保有荆襄的重担，实在不是那块料。刘琦至少要比刘琮成熟得多，至于他后来沉溺酒色，短命早

劉表嫡男劉琦

亡，也许是未被定为接班人，心情郁闷所致。《三国演义》中还有一位废嫡立庶的败军之将袁绍，情况大致与刘表相同，所以人们便得出"废嫡立庶必亡"的结论，这未免是一种偏见。孙策废嫡立弟，让弟弟孙权接了班，实践证明是正确的选择。曹操立丕并非因其年长，而是在与曹植相互比较后，认为曹丕更适宜作自己的接班人。刘备立的嫡长实在不敢恭维，如果他废嫡长刘禅而立庶幼刘永，也许能为蜀国选中一位更好的后主。

也许刘表的名字中已经透露出若干宿命的信息，他终究不过是一个表面看起来像是英雄的凡人。刘表失败的根本原因在于思想僵化保守，他安于现状，不思进取，缺乏紧迫感、事业心，总想四平八稳过日子，岂不知"逆水行舟，不进则退"。当他还在坐谈"吾坐据九州足矣"之时，曹操、刘备、孙权三雄正虎视眈眈，准备将荆襄这块肥肉独吞下去。当然，刘表还算是幸运的，他没有亲眼看到荆州沦丧，任其像一块肥肉一样由魏、蜀、吴三家你争我夺，苦了一方百姓。一心远离战争的刘表，如果在九泉之下知道荆州到后来是三国时期战争最多的地方，又会作何感想呢？

孔子曰："人无远虑，必有近忧。"这是一个亘古不变的因果循环规律。今日因成他日果，今日不为他日打算，当他日成为今日时，必然会有许多忧虑。你的眼光高度决定着未来脚步的跨度，你今天的行为决定着明天的结果。明天是不可确定的，甚至也可能是不可预见的黑暗，但如果我们今天努力和准备了，那么我们确定和预见明天的几率就会大一些。比如制定一个三年或五年计划，使自己清楚地知道在哪个人生阶段该做些什么。

人生有很多需要努力去做的事，大致归纳起来只有两类：一类是紧要的，一类是重要的。许多人不成功是因为他们把大部分时间和精力都花在眼前的紧要事情上，却无暇去做重要的事情。我们认为正确的做法是——用20%的时间去处理眼前的紧要事情，把80%的时间留给未来，去做那些暂时没有收益但以后会非常重要的事情！一个人只满足于眼前那点肤浅的蝇头小利，得到的终将是短暂的欢愉；倘若一直没有眼光地忙碌，最终的结果就是被有眼光者吞并。

当今时代是一个活力四射、飞速发展的时代，很多事物都已经发生了翻天覆地的变化，如果我们不随之改变的话，失去我们已经拥有的财富和地位只不过是迟早的事，更别说长远了。要想适应社会的变化，我们首先必须具备变的能力，要不断地"充电"提高自己。只有及早嗅出变化的气息，凡事先行一步，做到未雨绸缪，我们才能始终立于不败之地。

03

只有经历磨练才能展翅翱翔·刘璋

 诸葛亮在《隆中对》里与刘备分析形势时认为，曹操、孙权两家力量强大，一个"不可与争锋"，另一个"可为援而不可图"。在两"不可"之后又有"两可"，即可兼并荆州的刘表和益州的刘璋。益州易取的原因，主要是刘璋暗弱，北有张鲁威胁，内部又不稳定。诸葛亮不愧是盖世英才，后来的事情还真被他料准了。刘备取得荆州后，又向西挺进，仅用了三年时间，就打败了刘璋，稳坐益州，据有三分天下。

 刘璋是幸运的，他没有经过太多的摸爬滚打，就靠着祖宗的基业当上了益州牧，在群雄争霸的年代偏安一隅，成为显赫一方的人物。刘璋又是不幸的，他没能依靠益州天险守住自家的地盘，反倒让刘备围困在了成都，无可奈何之际只好弃城投降，把大好基业拱手送与别人。为什么刘璋在尚有三万精兵，粮草足够吃用一年，官兵都甘愿死战的情况下，依然选择了投降之路？这与他安逸的成长环境以及由此形成的懦弱性格分不开。

 刘璋，字季玉，初为奉车都尉。古时兄弟之间按伯、仲、叔、季排名，从刘璋的字可知他排名第四。刘璋有三个哥哥，分别是刘范、刘诞、刘瑁，他们的父亲是汉鲁恭王之后、江夏竟陵人刘焉。东汉章帝时，鲁恭王后代徙封竟陵，刘焉就是这一支的后代。论起祖宗来，刘焉和刘表同出一脉。

东汉灵帝时，刘焉见世道将乱，打算外放到交趾（今越南），听到侍中董扶说益州有天子气，他就动起了歪脑筋，决定谋求益州刺史一职。恰好时任益州刺史郤俭乱征赋税、贪残百姓，汉灵帝便封刘焉为益州牧，让他带着儿子刘瑁前去逮捕郤俭。刘焉还未到益州，马相、赵祗等人利用民众对郤俭的不满，在绵竹起兵将郤俭杀死。时任益州从事贾龙带领数百正规军驻扎在犍为东界，又拉了很多壮丁，好不容易拼凑起一支杂牌军，才将马相等人赶走。

刘焉走马上任，开始谋求割据，他先是务行宽惠，收揽人心；接着，任命五斗米教首领张鲁为督义司马，让其和别部司马张修合兵，杀死汉中太守苏固，烧毁汉中诸谷栈道，并杀害往来使者；然后，声称张鲁的五斗米教阻断道路，不能通使，摆脱了朝廷的控制；最后，以各种理由杀掉益州豪强十余人，树立了个人权威。

董卓将汉献帝挟持到长安时，刘璋兄弟都住在长安。董卓为了降服刘焉，派刘璋前去传达圣旨，刘焉并未听命，反把刘璋留在身边。后来，刘焉长子刘范和马腾、韩遂谋攻长安，兵败后刘范、刘诞被杀。刘焉管辖的绵竹地区遭雷击，仓库发生了火灾，他私造的皇帝御用物品全部被烧光。刘焉既害怕又伤心，于兴平元年（公元194年）病死，刘璋继承了刘焉的职位，益州便开始动荡起来。

新老交替过程中，政局暂时不稳本属常事，刘璋却未能尽快稳住阵脚，益州的形势日益恶化。刘璋从小就生活在衣食无忧的成长环境里，家里人对其最大的期望可能就是好好继承父亲给予他的既有地盘和世袭爵位，这在刘璋的内心里形成了一种压力，那就是不能辜负祖宗的福泽。结果刘璋从小就养成了故步自封的性格特质，在政治上采取了只图自保的保守思想，曹操曾经骂他是"守户之犬"。

刘璋所处益州，天府之土，民殷物阜，兵精粮足，外有山水险阻，易守难攻，是个天然的独立王国。然而，刘璋没有魄力也没有野心，他不是凭借自己的能力和威望，而是靠父辈的基业加上偶尔的机遇，才据有益州沃野千里，缺少统御力、威慑力，对天下形势也缺乏正确的认识，想不到他很快就成了各路枭雄眼里的猎物，那些人都瞪大了眼睛，拿着屠刀垂涎三尺。幸亏有天险这个篱笆圈着他，要不然早就完蛋了。

在群雄逐鹿的形势下，不是你死就是我亡，一个坐拥地盘的人就等于是一块肥肉，如果不想着好好发展自己的实力，只想偏安一隅，求得个温饱，这是很危险的。正所谓"逆水行舟，不进则退"，刘璋只图自保的做法就等于把自己养得肥肥胖胖，等着别人宰割。事实上，刘璋并不善于处理内部矛盾，还傻乎乎地做着拆自己篱笆的买卖。

刘璋继位时，远在汉中的张鲁早已是半独立状态，因为张鲁不听号令，刘璋便杀了他的母亲和弟弟。如果把张母及其弟弟作为人质相要挟，将是一个非常重要的砝码，刘璋却逞一时之强杀了二人，将张鲁彻底逼到了自己的对立面，从此结成了死对头。两家翻脸后，刘璋任命庞羲为巴西太守，率兵攻打张鲁。听闻张鲁意欲兴兵进攻西川，刘璋竟向远在许都的曹操套近乎、赔笑脸，想取得曹操的支持。可是曹操当时胃口很大，且看不上刘璋的地盘，还把他派去许都的张松骂了一顿，赶了回去。张鲁的军队有五斗米教作为思想武装，刘璋的军事实力不及张鲁，很快就丢掉了巴西地区。

一切斗争都是今日为敌，明日可能为友，没有永久的朋友，也没有永久的敌人。刘璋就像打着竹竿进城门——直走不拐弯，树起张鲁这个死敌，招来了无穷后患。事实上，张鲁的忧患本不是燃眉之急，更何况他的实力只足以守汉中，想要攻益州则很难。内部矛盾激化，刘璋不是接受教训，致力整饬，力求自强自立，却寄希望于外援，把自己的命运寄托在别人的身上。殊不知，当时的割据势力谁不是先替自己打算？哪有无私援助者甘愿白白地发扬风格？

刘璋之所以求助外援，是因为屡次攻打张鲁都吃败仗，对张鲁的实力估计过高。另一个原因是刘璋部下诸将因镇压叛乱有功而骄矜，常常有令不行。当时，由南阳流入益州的人口有数万家，这些人中的青壮子弟被征召入伍，称作东州兵。东州兵为非作歹，侵暴吏民，刘璋没有办法禁止他们。庞羲本是刘焉的通家旧故，又救过刘璋性命，应该是可靠的，但因为刘璋宽柔少明断，庞羲也自专权势，刘璋拿他毫无办法。曾推举刘璋袭任益州大位的赵韪，受到刘璋重用，却反过来勾结朋党，起兵攻打刘璋，刘璋依旧无能为力。在外患内忧交迫的情况下，刘璋想借助外援巩固自己的地位，只是一直苦于没有找到合适的机会。

赤壁之战后，刘璋感到曹操对自己产生威胁，便听从张松之计，赶紧拉刘备来帮忙。刘备当时正处心积虑地设法实现《隆中对》谋夺益州的计划，听到这个消息后立刻乐呵呵地跑来，嘴里虽说着咱俩同气连枝、肝胆相照，我刘某人决不会同室操戈，背地里却挥师直下，顺利进军益州。刘璋对当时的形势茫然不知，反而开门揖盗，令法正和孟达出使荆州，并且派孟达率领五千精兵迎接刘备入川为援。

刘备能够顺利入川，有一个人起到了关键作用，他就是刘璋的谋士张松。在张鲁进兵兴伐的时候，就是他提出要联合曹操。张松心怀叵测，早早就把益州的山川和地形画在图纸上，趁着联合曹操的机会，想要把这张地图献给曹操。谁知曹操当时因为已占据大部分荆州，将刘备赶往江夏，不自觉地骄傲起来，见到张松以后十分不礼貌。张松心里非常气愤，一怒之下又把这张地图献给刘备，还指示刘备攻打刘璋，夺取益州的地盘。刘璋竟然没有发现这个眼皮子底下的小人，遇事轻信张松的意见，足见他不分贤佞、不辨是非。身为一方之主，刘璋连自己身边的人都分不出好坏，不知道哪些话该听、哪些话不该听，也难怪在他政治生涯中屡次出错，屡次失败。

刘备以庞统为军师，率兵五万入川，刘璋手下的重要官员纷纷劝谏，甚至以死相谏，可他就是不听，认准了刘备跟他同宗同室，不会鸠占鹊巢。主簿黄权大概是个大板牙，咬住刘璋的衣服恳求他不要亲自去涪城接见刘备，结果生生扯掉了两颗门牙。从事王累将自己倒吊在城门上进行谏阻，刘璋依然没有采纳，王累就用剑割断绳子，坠地自杀而亡。尽管有忠臣以死相谏，也改变不了刘璋邀请刘备入川的决心，他亲自带领三万人马前往涪城迎接刘备，随军装载辎粮一千余辆以供刘备军用，一头碰到南墙上。

正当刘璋做着与仁人君子相会的美梦时，一场谋杀刘璋的阴谋也在刘备左右酝酿着。"鸿门宴"再现，刘璋仍不警醒，依旧与刘备互诉衷情。知人知面不知心，人与人之间相交，知其人其面易，知其心则最难。要知其心，必须经过患难忧乐的考验，有些人即使相交多年，因为利害关系激化，也往往会变心。刘璋过去未与刘备相交，仅仅相识数日，一听刘备"仁义"之辞，便倾心认为刘备并无吞并益州之心，如此轻信可见其愚。一旦他日兵临城下，则悔之晚矣。

刘璋与刘备在涪城欢会百余日，他对刘备情重可见。忽报张鲁将犯葭萌关，刘璋便请刘备前往拒敌。刘备在葭萌关，严肃军纪，广施恩德，甚得民心，便与庞统商议取川之策。庞统献计：趁曹操兵犯濡须，以求救为借口拟回荆州共同破曹，请刘璋发兵粮相助；待得兵粮后另做打算，既可以取得辎重夺取西川，又可以麻痹刘璋使其不备。

刘备采纳了庞统的计策，借口回荆州抗曹，向刘璋借兵三四万，米十万斛。刘璋只拨老弱残兵四千，米一万斛，激起刘备强烈不满。张松误以为刘备真的要退回荆州，连忙给刘备写信，说如今益州已在掌握之中，为何弃之而去？要求刘备迅速进兵，他愿意当内应。因张松不慎，被兄长广汉太守张肃看到，认为这是灭门之事，便向刘璋告发了张松。刘璋闻讯大怒，立即杀了张松全家，并派人告知各处添兵把守关隘。

直到刘备起兵夺了涪关，刘璋大惊说："不意今日果有此事！"他与诸将商议后，便派兵驻屯雒城，扼守咽喉之路，以阻刘备军队。后来庞统在雒城战死，刘备调孔明率兵入川，荆州兵所向披靡，雒城终被攻破。刘璋两次依赖外援都碰了壁，尤其后一次碰得更惨，结果跟何进请董卓进洛阳铲除十常侍差不多。

建安十九年（公元 214 年），刘备率军包围了益州州治成都，刘璋慌忙召集下属商议对策。谁知又收到法正劝刘璋归顺刘备的书信，气得刘璋大骂法正卖主求荣、忘恩负义，急令李严、费观带三万兵马驻守绵竹，又遣使前往汉中向张鲁求救。从事郑度献策说："今刘备虽攻城夺地，然兵不甚多，士众未附，野谷是资，军无辎重。不如尽驱巴西梓潼民，过涪水以西。其仓廪野谷，尽皆烧除，深沟高垒，静以待之。彼至请战，勿许。久无所资，不过百日，彼兵自走。我乘虚击之，备可擒也。"刘璋说："不然。吾闻拒敌以安民，未闻动民以备敌也。此言非保全之计。"

绵竹败兵回到成都以后，刘璋开始闭门不出，当马超率军兵临成都城下时，他才彻底醒悟邀刘备入川是犯了最严重的错误。马超劝刘璋顺应天意归附刘备，刘璋一下子气倒在城楼上，经过一番思想斗争之后决定投降，他叹着气说："吾之不明，悔之何及！不若开门投降，以救满城百姓。"董和问道："城中尚有兵三万余人；钱帛粮草，可支一年，奈何便降？"刘璋答道："吾父子在蜀二十余年，无恩德以加百姓；攻战三年，血肉捐于草野，皆我之罪也。我心何安？不如投降以安百姓。"这就是刘璋的个性，继承了两汉优秀帝王的罪己精神和爱民精神，于是灰不溜秋地打开城门乞降，与刘备交割印绶、文籍，一起并马入城。刘备全面夺取西川以后，请刘璋收拾财物，佩领振威将军印绶，携全家赴南郡公安居住。

四十年后，成都又出了个刘璋第二，那就是刘禅。二人都是在尚有足够力量御敌的情况下，主动放弃抵抗的。刘禅当时情有可原的一点是，魏国已呈压倒优势，灭蜀已成定局。刘璋当时的情况却大不同，不但北方有第一强大的曹魏，东边还有力量雄厚的孙权，曹、孙都是刘备的劲敌，对之有很大的威慑作用。刘璋如能利用好当时的外部有利条件，硬着头皮坚持一段时间，形势很可能发生根本变化。所以，刘璋之降比刘禅更窝囊。

刘璋为人仁慈厚道，虽仁慈却缺少才干，虽厚道却容易上当，他不仅上了刘备的当，首先还是上了自己的部下张松、法正的当。从一定程度上说，刘璋还算是个好人，但是好人并不等于好领导，古往今来莫不如此。在刘璋身上，我们看到了一个有太多缺憾的"地主"，好像一个千疮百孔的破罐子，轻轻一碰就会毁灭。可悲的是在刘璋从上帝的幸运儿逐渐没落，最终被幸运抛弃的过程中，他始终没能认识到自我完善的重要性。一个不能够认清自己、不知道修补自我的人，最终结局总是悲哀的。这就好比一只不知道包扎自己伤口的羔羊，怎么可能在狼群中谋生存？

古之立大事者，非唯有超世之才，亦必有坚忍不拔之志。这份志向从哪里来？答案是所经历的事情。东坡杭州之旷与黄州之达，易安河北之闺怨与江南之别愁，后主南唐之奢靡与北宋之郁郁，都与成长的环境有关。所谓环境就是与其相处的人，特别是从小受父母的影响，以及从小到大所经历的事情。教育学家指出，期望值过高中长大的孩子，容易怨天尤人；安逸中长大的孩子，容易畏首畏尾；溺爱中长大的孩子，容易自怨自艾；安定快乐中长大的孩子，必能信任自己、信任他人……

马克思说过，人与人之间最大的差别是家狗与猎犬的差别，是需要教育与培养的。人在成长过程中的各个阶段，对社会、对人性会产生不同的认识，这些认识又将直接影响到人的认识水平和处世态度，与人生观、世界观是作用与反作用的关系，二者相辅相成，密不可分。鹰击长空是后天的习性，一个人要想有所作为，必须抛弃温室里的那份安逸，让自己拥有强大的力量。废弃的铁因为长期不用，就会锈迹斑驳，如果历经锤炼，它就有可能成为铁中之铁——钢。

人的许多优点不是生来就有的，而是在后天的学习和生活中不断积累的，这个过程也是一个认识自己的过程。当你发现自己有重大缺点的时候，应该振作起来把缺点修复过来，把伤口包扎好，不能对自己的不足听之任之，否则天长日久，总有一天你会在这个缺点上吃亏。无论在什么情况下，完善自我都是一个十分必要的历程，因为只有经历磨难才能展翅翱翔。这不仅是对自我的修复，也是对自身修养的提高，是对社会适应能力的提高，适当的挫折教育可以给我们提供更广阔的生存空间。

达则兼济天下穷则独善其身·司马徽

　　三顾茅庐是广为流传的礼贤下士、尊重人才的佳话，刘备因此成为识才用才的俊杰，卓越的领袖人物。诸葛亮隆中决策，感念刘备知遇之恩，殚精竭虑，鞠躬尽瘁，忠心报主，成为千古贤相，智慧化身。这二人彪炳史册，众口相传确实理所当然，而成就他们丰功伟业的司马徽却常常不被人们重视，虽非有意为之，其实理有所偏，似乎不太公道。《三国演义》刻画了众多知识分子，号称"水镜先生"的司马徽并未占据很大篇幅，虽然在小说中只是惊鸿一瞥，但是短暂的闪现却演绎了分外的精彩，看似略加描绘、轻轻点染，实则浓墨重彩，形象格外鲜明。

　　司马徽，字德操，颍川（今河南禹州）人，道号水镜先生。自称"山野闲散之人，不堪世用"，深居山中，松形鹤骨，器宇不凡，峨冠博带，道貌非常，友松竹，爱琴书，俨然一位万事参悟、飘飘欲仙的世外之人。《三国演义》作者罗贯中给他安排了一个古朴清幽的生活环境，书卷满架，疏竹蔽窗，石案香清，松轩茶熟，童子吹笛，先生鼓琴，仙乎？人乎？惯战疆场、久驻繁华的刘备，闻童儿牛背笛音尚且自叹不如，面对司马徽出尘脱俗的境界和情趣，心灵上的震撼必定更为强烈。司马徽的确有出世的一面，他才高学广，且有君子之风，却不慕高官厚禄，不愿陷洁白于泥淖，过着"谈笑有鸿儒，往来无白丁"的闲适生活，但也不能完全忘情于世事。大概由于种种主客观因素的影响，司马徽丧失了出仕从政的欲望，可他外表的恬静安适、出尘洒脱并未熄灭胸中燃烧着的忧国忧民的烈火，更难以从心灵深处抹去对国家命运前途的系念之情，只不过是他不欲己行，只强烈地希望愿行者行之。因此，这位隐贤不但相当热情地时刻注视着汉末混乱纷争的社会局面，还经常与朋友们一起探讨治国安邦、救民水火的策略；不仅对天下大事了如指掌，对各政治军事集团的兴衰命运也洞若观火。

司马徽是一个有见识的知识分子，同积极出仕为官的知识分子相比，客观上存在着一种结盟的可能性。实际上，司马徽是诸葛亮、徐庶、庞统等人构成的颍川南阳人才群体的精神领袖，担负着培养、简拔、推荐人才的一系列任务。这位义务伯乐尽责尽力，给刘备集团先后输送了一批经天纬地之才，为蜀汉帝业的创建立下了汗马功劳，他可以说是第一位大功臣、第一个大伯乐。司马徽对人才的极端重要性有一番精辟深刻的见解，他认为一个政治军事集团想要在激烈的角逐中取得胜利，开疆拓土，建功立业，没有人才是不行的。刘备征战半生，落得像流寇一般四方奔走，今日投曹，明日依袁，多次为人所逼，脚下无一片宁土，原因何在？刘备的结论是："命途多蹇，所以至此。"司马徽并不这么看，他认为刘备落魄不偶的基本原因是："盖因将军左右不得其人耳。"这既是对刘备当时实际状况的总结，也是对以往历史经验的概括，可以说是慧眼独具、入木三分。凡是左右得其人而用，即可成就大事业，反之则功败垂成。

"观人才之吉凶"，即考察人才的得失去留与事业成败的依存关系，《三国演义》三十五回以前多次涉及到了这一命题，但是只有司马徽结合刘备的窘迫困境挑明之后，才使读者对其重要性的认识逐渐地明朗清晰起来，尔后事情的发展更证实了他分析的正确透辟。知人之明、识才之敏都是以对人才重要作用有明晰而深邃的认识为基础，培养和简选人才当然是有所为的自觉行动，而不是下意识的生理本能。司马徽在对待人才方面的所作所为，都集中在"安天下"这一点上，或者说帮助刘备安天下。虽然汉末的九品中正之类的举荐活动已滥觞得腐败不堪，但是司马徽并不肯轻易地把人才的冠冕奉送给人，他始终坚守自己的人才观，决不降低标准去迎合人们的社会心理和需要，所以他能高屋建瓴地从高层次上确定人才的标准。孙乾、糜竺不失为多谋之士，司马徽却认为他们只是寻章摘句的白面书生，并非运筹帷幄驭乱理难的经纶济世的人才。在司马徽看来，刘备缺少的不是孙乾、糜竺之类的一般性人才，而是像善用力敌万人的关羽、张飞、赵云之类的杰出战略型人才。

曹操与刘备青梅煮酒论英雄时，提出了一个识别英雄的论断："夫英雄者，胸怀大志，腹有良谋，有包藏宇宙之机，吞吐天地之志者也。"这句话正可以用来给司马徽的量才标准做注脚。在司马徽心目中，诸葛亮不就是包藏宇宙、吞吐天地、胸怀大志、腹有良谋的英雄吗？未出山之前时常自比管仲和乐毅的诸葛亮，当时士大夫并不承认他的绝世才华，司马徽却说"其才不可量"，并且认为其"可比兴周八百年之姜子牙，旺汉四百年之张子房"。司马徽把他对诸葛亮的这种评断郑重地告诉了刘备，并且特别肯定地向对诸葛亮的卓越才识持怀疑态度的关羽讲了自己的评断。司马徽敢于高度评价诸葛亮，以致使听者感到惊愕，绝非出于一时激动的溢美之词，乃是他深知诸葛亮有经纶济世之才，对诸葛亮可安天下的奇才异识和气魄胆略都有非同寻常的了解与认识。诸葛亮自比管、乐，司马徽并没有以世俗之见斥其为狂妄骄傲无自知之明，而是感到这种比方仍有不足，还没有充分地显示出诸葛亮这位杰出人才超群迈伦的突出才华，所以他才又提出只有姜子牙、张子房这样全局性的战略人才方可与之相比。诸葛亮这匹千里马，如果不是遇到司马徽这位大伯乐，是否会祗辱于奴隶人之手，骈死于槽枥之间，默默无闻不为人知呢？

颍川南阳人才群体中，崔州平、石广元、孟公威、徐元直和诸葛亮关系最密切，他们经常聚谈学问，纵论天下大事，但是研讨学问的方法非常不同，司马徽把这种不同概括为："此四人务于精纯，惟孔明观其大略。"务精纯，观大略，表现了两种不同的能力趋向，两种不同的观察社会的角度，两种不同的审视世界的思维方式，虽然二者都是才能发展过程中不可或缺的，但毕竟有层次高低之别。诸葛亮曾说崔州平、石广元、孟公威、徐元直四人仕进可至刺史、郡守，众人问其志若何，他却笑而不答。司马徽从观大略和务精纯两方面对诸葛亮与其他四人进行评论，分出了这个人才群体的层次，徐元直等人是千里马，诸葛亮是千里马中的千里马，不仅十分精辟，还非常科学。司马徽之所以敢把诸葛亮比作姜子牙、张子房，敢向刘备推荐诸葛亮"伏龙、凤雏，两人得一，可安天下"，根据就在于诸葛亮的"观其大略"和自比管、乐。

务精纯着眼于获取某个局部或某个方面的真知灼见，至多是从中观上研究社会、思考问题，所以仅止于务精纯是不够的。注重观大略者，并不嫌弃精纯，而是权衡轻重，以观大略为重，力争大略中藏精纯。所谓观大略，于读书学习，则着眼领会精神实质，创造性地加以运用；于研究社会，则努力从本质上把握历史发展的基本趋向，善于从复杂多变的各种社会现象中抓住有决定性影响的主要问题，敢于放开眼界从更高的层次上认识社会历史发展的规律。观大略，目的在于从宏观上、从社会历史发展的大关节上研究社会、思考问题，从而为战略决策提供依据，也就是为解决战略问题。战略决策的正确与否，是以与之相关的各个战术问题解决得正确与否为基础的，所以观大略与务精纯并不矛盾，后者是为前者服务的，前者是以后者为基础的。

司马徽的知人之明，不仅表现在对诸葛亮等人的认识和了解方面，还表现在对刘备的深切认识和了解上，他之所以不把诸葛亮和徐庶举荐给刘表或曹操，而一定要举荐给落魄不偶的刘备，绝不是刘备跃马檀溪邂逅的偶然，而是对当时各种政治军事集团首脑人物反复进行研究、比较和分析之后，得出刘备是诸葛亮出山相助的理想人选。这一结论是根据刘备当时身边无得用之人，有利于诸葛亮施展抱负，发挥才能；刘备礼贤下士，敬才重能，诸葛亮可以得到重用；刘备自身才华不高、谋略不广，容易器重诸葛亮，使之得到充分信任；刘备乃汉室宗亲，宽厚仁慈，理应承继大统，诸葛亮追随刘备也不至于背上事贼的恶名。所以，司马徽认定刘备是位明主，是当世的英雄，需要像诸葛亮这样经天纬地的奇才去辅佐；诸葛亮只有投奔刘备，其卓异的才华方有用武之地。诸葛亮的确幸运，遇到了司马徽这位识才于山野的哲人，又遇到了善用其才的刘备，成就了一桩识才用才的美事。

司马徽这位具有高度识才之明的大伯乐，既有高尚的举才之德，又有高超的荐贤之能。《三国演义》中荐举人才大多是成功的，如阚泽举荐陆逊，司马徽举荐孔明；也有不少的极力举荐并不成功，如鲁肃举荐庞统；还有荐举不当而招致杀身之祸的，如孔融举荐祢衡。司马徽一心要将诸葛亮推荐给刘备，但是他并不直言，而是在指出刘备落魄不偶是由于"左右不得其人""无善用之之人"以后，采用了"引而不发"的高超手法，迂回地向目标前进。刘备说："备亦尝侧身以求山谷之遗贤，奈未遇其人何！"司马徽说："十室之邑，必有忠信，何谓无人？"刘备请求指教，司马徽却借释民谣把话题荡开，并不回答刘备的问题，然后又指出："天下之奇才，尽在于此，公当往求之。"刘备急于寻根问底："奇才安在？果系何人？"到此司马徽方说出"伏龙、凤雏"四字，紧紧地吸引了刘备的全部神思，然后却又作一个大跌顿，刘备一再追问："伏龙、凤雏何人也？"司马徽就是不正面回答，先用"好！好！"佯应，后又推脱说："天色已晚，将军可于此暂宿一宵，明日当言之。"这种不荐之荐发生了神奇的作用，致使刘备思才难眠，寝不成寐。

徐庶夜访司马徽，刘备夜半起床偷听二人谈话，扑朔迷离，隐约闪忽，如堕五里雾中。司马徽问徐庶："元直何来？"徐庶答道："久闻刘景升善善恶恶，特往谒之。及至相见，徒有虚名，盖善善而不能用，恶恶而不能去者也。故遗书别之，而来至此。"司马徽说："公怀王佐之才，宜择人而事，奈何轻身往见景升乎？且英雄豪杰，只在眼前，公自不识耳。"刘备闻言大喜，暗忖此人必是伏龙、凤雏，急于相见，又恐造次。第二日天刚亮，刘备欲见来人，司马徽并不明言，只说："此人欲投明主，已到他处去了。"刘备问其姓名，司马徽又是笑着说："好！好！"把刘备装进了闷葫芦。当刘备再问："伏龙、凤雏，果系何人？"司马徽仍旧以"好！好！"把他的话题荡开。刘备心理上经过三番五次的曲折跌顿，深深地烙下了伏龙和凤雏的印记，为"三顾茅庐"做好了充分的铺垫，又绝无添足之感，功夫火候恰到好处。最后，当刘备请司马徽出山相助时，他又浓抹一笔："自有胜吾十倍者来助公"，而且特别强调"公宜访之"，要亲自去拜访邀请方可。这才有刘备把徐庶当龙凤，把黄承彦当诸葛亮之误，这也正说明司马徽荐贤的艺术效果之高。

司马徽第二次荐孔明，是在徐庶走马荐诸葛之后，他本意是去打听消息，看看刘备有什么行动的，却不动声色地说只是来会徐元直的。听说徐庶因曹操囚其母而去了许昌，临行前又向刘备推荐了诸葛亮，司马徽却说："元直欲去，自去便了，何又惹他出来呕心血也？"似乎是很不赞成。当刘备惊问："先生何出此言？"司马徽从最主要的两个方面详细地向他介绍了诸葛亮：一是诸葛亮作为战略家的卓异之处，与务于精纯的其他人才不同，观其大略为其长；二是诸葛亮的生平抱负，自比管仲、乐毅，其实可比姜子牙、张子房。如果说司马徽在自家庄上的荐举只是让刘备感觉到诸葛亮闪耀着多彩的灵光，吸引他竭力想把这位奇才请到自己的营帐里来，那么这次荐举却让刘备看到了诸葛亮光芒四射的智慧之光，将为他同各政治军事集团的争夺提供高人一筹的战略决策。徐庶所提供的成功事例，使刘备对司马徽有关诸葛亮的各种评论都给予充分的肯定，完全信赖这位闲云野鹤似的世外高人的一片诚心，说他"真隐居贤士也！"

司马徽对人才有一种特殊的兴趣，他对诸葛亮、徐庶等人不仅视为同道引以自豪，而且以宽厚长者对晚辈的挚爱之情指引着他们，强烈地希望他们既能学有所长，又能才尽其用。从司马徽对徐庶轻身见刘表的严厉批评，我们可以清楚地看到这种情爱的真挚深沉。司马徽不愿出仕，却寄希望于晚辈后学，想看到他们为百姓为社稷创立大功业，立下汗马功劳。司马徽在人才问题上能做到清如水、明若镜，与他期望后学建功的宽广胸怀是密切相关的，惟其如此才能拨开"时人莫许"的迷雾，煞费苦心地把诸葛亮这位难得的旷世奇才举荐给刘备，为诸葛亮施展管、乐之才提供了条件，成就了一代贤臣千古名相的英名。水镜先生司马徽，将同诸葛亮的英名共垂青史！

（司马徽飘然访刘备）

在司马徽的思想情绪、胆识风度中，渗入了知识分子睿智卓识的丰富情愫，话语不多却字字珠玉，聚合着一种强烈的穿透力。司马徽识人料事的能力并非来自仙传神授，而是从满架书卷和长期认真地对社会世事、各类人物的体察研究中得到的眼力，没有什么先验的因素，同天地神灵是无缘的，因此他虽然带有几分仙气，倒是非常可信的一位人间大伯乐。司马徽荐贤之能被罗贯中描绘得有声有色、韵味无穷，是经过精心熔铸提炼而成的散文诗一般的人才颂，字里行间处处洋溢着诗情画意，这诗情画意里又蕴含着吞吐山河、包藏宇宙、风雨激荡、世事变幻的无穷机括，读者从中感受到的是一位哲人晶莹剔透的心脏在搏动。

在《三国演义》众多知识分子当中，司马徽的确是一位令人钦敬仰慕的大伯乐，犹如"竹外一枝"，虽淡妆清雅，却奇香四溢。他才学过人却不求仕进，隐逸山野林间独善其身，似乎只为返璞归真而生，身处乱世能不为其所乱，象征着一种脱尘出世的生存方式。事实上，在不能有所作为或即使竭尽全力也于事无补的情况下，归隐是明哲保身的睿智选择，一代隐贤司马徽可谓是"达则兼济天下，穷则独善其身"的典范，他的隐逸不是手段而是目的，这一点比诸葛亮还要高一个层次。"学而优则仕"的传统观念长期牵绊着中国知识分子的脚步，自古以来腹有诗书者大都削尖了脑袋往上钻营，哪怕头破血流也在所不惜。这背后让我们思考更多的是：一个人要学会选择一条适合自己的路，知道什么是自己最需要的，什么是自己最拿手的，否则费心、费力、费神得来的都是一场空。

　　一个人可以没有过人的才华，但不能不自知；一个人可以没有重重心机，但不可不识人。知道自己的追求，并且能够自制，方向不偏，行为不乱，就做到了自胜。自胜才能胜人，司马徽就是这样做的，他的一生虽然没有做出什么惊天动地的大事业，却以自知的清醒与洒脱、识人的智慧与率真，远离了尔虞我诈的世事纷争，达观处世，乐观做人，还生命以本色。

05

光芒太盛容易刺伤领导面子·杨修

古人有"聪明反被聪明误"之说，意思是聪明人不应该过分卖弄自己的聪明，以免锋芒太露，反遭嫉害。《三国演义》中的杨修就是"聪明反被聪明误"的典型例子。人们不禁要问：为什么人人都希望自己聪明，聪明绝顶的人却会给自己带来伤害呢？其实，真正带来祸害的并不是聪明本身，而是你如何运用聪明的问题，以及周围人们对你的聪明所持的态度。同属聪明人，杨修与诸葛亮的命运为什么不一样呢？这就是情感智商高低的不同结果。

杨修，字德祖，弘农华阴（今陕西华阴东）人，"关西孔子杨伯起"（杨震）之后，东汉太尉杨彪之子。此人单眉细眼，貌白神清，博学能言，智识过人，为曹操门下掌库主簿。益州刘璋的说客张松到许都意图说服曹操兴兵对付汉中张鲁时，曾经嘲笑杨修说："久闻公世代簪缨，何不立于庙堂，辅佐天子，乃区区作相府门下一吏乎？"杨修听后"满面羞惭"，勉强以"某虽居下寮，丞相委以军政钱粮之重，早晚多蒙丞相教诲，极有开发，故就此职耳"的话语来作支吾，由此可见他所居的"主簿"一职在世人眼里只是"吏"或"下寮"，相对于他"小觑天下之士"的才能来讲显然不公平，此后他之所以会时时卖弄聪明，正是期望自己的聪明才智能够得到曹操赏识，真正担负起"军政钱粮"的重任。曹操收到了杨修发出的信号，却没能理智地加以思考，认真剖析其真实用意，只是一味忌恨其才华在己之上，怀疑他故意与自己作对。可以说，曹操从来没有认真考虑过杨修的才华该如何为己所用，只是听凭感情从"忌之"，发展到"恶之""愈恶之"，最后在"大怒"之下杀了一个原本可以大有作为的高智商人物。

（自恃其才的杨修被张松讥讽得满面羞惭）

杨修的确是一个聪明人，智商远在曹操之上，达到了出神入化的程度。曹操出兵汉中，途经蓝田时，在蔡琰家见到了蔡邕手书在东汉孝女曹娥之碑背面的八个字："黄绢幼妇，外孙齑臼"。曹操先问蔡琰："汝解此意否？"蔡琰回答："虽先人遗笔，妾实不解其意。"曹操问众谋士："汝等解否？"在场的谋士都不解其意，唯有杨修挺身而出说："某已解其意。"曹操急忙阻止杨修，让他先勿说出，容自己好好想想。这个细节说明曹操对自己的智力相当自信，他坚信杨修想得出来的答案，他必定也能想出来。果然，经过一番思索，曹操"忽省悟"，找到了令人费解的答案，但其时已"上马行三里"。在这种情况下，曹丞相的才思在众人心目中硬是比杨主簿慢了半拍。曹操笑着请杨修先说出答案，杨修说是"绝妙好辤"四个字，并且一一作了解释："'黄绢'乃颜色之丝也，色傍加丝，是'绝'字。'幼妇'者，少女也，女傍少字，是'妙'字。外孙乃女之子也，女傍子字，是'好'字。'齑臼'乃受五辛之器也，受傍辛字，是'辤'字。总而言之，是'绝妙好辤'四字。"虽然杨修并没有张扬的意思，但是在"众皆叹羡杨修才识之敏"的时候，实际上已经种下了祸根。如果一定要说杨修在这里面有什么过错的话，那就是他没有周全地照顾曹操的面子。更加没有顾及曹操面子的事情还有以下两件：

第一件事是曹操视察新造的花园以后不置褒贬，只取笔在门上写了一个"活"字就走了，结果"人皆不晓其意"。这正是曹操追求的效果，如果要人知晓其意，他完全可以直说，大可不必打哑谜的。出一个谜语给别人猜是曹操自觉智力高出于人的一种怡然自得的游戏，不知趣的杨修偏要点出谜底，说："'门'内添'活'字，乃'阔'字也。丞相嫌园门阔耳。"负责施工的人完全相信他的话，居然不经请示就"再筑墙围"，改造之后再请曹操来视察，果然很满意。曹操问是谁明白了他的意思，旁人都说是杨修，曹操"虽称美，心甚忌之"。这种"忌"包含两重意思：其一，杨修的不可小觑之才使曹操心生妒嫉。由于杨修掺合进来，曹操出一个谜语给大家猜的雅趣荡然无存，未免令他扫兴。其二，众人对杨修的态度引起了曹操的忌恨。督造花园的负责人居然不问青红皂白，就照杨修的话行事，可见大家对杨修的"才识之敏"信任到了什么地步。一个小小的主簿竟有如此大的号召力，与其身份地位不相符合，无形中造成了对曹操的威胁，这是曹操憎恶杨修的第一步。

第二件事是塞北送来一盒酥，曹操在盒上亲笔写下"一合酥"（极可能是竖写的）三个字，然后将其放在案头。这又是一个玩文字游戏的哑谜，恰恰又是杨修一眼看破了谜底。这一次，杨修干脆不对众人说明，就叫人取来匙子，把一盒酥分着吃了。等到曹操追究起来，杨修才说："盒上明书'一人一口酥'，岂敢违丞相之命乎？"这简直是玩起了射覆游戏，曹操用文字做谜面，杨修用动作做谜底，结果是"操虽喜笑，而心恶之。"从"忌之"到"恶之"，曹操对杨修的反感不断增强，因为杨修已经从一开始有关曹娥碑的因问而答，发展到了造花园门时的不问而答，现在竟斗胆以曹操为对手玩起游戏来。随着事态一步步发展，在曹操心中引起的不满情绪越来越强烈，杨修却在感受领导的情绪方面异乎寻常不"聪明"。

如果说上述两件事还有一定的游戏意味，那么下面这件事就相当严肃了。曹操为了确保自身安全，声称梦中好杀人，警告手下人不要在他睡着时靠近。一天，曹操正在午睡，被子掉落到地上，一个近侍慌忙近前去拾取。在明知这个近侍没有歹心的情况下，曹操竟猛然跃起，拔剑杀了他，以作为警戒。之后，曹操假装入睡，半晌才起床，故作惊奇地问："何人杀吾近侍？"这个尽职的近侍做了曹操自身安全保卫系统的奠品，只为了让人们相信他真的会梦中杀人。对于枉死的近侍来说，这样做未免不公，曹操很清楚这一点，所以他才会"痛哭"，并且命人"厚葬之"，倒也不完全是虚伪的表现。事情做到这个地步，曹操可谓大功告成，虽然牺牲了一个近侍，但是收获远远大于付出。曹操骗得了别人，却骗不了杨修，在给枉死的近侍送葬时，杨修几乎不考虑后果地捅出了这件事情的真相："丞想非在梦中，君乃在梦中耳！"这一次非同游戏可比，它所表现出来的不仅是杨修的聪明，更是曹操的残忍和狡诈，曹操当然"愈恶之"。杨修的智商使他能够慧眼识破曹操的诡计，但他并不知道如何正确处理这件事，更不考虑像曹操这样一个可以用别人的生命为代价来保证自己不被暗中谋害的人，又会怎么对待像他这样不识时务的人。

曹操在一般情况下是爱惜人才的，因为他很清楚人才对于自己的事业意义重大，杨修毕竟是少见的高智商人物，引导得当完全可以成为他的得力助手。但是，杨修的才华好像只专用于破解曹操设下的迷局，而从不提供有积极意义的建议和计策，这就不能不引起曹操的忌恨。更加糟糕的是，杨修还把他的聪明用在了曹植与曹丕争夺继承权的斗争上，干扰了曹操对两个儿子的考察。杨修一味张扬，生怕别人不知道他的聪明，生怕别人不知道他与曹植的关系密切。与杨修相比，曹丕的老师、朝歌长吴质则藏而不露，处处表现得谨慎小心，即便是进曹丕门也不敢明目张胆，也要藏进一个大箱里，只说是绢匹在内，用车拉进去。当被杨修告发，引起曹操怀疑时，吴质却能想出李代桃僵的妙计，用大箱装绢再入曹丕之门，故意让曹操派来的人查无实据。吴质不仅未被捉住，反倒使杨修落了个诬告的罪名，曹操"愈恶之"。如果杨修能像吴质那样多个谨慎的心眼，说不定能帮助曹植继位成功，至少自己不至于落个身首异处的悲惨下场。

立嫡还是立庶，立长还是立贤，本身就是极其敏感的问题，杨修却在此关键问题上屡屡出手，往曹操的眼里揉砂子。有一天，曹操一面命令两个儿子出邺城门，一面又秘密吩咐守门吏不要让他们过去，目的是测试他们如何应变，考察他们的才能。结果，曹丕先出，遇到阻拦，只好退回。曹植却宣称："吾奉王命，谁敢阻当！"斩杀守门吏，夺门而出，"于是曹操以植为能"。实际上，这个办法是杨修教的，曹植至少在这个问题上并不比曹丕"能"。杨修的插手，致使曹操勃然大怒，从此开始不喜欢曹植了。自恃聪明的人往往过于自信，杨修自以为抱住了曹植的大腿，加上自己的聪明绝伦，就可以心想事成，可那曹丕岂是等闲之辈？这不是自己往枪口上撞吗？如果说"出邺门"一事并没有株连到杨修的话，那么"答教"一事则使他离断头台更近了一步。曹操时常冷不丁地拿一些军国之事的题目考察曹丕和曹植的才干，杨修潜心研究曹操之所想，为曹植拟出了十几条答案。虽然曹植聪颖过人，也不至于对答如流吧，曹操的疑心重是出了名的，如此怪事岂能不使之怀疑？经过曹丕的一番调查取证，杨修这位幕后军师露出了马脚，曹操大怒道："匹夫安敢欺我耶！"更引得本来就对杨修颇为反感的曹操起了"杀修之心"，并且取消了曹植的世子之位继承人录取资格，放弃了对他的栽培。其实，曹植又何尝不是受了杨修的连累？没有这位幕后军师的瞎点子，曹植老老实实做人做事，说不定凭着才高八斗等优势，还真能成为世子呢。曹操既然选择了曹丕作为继承人，那么杨修的存在在他看来就是潜在的麻烦，也就必然要置之死地而后快了。

如果绝顶聪明的杨修懂得一点保身之道，知道韬晦和修炼自己，就此停止卖弄聪明的话，他的寿数也许还不止三十四岁。问题是专能破译曹操思想的杨修对于曹操潜意识中隐含的杀机似乎毫无觉察，而是继续随心所欲地暴露曹操内心的真实意图，终于在他将自己的聪明作了一次精彩的展示之后，赔上了一条性命。这说明人心不可能是透明的，一个人内心中最潜在的部分是任何其他人无法透视的，也说明了人的复杂性。建安二十四年（公元219年），曹操在汉中与刘备交战，军事上连连受挫，进退不得之际，以"鸡肋"作为夜间口号，行军主簿杨修立即推断出："鸡肋者，食之无肉，弃之有味。今进不能胜，退恐人笑，在此无益，不如早归：来日魏王必班师矣。"这个推断须经几步周折，杨修做的是准确无误，但是这种破译除了曹操所说的"乱我军心"之外，确实毫无益处。在战场上，指挥官尚未下达撤退命令，部下却已纷纷打点行装准备回家，这种情况即使在今天也是不能允许的。曹操的愤恨情绪在此时上升为"大怒"，旧恨新仇一起了结，喝令刀斧手斩了杨修，并将首级号令于辕门之外。没多久，曹操果然下令拔营撤兵，退出汉中。后人有诗曰："聪明杨德祖，世代继簪缨。笔下龙蛇走，胸中锦绣成。开谈惊四座，捷对冠群英。身死因才误，非关欲退兵。"

　　世上有这样四种人：大智若愚，大愚若智，大愚若愚，大智若智。杨修正是最后一种，当他看到了别人看不到的玄机时，往往沉不住气，急于把它说出来，以示自己的高明，满足自己的虚荣心。理解了"鸡肋"，自己心中有数，只管做好与家人团聚的准备就是了，干嘛要吵嚷出去，使本来已经骚动的军心更加不安？在这样的重要关头，曹操借"惑乱军心"的罪名将杨修杀了，也在情理之中。爱卖弄自己聪明的人，往往把别人想得很不聪明，至少是不很聪明。杨修只顾炫耀自己的聪明才能，却表现出了一定程度的社交无能，这是他情感智商方面的一个大问题。杨修希望曹操能注意自己，却不知道采用正确的方法，就好像社交聚会上一个总是指手划脚、大声喧哗的人，其本意是希望大家关注他、发现他的能耐，结果往往事与愿违，人们虽然记住了他，但是留下的印象却不佳。杨修把自己放在了光芒四射的中心位置，全然不顾及别人（特别是不顾及智商极高又情商有缺陷的曹操），这种影响人际交往顺利进行的不当行为说明他比较缺乏社交技能的基本知识，结果其智慧光芒折射回来的就只有忌恨。当聪明成为炫耀的资本，当领导内心的隐秘被下属公之于众，当下属的光芒盖过了领导的光辉，这就严重伤害了领导的自尊，为他所难容了。

这世上没有无缘无故的爱，也没有无缘无故的恨。一般来说，能够猜透领导心思的人，大多会如鱼得水。可叹的是，杨修总是将这份猜透大白于世，这种看透又说透的行为大大刺伤了领导的面子，让领导的智商显得低人一等。杨修聪明的地方，在于对事物的领悟能力很强，反应机敏；他不聪明的地方，则在于不懂得如何待人处事，特别是不懂得如何在欲显示自己高明的领导面前谨慎从事。一个下属不为领导着想，反而使领导难堪，甚至拆领导的台，难道不可恨吗？杨修的确很聪明，可是他的聪明里夹带了伤人的芒刺，他的所作所为只能算作小聪明，并不能算作大智慧。曹操帐下谋士如云，比杨修聪明的人不是没有，能看透曹操心思的人也不止杨修一格，其他人即使看穿了曹操的意图，也只是默默地做好该做的事情；即使洞穿了曹操的所有秘密，也会让它烂在自己肚子里。因为他们明白领导需要独立空间，也需要有神秘感，这或许就是人们常说的"难得糊涂"。聪明反被聪明误的杨修忽视了这一点，凡是有出风头的机会，他都勇往直前；凡是可以显示才能的时候，他都要表现一下。杨修的风头比曹操还劲，这样一个人又怎么会赢得曹操青睐呢？杨修最终因为众人皆醉我独醒而招致了众花皆开我独败的悲惨结局。

俗话说"伴君如伴虎"，与领导相处一定要讲求艺术。如果你的确很聪明，就应当把聪明用在开展业务上，而不是用在让领导没面子上。清朝大才子袁枚的一首《遣怀》诗中写道："聪明得福世间少，侥幸得名史上多"，细细品味起来很有几分意味。《菜根谭》曰："操履不可少变，锋芒不可太露。"一个绝顶聪明的人，应该是聪明不露、才华不逞、深藏若虚，如果自以为了不起，过分在领导面前炫耀自己，那就等于在老虎面前耍威风，自讨没趣。你要知道，领导的尊严不容侵犯，领导的面子不容亵渎，你可以比领导聪明，但不能比领导高明。

06

莫蹈聪明反被聪明误的覆辙·祢衡

《三国演义》里像诸葛亮、周瑜、郭嘉这样足智多谋的英才俊士很多，似关云长、沮授、吉平这样矢志不移的忠烈之人也不少，恃才傲物、狂放不羁如祢衡者却绝无仅有。这位自命有尧、舜之才，孔、颜之德的才子，终于死于自己的傲慢不驯，年仅二十六岁。

祢衡，字正平，平原（今山东平原）般人，目空一切，不惧权势。当曹操要派一位名士去荆州招降刘表时，孔子那个从小能让梨的后代孔融便将好朋友祢衡推荐给荀彧作为备选，并且夸赞祢衡的才能是自己的十倍。孔融大概也是自作聪明之人，竟然撇开曹操而直接给汉献帝上了一道奏表，把祢衡吹捧得天花乱坠。据孔融讲，祢衡的人品"淑质贞亮"，才华"英才卓跞"，博闻强记、过目不忘像桑弘羊、张安世，正直无私、品格高尚像任座、史鱼，才华横溢、能言会说像贾谊、终军，简直就是当世天才。事实上，祢衡有一个致命的缺点，就是没有一星半点的谦虚，甚至骄时慢物到了目中无人的地步，因此导致了他的人生悲剧。

孔融的表文被汉献帝转交到曹操手里，曹操正想召纳天下贤士，便派人邀请祢衡见面。当祢衡来拜见曹操的时候，见曹操不叫他坐，于是心中十分不满，情绪由此对立起来。祢衡仰天长叹说："天地虽阔，何无一人也！"曹操说："吾手下有数十人，皆当世英雄，何谓无人？"于是遍数手下谋臣勇将，以证其说："荀彧、荀攸、郭嘉、程昱，机深智远，虽萧何、陈平不及也。张辽、许褚、李典、乐进，勇不可当，虽岑彭、马武不及也。吕虔、满宠为从事，于禁、徐晃为先锋；夏侯惇天下奇才，曹子孝世间福将。安得无人？"祢衡冷笑着说："公言差矣！此等人物，吾尽识之。荀彧可使吊丧问疾，荀攸可使看坟守墓，程昱可使关门闭户，郭嘉可使白词念赋，张辽可使击鼓鸣金，许褚可使牧牛放马，乐进可使取状读招，李典可使传书送檄，吕虔可使磨刀铸剑，满宠可使饮酒食糟，于禁可使负版筑墙，徐晃可使屠猪杀狗；夏侯惇称为完体将军，曹子孝呼为要钱太守。其余皆是衣架、饭囊、酒桶、肉袋耳！"曹操十分气愤地问："汝有何能？"祢衡毫不谦虚地夸耀说："天文地理，无一不通；三教九流，无所不晓；上可以致君为尧、舜，下可以配德于孔、颜。岂与俗子共论乎！"祢衡如此露才扬己、出言不逊，眼中无人、目空一切已到极点，气得连曹操武将中修养最好的张辽都想掣剑杀他。为了羞辱祢衡，曹操让他担任举行朝贺宴飨上的鼓手，糊弄他一下，以侮辱其人格。祢衡并不推辞，应声而去。张辽愤恨地说："此人出言不逊，何不杀之？"曹操忍了下来，说："此人素有虚名，远近所闻。今日杀之，天下必谓我不能容物。彼自以为能，故令为鼓吏以辱之。"

　　曹操大宴宾客的时候，要鼓吏击鼓助兴，祢衡真不含糊，奏出了一段美妙的《渔阳三挝》鼓曲，音节殊妙，渊渊有金石声，居然使在座的宾客都听得一把鼻涕一把泪。挝鼓必换新衣，祢衡穿旧衣而入，曹操手下叫祢衡换上鼓手的衣服再敲，他竟然当众把上下衣服脱得精光，一丝不挂站在那儿，而且面不改色。曹操斥责祢衡庙堂之上太无礼，祢衡反唇相讥："欺君罔上乃谓无礼。吾露父母之形，以显清白之体耳！"曹操问："汝为清白，谁为污浊？"祢衡说："汝不识贤愚，是眼浊也；不读诗书，是口浊也；不纳忠言，是耳浊也；不通古今，是身浊也；不容诸侯，是腹浊也；常怀篡逆，是心浊也！吾乃天下名士，用为鼓吏，是犹阳货轻仲尼，臧仓毁孟子耳！

欲成王霸之业，而如此轻人耶？"这就是京戏里著名的《击鼓骂曹》，曹操本想羞辱祢衡，反倒自取其辱。祢衡敢于嘲弄权倾天下的曹操，狂放不羁确实到了无以复加的地步，对于这样的狂妄之徒，曹操岂能容他？！当时孔融在座，担心曹操会杀了祢衡，便从容进言："祢衡罪同胥靡，不足发明王之梦。"曹操不愿背忌才杀名士的恶名，指着祢衡说："令汝往荆州为使。如刘表来降，便用汝作公卿。"祢衡不肯去，曹操便叫手下备马三匹，派两个人扶着他，挟持而行。此外，曹操还让手下文武大臣置酒在东门外为祢衡送行，荀彧说："如祢衡来，不可起身。"祢衡下马后，见众皆端坐不理会他，竟放声大哭。荀彧问道："何为而哭？"祢衡说："行于死柩之中，如何不哭？"众文武大臣都说："吾等是死尸，汝乃无头狂鬼耳！"祢衡又说："吾乃汉朝之臣，不作曹瞒之党，安得无头？"众人欲杀祢衡，荀彧急忙劝止："量鼠雀之辈，何足汗刀！"祢衡感叹道："吾乃鼠雀，尚有人性；汝等只可谓之蜾虫！"众人愤恨不已，不欢而散。

（祢衡裸身击鼓骂曹操）

祢衡到了荆州，照样狂傲不检，又把刘表讥讽了一番。刘表深知曹操用意，又把祢衡派去江夏（今湖北汉口）见黄祖。有人问刘表："祢衡戏谪主公，何不杀之？"刘表说："祢衡数辱曹操，操不杀者，恐失人望；故令作使于我，欲借我手杀之，使我受害贤之名也。吾今遣去见黄祖，使曹操知我有识。"黄祖乃是一介武夫，起初敬佩祢衡是个人物，便好酒好菜招待他，喝了一阵，两人都醉了。黄祖醉醺醺地问祢衡："君在许都有何人物？"祢衡回答说："大儿孔文举，小儿杨德祖。除此二人，别无人物。"话说到这个份上，黄祖仍不住口，还不知趣地问："似我何如？"黄祖请祢衡评价一下自己，祢衡轻蔑地说："汝似庙中之神，虽受祭祀，恨无灵验！"黄祖一听祢衡嘲笑他是土木偶人，便怒不可遏地将他斩了。祢衡至死骂不绝口，刘表听说此事以后嗟呀不已，令人将其葬在汉阳鹦鹉洲边。曹操闻知祢衡受害，笑道："腐儒舌剑，反自杀矣！"曹操达到了借刀杀人的目的，黄祖可就世世被人唾骂了，后人有诗叹曰："黄祖才非长者俦，祢衡珠碎此江头。今来鹦鹉洲边过，惟有无情碧水流。"唐代大诗人李白通过《望鹦鹉洲怀祢衡》诗表达了对祢衡的同情之心："鸷鹗啄孤凤，千春伤我情。五岳起方寸，隐然讵可平。才高竟何施，寡识冒天刑。至今芳洲上，兰惠不忍生。"

祢衡之死，死于狂傲；狂傲之人，人所共厌。曹操可谓爱才，刘表也算厚道，二人皆容不得祢衡。像祢衡这样桀骜不驯的狂士，能入他法眼的人自然不多，唯独看得起孔融和杨修，评价说："大儿孔文举，小儿杨德祖。除此二人，别无人物。"其他人在祢衡眼里只不过是碌碌无为的平庸之辈。这里的"大儿""小儿"并非我们今天所说的"大儿子""小儿子"，古人所指类似我们今天说的"大丈夫""好儿郎"，例如苏东坡《书丹元子所示李太白真》一诗中有"大儿汾阳中令君，小儿天台坐忘真"之句，邹容《革命军》第一章有"大儿华盛顿""小儿拿破仑"之语。偏偏祢衡最看得起的这两个人都是曹操掐着手指排队要杀的朋友，可见他们的脾性有颇多相似之处，三人都有一些才气，也都颇为自负，还有有一些傲气。正所谓"物以类聚，人以群分"，也难怪他们仨能够走到一起了。

祢衡确是才子，但他的狂傲、迂阔又令人可悲。那些操生死大权的起赳武夫们，常言要有吞吐天地之志，怎么就容不下一个狷狂的书生呢？自古文人多陷轻薄，因轻薄得祸的当首推祢衡，如果因为多读了几本书就恃才傲物，有学问就是一件很危险的事情了。谦虚不但使人进步，还能使人安全。有才者即便不谦虚，倘若懂得尊重他人，也一样能得到他人的敬重。反之，既不谦虚又不懂得尊重他人的才子，只以为天地之大唯我独尊，往往不会落得好下场。祢衡虽然才高八斗，却不管脚踩谁的地盘，也不管脚跟是否站稳，总是目空一切、出言不逊，最终把自己推到了危险的边缘。如果祢衡不那样桀骜不驯，或者能够稍微收敛一些，说不定一开始就能以他的才学和名气获得曹操的赏识，也说不定会在荆州刘表那里混的如鱼得水，可是他的狂傲无礼最终化为一把锋利无比的尖刀，在一次次伤害别人尊严的时候，也让自己一步步走向了不归路。

孔子提倡中庸之道，"中庸"就是不偏不倚，无过也无不及。什么事都不要过分，过了分连不及都不如了。一个人如果太有才华，就要注意扼制自己，不要太过分显露出来。如果露才扬己、恃才放旷，就要遭到别人的嫉恨，给自己招致灾祸。特别是一些有才能的领导，容不得比他强的人，只有庸才跟他相配，才能相安无事。因此，真正的聪明人应该藏愚守拙，做一个大智若愚的人，才能保护自己一生平安。但是，真要这样去做，也很不容易。人性大概有这样天生的弱点，有才华的人都爱显示自己，越有才华越爱显示，结果往往验证了中国那句古老的格言：聪明反被聪明误。好好修身养性吧，别让一颗原本可以成为耀眼明星的星星，瞬间成为一闪即逝的流星。

07

时刻把握住你心中的道德律·华歆

一个人如果泯灭了人性，就会变得很残忍、很冷酷，没有人情味，因而也就令人痛恨了。这样的人古今中外都有，《三国演义》中的华歆就是其中一个。华歆，字子鱼，平原高唐（今山东禹城）人。建安四年（公元199年），小霸王孙策袭取庐江，豫章太守华歆向其投降，从此加入东吴集团。建安十五年（公元210年）春，孙权为防止曹刘联合攻吴，派华歆赴许都表奏刘备为荆州牧。华歆到邺郡拜见曹操，曹操召其上铜雀台，重加赏赐，封为大理少卿，把他留在许都。从此，华歆成了曹操父子的忠实走卒，干了一连串坏事，其中最为人不齿的有两件：一是收杀伏皇后，一是逼汉献帝让位。

建安十九年（公元214年），侍中王粲、杜袭、卫凯、和洽四人欲尊曹操为"魏王"，遭到中书令荀攸谏阻，曹操怒言："此人欲效荀彧耶！"荀攸因此忧愤成疾，卧病十数日而卒，曹操遂罢从魏公晋升为魏王之事。一天，曹操带剑入宫找汉献帝谈话，汉献帝在曹操面前战战兢兢，曹操看汉献帝也越来越不顺眼，逼其退位只是时日早晚而已。在这种情况下，汉献帝与伏皇后的日子实在难过，伏皇后甚至说："且夕如坐针毡，似此为人，不如早亡！"这大概是伏皇后内心最深切的感受，看来她是一个有点血性的女人，宁愿死也不愿屈辱地苟活着。同时，伏皇后也是一个有点见识的女性，她向汉献帝献策：给她父亲伏完写一封信，要伏完想方设法铲除曹操。汉献帝有过董承事件的教训，已如惊弓之鸟，生怕再出纰漏，那他可就完了，因此很害怕。伏皇后不愿再忍受下去，下决心要做一次挣扎，她找来一个叫穆顺的宦官，是一个可以信得过的人，准备要他带信出去。于是，伏皇后给父亲伏完写了一封密信，藏在穆顺的头发中，让他偷偷溜出禁宫，秘密交给了伏完。伏完看完后写了一封回信，意思是要与吴、蜀里应外合才能成功，仍然托穆顺带回宫内。谁知早有人将穆顺溜出宫外的消息报告了曹操，曹操便带人在宫门等候，穆顺一返回就被抓住了，并且从他的头发中搜出了伏完的回信。曹操连夜派三千甲兵去抄查伏完私宅，又搜出伏皇后的亲笔信，随即将伏氏三族全部抓进监狱，同时派御林将军郗虑持节入宫，收缴了皇后玺绶。伏皇后情知事发，便躲入殿后椒房的夹壁里面。

华歆奉命入宫搜捕伏皇后，这时他已升任尚书令，带了五百甲兵径直闯进后殿，气势汹汹地问："伏后何在？"宫人们尚有同情心，都推说不知道。华歆到底有聪明头脑，他看甲士们到处搜查不着，便料到可能隐蔽在夹墙内，便命令甲士破壁搜寻，伏皇后终于被发现。华歆这时竟恶狠狠地亲自动手，揪住伏皇后的发髻将她拖了出来。伏皇后披头散发，光着脚丫，被两个甲士推拥而出。伏皇后妄想华歆能怜悯她，求华歆放她一条生路，华歆却冷酷地说："汝自见魏公诉去！"华歆将伏皇后带到外殿，汉献帝看到了，跑下殿来与她相抱痛哭。悲惨的场面使人不堪目睹，华歆却毫无一丝恻隐之心，他不仅无动于衷，反而催促说："魏公有命，可速行！"让甲士将伏皇后强行带走，押送到曹操面前。曹操喝令左右之人将伏皇后乱棒打死，还派人入宫将她所生的两个儿子毒死。当晚，伏完、穆顺等宗族二百余口皆斩于市，朝野之人无不惊骇。这场宫廷之变充分暴露了曹操的篡权野心和残忍凶暴，华歆是逮捕伏皇后的具体执行者，起到了为虎作伥的作用。

华歆一生的第二件"杰作"是逼汉献帝退位。曹操至死也没有当皇帝，不是他不想当皇帝，而是他觉得人心不顺，阻力太大。曹操想当魏公时有荀彧出来劝阻，想当魏王时有荀攸出来阻挡，这些卓有功勋的大臣让他不能不有所悚惧。因此，当孙权上书要曹操当皇帝的时候，他一眼就看穿了孙权的阴谋，把孙权的信拿给大臣们看，并且说："是儿欲使吾居炉火上耶！"意思是说，孙权不怀好意，想要把他架在炉火上烤。所以，曹操又说："苟天命在孤，孤为周文王矣。"他打算把当皇帝的美梦留给儿子去实现。因此，曹操死后，华歆谄事曹魏，威逼汉献帝降诏封曹丕为魏王、丞相、冀州牧。曹丕称魏王，改建安二十五年（公元220年）为延康元年，封华歆为相国。

　　在逼汉献帝退位的事件中，华歆再次充当了曹氏的打手，他带领一班曹氏忠实追随者入宫见汉献帝，要其禅位与曹丕，奴才嘴脸格外凶顽。汉献帝起初不肯相让，华歆便露出凶相，对其进行威逼。小说在这里描写道："歆曰：'陛下若不从众议，恐旦夕萧墙祸起。非臣等不忠于陛下也。'帝曰：'谁敢弑朕耶？'歆厉声曰：'天下之人，皆知陛下无人君之福，以致四方大乱！若非魏王在朝，弑陛下者，何止一人？陛下尚不知恩报德，直欲令天下人共伐陛下耶？'帝大惊，拂袖而起，王朗以目视华歆。歆纵步向前，扯住龙袍，变色而言曰：'许与不许，早发一言！'帝战栗不能答"。在华歆等人一再威逼下，汉献帝只得答应禅位。华歆一伙为了避免篡窃神器的恶名，玩弄了一系列鬼把戏：先要曹丕假意辞让，辞让三次才答应继位；要汉献帝建一个"受禅坛"，当着朝廷全体官员和天下百姓的面，正式宣告禅位。受禅仪式刚刚结束，曹丕甫登大位，宣布大赦天下，华歆立即上奏说："'天无二日，民无二主'。汉帝既禅天下，理宜退就藩服。乞降明旨，安置刘氏于何地？"说完，就拉着汉献帝跪在封禅坛下听旨。曹丕降下旨意，封汉献帝为山阳公，当天就要离开京城，说白了就是驱逐出境。汉献帝还没有反应过来，华歆却按剑指着汉献帝，声色俱厉地说："立一帝，废一帝，古之常道！今上仁慈，不忍加害，封汝为山阳公。今日便行，非宣召不许入朝！"在这种形势下，汉献帝不敢再发一言，只好含着眼泪，上马离去。此情此景使在场的军民伤感不已，可华歆们却心如铁硬，视为理所当然，转过身去，低眉笑脸，对着曹丕山呼万岁去了。奴才如此卖力立了大功，主子当然按功行赏，华歆被封为司徒，王朗被封为司空，其他大小官僚也都一一升赏。

从曹丕篡夺皇位的过程，可以清楚看到奴才有时候比主子还更令人憎恶。主子为了争取一个好名声，有时需要装扮出一副慈祥的面孔，有时需要矜持隐秘一点，不能那么凶神恶煞般暴露。奴才可就不同了，他必须学会一套先意承旨的本领，唯一的目的就是讨得主子欢心。凡是主子想到而未说出来的，想干又遮遮掩掩不敢干的，只想小干而不敢大干的，奴才尽管无所顾忌地去干就是了，越是这样就越能讨得主子欢心。如果说主子由于身份、地位、影响等因素的约束而有所顾虑的话，奴才只要按照主子的意旨去做，无需有任何顾虑。奴才无需讲什么脸面，也不怕担什么坏名声，因为不管怎样干都不过是奴才而已，这大概是一般恶奴共同的心理。比如曹丕想代汉自立，无须他说出口，华歆们便想到了，而且立即付诸行动。为了逼迫汉献帝退位，华歆一伙采取了恫吓、威胁等各种手段，甚至不惜拳脚相加，亲自动手动脚。什么士大夫的脸面，士大夫的温文尔雅，这时候都全然不顾了。华歆等都是有学问、有头脑的官员，但他们的学问和头脑并没有帮助他们明了大义、伸张正义，而是用来设计如何掩饰篡权夺位的丑恶行径，如何使篡夺行为合法化而已。这种有文化的奴才，既有一般奴才的粗鲁和凶恶，又有超出一般奴才的智慧和精明，因此也就更加有害于社会。

任何一个坏人都不是突然之间变坏的，总是有一个过程。《三国演义》追寻到了华歆的过去："原来华歆素有才名，向与邴原、管宁相友善。时人称三人为一龙：华歆为龙头，邴原为龙腹，管宁为龙尾。一日，宁与歆共种园蔬，锄地见金。宁挥锄不顾；歆拾而视之，然后掷下。又一日，宁与歆同坐观书，闻户外传呼之声，有贵人乘轩而过。宁端坐不动，歆弃书往观。

宁自此鄙歆之为人，遂割席分坐，不复与之为友。"这就是著名的"管宁割席"故事，管宁所羞以为伍的华歆，就是后来觍颜事魏、欺君罔上的华歆。人的禀赋和修养各不相同，人不可能无欲无求，也不能没有品性。如果不能控制欲望、修养本性，听任欲望的无限制膨胀，势必有一天会泯灭人性，成为一个无耻的奴才，像华歆一样。

也许做君子常常会"吃亏"，做小人却能如鱼得水，得一时之势利。但是从长远来看，小人通常会被钉死在耻辱柱上，君子风度却能够光照千古。公道自在人心，既不会阿谀无耻者的权杖，也不会忘记高尚者的情操。卑鄙是卑鄙者的通行证，往往只能通行一时；高尚是高尚者的墓志铭，却能够经受千载青史的垂爱。哲学家康德说过，世界上有两样东西最使他敬畏，那就是头上的星空和心中的道德律。头上的星空是外在的必然，心中的道德律是内在的良知，因为心中有纯净的道德律，才能看见头上美丽的星汉灿烂。所以，做君子还是做小人，全仰仗你内心是否时刻保持对"道德律"的敬畏。时刻把握住你的内心，坚持正义，以德报怨，不做坏事，不去害人，就是对"道德律"最好的遵循和敬畏。

08

量力而行是迈向成功的法宝·王朗

《三国演义》中的诸葛亮善运筹帷幄、能算命作法，除此之外还有一项奇技：以嘴杀人。死在这项奇技下的人，前有周瑜，后有王朗。王朗，字景兴，东海郯（今浙江嵊州西南）人，三国时期曹魏名士，与华歆、钟繇并称三公，官至司徒。汉献帝时曾任会稽太守，严白虎被小霸王孙策打败后，逃到会稽投奔王朗，二人联合抗拒孙策。孙策用调虎离山之计占领了会稽城，王朗引败军逃往海隅，投靠了曹操。曹操大宴铜雀台时，王朗、钟繇、王粲、陈琳一班文官进献诗章，诗中多有称颂曹操功德巍巍、合当受命之意。曹丕即位魏王，封王朗为御史大夫。

在罗贯中笔下，王朗做了一件不仁不义不忠不孝的大坏事，就是逼迫汉献帝禅位。在《三国演义》里，华歆和王朗是曹丕篡汉的主要爪牙，两人在逼宫过程中一唱一和，王朗的话是最促狭的，他对汉献帝说："自古以来，有兴必有废，有盛必有衰，岂有不亡之国、不败之家乎？汉室相传四百余年，延至陛下，气数已尽，宜早退避，不可迟疑；迟则生变矣。"身为汉室臣子，竟能说出这样的话来，大汉奸的帽子是紧紧地扣在了王朗头上。这么个乱臣贼子，当然不会有什么好下场，那就是《三国演义》分外精彩的一段"武乡侯骂死王朗"。

诸葛亮一出祁山伐魏，一路上过关斩将，非常顺利。诸葛亮用离间计使曹睿对司马懿产生怀疑，司徒王朗奏道："司马懿深明韬略，善晓兵机，素有大志；若不早除，久必为祸。"曹睿任命夏侯渊之子夏侯楙为大都督，调关西诸路军马迎战蜀军，司徒王朗谏道："夏侯楙马素不曾经战，今付以大任，非其所宜。更兼诸葛亮足智多谋，深通韬略，不可轻敌。"夏侯楙斥责王朗："司徒莫非结连诸葛亮，欲为内应耶？吾自幼从父学习韬略，深通兵法。汝何欺我年幼？吾若不生擒诸葛亮，誓不回见天子！"王朗等皆不敢言。

曹魏太和元年（公元 227 年），魏主曹睿闻悉夏侯楙马丢失南安、安定、天水三郡，蜀军已到祁山，遂拜大将军曹真为大都督，雍州刺史、射亭侯郭淮为副都督，司徒王朗为军师，调拨东西二京军马二十万，于当年十一月出师，当时王朗已是七十六岁高龄了。面对两军对垒的险恶环境，王朗的思维依然囿于文人的狭隘之中，没有从本质上认清战争的实质。所以，临阵前王朗还天真地夸下海口说："来日可严整队伍，大展旌旗。老夫自出，只用一席话，管教诸葛亮拱手而降，蜀兵不战自退。"可是到了第二天，这位老夫子在唇枪舌剑的交锋中丝毫没有占上风。

三军鼓角已罢，司徒王朗乘马而出，与蜀汉丞相诸葛亮互相见礼，双方就曹丕篡汉是否具有合理性的辩题展开了激烈的争论。王朗一开口就要诸葛亮遵从天命，审时度势，认清形势，"倒戈卸甲，以礼来降，不失封侯之位"。诸葛亮是何等人物，两军对垒可不是辩论会，即便王朗说得再有道理，战争的武力因素也不会让这个"理"得以合理化。诸葛亮以依附叛逆、罪恶深重、不知羞耻的"皓首匹夫""苍髯老贼"为切入点，将王朗痛斥一番，并严辞质问其"即日将归九泉之下，何面目见二十四帝乎！"一向以正人君子自诩的王朗，听罢这气势汹汹的责问，一时又羞又怒，急火攻心，气满胸膛，竟"大叫一声，撞死于马下"。曹真将王朗尸首用棺木盛贮，送回了长安。

（诸葛孔明凭三寸不烂之舌骂死奸王朗）

皓首苍髯的王朗真是太迂腐了，这里面包含有三个方面因素：其一，王朗是一个严肃又认真的经学之士，一向自视遵从礼数的他特别在乎别人对他的看法；其二，王朗没有认识到战争是政治的延伸和战争的残酷性，天真地以为"理所在，人必胜"；其三，王朗没有正确估量他与诸葛亮的实力对比，诸葛亮作为后学之辈中的佼佼者，曾经舌战群儒、三气周瑜，见识过大风大浪，而年逾古稀的王朗通体书卷气息，胸怀与经历让他们无法站在一个平台上。因此，劝说诸葛亮压根就是不可能的事，王朗却不自量力，结果自取其辱，只能自寻死路了。

再看王朗劝说诸葛亮的话语："天数有变，神器更易，而归有德之人，此自然之理也。"作为一个自视正统的知识分子居然如此离经叛道，实在有悖于他的身份定位。人之所以为人，首先是因为在共同遵循的文明下，能够有所为又有所不为，有所提倡也有所禁止。一向自视为正统的王朗早已背叛"汉"而躬身俯命于"魏"，这让他的观点与他的身份定位早早地发生了冲突，也给一向以匡扶汉室为己任的诸葛亮提供了极佳的攻击要点。

这让王朗从一开始就陷入了被动。

事实上，即使王朗的"识天数"说得有理，一向要强的诸葛亮也不能轻易屈从。难道就你王朗高明，我诸葛亮辅佐刘氏就是傻瓜了，就要放弃在蜀汉一手擎天的地位，跑到曹魏去混个"封侯之位"？就应该否定我诸葛亮建立蜀汉政权并将其发展壮大，"功盖三分国"的不世功勋？就凭你王朗一席话，我诸葛亮就要否定自己为之奋斗终生的目标，否定自己以往一切行动的价值？王朗说的"谅腐草之萤光，怎及天心之皓月？"不仅不能对诸葛亮进行有效攻击，反而会影射到他自己。王朗既高估了他在别人心目中的分量，也高估了他的承受能力和容人肚量，结果一下子被诸葛亮戳中了软肋。

古人讲"人贵有自知之明，知人者智，自知者明"，否则真的就陷入了老夫子式的迂腐，演化出"螳臂当车，不自量力"的笑话和倚老卖老的天真。王朗年岁已高，本应该告老还乡、颐养天年，却未能够正视自己，选择了与多谋善辩的诸葛亮舌战，结果被对方一席话当场气死，实在是让人觉得可悲又可笑。由此可见，把握好自己的斤两，对于一个人来说是多么重要。一个人做什么事都不要紧，要紧的是不能不自量力地去做事、想当然地去做事，这对于在红尘俗世间行走的每一个人来说都是应当要谨记的。

春秋时期，郑国（国都在今郑州新郑）和息国发生了争端，息国国君不采取谈判协商的方式来解决争端，却贸然出兵攻打郑国。郑国被迫应战，将入侵者打得大败而逃。当时，人们评论这件事时曾说："息国犯了五不韪，所以才失败了，并且不久就要灭亡。"人们所说的"五不韪"是：不估计自己的威德高低，不衡量自己的力量大小，不同自己的亲属近戚亲近，不分析双方争执的言辞正误，不认识自己的错误不足。果然，没过几年，息国就被楚国所灭。

一个人的成就大小，首先取决于他的准确定位和自我认知。正如道格拉·拉赫所说："如果你不能是一只麝香鹿，那就当一尾小鲈鱼——但是要当湖里最活泼的小鲈鱼。"你应该清楚自己的实力，知道如何在所处的环境中向目标迈进一步，否则很有可能走向覆灭的危险境地。人最怕的就是不能自我认知，早在古希腊时期人们就已经将放大镜对准自己，来观察自我，审视自我。斯芬克斯之谜就包含了人类对自身的思索。每个人在成长过程中都会问这样的问题："我是谁？"这是生命作为一个社会主体本能的对于自我的一种思考，它贯穿于我们整个漫长又艰辛的一生。

自我永远是决定一个人怎样处理与他人关系的关键，而自我认知的目的是经过社会生活的实践与体验，使自我适应社会环境。主动地、有组织地对自我进行认知，基本途径是从社会交往中认识自己。交往是个体从社会获取知识和经验的源泉，又是一种人与人之间的比较，通过比较可以发现他人的长处和自己的短处，"择其善者而从之，其不善者而改之。"有目的地扩大交往，"不患人之不己知，患其不能也。"以人为镜，不断取人之长，不断补己之短。

社会交往是一种互动行为，要正确看待别人对自己的评价，有则改之，无则加勉，要经常反省自己。严于自我解剖，"吾日三省吾身""行有不得，反求诸己""见贤思齐焉，见不贤而内自省也"。这种"自省"就是自我定性，时时总结自己的收获和差距，防止主观性、片面性，制定新的奋斗目标。

俗话说："没有金刚钻，别揽瓷器活。"人们根据自己的需求去选择让自己可以活得更好的方法，在这个过程中又有多少人在勉强自己去做能力不能及的事情？有多少人"明知山有虎，偏向虎山行"？又有多少人在自我认识上发生了严重甚至是致命的错误，让自己在前进的旅程中不停地摔倒？正确地认知自我，尔后量力而行、尽力而为，才是迈向成功的法宝。

09

狐疑不定的人容易因小失大·曹爽

曹爽，字昭伯，沛国谯县（今安徽亳州）人，是大司马曹真的长子，但不像其父那样富有才干，只是因为偶然得到了皇帝的垂爱，才得以飞黄腾达。由于是曹魏宗室，曹爽从小就有机会出入宫中，并且碰到了当时还是太子的曹睿。或许是因为年纪太小，曹爽见到曹睿后吓得连话都不敢说，不料想却被曹睿误以为他是一个小心谨慎之人，便喜欢上了他。待曹睿当上皇帝后，曹爽得到了重用，官位直线上升，被连续任命为散骑侍郎、城门校尉、散骑常侍、武卫将军。曹爽步入事业巅峰是接受遗命，成为新皇帝曹芳的摄政大臣。景初三年（公元 239 年），魏明帝曹睿病重期间，任命曹爽为总管全部朝政的大将军，并将年仅八岁的太子曹芳托付给曹爽和司马懿，让二人共同辅佐少主。

魏明帝曹睿病逝后，年方八岁的曹芳即皇帝位。曹爽的父亲曹真生前和司马懿交情颇好，因此曹爽在辅政之初对司马懿还很敬重，有什么大事都先使司马懿知道，两人经历了一段短暂的蜜月期，朝中上下倒也相安无事。然而，司马懿手握重兵，又屡立战功，颇具威望，富有智谋，曹爽只不过凭着曹睿的宠爱成为辅政大臣，并没有太多的威望和才干。门客何晏劝告曹爽不要把大权轻易委托他人，以免将来招致祸患，曹爽说："司马公与我同受先帝托孤之命，安忍背之？"何晏说："昔日先公与仲达破蜀兵之时，累受此人之气，因而致死。主公如何不察也？"曹爽一下子醒悟了，和许多官员商量妥当之后，以司马懿功高德重为由，奏请曹芳将司马懿升为太傅。

司马懿虽然从太尉升任了太傅，实际上却是被明升暗降。太傅虽然贵为三公，但只是虚职，太尉则掌管军事，握有实权。司马懿被剥夺了兵权，成为有名无实的辅政大臣后，他看到形势不妙，干脆称病在家，连朝都不上了。为了让曹爽安心，司马懿又把自己的两个儿子召回家中，不再担任官职。曹爽将司马懿排挤出朝廷之后，为了完全控制朝政，任命他的弟弟曹羲为中领军、曹训为武威将军、曹彦为散骑常侍，掌管着三千御林军，任意出入禁宫。又把他的亲信何晏、邓飏、丁谧三人安排为尚书，毕轨任司隶校尉，李胜任河南尹，曹爽从此控制了魏国的政治、军事大权。

在老臣司马懿和宗族曹爽明争暗斗的初期，曹爽可以说是占尽优势，他有门客五百人，还有被人们称为"智囊"的大司农桓范。然而，曹爽的优势只是在表面上，特别是曹爽信任的何晏、邓飏、李胜、丁谧、毕轨五人，在魏明帝时曾经担任过官职，他们都喜欢高谈阔论、竞相浮华，所以先后被魏明帝废官为民，待在家中过闲日子。这五人被曹爽起用后，个个忙于敛财，将洛阳及其附近地区由国家管理的屯田都据为己有，并要求地方官向他们进献财物，地方官遇到这样一个讨好中央大员的机会当然是不会放过，纷纷献上大量财物。

曹爽并没有多少政治才干，也没有什么远大志向，只是贪图享乐，逐渐显露出了纨绔子弟的本性。曹爽家中藏有大量奇珍异宝，对于各地向皇帝的进献，他也是先挑走最好的，剩下的才送进宫去。曹爽家中妻妾成群，即便这样还不能满足他的淫欲，甚至将手伸到了皇宫之中，将先帝曹睿的侍妾七人也占为己有，同时在天下广选佳人美女作为歌伎，又假传圣旨选派宫中能歌善舞的女子三四十人充实到自己的歌伎之中。曹爽还大兴土木，室内墙壁雕刻花纹，常常和何晏等人在里面饮酒作乐，平时的饮食、车马、服饰可以和皇帝比拟。对于曹爽种种骄奢淫逸的行为，他的弟弟曹羲有着比较清晰的认识，屡屡加以规劝，而曹爽根本无心听取。曹羲劝得多了，曹爽就很生气，这样连曹羲也不敢对他进行劝阻了，曹爽就更加肆意妄为起来。

（曹爽幽居射鸟）

曹爽有一个大吃亏之处，那就是他在明处，司马懿在暗处。他的情况司马懿看得一清二楚；司马懿的虚实，他却一无所知。曹爽虽然胆大妄为，但他在内心中对司马懿仍有所戒备，这老家伙不会是装病吧？于是假借河南尹李胜调任荆州刺史的机会，让他去向司马懿告别，实际上是乘机探听消息。李胜刚到司马懿府上，早有门吏报入，司马懿马上对他的两个儿子说："此乃曹爽使来探吾病之虚实也。"目的当然是要知道实情，司马懿对曹爽的意图洞若观火，针锋相对地给李胜看虚的，他"去冠散发，上床拥被而坐，又令二婢扶策，方请李胜入府。"本来，脱掉帽子，弄乱头发，已经表明司马懿长期卧病在床、无心盥栉了，可他唯恐这样还显得不够虚弱，再叫两个婢女搀扶，这一外表已经给李胜留下了病重的印象。

随后，司马懿装聋作哑，故意把"荆州"说成是"并州"，把到荆州去说成是"你从荆州来也"，搞得李胜深信不疑，惊问："太傅如何病得这等了？"司马懿再添一把火，以手指口让两个婢女进汤，喝的时候"汤流满襟"，表示他不仅耳聋，进食也成问题。又故作哽咽之声说："吾今衰老病笃，死在旦夕矣。二子不肖，望君教之。君若见大将军，千万看觑二子！"说完，他倒在床上，声嘶气喘，好像真是"人之将死，其言也善"的样子。看来司马懿真有几分表演天赋，李胜对他的诡计毫无知觉，竟把他的表演当作实情，回去见曹爽时"细言其事"，连带曹爽也信以为真，因而大喜，认为"此老若死，吾无忧矣"！

这是曹爽和司马懿交手的第一个回合，曹爽的劣势就显现出来了，这种知己而不知彼的情况，决定了曹爽必然败于司马懿之手。得知司马懿几成"死马"的曹爽，觉得再没什么力量可以阻挡他了，朝中一切尽可掌控在他的手中，于是彻底被权力迷失了自我。他凭借自己无人能及的地位，加之手握国家武装力量作为保障，更加肆无忌惮、忘乎所以，极尽奢华之能事。正所谓是非善恶终有报，每一个人都终将会为自己所犯下的错误埋单。这一边，司马懿已料定曹爽不会防他，准备好"只待他出城畋猎之时，方可图之。"那一边，曹爽果然请魏主曹芳去谒高平陵，祭祀先帝曹睿。曹爽与他的三个弟弟、心腹人何晏等、大小官僚及御林军全都护驾出城，这一举动根本就没把司马懿放在眼里，恰恰又在司马懿的盘算中。

大司农桓范拉住曹爽的马头，进谏说："主公总典禁兵，不宜兄弟皆出。倘城中有变，如之奈何？"曹爽竟傲慢地用鞭子指着桓范说："谁敢为变！再勿乱言！"曹爽的弟弟曹羲也曾经规劝过他"兄威权太甚，而好出外游猎，倘为人所算，悔之无及。"然而，曹爽自恃兵权在手，依旧我行我素，竟在同一天偕魏主曹芳倾巢而出，给司马懿兵变提供了绝好的机会。更为糟糕的是，曹爽在飞鹰走犬之际，忽闻司马懿在城内发起兵变，他的第一个反应是"大惊，几乎落马"，低情商心理顿时暴露得一览无余。曹爽之所以"惊"，就是因为他毫无这方面的思想准备。

吃惊之后，如果是一个高情商的人，就应该考虑如何来对付眼前的局面。曹爽读完司马懿的表章后，却仍然手足失措，无法在突然事变中镇定下来，进行理性思考。实际上，司马懿虽说是突然起事，但曹爽并没到走投无路的地步，桓范就为他出了"请天子幸许都，调外兵以讨司马懿"的主意。曹爽毕竟还有"身随天子"的优势，但他却"闻言不决"。这时候，曹爽的"闻言不决"不是考虑到桓范这条计策有什么风险而不能下决断，而是根本无法思考。"流涕"的动作表明曹爽已经完全被悲伤的情绪所控制，不能进行正常的思维了。这是典型的迟疑心态的表现。

桓范进一步向曹爽陈述了去许都避难的可行性："此去许都，不过中宿。城中粮草，足支数载。今主公别营兵马，近在阙南，呼之即至。大司马之印，某将在此。"从时间、粮草、兵马、兵权等各个方面为曹爽释疑，催促他"急行"，提醒他"迟则休矣！"曹爽推托说："多官勿太催逼，待吾细细思之。"实际上他并未细作思考，他的思想深处只有一个念头，那就是"吾等全家皆在城中"。这不是理性思考的结果，而只是亲情、包括对往昔享乐生活的眷念之情的自然流露。等到侍中许允、尚书陈泰到来，传达司马懿的意思是"只为将军权重，不过要削去兵权，别无他意。将军可早归城中"的话，曹爽便正中下怀。只因为归城毕竟是性命攸关的事，参军辛敞、司马鲁芝已经向他描述过"城中把得铁桶相似，太傅引兵屯于洛水浮桥，势将不可复归"的情况，所以曹爽才"默然不语"，心中的愿意早有了七分。等殿中校尉尹大目到来，说"太傅指洛水为誓，并无他意。有蒋太尉书在此。将军可削去兵权，早归相府"时，曹爽已经"信为良言"。

假如曹爽就此决意归城，那么我们所看到的倒还不是一个以迟疑为性格特征的人，而是一个目光短浅、苟且偷生的窝囊废。事实上，曹爽不仅窝囊，还很迟疑。整个晚上，他都"意不能决"。"拔剑在手"这个动作，说明曹爽心中也有过要同司马懿决一死战的想法，他也知道桓范所谓回去是自投死地的话并非虚言，然而他"嗟叹寻思""终是狐疑不定"。致使曹爽不能下决断的原因不是别的，还是先前所谓的"吾等全家皆在城中"，只要看他"自黄昏直流泪到晓"的动作，就可以想见他是如何沉溺于情感之中不能自拔。一夜过后，桓范进帐催促，曹爽这才作出决断，说："我不起兵，情愿弃官，但为富家翁足矣！"他用"掷剑"这个动作表示了自己不战的决心，令人啼笑皆非的是他竟还天真地认为，只要"我不起兵，情愿弃官"，就非但不死，还可以做个富家翁。

想想曹操当年"挟天子而令诸侯"的威风，再看看这个曹爽，天子就在身边，竟作出这样的决断，难怪桓范要骂他们兄弟三人"真豚犊耳"！"豚犊"的特点，一是苟且偷生，二是愚蠢透顶。曹爽理智上未必不知道归城的坏处，否则他早就决意回去，也用不着迟疑一夜了。但是，往昔那种"凡用衣服器皿，与朝廷无异；各处进贡玩好珍奇之物，先取上等者入己，然后进宫；佳人美女，充满府院"的奢靡生活，又实在令他眷念不已。明知回去以后再不可能过如此生活，还妄想退而求其次——做个富家翁终了此生，庸碌浑噩的确与"豚犊"相去不远。

由于曹爽被贪恋享受的情绪所控制，他的理性思维水平下降到了不可思议的地步。当曹爽把将印绶交许允、陈泰转给司马懿时，主簿杨综扯住印绶，哭着说："主公今日舍兵权自缚去降，不免东市受戮也！"曹爽居然还说："太傅必不失信于我。"曹爽兄弟三人回家以后，司马懿用大锁锁门，令居民八百人围守其宅。被困家中缺少粮食，曹羲出主意让曹爽写信向司马懿借粮，如果他肯借粮，必然没有相害之心。司马懿收到信后，遣人送粮一百斛，曹爽竟"大喜"，说："司马公本无害我之心也！"愚昧蠢笨又实在和"豚犊"相似。

三国是一个智者辈出的年代，也不乏蠢笨之人，曹爽就笨得可以，他曾经权倾朝野，但就是因为不能当机立断，兄弟三人最后都被司马懿"斩于市曹，灭其三族；其家产财物，尽抄入库。"这个结果对占尽优势的曹爽来说，是做梦也想不到的，实在令人唏嘘不已。曹爽的惨败应该归咎于他的麻痹大意，更应该归咎于他的迟疑不决。迟疑是低情商心理的表现，很多高智商的人物最终却归于失败，原因就在于此。如果曹爽不是被情感冲昏了头脑，而是像参军辛敞、司马鲁芝所说的"早定大计"，鹿死谁手还是未可肯定的。

成语有"当断不断，反受其乱"之说，意思是说如果不能及时地对问题作出判断并决定采取相应措施，不但会一无所成，还会受到伤害。比如，当我们面对一个新的、富有挑战性的职位时，有的人就会犹豫不决。接受吧，觉得眼下的工作也不错;不接受吧，又觉得失去一个机会。迟疑之间，新岗位已经被他人所获得，旧岗位上又因心神不定而出现差错。其实，世界上的每一件事情都有两面性，绝对完美的事情是不存在的。正因为如此，才需要我们快速作出决断。